HERMANN BROCH
DER VERSUCHER

誘惑者
上

ヘルマン・ブロッホ
古井由吉 訳

EINSCHRITT
VERLAG
あいんしゅりっと

誘惑者

目次

上巻

下巻

誘惑者

上

語り手のまえがき

わたし、老境に入りつつある男、年老いた田舎医者のわたしはいま机に向かい、すでにわたしの背後の混沌の中に没してしまってはいるものの、かつてはたしかにこの心につかんだ何事かを書きとめようとしている。わたしはそれを書きとめようとして、ほとんどそれをつかみ取れずにいる。ああ、要は意識と忘却というものをつかむことなのだ。意識と忘却の中を、われわれの人生は流れて行く――浮かび上がってはまた沈み、そしてときにはまるで人ひとりが広々とした野原の、しかも白日の照らすまっただ中で突然神隠しにあったように、けうとくも姿を完全に没してしまう、空間に呑《の》みこまれ、時間に呑みこまれ、空間と時間の洪水におおわれて。

かつてわたしは科学という崇高な建築事業に参加するというまれな幸運を授けられながら、来る年も来る年も混沌の中で暮らしていた。もちろんわたしは偉大な建築師たちのひとりとしてではなく、鎖のごとくつらなって働く者たちのひとりとして参加したのであり、わたしの仕事といっても、病院と実験室におけるほとんど名もなき仕事に限られていた。つまり、わたしは測り知れぬ建築物に石材をひとつひとつ運び寄るあの大勢の中のひとり、ともすれば自分の仕事が直接に及ぼす部分的結果を探りそして認識するだけに甘んじているが、それでもつねに、このような仕事にひそむ目に見えぬ人類の目標、けっして到達されぬ人類の目標から光を受けて、計画全体の無限性をほのかに感じつつ働いている大勢の中のひとりだった。これがわたしの生活であり、その幸福とその夫役だった。

ところが、わたしの生活はなおかつ混沌の中を流れたのである。おそらく、それはわたしの心の狭さのせいだったのだろう。なぜといって、わたしの心は、全体の認識がいっかな捉えられず、もはや完成することもない人類全体のために取っておかれることに、そしてわたしにはただ部分の認識しか与えられぬことに、堪えられなかったのである。しかしまた、ことによるとわたしの心の狭さはただああいう生活の、ああいう科学の、ああいう仕事の沈黙をこらえて、その重圧を平然とわが身の上に感じつづけることができなかっただけなのかもしれない。というのは、わたしはもはや堪えられなくなったのだ、仕事と生活において言葉を余計なものにしてしまう日々の規律正しさという美徳にも、そしてまた患者が病院に引き渡され看護される際のあの黙々たる時間正しさ、もはやほとんど看護とも言えぬあの黙々たるメカニズムにも、そしてまたその中で都会生活の喧騒が演じられるあの寡黙さ、市電が行きかい、店があけられそして閉じられる、あの時間正しい寡黙にも。

だが、今になって考えてみると、あのころこのような沈黙を前にしてわたしを捉えたあの激烈な嫌悪はもっと一般的な意味を、わたしひとりの身の上に限られぬ意味をもつのではないかと、わたしには思われてくる。そうなのだ、わたしにはこう思われる——その中で来る日も来る日もがまるでなかったも同然に消散してゆく生活の混沌は、あの騒々しい沈黙の結果ではあるまいか。存在とその言葉の混沌はすでに人間たちをして、いわば彼らの本意に反して、嫌悪からして混沌を欲せしめるほどに、圧倒的になったのではあるまいか。そしてまさにそれとともに、何か恐るべきものが近づき、制しがたい勢いで混沌にむかって迫りつつあるのではあるまいか。何か遁《のが》れがたいものが近づき、世界の中へ編みこまれてゆくのではあるまいか。そしてこのような一般的な脅威がひしひしとわたしの意識に達しただけに、わたしの中にもひとつの不安が目覚めたのかもしれない。ここから遁れないかぎりは、自分の生の多様性を、どうしてもあの都会的な事物の黙々たる秩序の中に失わずにいられないのではあるまいかという不安が。なぜといって、いかに人間が多様であっても、ひとたびつけられた道が変えられなくなる、そんな瞬間はあるものである。

こうして、わたしはとつぜん意を決して科学者としての生活を捨て、いうなれば科学の脱走兵、科学の建築物をにわかに——だがあきらかに不当にも——バベルの塔のようにしか思えなくなった科学の脱走兵として、平凡な田舎医者の静けさの中へ矢も楯もたまらず逃げて来た。わたしは科学的な認識に倦《う》み、人間的な知識に憧れた。わたしのものではなくて人類のものである無限性に倦み、昨日を消し去って明日だけを問題にする黙々たる生活に倦み、非個人的なはるけさに倦み、そしておのれの魂の無限性に憧れた。わたしはひしひしと感じた、ただこの内なる無限性だけがあらゆる人間に生まれついてあるものであり、そしてこれだけが混沌と沈黙と忘却とを克服して知識を得る力をもつものであると。それは魂の超時間性に満たされ、昨日と明日の両方に満たされた知識であり、かつてあったものの意味にも、やがて来るものの意味にも満たされ、そしてわれわれをして心楽しい期待によってこの短い人生を切り抜けさせてくれるだけの力をそなえ、この世におけるわれわれのさまよいに喜々とした揺るぎない足どりを与え、われわれの目にはこの世におけるあらゆる物事への快活なさまよいを与えてくれる。これがわたしの憧れであり、わたしの希望であった。

　とはいえ、なぜわたしはそのために都会を捨てなくてはならなかったのだろうか。わたしはただ認識の体系的な性格から遁れようとしただけではあるまいか。わたしは直接的なものの無秩序を欲したのではあるまいか。わたしはただ自然を欲しただけではあるまいか。結局のところ、都会もまた風土の中に置かれているのであって、その点でわたしの逃げこんだ村と変わりはない。そして都会の秩序も大いなる人間性の一片なのだ。わたしはただ孤独になりたかっただけだろうか。たしかにわたしは森の中をただひとり歩み、山々をただひとり越える。しかしそのような孤独にもかかわらず、わたしは依然として人間の生活と人間の仕事に心をつながれている。家畜小屋や中庭における静かな営み、畑の区分、足もとの岩層の中を走る昔の坑道についての知識、このような人間の営みと知識はすべて、鳥獣や草木の間にあって、わたしがそれに出会うたび、わたしがそれを解き当てるたびに、わたしに快い安らぎを与える。それは自然の与える安らぎにほとんど劣らない。ときにはまさることさえある。そう、ある日のこと、森の中に轟《とどろ》いたたった一発の銃声が、森のさやぎの荘厳さよりもたくさんのものをわたしに与えたことがあった。なぜなら、それはわたしをして、ふたたび自身を人間的秩序の一員として感じさせてくれたのである。

それでは、なぜわたしはひとつの人間的秩序から逃げ出しておいて、またもやもうひとつの人間的秩序の中へ入ったのだろう。この選《え》り好みはなにゆえだろう。おそらくわたしはいつかもっとはっきりと答えることができるようになるだろう。だが今は解答らしきものを予感するだけである。この田舎の秩序は無限に対して、わたしがもはや堪えられずにあまり惜しいとも思わず捨てて来た都会および科学の秩序とは、異なった関係にある。あそこでは無限なるものはわたしにとっていつでもそして永遠に到達されぬ目標点であったのにひきかえ、ここでは無限なるものはそれ自身の中に含まれ、あらゆる個々の成分の中に、この秩序のためにおこなわれるあらゆる奉仕の中に宿っている。あそこでは認識が秩序への仲間入りを保証し、そして行動し生活するよう、ともに生きともに助けるよう促しただろうか。ここではひとつの秩序が魂の知識と魂の無限性を鏡のごとく映すのだ。そしてますますこの秩序に加わることに成功しつつあるいま、わたしの生がその秩序の中で、あらたに、そしてますますおのれを取りもどしつつあるのもおそらくまた当然と言えよう。それは昨日があらたに甦《よみがえ》るのを心静かに待っている、昨日が記憶としてではなくて、存在の失われえぬ現在として甦り、明日の意義を保証するのを。そして明日はどんなに短かかろうと、この意義のため最後まで生きられ、大切にはぐくまれなくてはならない。

それゆえ、わたしは自分の決意が遅すぎなかったと、そしてそれが正しかったと信じる。なぜなら、たしかにわたしの年齢になってあまりに人生に執着することは見苦しいことであるが、しかしそうかと言って、人生の生き甲斐《がい》も知らず、人生を捉えられぬまま空虚なままどろみ過ごすのはもっと見苦しいことである。そうである、あの意義を知らぬまま人生をまどろみ過ごすのはもっと見苦しいことである。無限なる秩序によってくっきりと表わされるあの意義を、その中にあっては一見忘れられたかに見えるものも失われず、かつて忘れられる前にあったとおりの姿でいまも存在しそして捉えられうるあの意義を。

どうしてほかに有様《ありよう》があろう、どうしてほかに有様があってよいものだろう。われわれの船は港に近づくにつれていよいよ重くなり、またいよいよ軽くなり、もはやほとんど船ともいえず、もはやほとんど積荷にすぎず、もはやほとんど進まず、静かな夕べの鏡の上でじっとやすらったまま、そのまま港に入って来る。過重な積荷にもかかわらず重みなく港に入って来る。そして誰ひとりとしてそれが沈みつつあるのか、それとも雲となって蒸発しつつあるのかを知らない。誰ひとりとして積荷の中身を知らず、誰ひとりとして港のありかを知らない。われわれの渡って来た、そしてまた渡って行く海原は測り知れず、その上に広がる空は測り知れず、われわれの生長と消滅に関するわれわれ自身の知識も測り知れない。ああ、なんという深い忘却の根底の上にわれわれの生は横たわっていることだろう。なんと遠い過去まで記憶は、もはやほとんど記憶ともいえぬ記憶は、送られねばならぬことだろう。それにもかかわらず、人生はひとつのまとまりなのだ。誕生と死は互いにきわめて近く、それゆえ死にゆく者はたったひと息ついて世を去りつつ、人生全体をひとつにつかみ取るのだ。

形なき混沌に形を与えるために、わたしがこの土地に逃げて来てから、すでに幾年月も流れた。そしてときおりわたしは、あの遁走《とんそう》は待ちきれぬ心からなされたのだと思うことがある。人生の一体性が顕《あら》われて姿かたちを取るあの最後のときを待ちきれぬ心から。そしてときおりわたしは、あの最後の時はむしろ未来の忘却の中からわたしにむかって生い育って来るように思うことさえある。　忘れられたものと、まだ来ぬものをおのが内でひとつに結びあわせ、まるで予感におけるように捉えがたい姿に結びあわせ、過去と未来を得つつそして失いつつ、そして過去でもあり未来でもある姿をして生い育ってくるように。そしていまやわたしは忘れられたものの中の忘れられぬものを書きとめ、目に見えぬものの中の目に見えるものをなぞり描きたいと思う。いまやわたしは言葉へ、そして姿かたちへたち帰りつつある。それゆえ、わたしは若者のあらゆる希望と、老人のあらゆる希望のなさをもって、起こったことと、これから起こるべきことの意味を、素早くつかみ取ることを試みよう。

一　漂泊者

あるいはわたしの幼年時代から始めるほうが正しいのかもしれない。そう、あるいはこの幼年時代の一断片をほんとうに捉えて書きとめれば、それで十分なのかもしれない。たとえばあのころ大きな市役所があり、広い階段広間があり、そのいちばん上の階に立つと、よく響くひんやりとした奈落がのぞきこめたというようなことを。こういったことも、わたしはけっして忘れたくないのだ。あるいはまた昨日のたった一分間を書きとめ、それが空と山の傾き移ろうその中でまっすぐに立ち残るよう、日が徐々に暮れ、また徐々に明けてゆくその中で、いとも軽くそしていとも重くわれわれの中を通って流れる明け暮れの中、時の満干の中でまっすぐに立ち残るよう、それをしっかり捉えるだけで十分なのかもしれない。しかしながら、わたしはあの三月の日を想い起こしたい。それはすでに何か月も前にさかのぼり、昨年の冬のことであるが、遠くて同時に近く、昨日が遠いように遠く、幼年時代が近いように近くにある。おそらくこのような印象が生じるというのも、あらゆる真の追憶というものが出来事を越えて誕生から死までを包括するからなのだろう。逆にいえば、人生全体に決定的な意味をもち、人生全体を鏡のごとく映し出すような出来事だけが、ほんとうに追憶されるのである。実に、追憶はそれ自体としてはしばしばまったく意味のないたった一瞬間をつかみ取るものだ。しかしこの瞬間はそれがかつて存在したことの意味と、いまだに存在しつづけることの意味をうち明ける。それゆえその中で人間の存在は自然の中へ、生と死を越えて、不変なものの中へ連れもどされるのだ。このようなわけで、わたしはあの三月の日を、たしかに他の日々とあまり変わりはないが、それにもかかわらず内的な意味に満ちたあの日を想い起こしたい。

あの三月の日、太陽は輝き、冬は世界の暗い片隅に押しもどされていた。街道のそこかしこでは溝や轍《わだち》がまだ氷に平らかに均《なら》されていたが、谷底の野原はすでに褐色に横たわり、緑を知っていた。そして牧草地はすでに点々と緑色の面を現わし、昨年の草もあり、すでに若がえった草もあり、そして草の中には今年はじめてのひなぎくが隠れていた。そしてみずから暗い緑と茶緑の底をもつ大きな白い花のごとく、谷は明るい空にむかって開き、それとはわからぬほどにかすかに、小さな白いちぎれ雲が上空の風に乗って南から北へ動いていた。

わたしは家に来たわずかな患者の診察をすまして、下クプロン村にあるわたしの診察室にむかう途上にあった。火曜日と金曜日の十二時から二時、そのほかに日曜日の十時から十二時の間、わたしは下クプロン村において、サベストのホテルの中に設けた部屋で診察を行なうことにしている。その間わたしが利用するのは下クプロン村と上クプロン村を結ぶ街道である――夏にはわたしは森の径《みち》を取ることにしている――。そして雪さえ許せばわたしはスキーをはいて十分で下の村に到着するのであるが、歩いて行くとなるとおよそ四十分はかかる。帰り道はもちろんそれより楽じゃない。わたしの足でたっぷり一時間は見こんでおかなくてはならない。だが、田舎医者はそんなことを苦にしていてはつとまらない、たとえ六十近くになっても歩けなくてはならないのだ、ときおり馬車か自動車か、上の村かあるいはさらに遠くクプロン山の鞍部《あんぶ》を越えて行く乗り物があって、これに便乗することができる。これはお医者の特権である。

わたしが下クプロン村にやって来たのは正午だった、そして空は青い大きな歌のように鳴り響きはじめた。教会の時計が正午を打ち始めたのだ。そしてすぐそれにつづいて二人の鐘つきの若い者がさらに正午の鐘を空の歌の中へ鳴り響かせた。ホテルからほど遠からぬところで、その見知らぬ男は村の表通りをわたしのほうへやって来た。

そりかえった鋭い鼻と、ながらく剃らぬ髭《ひげ》だらけのあごの間で、黒いフランス風の口髭が口の隅にかかり、四十年配の風貌を与えていたが、どうやら実際はもっと若いようだった。わたしは彼を三十、あるいはもうすこし上と見た。彼はわたしに目もくれなかった。だが彼がそばを通りすぎたとき、わたしは彼のまなざしを素早く捉えたように思った。それは夢見るごとく坐りついた、しかし大胆なまなざしだった。しかし、どうやらわたしはただ彼の歩き方を見てそう推測したにすぎないようだ。というのは、彼の歩みはあきらかな疲れにもかかわらず、惨めな履物にもかかわらず、軽やかで同時に厳しかった。軽やかで厳しい摺《す》り歩きとでもいおうか、それはあたかも遠くに注がれた不動のまなざしによって導かれているかのようだった。それはお百姓の歩き方ではなかった。むしろ旅の職人の歩き方といったほうがはるかに当たっている。そしてこの印象はこの男にまつわりつくある種の風通しの悪い小市民臭によって、またある種の小市民的なひとりよがりの感じによって強められた。このひとりよがりの感じはおそらく都会仕立ての黒っぽい服から来たか、あるいはまた単に、みすぼらしく縦横に揺れるほとんど空っぽのリュック・サックから来たのだろう。小市民、まあフランス風の小市民というところである。もっとも、ほんとうの小市民ならば、ああも高慢に摺り足で通り過ぎはしない。彼はわたしに一瞥《いちべつ》もくれなかったのだ。

ホテルのところまで来て、わたしはもう一度街道のほうを振り返った。男はちょうど教会小路へ消えるところだった。

右側は数段の階段を経て酒場の入口に、左側は地面と同じ高さの売店に、それぞれ測面を劃《かく》された、乾草車の高さのアーケードの前に、白い粉をふいたセメント袋を積んだトラックが一台、建物の陰の中に止まっていた。それはいま着いたばかりのようだった。冷却器の弁の上では熱い空気の小さな雲が、地上の大気のさざなみが、夏の前触れが震えていた。車は陰の中に止まっていた。だがアーケードを通してむこうには陽《ひ》の当たる中庭が見え、さらにその奥には家畜小屋の陰が見えた。いつものようにアーケードの中は空のビア樽のにおいがした。それらはここで酒屋が取りに来るのを待っているのだった。いつものようにわたしは室内風に着色された壁に掛かっているわたしの医者の看板にちらりと目をやった。そして売店も酒場と同様にアーケードから入れるので、それにちょうど煙草が入用なのに気づいたので、わたしは左側の扉を押して店の中に入った。ところが売店の中にも、それに隣接する貯肉室、中庭につき出た比較的新しい小さな平屋根の建て増しにも、誰ひとり見当たらなかった。灰色と青色のタイルはきれいに洗い流され、白い砂が播《ま》いてあった。鉤《かぎ》のついた鋼鉄のレールもぴかぴかに磨かれていたが、しかしミイラのように黄ばんでじっと動かぬ乾燥ソーセイジのほかには、肉はひとつも吊り下がってなかった。あちこち傷ついたごつごつのまな板も、材木の中にどす黒く食いこんだ血を除けば、清潔に洗ってあった。しかし、いかにここの空気が清潔にそして爽やかににおっても、その爽やかさはやはり血のにおいがした。わたしはそこを出て、向かいの酒場に入った。

店の中ではトラックの運転手と二人の相乗りが細長い隅のテーブルに坐り、それぞれビールを前に置いていた。そのほかには店に客はなかった。二番目の長テーブルはつやつやと木肌を光らせていた。それにひきかえ入口脇の窓辺にある上客用の円テーブルは青い格子縞のテーブル・クロースを掛けられ、おまけに白い火打ち石と、荒削りの楊子のいっぱい入った容器が添えられていた。

「あの男、大きな口をたたきやがる」とひとりの男が言った。稼ぎのある男らしく、革の鳥打ち帽をかぶってどっしり坐っているところを見ると、どうやらこの男が運転手のようだった。

「いや、ほんとうに大きな口をたたく男だよ」とわたしは戸口のところから受けて取って一同を喜ばせた。ところが、わたしはただ人を喜ばすだけのつもりで言ったにもかかわらず、そのときあの見知らぬ男のことを心に思い浮かべていた。いや、わたしは運転手があの男のことを言っているということを、ほとんど知っていた。

カウンターのうしろに立っていた十八歳になるここの主人の息子ギルバート・サベストもいっしょになって笑った。彼は大人びた顔つきをして、一心に煙草を巻いているところだった。

「何をさし上げましょう、先生《ドクター》」と彼は言った。

わたしは売店で買い損ねた煙草を求めた。そして彼はカウンターのうしろのガラス棚からひと包み取り出してわたしに渡した。

「今日は君がこの家の大将じゃないか、ギルバート」

「おやじとおふくろは市場に行ってます」

長テーブルの三人が会釈した。わたしがドクターの称号をもっていることが、彼らの気に入ったらしい。彼らは冗談をつづけたがっていた。それにどうやら言葉とか、考えとか、そのほか人生のあらゆることどもを徹底的に味わい尽くすことが、楽しいまどいには必要らしい。それゆえ、二人の相乗りの年かさのほうがさっきの話題をまた取り上げた、

「まったく大きな口を――」

「ああいう野郎は空っぽのくせに、口はいっぱいなんだ」と残りの二人のうち年かさのほうがあいづちを打った。

「空っぽの口こそしゃべらずにいられないのさ」と若いほうの男が心得顔で言った。それはまる顔で獅子鼻をした小男で、二十五そこそこというところだったが、指にもう結婚指環をしていた。

「そうかな」とわたしは言った、「女たちに関してはまったく当たっているとは言えないな、女たちは口がいっぱいでもしゃべるからね……違うかな、お若いご亭主どの」

するとは彼らはたまらず、また猛烈に笑い出した。だがギルバートは顔を赤らめた。彼はそのほかの点では父親似だったが、母親ゆずりの透きとおるような素肌をもち、それが彼の表情の肉感的な暗さと奇妙な対照をなしていた。

「いったいそいつは何をしゃべったのさ」とギルバートはたずねて、煙草を口の隅にいくらか荒っぽくくわえた。

わたしはパイプに煙草をつめて火をつけ、運転手のとなりに坐った。

二人の相乗りのうち年配のほうは、表で太陽が夏のように照っているせいだろう、すでに上衣を脱いでいた。そしてシャツの中に手をつっこんで胸を掻きながら彼は言った、

「うむ、あの男はいったいなんのことをしゃべったんだい」

運転手が《わからん》という腹立たしげな身振りをして言った、

「車を運転してるときには道路に注意を向けてるからな」

「まずののしっておいて、そのくせ、あの男がなんのことをしゃべったか知らないというのかね」とわたしが異議をさしはさんだ、

「おれはうしろでセメント袋の上にのっかっていたもんでな」と年下の男が、獅子鼻に今にも笑おうと待ちかまえている顔をした小男が、言いわけをした。

「つまらないことをあいつはしゃべってたよ」と運転手が説明した。

「ありゃジプシーだとおれは思うね」と年配の相乗りが言ってさらに背中を掻きつづけた。蚤が背中へまわったらしい。

「君たちが彼をのせてやったのはよかったよ」とわたしは言った、「やっこさん、くたくたに

疲れていたからな」

わたしが問題の人物を知っていたので、彼らはびっくりしてわたしを見つめた。そして彼らはそのことにすこしばかり腹を立てた。もはや冗談ではなくなった。

「いつもは誰ものせないことにしてるんだよ」と運転手が口をとがらせて言った、「もともと禁止されてるもんでな」そして彼は革の鳥打ち帽をあみだにした。乏しい髪が額に貼りついていた。

ほんとうは、彼らはあのフランス風の放浪者との体験を認めたくないのである。それゆえわたしたちは口をつぐんだ。

この家の大きなレオンベルク犬プルートーがテーブルの脚や椅子に脇腹をすりつけながら、ゆっくりしなやかに調理場から出て来た。自分も犬を飼っているおかげで、わたしは彼の覚えがめでたかった。彼は口からかすかに涎《よだれ》を垂らしながら、頭をわたしの膝の上にのせた。彼の充血した目の中には、忠実な心根と慎み深い語りかけとのかもし出す優しい悲愁が漂っていた。

「またやって来たね」とその目は語りかけた、「君は医者のにおいと、君の犬のトラップのにおいと、それから人生のいろいろなことのにおいがする。だけど、人生のことどもについては今はこれ以上話したくないな」

「そうかい」とわたしは答えた、「そうかい、プルートー、トラップが君によろしくと言ってたよ」

「ああ、ありがとう」彼の目は答えた。

「中庭に行きたまえ、プルートー」とわたしは言った、「おもては三月だ、太陽と夏の香りがする」

「そう」と、彼の目は答えた、「知ってる、さっきもおもてで寝てきたところだよ、いい気持だった」

それにひきかえ酒場の中は、窓をとざしているせいでいくらか息苦しかったが、それでもひえびえとしていた。調理場とビールとブドウ酒と、汗と生焼け肉のかもし出すにおい――それは騎士と雑兵のにおいであり、それが靄《もや》とたちこめる中でかつてヨーロッパは全世界を征服したのだ。そして今ではそれはもはや酒場の中でのみ小市民的な家畜的な存在をながらえている。とはいえ、それはいつなんどきでもまた迸《ほとばし》り出て戦場にたちこめんと待ちかまえている。そのにおいがこの部屋にもたちこめていた。そしてわたしたちはそのにおいを嗅ぎつつ、男であることを感じた。

突然運転手は多弁になった、

「こんなばかげた話を聞いたことがありますか、先生、世界がより良くなるよう、われわれは女に触れずに暮らさなくてはならんなんて……」

「ほう、そんなことを言ったのか」

「いやな野郎だ」と運転手はビールを干した。

「だけど、あんたはやつに賛成したじゃないか」と年配の男が主張した。

彼は蚤とりを諦めたところだった。シャツの中から手を引き出して、彼は獲物のないごつい指先を残念そうに眺めていた。

「おれだって。おれは道路に目をやっていた……賛成したやつがいたとしたら、そいつはおまえさ」

「なぜおれが賛成しなきゃならんのだ、おれはもともと女なんぞどいつもこいつも問題にしちゃいない……それで世の中が良くなろうとなるまいとさ」

ギルバートが顔を赤らめた。どうやら、自分が毎晩通っているラウレンツの娘アガーテのことを思い出したせいらしかった。そしていくらか学校の生徒じみた大人ぶった調子で彼は口をさしはさんだ、

「そいつはどうせ坊主だろう……」

「坊主だろうとなかろうと」と若いほうの相乗りが言った、「ああいうやつは女の子を口説くとなると、とたんに違ったことをしゃべりやがるんだ」彼の指に結婚指環が光っていた。

カウンターの水槽についている真鍮《しんちゅう》の栓が、おもての三月のお昼時のように光っていた。お

りしも、光が透きとおった羽虫の群れのように大地に降りそそぎ、大地を肥やし、不思議な光の奇跡を行なう時刻だった。

そしてこの奇跡の何がしかに気づいたかのように、若い相乗りは楽しげに言葉を継いだ、「そんな話、おれはいっさい耳にしたくない、何もかもばかげた話さ」

「ま」とわたしは言った、「ことによるとまだこれからあの男に改宗させられないともかぎらないから、気をつけることだな……あの男はこれからまた君たちといっしょに乗って行くのかね」

「いいや」と運転手が言って帽子を決然とかぶり直した、だが決然たる拒絶にもかかわらず、彼はほとんど物怖じしたような声で言った、「いいや、あの男もやつのおしゃべりも、これ以上おれたちについて来まい……山越えの道路はめっぽう悪い、カーブまたカーブだ、それに車は重いときてる……いいや、あの男はきっとほかの誰かを見つけるだろうよ、やつのおしゃべりで幸福にしてやれるような誰かを……」

男たちは《ご機嫌よう《グリュース・ゴット》》と言って酒場を出て行った。わたしは窓を通して彼らの姿を追った。ふんぎりのつかぬ様子で彼らは街道の左右をうかがっていた。それから彼らは自分の席に登り、二度にわたって運転手は電源のボタンを押した。そして車体ががくんとひとつ前に出て、ハンドルがひとつきられると、車はぶるぶると音を立てながら出発した。セメント袋の上の相乗りが窓辺のわたしに気づいて手を振った。そして向かいの家々の、白々と陽《ひ》を浴びる正面の壁では、窓ガラスが光の空から寄せてくる波にむかって暗く燃えていた。

「二階に患者は来てるかね」とふたたび部屋のほうに向き直ったとき、わたしはギルバートにたずねた。

それは彼の耳に入らなかった。まだあの純潔の使徒のことに思い耽《ふけ》っているのだった。「その男をご覧になったのですか、先生」と彼はたずねた。

「さっきわたしが通りで出会った男だと思うよ」

「それじゃ坊主じゃなかったんですね……」と彼は考え耽りながら言った。

「どう見ても坊主じゃなかったな……いったいなぜ坊主なんだね、純潔を説いたからかね、どこかのばかげた放浪説教師だろう、たぶん……そんな様子をしてたよ」

「純潔の誓いというのはそんなにばかげたことでしょうか、先生、それはそれなりに良い意味をもっていたにちがいありません」

「また実際にもっていたとも……人間たちの精神的な導き手たらんとする者は、また純粋に精神的に生きなくてはならない……もっとも、これをなし遂げたのはほんのわずかな人たちだけだったがね」

「もしかすると、坊主じゃないほうが、かえってそれをなし遂げやすいのかもしれない」

わたしにはこの少年の何かが狂っているように思われた。わたしは彼が好きだったし、彼もわたしに信頼を寄せていたのだけれど。そもそも、若者たちが純潔について語るとき、彼らはたいてい何かしら不安に満ちた観念にとりつかれているものである。

「また何を君は純潔から求めているんだね、アガーテと喧嘩別れでもしたのかね」

彼はぼんやりとほほえんで言った、

「いいえ、そうではないんです」

それから彼はまた言った、

「たぶん連中はその男をいっしょにのせて行ったでしょうね」

一瞬、上クプロン村めざして街道を登って行くトラックの姿がわたしの心に浮かんだ。急峻にさしかかってギアを切り換えたときの車の反動を、わたしはわが身に感じた。そして車が揺れるたびに、あの放浪者の記憶がひとかけらずつ三人の頭の中から振り落とされてゆくのを。だが、あの男自身もその車にいっしょに乗っていたかもしれぬとは、わたし自身驚いたことに、わたしには最後まで思い浮かべられなかった。わたしはもしも賭けるとしたら、あの男がこの村を去らなかったというほうに、ためらわずに賭けたことだろう。わたしはそのことを確信していた。それも神秘的な虫の知らせと言ったものによってではなくて、むしろある漠然とした感情の組み合わせによって。「いや」とわたしは言った、「彼らはあの男をいっしょにのせて行かなかったよ」

ギルバートはテーブルの上に尻をひきずり上げ、すでに男らしく節くれ立った手を、組み合わせた膝にまわした。そして彼はうなずいた、

「それでは、もしかするとあの男はぼくの家に泊まるかもしれませんね」

そうやって彼がわたしの目の前で坐っていると、わたしはふと自分の中学生時代を思い出した。わたしたちは午前の休み時間にやはりこんなふうに机の上に坐って、足をベンチの上にのせ、向かいの家々の正面の壁を、そこで午前の日光の波が暗い窓ガラスに反射するのを、目を細めて眺めたものだ。そうだった、そして今になってもまだ恥ずかしさを覚えるのだが、わたしはどうやらあのころクラス中の喝采を浴びながら純潔について演説したことがあったようだ。

「あれはホテル泊まりの旅人じゃないよ」とわたしは答えた。

そしてわたしはさらに思い出した、わたしがおよそギルバートの年頃に、ある娘に熱を上げ、そのくせ相手の心にも憎からぬ心が芽生えてきたのをついぞ認める勇気もないままに、逃げ出してしまったことを、さだかならぬ青春の不安に疲れきって逃げ出したことを——そうなのだ、あの不安には、女たちの抱く子供への欲望が大いに働いていたのだ。あの純潔の演説でもって、わたしはどうやらほかでもなく、あの娘をわたしの不安に売り渡してしまったのだった。

「純潔は健康に悪いでしょうか」とギルバートはたずねた。

彼の混乱がわたしの気に入った。それゆえわたしは彼にむかって、そして彼のさだかならぬ魂にむかって、ただ肩をひとつぽんと叩いて去りがてに言った、

「女たちに不安を抱くのは余計なことだよ……女たちは君に何も悪いことはしない、ましてやアガーテは」

「診察室にはまだ誰も来てませんよ」と、彼はわたしのうしろから叫んだ、もっと話をしたいのだ。

「話をしてるうちに誰か来たかもしれない」と、わたしはすでに調理場の中から叫びかえした。なぜわたしがあの娘のことを思い出したがらぬのか、それは神のみが知ることだ。あれからもう四十年になる。

中庭に面して潜り抜け門の並びに造りつけられた階段のところまで行くために、わたしは中庭を横切らなくてはならなかったが、その中庭は静かに陽《ひ》を浴びていた。その中央にはマロニエの樹が、四方の建物に護《まも》られているとはいうものの、天候の厳しい高地でたくましく生い育ち、おりしもたくさんの小枝を分けた葉のない大枝でもって、入り乱れた影模様を地面に描いていた。そして階段を昇り、中庭の二辺を直角に縁どっている回廊にたどりついたとき、わたしはしばらく診察室の扉の前に立ち止まり、回廊の手すりにもたれて、そのきめの粗い鉄材が太陽に熱せられているのを手の下に感じながら、春を吸いこんだ。ここにはお昼時の陽ざしが

いっぱいに当たっていたが、サベストの住まいといくつかの客室の扉の並ぶ右半分の回廊のほうは、そのいちばん端の洗面所の建て増しのところまで、すでに細長い壁の陰の中にすっぽり入っていた。日陰の中は早春めいてうすら寒かった。そして茶色に塗られた扉を眺めると、これらの扉が春の大掃除のためにあけはなたれるのもまもないことが知られた。ところが、ここの日なたはほとんどもう夏の中まで入りこんでいた。光があまりに烈しく照りつけるので、早春の歌はほとんど口をとざしてしまった。明るい、ごくかそやかな、しかしかたくななハミングのようなものが鳴り響いていた。そしてそれが春の響きだとすれば、その中にはすでに夏の静けさが混じっていた。

わたしは潜り抜け門に馬車の轟《とどろ》きを聞いた。そして宿の主人夫妻が馬車を御しながら中庭に入って来た。馬車には夫妻だけではなくて、一頭の仔牛の姿も見え、両脚をしばられて一頭立ての肉屋の馬車の荷台に横たわり、首を横にひねってマロニエの樹を見上げていた。サベストが御者台から跳びおりて、彼の妻を助けおろした。それから彼女が買い出しの品を車から積みおろしているその間に、納屋から出て来た下男の手を借りて仔牛が車からおろされ、縄を解かれ、そしてよろよろした脚で地面に立った。仔牛はひとまず馬車の車輪にゆるくつながれた。それから馬が車からはずされた。

このテオドール・サベストなる人物は、ホテルの亭主および肉屋というと人が思い浮かべるような風体《ふうてい》はしていない。彼は肥えないたちなのだ。むしろ容貌からすれば彼は小売り商人、彼の売店のほうにふさわしい。とはいえ、これは最初の印象にすぎない。人はたちまちにして、彼が痩せた屠殺人の典型、いや、言うなれば痩せた首斬り役人の典型に属することに気づく。それにまた、人情味、人情味がなくては宿屋稼業はつとまらぬことだから、彼がかなり無理をしてつっている人情味、彼の仮面となった人情味も、首斬り役人の人情味なのである。また彼の細君のほうは、これまたブロンドの髪はしていてもあまりもの柔らかな女とは言えなかったが、しっかり者のうえに、調理場の熱気と酒の熱気の中で所を得たあの明けっぱなしでしかも抜け目のないお色気を備えており、いつのまにか立派な酒亭の女将《おかみ》に成長した。荒っぽい情熱的な求愛ののち二人は結ばれた――彼は彼女をプロムベントの谷から連れて来たのである――、そしてほんとうは、この女の体質からすれば一人息子で満足する必要はなく、もっと子供をこしらえることができたはずなのであるが、しかし首斬り役人というものは家に子供たちの母親ではなくて、恋人を置きたがるものである。つまり、彼はあくまでも原始の森の中に留まろうとするのだ、あらゆる生の起源がひそむ暗い森の中に、そして人間たちが幸福になるとも不幸になるとも知らぬままに、道を失い、逃げ道を失った不安から、互いに行き会うままにすがりつく森の中に。首斬り役人たる彼は、ものすべてが絡みあう湿っぽい暗黒を切り開き暗黒から遁《のが》れんと努める者たちをあざわらう。なぜなら彼は知っているのだ、人間はたとえ大きなアーケードのある家を建てようと、そればかりか自動車で走りつづけようと、けっして森のへりを突破できないということを。彼は知っているのだ、何をしようと何をしまいと、どんな振舞いも、いや、どんな言葉も結局は原始の茂みに取り囲まれ、その中へ流れこんでしまうということを。なぜなら、あらゆる人間的なものの始めと終わりは永劫にわたって原始の眠りと原始の忘却の暗黒の中につつまれているからである。そしてまた彼は知っている、この暗い炎はいつなんどきでも迸《ほとばし》り出て、われわれを焼き尽くさんと待ちかまえているということを。

わたしは誇張しているのだろうか。

たしかにホテルの亭主テオドール・サベストはこのようなことにあまり思いを致したことはなかったし、わたしはわたしで医者として彼の結婚生活のことをいろいろ知っているだけに、あるいは彼の魂の中にいささか多くのものを置きすぎたのかもしれない。そしてまた人々が子供のすくなすぎることを責めようとすると、彼はいつでも経済上の言いわけを手もとに用意している、つまり、こう暮らしにくい時代には一人の子供で満足しなくてはいけないと言うのだ。しかしながら彼の情熱的な、しかもおし殺され、おし隠された眼光はもっと多くのことを語っている。それはゆくりなくも一匹の野獣を、追い立てられて彼の妻とともにふたたび原始の茂みに逃げもどった野獣を顕《あら》わすのだ。

だがそのとき、プルートーが忠実で哀《かな》しげな顔つきで調理場の戸口から現われた。物思わしげに彼は馬車のほうへ近づいた。そして仔牛の姿に気づくと、彼は気さくに仔牛のそばに寄り、しつこいほどの親愛の情をこめて仔牛の体を嗅ぎまわした。それゆえ仔牛はプルートーがさらに重く前肢を上げて遊びに誘ったとき、おそろしい勢いで綱を引っぱりはじめ、脚をつっぱって前のほうへ伸び上がった。まもなく死へ引かれて行くはずの生き物にはふさわしからぬ、子供っぽい振舞いである。わたしはもうしばらく彼らを眺めて、それから診察室にひっこんだ。

これがわたしの書きとめたかった第一日目である。

＊

もっとも、あの最初の青々とした春の響きはまもなく忘れられてしまった。たったひと声吠えたかと思うと、押しもどされていた冬はまた迸り出た。吹雪とともに冬はいままでその陰に身をひそませていたクプロンの岩壁を乗り越えて、谷の中へ躍りこんだ。二日二晩というもの、雪が、針のごとく鋭い雪片が、斜めに傾く重い層をなして吹き流れた。やがて風が変わって北から吹きはじめると、太陽はかりかりと雪景色を照らし出し、そして銀白に磨きのかかった道ではふたたび橇《そり》の鈴がまるでクリスマスを呼びもどそうとするかのように鳴り響いた。

とはいうものの、毎日はもはやクリスマスとは異なった味がした。すべてが十二月よりもきつく、そして同時により柔らかだった。寒さはいわばひとつひとつの要素に分解されてしまった。なるほど、白くまばゆい粉雪まじりの風がさむざむと野原や山腹を吹き渡った。寒気が刺すようにわたしの分厚い毛皮の外套を通して滲《し》みこんできた。しかしながら、かたく凍りついた雪の表面には雪どけの層がひろがり、雪を腐蝕してねっとりと融かした。それゆえ粥《かゆ》のような泥が重く靴底に粘りつき、黒くかかとにくいこみ、そしてトラップの前肢にまでこびりついたので、トラップはくんくんと鼻を鳴らして跛《びっこ》をひきながらわたしに助けを求めた。厳しさと柔和さがちょうど悪い割合で入り混じったのだ。時はまさに三月だった。そして日は長くなってゆく。しかしそれはとりもなおさず、寒さもほとんど峠を越したということだった。一週間たつかたたぬうちに、陽気はだいぶしのぎやすくなった。すくなくとも、毎日の往診がもはや格別の苦労を要さなくなるまでにはなった。

「さあ行こう、トラップ」とわたしは言った、「下の村に行かなくてはならない、ズックのところのエルネスティーネが産気づいたといま電話があった」

それからわたしは商売道具を鞄《かばん》につめ、カロリーネにたぶん夕飯までには帰れるだろうと言って、明るい午後の中へ踏み出した。

北風はいまだにひゅうひゅうと吹いていた。とはいえ、もはや先頃ほど厳しく吠え立てることはなかった。それはいわば独唱になっていた。上空を渡る風も地を這《は》う風もすでに口をとざしてしまったのだ。そして北風はひとりぽっちの散策者のように低く口笛を吹き鳴らしながら、樹々の梢の上を吹き過ぎて行く。木の葉をさやがすこの口笛のほかにきこえるものと言っては、樹々の幹が立てるほとんど若々しい軋み声、雪が粉のようにふうわりと枝から落ちるたびに、はばたくがごとくはじけ起きる枝々の、明るく震える音ばかりだった。そのほかには樹々の下は完全に静まりかえっていた、そして重い雪の帽子が杜松《ねず》の茂みの上にじっと横たわっていた。

わたしの家から呼べば届く距離に、代理業者ウェチーの家がある。わたしたちの庭の垣根はともに白い波の下にすっぽりと埋もれ、まるで二軒の家はまったく庭囲いなしに、無造作に森の中に置かれたかのように見えた。一条《ひとすじ》の薄煙がウェチー家の棟の上にたなびき、澄みきった銀青色の中へ立ち昇っていた。そしてこの青は高い空に張り広げられているばかりでなく、銀色の大気となって大地まで降り、水晶の透明さで樹々の幹をつつみ、地面の上に固く積もった、いや、あるいはそれは雪の被《おお》いをつき抜けて地面の中にまで滲《し》みこみさえしたかもしれない。天から降りそして無限へと積み重なってゆく、厳しい宇宙の大気。しかしそのにおいのない爽やかさの中には、ストーブや暖炉から立ち昇る薪火の弱々しい、もろいにおいが混じっていた、いうなれば、大気の永遠性の非情さの中に人間くさく浸透する人間の安息の暮らしとして。

わたしの家からも煙が立ち昇っている。それはわたしの家である。もう十年このかた、わたしと家とはお互いにまるで一体の生き物のようになってしまった。そんなに長いあいだわたしたちはともに暮らしてきた。それゆえわたしはそれが詐欺とインフレの落とし子、しかもまさしく月足らずのひよわな未熟児だったことを、ほとんど忘れかけているほどだ。あれはあのインフレ時代のことだった。数人の詐欺師どもがクプロンの鉱山をふたたび開くといつわり、そして印刷された株券のほかにも何か具体的なものを見せるか、すくなくとも見せかける必要があったので、プロムベントの森と呼ばれる森を手に入れ、さらに鉱石をプロムベント村まで運搬するためのケーブルを一部分つくり、そのうえ、さらに光彩をそえるためにこの二軒の別荘を建てたのである。森を買って別荘を建てたというのも、あきらかに、家屋や森林なら抵当になろうが、鉱石を出さぬ坑道では抵当にもならないからであった。そのほかにも、プロムベント村に製錬所をつくる計画もあったが、これはいずれ抵当として役に立たなかったはずだ。ところが、工事がわざとゆっくり行なわれたので、ついに詐欺が破綻をきたしたとき、これらの施設さえも未完成のままだった。ケーブルも中途半端だった。二軒の家も中途半端だった。扉にはまだペンキが塗ってなかったし、そして水道も中途半端で水が通ってなかったし、給水源に予定されていた山の泉にもまだ囲いがつけられてなかった。そして元管理人のウェチーもこの家に引き移って来たばかりのところで、いわば同様に中途半端のままこの家に置き去りにされた。彼もこの詐欺の犠牲者なのだ。二軒の家は滞税分のかわりとしてクプロン村に引き渡された。さらに例の森とケーブルをめぐって、クプロン村はプロムベント村といまでも訴訟をつづけている。訴訟の対象が無価値であり、不断にふえる訴訟の費用にあきらかにとうの昔から引き合わなくなっているのもかまわずに。しかし、そこがお百姓の頑固さの頑固さたるゆえんなのだ。森は手を触れられぬままになっている。ケーブルも切断してスクラップにするわけにゆかない。それゆえ、その完全無欠な中ほどの部分はいまでもグロテスクな痕跡として、運搬用のゴンドラをぶら下げて、冷た石《カルター・シュタイン》の近くの唐檜《とうひ》林の上を走っている。ウェチーはそもそものはじめこれらの施設の管財人として使ってもらおうとしてやって来たのであるが、そのころ結婚したばかりだったこともあって、この家から離れられなくなってしまった。彼はいまでは借家人となって、農耕器械やその他さまざまな工具の代理販売人として、またさまざまな商会の代理販売人として、さらに不動産銀行や保険会社の契約取りとして、つましい暮らしを立てようと試みている。

　十年以上の年月があの事件の上を流れた。そしてあのころすでに都会の生活を捨てようという固い決心を抱いて、ある山旅からこの村にやって来たわたしは、おりしもクプロン村に村医求むの公示が出されているのを知った。わたしはこの家が、ほかに使いようもなかったので、医者の住まいに予定されているのを知った——お百姓たちは、お医者に使わせるものならなんでもすぐに、これでたくさんと思うものである——。ところが、まさにこの家が、それにもまして人里離れた山林にあるそのことが、わたしの心をそそってすぐさま公示に応募させた。村医のポストはわたしに与えられた。わたしはそれを受け取った。そしてわたしはそれを後悔するいわれがなかった。なぜなら、家と森と風景はわたしにとってほんとうの故郷となった。そして家を出かけるたびに、また家にもどってくるたびに、わたしは故郷にある気持をあらたに、いや、いよいよ強く感じるのだ。

そして今日もまた、黄土色に踏みしだかれた雪路をたどって——それはわたしの午前の踏みあとであり、きざみのついた鋲《びょう》靴のへりのあとだった——村にむかって森の出口を目指しているとき、わたしの気持はいつもと変わらなかった。ズックの細君のお産に足をせかされながらも、わたしの心には森の姿がその目に見える所も隠された所もひっくるめて、懐かしく現前していた。わたしは知っていた、頭上の白い樹冠のあいだでは青空が輝いているが、クプロンの岩壁にはすでに陰がかかり、日の傾きを告げながら山腹にむかってのびてゆくのを。そればかりではなかった。わたしはいつものように、森に関するわたしの知識のすべてに伴われていた。わたしは森のあらゆる様相と季節を知っていた、わたしは森の樹木たちを知っており、その多くを一本ずつ見分けることができた。わたしは森の地面が丘をなしてる処も谷をなしてる処も知っていた。森の中の雪溜《だま》りも雪庇《せっぴ》もたくさん知っていた、わたしは森のいちばん奥まった処を知っていた。暗い処も明るい処も知っていた。そして森のへりにたどりつき、ここから街道のつづら折りの最初の部分にむかって下る近道——これもわたしが自分で踏み開いたのだ

――に入ろうとしたそのとき、わたしは見た、

――わたしの右手にたくましく、影に覆われつつ、みずからも影を落としつつ、クプロンの岩壁が森を黒いショールのごとく巻きつけてそそり立ち、そしてほの暗い影が滑るがごとくすでにはるか山腹まで落ち、すでに牧草地と畑地の上限まで達しているのを。だが、牧草地と畑地は森の裾から道に至るまで、なおも太陽の輝きをいっぱいに浴びてきらめき、その斜面の白雪はまばゆい光をまき散らし、一面に黒いはしばみの灌木《かんぼく》をつき立て、その濃紺の影に色どられていた。そしてわたしの数百歩前方には白雪の中にぴったり身を埋め、あくまで明るく日に照り映える白雪の中にぴったりと身を埋め、みずからあくまで明るく日に照り映えて、屋根屋根に雪をいただく上クプロン村が横たわり、雪の斜面の震えるがごときらめきに取り囲まれ、まるで透きとおらんばかりだった。しかしながら、透明さにおいてはるかにまさるのが山々だった、無数の明るい面と無数の暗いひだをもつ山並みだった。それはクプロン峠の裂け目に隣りあうフェント高原と高フェント山から始まり、峰に峰をつらね、不可思議に漂いながら、しかもなんの不可思議もなくかたくなに立ち並び、光を担って峰から峰へ運び、やがて東の前山の群れの無限な色あいの中に揺れおさまってゆく。山々は力強くそして力弱く、きらきらと輝きながら、しかも天空の白銀の光に輝き負ける。そして天空の光は山々を越え、目に見えぬ彼方《かなた》にむかって流れ、そしてまたわたしの左手のクプロン谷をめぐる山々へ降りそそぎ、円型

をなす静かな谷の中へ流れこむ。谷はなだらかに窪んでゆく雪の鉢のごとくであり、谷底において藪《やぶ》や柳を茂らせてくろぐろとくねる渓流にいったん中断されたあと、ふたたび対岸の高みへせり上がり、こちら岸と同様に、白雪をまぶされた暗い強《こわ》い緑色の高山森林に取り巻かれていた。ところが、この谷がまた透明な寒気の中に横たわっていた。人間の住まいという住まいが、山腹に散在する村はずれの農家が、いずれも窓を暗くきらめかせて、いずれも煙突から煙をはいて、いずれも透明な寒気の中に横たわっていた。そしてわたしが立っている地点からは、村そのものは見えず、谷の北半分および谷の出口もろとも森林の断崖の陰に隠されていたものの、谷全体はすでに人間の存在と暮らしとによって暖められ、あたかも天空の銀の光を鏡のごとく受け止めてより暖かく、より柔和に、よりおぼろに、象牙色の光に変えて、太陽の輝く宇宙に照りかえす優しい鉢のようだった。そしてこのような優しい照りかえしとともに、時計台の鐘の音が鳴り響きはじめ、宙にやすらい漂う響きとなって、氷のごとき陽光の静けさと入り混じり、やすらいそして漂い、固くしかもおぼろに響き、彼方《かなた》の天にこだまし、そして目に見える世界の谷に、寒気をはらんで響きかえって来る。それは天上と地上の間のこだまの戯れであり、そしてこの戯れの中で地上的なものはおのれの可視性を越えて鳴り響き、おのれの送り出した響きに乗っておのれの境界を越えて漂うのだ、幾重にも隠されたものの住まう彼方にむかって鳴り響きつつ——

――これらすべてをわたしは眺めそして聞いた、急ぎの用が立ち止まることも許されなかったにもかかわらず、たえずともに漂い、そしてけっして倦《う》むことを知らぬ故郷愛によって。故郷愛は見るよりも推し測る。それは目の知識よりも心の知識に生きる。それは目に見えるものに驚かされ、目に隠されたものに驚かされ、目に見える景色を目に隠されたものの中へ送り、それをさらに、目に隠されたものをすこしばかり越えた彼方《かなた》へ送る。それは目に隠されたものの促しに心をとらえられている。そうなのだ、それはほのかに感じ取るのだ、目に隠されたものの中からこそ、耳にはきこえぬ声がつねに人間にむかって呼びかけるのを、《おまえの愛は果てしなく広がらなくてはならぬ、おまえの愛には境はないのだ、それゆえいたずらに時を失ってはならぬ》、と。なぜなら、あらゆる愛の目標は目に見えぬものであり、究極の奥深くに隠されたものであり、その中でこそ親密の情がはじめて生まれる。しかしながら、隠されたものはわれわれが一瞬たりともそこから目を逸《そ》らせば、何度でもわれわれから遁《のが》れ去り、われわれを故郷のまっただ中にありながら流浪の身としてしまうのだ。トラップが舞い上がる冷たさを喜んでその中を転げまわりながら、わたしの前を勢いよく走って行く。成長した狼犬としてはいささか無邪気すぎる振舞いである。しかし明らかに彼もまた目に見えるもの、肌に感じられるものを、感覚の許す以上に味わい尽くさんとしているのである。そしてわたしも、太陽を背に受け、かすかな北風を左から顔に受け、喜々とした犬を目の前に見ながら、わたしも犬といっしょになって喜んだ、彼の上機嫌を喜んだ、目に見えるものと目に見えぬものとを喜んだ。とはいえ、もちろんできるだけ早く谷へくだろうと頑張ってもいたのである。なぜといって、ズックの細君はこの前の二度のお産のとき、かなり苦労したのである。わたしは彼女の身がいささか気がかりだった。そしてわたしはスキーを持って来なかったことを残念に思った。

それでも十五分後には教会の塔が単純な切妻《きりづま》屋根とともに姿を現わし、まもなく厚く雪をかぶった村の家々の屋根が見えてきた。さらに十五分後、わたしはズックの細君のそばにいた。すでに陣痛はたけなわだった、そしてわたしが考えたよりも経過は良好でさえあった。わたしの危惧に反してすべてはきわめて順調にいった。これならあのマリア・フレスだって、きわめて熟練した産婆であることだから、ひとりで十分にやってのけられただろう。そして太陽の最後の輝きがまだ消えぬうちに、わたしは新しい人間をこの世に取り出し、六時かっきりにこの日々の奇跡は完了した。そしてわたしは、年老いた産医たるわたしは、病院の産婦人科や田舎における三十年来の経験にもかかわらず、またもや驚嘆の念を禁じえなかった。なぜといって、わたしの手によってひとりの人間の腹から取り出された生き物が、いまや自分も母親とまったく変わりのないものとなり、そして世界を克服し、かつ世界に苦しめられるために必要な、ありとあらゆるものを備えているのだ。わたしが臍《へそ》の緒を切ったのは女の子、三人の男の子のあとで女の子だった。蟹のように赤く、頭にうぶ毛を生やし、愛らしい小さな指と半月型のつめをして、彼女は日々の奇跡を無理じいされたことに怒り狂っていた、この奇跡をば侮辱と感じたのである。

しかしながら、自分のなし遂げた仕事がどんなに嬉しいからと言って、この成功の家にこれ以上長く留まっているのはあまり意味のないことだった。それゆえわたしはもう一度手を洗い、白衣と道具を鞄《かばん》の中にしまいこみ、もう一度おめでとうを言って、お産のあいだ台所で丸くなって眠っていたトラップに、そろそろ行こうじゃないかと告げた。そして犬たちにとっては、日々の奇跡とはこのように思いがけなく告げられることにあるもので、トラップはそれを見て取って大いに喜んだ。そしてわたしたちはすでに黄昏《たそがれ》の降りた裏小路へ入って行った。

いつもの習いでわたしは何か新しい病人の知らせでも入っていないかと、まずホテルに立ち寄ってみた。何もなかった。そのかわりわたしは酒場の中に太ったラクスと、それから代理業者ウェチーを見つけた。この男は自分の事務所がなかったのでしばしばここに姿を見せ、商売の清算をしたり、手紙を書いたりしていた。というのは、商売と商売のあいまに家に帰る暇がいつでもあるとはかぎらなかったのである。

ラクスは例によって「いよお」とわたしに挨拶した。この男にあってはすべてが鳴りどよめいていた、彼の黒い目も、黒いもじゃもじゃの眉も、口髭《ひげ》を生やした顔の黄ばんだ厚い脂肪も。そして同様に鳴りどよめきながら、彼は首席村会議員として――おとなしい村長のウォルター

スを脇におしのけて――村の政治を牛耳っていた。そして今も彼は鳴りどよめく声で言った、

「ウェチー君、先生がおいでだぞ……そうら、こいつは面白いことになるぞ」

ウェチーは跳び上がってお辞儀をした。彼はいつもよりさらに小さく、さらに弱々しく、さらに代理業者くさく見えた。ラクスの山のような図体《ずうたい》の脇でさなきだに消え入りそうなのに、このラクスがあきらかに彼に何か取り引きを与えようとしているらしく、この恩恵が彼をいるかいないかわからぬまでに押しつぶしてしまっていた。

「坐れ、ウェチー」とラクスは命令した、「先生もわれわれのそばにお坐りになるがよかろう、しばらく二人のそばに腰をおろしてゆくのも悪くない。そしてサベストが注文しない先に一杯の赤ブドウ酒《ロート・ワイン》を持って来た。

ウェチーの顔から察するに、彼はわたしが来たおかげでラクスの爪から解放されたと思いこんでいるようだった。彼の顔つきは目に見えて落ち着いてきた、そして彼は彼のグラスからちびちびとビールをなめた。

「いやはや、先生」と言ってラクスは彼のビールを干した。もちろん、わたしがいるからといって、彼はこの代理業者を放免してやるつもりはもうとうなかった。「ウェチー君はやっかいな男だよ……ひとが仕事をまわしてやろうかと言うのに、引き受けたがらない……」

「わたしはもちろんやらせてもらいたいのです、ラクスさん……ただねえ……」

「ただもへったくれもありゃせん……おまえが六千マルクで引き受けるか、それともわしが商売敵のところに行くか、ふたつにひとつだ……」

代理人ウェチーはブロンドの毛がまばらに生えている禿《は》げ頭から汗をぬぐった。

「会社が引き受けてくれませんよ……わたしはいいとしても……」

「なんのことだね」とわたしはたずねた。

「ヨハニのやつが保険の契約を結びたいって言うんだよ、ところがわたしが彼のかわりにやってやらんと、ウェチーにいっぱい食わされるんでね……」とラクスは説明した。

ラクスがヨハニの家屋敷に金をつぎこんでいるのを、わたしは知っていた。それにまたわたしは、ひとたびラクスの網にかかった者は生やさしい損害ではそこから抜け出られないことを知っていた。ヨハニもいずれ思い知らされることだろう。

「そういうわけか」とわたしは言うだけにとどめておいた。

小声でおずおずとウェチーが意見を述べた、

「それにわたしが思うには、そいつは法律にもひっかかります……」

ラクスが狡猾《こうかつ》そうにまばたきした、

「法律に関してはわしのほうがおまえよりよく通じている……だから、余計な心配してその禿げ頭に白髪なぞ生やさぬこった……それよりビールをあけろ……」

サベストも前につき出した柔らかな下唇に煙草をのせてわたしたちの側に坐っていたが、彼もウェチーいじめに加わらずにおれなくなった、

「金はいつだって法律より強いもんだよ、ウェチーさん」

「あるいは会社が特例を認めてくれるかもしれません」とウェチーは逃げを打とうと試みた、

「会社に報告してみましょう」

「報告することはない、仮契約に署名するんだ」ラクスは容赦なく命令した、「会社は調べやしないよ」

そしてサベストも口を添えた、

「のべつあんたは愚痴を言っている、ウェチーさん、そのくせとてもうまい商売を遁《のが》してしまうんだから」

「ウェチーをそっとしておいてやれ」とわたしは言って立ち上がった、「彼は堅気な人間だ、彼は自分がやっていいことと、悪いことをわきまえている」

「ほほう」とラクスは叫んだ、「ウェチーは何もわかっちゃいない、彼は強情なんだ。お客を満足させようとしないくせして、ラジオなんぞというがらくたを売りつけやがる」

わたしは腹を立てた。いったん強いことを言ってしまったからには、わたしは面とむかってどなりつけてやった、

「やり方が問題だよ、ラクス」

「商売は商売さ、先生」と、彼は笑ってウェチーの首ねっこをつかんだ、「だからといって、われわれが仲の良い友達であることには変わりはない……なあ、ウェチー君……まあ飲め、サベストも何がしか儲けたがっているんだから」

「首をへし折ってやれ」とサベストが思いに耽《ふけ》りながら言った。

「いい顔しちゃだめだよ、ウェチー」と言ってわたしは酒場を出た。

この前の火曜日に自動車が止まっていた家の前で、トラップがギルバートと遊んでいた。彼はギルバートに雪球を投げてもらい、そして雪の塊が口の中で砕けてしまうたびに腹を立てていた。だがトラップだけでなく、ギルバートもわたしを待っていたことは明らかだった。彼はしばしば、それもたいていは何かしら口実を設けて、こんなふうにわたしを待っていた。だがこの口実の背後には、誰かとつながりを持ちたいという欲求と、そしてたぶんわたしへの信頼が隠れていた。彼はあまり仕合せな生活を送っているとは言えなかった。といっても両親は彼の行動にほとんど干渉しなかった、いや、たしかに干渉しなさすぎたとさえ言える。彼らは二人とも自分たちの生みの子を誇りにしていた。しかし父親の癇癪《かんしゃく》はいつ爆発するかも知れず、それに母親のほうも、夫と子供に動物的な愛着はもっていたが、あまり息子を優しく取り扱うとは言えなかった。今日は、ギルバートはなんの口実も設けてなかった。彼はわたしのあとに従《っ》いてきた。

突然――おりしも彼は肉屋の話をしてるところだった、肉屋の商売を習うことが彼にはぞっとするほどいやなのだ――、突然この少年の沈んだ様子がわたしの目についた。まるで彼は内心ですでにわたしから離れてしまっており、そのことで良心のやましさを感じているような様子だった。「ふむ」とわたしは言った、「それじゃ肉屋は君にとって血なまぐさすぎるわけだね……それならたぶん店の商売のほうが君の気に入るだろう……」

「店の商売ですか、あれは女の仕事です」なんとはなしにその言葉は、店を商う母親ばかりでなく、彼にとっては父親である肉屋・首斬り役人ばかりでなく、わたしに対する拒絶のようにきこえた。そしてわたしの心にはあのよそ者の姿が浮かんだ。彼はまだこの土地にいるのだろうか。

「それでは男の商売とはなんだね。お医者商売かね。これだって一種の屠殺業さ。それにわたしの薬局だって一種の小間物店じゃないか」

「あなたは人助けをします、先生」

「めったに人は助けないな。それよりソーセイジやチーズや米を商うほうが、もっとしばしば人助けができる」

彼は頭を振った。

「それは人助けじゃありません。ぼくはそんなのいやだな、ぼくはそんな商売いやです。こういうものは何もかも変わらなくてはならないんだ」

わたしたちは教会小路の角にさしかかった。ギルバートが、普段はアガーテ・ラウレンツのところへ通うのをあまり隠し立てもしないというのに、今日に限ってもじもじし始めた。そしてわたしはもう少しのところで角を通りすぎてしまうところだった。ところが、何かしらがわたしをも教会小路の中へ誘いこんだ。なぜともわからぬまま、わたしは彼とともに教会小路へ折れた。そしてギルバートのどぎまぎした顔に気づいたとき、わたしはほとんど後悔した。ところが、何かがわたしをずんずん引っぱって行く、そして数歩あるいたあと、わたしは言った、

「あそこに彼がいる」

それは実を言うとひとりでにわたしの口をついて出たのだった。いずれにせよ、わたしはまだ彼の姿をほんとうに目に留めてなかったし、ましてや暗がりの中で彼を見分けられたはずはなかった。しかしながら、ウェンターの家のほのかに照らされた窓の前にくっきりと浮き上がった姿が、わたしの探していた男だということは、すぐさま確かめられた。わたしの探していた男だって？　いかにもそうなのだ。いかにも、そういった予感はあるものである。そして彼にむかって「今晩は」と挨拶したとき、わたしはもうすこしで「やれやれ、やっと見つけた」と言ってしまうところだった。

「今晩は」と彼はしかつめらしく答えた。寒さにもかかわらず彼は外套もチョッキも着ておらず、おまけに帽子もかぶってなかった――お百姓は帽子をかぶらずに表に出ないものである――、そして彼は家の壁に沿って走る細長いでこぼこの氷を、靴のかかとでわずかに掘りかえしながら歩きまわっていた。なんのために彼はこの奇妙な歩哨に立っているのだろう。誰を彼は待っているのだろう。その問いは彼自身が答えてくれた。彼は言った、

「今晩は、ギルバート……君は挨拶ができないらしいね」

それでは、ギルバートはこの男と知り合いになったことを隠していたのだ。そして実際に彼が「今晩は、ラティさん」と答えたとき、その声はまさに現場を押えられてどぎまぎしていた。ラティ、それはイタリアの出身を示している。この男が巻き毛の頭をしているのも、それに符合した。なぜといって、この地方では巻き毛頭はかなりまれなのである。また、それは彼のいっぷう変わった容貌や、彼の――いうなれば――エキゾティックな小市民くささの説明にもなった。

彼は実ににこやかな顔をしていた。「すてきな晩です」と彼はひとの気持を引き立たせるように言った。

「ええ、でもすこしばかり冷えますね」とわたしは答えて、そしてもっと具体的なことを話すためにまず確かめて見た、「それでは、あなたはウェンターの家にいるのですね」

「ええ、彼はわたしを迎え入れたのです」

迎え入れた、だって？　客としてだろうか、二晩三晩泊まってゆく旅人としてだろうか、下男としてだろうか。ウェンターが今からもう春の畑仕事のために二人目の下男を傭《やと》うという話は、わたしには奇妙に思えた。夏になってようやく下男がひとり必要となるのだ。それも八十ヨッホの畑を刈り入れるために重労働者でなくてはならない、この男のような小市民じゃものの役に立たない。わたしはいささか疑惑の念をもってこの男をながめたが、ただこうたずねるだけに留めた、

「われわれはもう以前に会ったことがありますね。あなたはセメントを運ぶ車に乗って来た」

「それは、あなたはご覧になってないはずです」と彼はわたしの誤りをただした、「わたしはもう車から降りたあとでしたからね」

ほとんど媚《こ》びるような勧誘の響きがその中にあった。しかしそれはひとりよがりの不遜さに裏打ちされていた。わたしはこういう混ぜあわせが嫌いだった。ところが、嫌悪に満たされたのはわたしばかりでなかった。わたしなら結局思い違いということもあろうが、けっして思い違いをしないトラップまでが嫌悪に満たされたのだ。彼はこのよそ者のにおいを嗅ぐやいなや、彼の友愛の尻尾振りの《永遠運動》をやめて、気を悪くしたように尾を垂らした。わたしはウェンターがこの男のことをどう考えているかまだ知らなかったので、まずそれを知りたく思っ

た。ところがわたしにはすでに、まるでウェンターをこの男から守ってやらなくてはならぬような気がしたものだ。それゆえわたしは勧誘もひとりよがりも聞き捨てて、中庭に入った。

翼棟の家畜小屋に灯《あかり》が点《とも》っていた。わたしはウェンターを探しにそちらに向かった。扉を開くと、牛たちが顔を向けた。古い習性に従ってわたしは牛を数えた。毛むくじゃらの耳をしたモンタフォン種の牛が——ここでは今でもこの種の牛を飼っている——十一頭いた。仔牛たちはそれぞれ仕切りに入れられて、侵入者を気にもとめなかった。ウェンターご自慢の、腰の太い体重のある二頭の馬のうち、一頭はすでに横になっていた。きわめて古い、こぶのある壁は数えきれぬほど何代もの牛たちの息と汗で濡れていた。彼らはみなここで同じ乾草棚から食ったのだ、いつでも同じ餌を、何百年にもわたって。彼らはみなここで仔牛を産み、ここで乳を搾られたのだ、いかにも家畜小屋らしく暗い、茶色い、熱《いき》れに満ちたこの世界で、変わることのないこの世界で。それでも進歩はある。床下はいまでは清潔にコンクリートを打たれ、電球をおおうガラスの笠はいつでもきれいに洗われており、電線が黒いエナメル管の中を走っている。そして壁には、ウェンターは新しい手押しポンプを取りつけ、それによって水を中庭の井戸から直接に家畜小屋まで汲み上げられるようにした。ウェンターの経営は当を得て、手が行き届いていた。ただ蠅だけはそんなことにお構いなしである。彼らは大昔に家畜小屋の松明《たいまつ》のまわりを飛びまわっていたのとまったく同様に、いまは電球のまわりを飛びまわっている。

隣の酪乳室にいたウェンターがわたしの足音を聞きつけて出て来た。

「先生かな」と彼は喜んで言った、「これはめずらしいお越しだ」

そしてお百姓はいつでも実際的にものを考え、目に見える用むきだけを問題にするもので、彼はこうつづけた、

「何かうちの作物が入用になったかね、先生、カロリン婆やはもう卵を使ってしまったかね」

いいや、カロリーネの使いではなかった。わたしが勝手に来たのである。

「それならなお結構」と言って彼は壁のポンプを押して手の上に水をさっと流して両手をこすり合わせ、それから前掛けで水を拭いながら言った、「さて、これでおしまい……いっしょに母屋に来るだろうね」

わたしは突然彼と彼の新しい同居人とがいちじるしく似ていることに気づいた。この土地のお百姓はときおり南国的な風貌を備えている。巻き毛でこそないが黒髪で、筋肉質で、そして鷲のような鋭いプロフィルをもつ、猟師タイプのお百姓がときおり見うけられる。ウェンターにも、やはり黒い口髭《ひげ》が口の隅に垂れていた。

彼は電灯のスイッチを切った。獣たちが暗闇の中で息をついていた。そして彼が扉を開くと、夜が一陣の寒気とともに決定的に流れこみ、そして寒気はコンクリートの床の上に淀んだ。わたしたちは中庭を横切って行った。すでにいっぱいに花咲いた三月の星空の下で、空気は午後

よりも柔らかだった。生き物たちの眠りはいつでもわずかながら空を暖めるものだ。わたしたちの背後の家畜小屋の中で、獣をつなぐ鎖が一本かすかに音を立てた。

台所はいうなればどぎつい暗さに満たされていた。一重《ひとえ》の紐に吊されてブリキの笠をかけられた電球がテーブルの上に低く垂れていた。それゆえ、夕食のあとでまだべとついているテーブルの表面だけが、いまだに大きな薄茶色の脂身さえのせて、鋭く照らし出されていた。それにひきかえテーブルのまわりは――とくに、わたしには見えなかったが、この家のしきたりからすれば下男のウィンツェンツの坐っているはずの片隅のベンチのあたりでは、年老いた褐色の陰が室の隅々を冬の寒さでおおっていた。テーブルのそばの、光と陰の境い目にはこの家の主婦《おかみ》のマルタ・ウェンターが坐っていた。彼女はときおり編み針をきらりと光らせながら、ありきたりの毛糸の靴下を編んでいた。そして幼いツェツィリエも、ゆるやかに反りかえった薄ブロンドの眉の下に弱視の目をもって、電灯の光の輪の中で頭のてっぺんを明るく照らされて坐っていた。陰の領分から「ご機嫌よう、先生」という老人じみた力ない声が響いた。それは隅のベンチに年来きめられた席をもつ下男ウィンツェンツである。そしてこの声を耳にしてから、ようやくにして主婦が編み物から目を上げた。

しかしながらわたしに送られた挨拶は、いわばすぐにまたたぐりもどされ、毛糸の靴下の中に編みこまれてしまった。そしてそれは実を言うとここにいるわたしたち全員に対するあしらいだった。おのれの内に閉じこもるあまり、彼女はわたしたちのことなぞほとんど眼中になかったのである。何やら見るからに重い、しかし目に見えぬ運命が、彼女と彼女の結婚生活の上にのしかかっている——何やら心しぼます辛苦と、そして閉塞が。そしてこの苦しみはウェンターにあっては陰欝な抑圧となり、彼女にあっては愛すべからざる冷淡さとなり、いずれもこの二人に絶望の刻印を押していた。わたしはこのことで彼女を悪く思う気になれない。このことを思うたびにわたしはいつでも哀《かな》しい気持になるばかりだ。なぜなら、彼女はわたしの友である上クプロン村のギションのおふくろさんの娘であり、また彼はかつて苦心惨憺《さんたん》、下クプロン村の年来の敵意を押しきって、彼の花嫁を上クプロン村から連れて来た男であり、二人ともまっすぐで潔癖な人間だったからである。それは言うところの恋愛結婚だった。しかしそのあとに何が起こったのだろう。わたしはいまだに二人の秘密をのぞき得ずにいる。彼らはまるで夫婦の絆《きずな》を固めなおそうとするかのように、子供を五人もこしらえた。ところが、まるでそれが天罰に値する欺瞞の試みであったかのように、子供たちのうち二人は生まれてたちまち死ななくてはならなかった。そして往々にしてわれわれには愛する人の死にふれて成長するという恩寵が与えられ、いわばこの世から自由になった魂の一片を相続して、それによってわれわれの人間性を富まされるものなのだが、ウェンターの細君には何の恩寵もなかった。そして憂愁の優しさを与えられる他の母親たちよりもさらに悲惨に、彼女は赤裸々な喪失にゆだねられた。

彼女の顔には、相続権を奪われた者たちの地獄に住まう人間の、固い表情があった。

ついでながら、ウェンターがこの結婚によって上クプロン村の人たちのもとで集めた同情は、いまやことによると実際的な結果を実らせることになるかもしれなかった。村会議員改選の時期がやって来たのである。そしてラクス政権に対して、わけても上クプロン村で募りつつある不満を見るに、分別がありしかも公平な男と万人の認めるウェンターに、いまや村長への立候補が要請されることは、いよいよ明らかであった。だがまたそれに劣らず明らかなことは、ラクスがこれに対抗してすでに強力な運動を始めているということであった。もちろん彼自身の立候補のためではなかった。みずから出馬しようなぞと思うには、彼はあまりにおのれの利害にさとい男である。おそらく彼の狙いは、絶対に操縦のきく腹心の者を村長のポストに据えることにあった。そして彼にとってはあのおとなしいウォルタースでさえ十分に従順ではなかったので、今度は自分の友人クリムスの尻を押すつもりらしかった。それにひきかえウェンターのほうは彼の人柄にふさわしく消極的な態度を取っていた。向こう見ずでもなく、本来名誉欲ももたず、明らかに政治家でもなく、彼は事の成り行きを静観していた。

わたしたちはテーブルのそばに腰をおろした。ツェツィリエがすぐさま父親の脇に行き、もうすこし眠そうに、静かに頭を彼の愛撫に差し出した。長女のイルムガルトがかまどのところで、すでにお百姓の家でも一般的になった冬の晩のお茶を入れようとしていたが、おりしもこちらにやって来てわたしに手を差し出した。十四歳のカールがいなかった。彼はもう床についたのかもしれない。あるいはまだ表をとびまわっているのかもしれない。それぱかりか、ことによると彼はあのよそ者のそばにいるのかもしれない。

「マリウスはまだ帰ってないのか」と亭主がたずねた、

「彼は夕飯を食べないのですよ」と妻が肩をすくめて答えた。

「でもお茶なら飲むわ」とイルムガルトがまたかまどのところから言った。

「それでは、彼はマリウスという名前なんだね」とわたしは言った。

「そう、マリウス・ラティというんだよ……先生ももう知り合いになったのかね」

「なあに、彼はギルバートといっしょに家の前にいるよ」

「家の前に立つのがお好きなんだよ」と下男のウィンツェンツが彼の片隅で年寄りくさい忍び笑いをした。

「わたしがギルバートなら、むしろアガーテのところへ行くがね」とわたしは言った。

「いいや」とウィンツェンツは譲らなかった、「現に二人は表にいますよ」

「またどうしてあの男はほかならぬあんたたちのところに飛びこんで来たんだね」

主婦がかすかに不機嫌そうな、意固地な調子で答えた、

「イルムガルトが拾って来たんですよ」

イルムガルトがわたしも含めてめいめいの前に、紅茶の湯気の立つ器――それはカップとは言えなかった――を置きながら言った、

「そうじゃないの……彼は裏小路で子供たちに、どこか泊まるところはないかって聞いたのよ。そしたらカールがここに連れて来てしまったのだわ」

「サベストの家じゃ彼には高級すぎるからなあ」と老ウィンツェンツが言った。彼にはこの出来事が滑稽に思われるのだ。

「かもしれないわ」とイルムガルトが言った、「それであたしはとにかく彼に、何か食べる物ほしくないかってたずねたのよ……そうたずねてやらなくてはいけないわ。だってあの人は放浪者ですもの……」

「どうやら放浪者らしいな」とわたしはあいづちを打った。

「あたしは知りませんよ」と主婦が言った、「おなかが空いていたのなら、食べ物をやったのは結構よ。でも、そういう連中にながいこと家にいられるのはご免よ。ひょっとしたら、憲兵に追われているのかもしれないわ」

「それじゃすぐ彼を追い出してしまえばいいでしょうが、おかみさん」と年寄りくさい忍び笑いがまた隅からきこえてきた。

「わたしはいままで誰も追い出したことがないんだ、それにまたそのために不都合な目に遭っ

たこともない」

それからウィンツェンツも足音を立てずに――彼は靴を脱いでしまっていたのである――テーブルにやって来て、そしてわたしたちは揃って、赤茶けた色のついた、砂糖のすくないお湯をかきまぜた。それはかすかに紅茶の味がした、そしてぴちゃぴちゃと揺れながら電灯の光を映していた。主婦はふたたび編み物を手に取り、そしてイルムガルトはひびの入ったテーブルから脂を拭き取った。だが、わたしたちの思いはあの放浪者の上にあった。なぜなら、定住者もまた放浪するのだ。ただ、定住者はそのことを知りたがらない。そして定住者が放浪者を引き止め、彼に宿を与えるのは、何よりも、自分も出かけなくてはならぬということを思い出したくないせいなのだ。

そしてイルムガルトが扉のほうに向きながら言った、

「あたし、彼を連れて来るわ」

「あの男は頼まれないと気がすまないんだ」とわたしは言った。

「そうなんですよ」とウィンツェンツがあいづちを打った。

ウェンターが低い声で笑って、ツェツィリエの固く編んだおさげ髪をつまんでいた。

主婦の編み針がかちかちと音を立てた。それはかすかながらも固い音を立て、ときおり毛糸にくるまれてぼんやりとこもった。それから彼女は仕事の中へつぶやいた、

「不幸だって往々にして頼まれてあたしたちのもとに留まるものよ」

そのとおりだ、そのことならわたしも賛成できる。そしてわたしは話題を変えて、ラクスが彼の友人たちの口を通じて、たぶん健康上の理由というのだろう、もう二度と村会議には立候補しないとふれまわっているという話をした。それからわたしはにやにや笑っているウェンターに、彼の立候補はどうなっているのだとたずねた。

「若い連中がわしを望んでいる、それに上の村の人たちもたぶんわたしを支持してくれるだろう……だが、わしはやりたくないな。ウォルタースが村長に留まれば、わしはもう満足だ。彼は村長としてそんなに悪くはないからね」

「そのとおりさ、ところがそのとおりだからこそ、ラクスは彼をクリムスとすげかえたがっているのさ」

そのとき、イルムガルトがマリウス・ラティとともに入って来た。そしてマリウスは彼の紅茶の前に腰をおろしながら、いましがたその端を耳にはさんだ会話を引き取った、

「あなたを村長にするのはたやすいことでしょう、ご主人」

主婦が目を上げた、

「つまり、選挙までここに留まるつもりっていうことかしら、マリウス」

「わたしはご主人を村長にするなんて言わなかった」とマリウスは逃げた、「ただ、そいつは

たやすいことだろう、と言っただけです」

かまどの側で横になっていたトラップが出発を促すような顔でわたしのほうにやって来た。彼の言うとおりだ、家ではカロリーネが夕飯をこしらえて待っている。ところが、わたしが別れを告げ始めぬうちに、わたしの横でツェツィリエが椅子から滑り降りた。そして彼女はさっと隅のベンチのところへ行き、ベンチによじ登り、弱視にもかかわらず、室の隅を占める暗さにもかかわらず、ラジオのスイッチを探りあてた。ラジオは――それは近頃ウェチーが納めたばかりの品物である――都会風に茶色のラッカーを塗られて、乏しい台所用品に混じって棚の上にのっていた。スイッチが入ると、箱型ラジオの目盛りのところが遠い小さな舞台のように照らし出された。そしてジャズの物憂いリズムが飛び跳ねながら天井の上を這《は》い広がった。

床の上ではツェツィリエが飛び跳ねはじめた。いかにも、彼女のは踊るというよりも飛び跳ねているのだった。それはただの片脚跳び、ぴょんと一方の脚で跳ねては、またぴょんともう一方の脚で跳ねるだけだった。それでも、それは踊りであり、愛らしい踊りでさえあった。そして踊りながら彼女は軽い腕をかわるがわる宙に振り上げた。太編みのグレイの靴下が飛びまわった。それでも、まるで妖精が飛びまわってるようだった。そして音もなく顔が目覚めていった、夜明けの最初の響きを聞く海のようにほのぼのと明るく、神聖で厳粛な目覚め。

マリウスは扉の柱にもたれ、そしてにこやかに首をかしげるという彼独特のポーズで妖精の踊りを眺めていた。というよりも、彼はそれを通り越して遠くを眺めていた。イルムガルトの姿も眼中になく、彼は遠くにいた。そしてその様子は舞台の上で遠くに思いを馳せる役者とあまり変わらなかった。ところが突然、あたかも踊りに加わりたくなったとでもいうように、彼は二、三歩、勢いのいい大股の足どりでむかいの隅に行き、ラジオのスイッチを切った。

動作のさなかでツェツィリエの体は硬直した。不意をつかれたあまり、彼女の恍惚《こうこつ》はまだ恍惚であることをやめず、いわばすでに生じた驚愕にまだ気づかぬという態《てい》だった。かすかに地から引き上げられたままに一方の足はとどまり、彼女はちょうど一本脚で立ちかけたところだった。片腕は掌《たなごころ》をかえして天を指し、あたかも頭の上で消えてしまった響きをつかみ取ろうとするかのようだった。彼女の顔はまだ目覚めに倦《あ》き足らず、どうやら永遠に目覚めを待ち受け、肉体の檻の中に逆もどりすることができなかった。むしろそれは永遠の目覚めへと凍りついたかのように見えた。それでも、それはいまやふたたび悲しげな眠りのしるしを帯びていた。

こうして彼女は硬直の中にじっと留まっていた。そしてほんのわずかずつ、彼女の口は泣き顔へゆがんでゆき、ついに「ウアーン」というひと声の中でほぐれた。泣き声が唇をついて出ると、彼女はようやく父親の腕の中へ逃げこむことができた。

奇妙なことだった、わたしたちもまた硬直したのだ。さむざむとした電灯のまわりに集まってお茶を飲んでいるわたしたち、棚の皿が白く光るどぎつく暗い台所のさむざむとした雰囲気の中にあるわたしたち、そのわたしたちがいっせいに、飛び散った脂の消えることのないにおいが人間の体臭と入り混じるさむざむとした台所の熱《いき》れの中で、これまたさむざむとした硬直に陥ったのだ。愛嬌のある表情を変えなかったイルムガルトも、ツェツィリエを抱きしめた父親も、いや、下男のウィンツェンツさえもそうだった。彼はパイプに火をつけるためにマッチを抜き出したものの、それを太股《もも》のうしろにこすりつけて点火するのも忘れて、その手をじっと宙に浮かせたまま、来るべきものを待っていた。そして最初に言葉を取りもどしたのは主婦《おかみ》だった。

「もう一度音楽を出してやりなさい、マリウス」

「おかみさん」と彼はまだラジオの側に立って言った、「この冒瀆《ぼうとく》的な家具をもとあったところへ送りかえすべきだと思いますがね」

彼はみんなを教育せずには気がすまないのだろうか、まずギルバートを、それからわたしを、そして今度はウェンターの主婦を。彼の声には、さっき家の外でわたしを怒らせたのと同じ、あの愛想のよい優越の響きがあった。しばらく沈黙が生じた。

だが主婦は彼に負けなかった。ほとんどどうでもいいように彼女は答えた、

「ばかなことを……それともこれにかかった結構なおあしを、あんたが払いもどしてくれるの……もう一度音楽を出してやりなさい、すぐに」

「おかみさんのお好きなように」と彼はにこやかに、人の心に取り入るように、芝居がかった調子で言った、「おかみさんの命令とあれば、わたしは従わねばなりません」

ウェンターの主婦《おかみ》はまた一心に編み物に耽《ふけ》りながら、ぶっきらぼうにあいづちを打った、

「あたしもそう思いますよ」

「しかしですよ」とマリウスは片手をスイッチにかけて待ちかまえながら言った、「これは子供にも、お百姓にもふさわしい音楽じゃない。それにもう八時です、子供の寝る時刻じゃないでしょうか」

「いったいなんの心配をあなたはまだしてるの」とウェンターの主婦はたずねたが、その声は前よりも和んでおり、かすかに面白がっているふうがあった。

問題の当人ツェツィリエは話を聞いていなかった。彼女はもう静かになって父親のとなりに坐って髪をなぜてもらっていた。

わたしはウェンターがマリウスの肩をもつだろうとほとんどわかっていた。はたして彼はあいづちを打った、

「そりゃまあ、都会の音楽にちがいない」

マリウスの顔に愛嬌のある微笑が広がった、

「ところがこいつには金がかかった、とおかみさんはおっしゃる……そしてこんなに高価なも

のは大いに聞かなくては損だと……たとえ寝る時刻になっても……」

　まるで自分の意志を押し通すかどうかの問題であるかのように、彼はスイッチに指をかけて立っていた。それから彼はイルムガルトにじっと目を注ぎ、まなざしで彼女を押えこんで彼の肩をもたせようとした。まさに役者、まさに香具師《やし》、まさに催眠術師、まさに誘惑者だった。愛はかりでなくて、憎悪も、憎悪もまた強い結びつきをつくり出すということを知っているがゆえに、憎悪を生み出すことによって他人に力を及ぼすことができるということを知っているがゆえに、憎悪を生み出そうと努める、あのたぐいの人間だった。

　主婦が二本の編み針のあいだで短い冷やかな笑いをもらした。力への渇望や争いに彼女は興味をもたぬでもなかった。そしてほとんど面白そうに彼女は言った、

「こちらに来て、あなたのお茶を飲んで、もうやめときなさい」

　ところが、彼はこの命令を耳に入れず、そして動こうともしなかった。あきらかに彼はイルムガルトが何か言うか、あるいは彼に服従するのを待っていた。だがイルムガルトもそうたやすく彼に従いそうにもなかった。反抗からか、それとも呪縛されたのか、彼女は同じく身動《みじろ》ぎもせず、同じくある種の緊《は》りつめた期待の中で、彼のまなざしをもちこたえていた。彼女は両腕を胸の下で組んでいた。そしてその仕ぐさはわたしがかねてから彼女の祖母と彼女の母の癖として知っているのとそっくり同じだった。それにまたこの仕ぐさばかりでなく、容貌におい

ても彼女は生粋のギション家の女だった。顔は広くて平たく、細長で頬骨がすこし張り出し、暖かく血が行きわたって生きいきとしている。口も薄バラ色の唇の奥に丈夫な歯をもち、同じく生きいきとしている。そして額には、赤みがかった黄金色に光るギション家のブロンド髪がひとすじ垂れている。もしもこれに加えてウェンター家の鳶《とび》色の眼ではなくて、ギション家の灰色の目をしていたなら、彼女の顔はギションのおふくろさんの若いころの顔と見まごうばかりだったろう。それにまた、今でこそあのようにきつくなってしまって昔の面影もほとんど認められぬが、ウェンターの主婦《おかみ》の若いころの顔と見まごうばかりだったろう。いつかはイルムガルトの顔にもこういうきつさが忍びこむのだろうか。青春の顔から老年の顔が生まれる——どこに、ああ、どこに人間的で不変なものがあるのだろうか。年齢はその面紗《ヴェール》をわれわれの顔にかぶせ、しかもいよいよもってわれわれの顔から面紗をはいでゆくのだ。わたしはギションのおふくろさんの顔を思った。それは年ごとにいよいよ不可思議に、過去の中へ沈みゆく長いこの世の生を脱却してゆきながらも、善良で細やかで心楽しく、いよいよ明るい容貌へと展開してゆくのだ。人間のくぐるあらゆる変化、人間の年齢をつくりなすあらゆる変化とは、面紗をはぎ取り、しかも同時に面紗でおおい隠すことなのだ。だが、いましもマリウスのまなざしを受け止めているイルムガルトのまなざしも、面紗をはぎ取るような、しかも同時に面紗でおおい隠すようなまなざしだった。そしてわれわれは他人の中で起こりつつあることを知りえないものであるが、しかしいま、ここで起こりつつあることは、何やらこの娘の決定的な変化のようなものだった。そして彼女とマリウスの間で緊張が募ってゆくのが、否応《いやおう》なしに感じ取られた、手を出してそれにとどめを刺したくなるほど強く感じられた。

沈黙は下男のウィンツェンツによって破られた。「わかった、わかった」と彼はけりをつけるように言った。それからもう一度「わかった、わかった、それでよかろう」と考えこむように言いながら、彼はズボンの尻にマッチをこすりつけ、何度かこすり損なったあとようやく火のついたマッチを片手でおおいながらパイプの頭に近づけた。

するとイルムガルトが彼女の目をマリウスの目から逸《そ》らした。「ほんとに、もう寝る時間だわ」と彼女は言った。そしてわたしたちのテーブルに平然として加わったマリウスにはもはや一瞥《いちべつ》もくれずに、彼女は幼い妹の手を引いて部屋から出て行った。緊張は消散した。

テーブルに残ったわたしたちは、今度はどうでもよいことどもを話しはじめた。主婦は編み物をつづけ、亭主とわたしは沈黙するウィンツェンツにならってパイプをふかした。マリウスはというと、仕事をやりおえた人間の満ち足りた表情で、紅茶をスプーンで掻きまぜてひと口ずつすすっていた。しばらくしてわたしは話をラクスのことと、ヨハニの新しい家畜小屋のことに持っていった。この家畜小屋には、代理人ウェチーが代理人として引き受けかねるほどの、高額の保険がかけられようとしてるのだ。

ウェンターはひとりほほえんで言った、

「ラクスは自分の望むところをちゃんと心得てる男だよ」

「そう、その点では、彼はどこまでも信頼のおける男だ……それにしても彼はヨハニをだしにして何を目論んでるのだろう」

意味深長に手を振って彼は立ち上がった、そしてこれ以上ラクスの話題を広げることを避けたいというように、代理人ウェチーの納めた器機にスイッチを入れた。いかにも都会風にラジオは腹話術のごとく口を動かさぬまま、滑らかに磨きのかかった早い声を流し、そしてわたしたちは政治のニュースを聞くことができた。

それからわたしは家路についた。トラップはわたしと並んで歩いた。ときおり彼はわたしに遅れさえした。彼は疲れたのだ。そして若々しく駆けまわる喜びも、いまのところ消え失せてしまったのだ。それにひきかえわたしは六十の年にもかかわらず、今夜に限って自分の年齢をすこしも感じなかった。なぜだろう。わたしには理由がわからなかった。ズックの細君のお産という日常的事件も十分な理由とはならなかった。わたしは自分を若く感じた、というよりも、ただもう年齢がないように感じた。そして子供のころ、山を登るときにやったように、足を大股に踏みしめながら、そしてあのころわたしの内で打っていたのとおなじ心臓を胸の内に感じながら、わたしはわたしの自我が時の流れを知らぬことを、わたしの魂が時の流れを知らぬことを悟った。捉えがたき死の流れをわたしは生きてきた。そして捉えがたき死にむかってわたしは生きてゆく。死を目指してただひと筋に、だがこのように年を知らずに生きてゆく。そうなのだ、わたしの顔は時の流れの命ずるままに面紗《ヴェール》をはがされてきたにもかかわらず、わたし自身にとって、もっぱら内側からそれを眺めるわたし自身にとって、いっそう面紗に隠され、いっそう謎めいてくるばかりなのだ。何ひとつまだ答えられていない——どうして別れの時がはや訪れるなぞということがありえよう。こうしてわたしは歩んでいった。雪がわたしの足の下できしきしと鳴った。雪の面は凸凹だらけで、おりしもわたしの背後にかかる月によって、無数の小さな影を描きこまれていた。あちこちで家々の灯《あかり》が点《とも》っていた。そこでは、いましがたわたしたちがウェンター家の台所で集うていたように、おなじさむざむとした電灯に照らされて人々が居間や台所に集うて、あれこれの人間や物事についてしゃべっており、そしていかにも都会風な茶ラック塗りの箱からは、いたるところでおなじ滑らかに磨かれた早い声が、腹話術のように口を動かさずに、おなじ政治ニュースを報道している。しかし、わたしが人間の住まう領分を抜けて、広々と雪におおわれた野山の壮大な世界へ、人間から遁《のが》れた、人間から遠く連れ去られた世界へ歩み入ったとき、月の光の中にたくましくそして白く、クプロンの岩壁がわたしの前にそそり立った。それはみずから遠のき、そしてまた人のまなざしを遠くへ連れ去る。それゆえ人のまなざしは、いよいよほのかに、いよいよ銀色になりまさってゆく遠い峰々をたどって、測り知れぬ広がりを収めそしてつかみ取る――ひきしぼった弓のごとく連なり、やがて夜の地平に立ちこめる霧に力を弱めちれ、その中へ蒼《あお》くかすんでゆく山並みを。わたしの影が二本の脚でわたしの前の雪を滑ってゆき、ほのかに煙りながらわたしに歩みよい道を教えてくれる。あたりはいよいよ明るくなりまさり、いとも柔らかな輝きをはなち始め、そしてその輝きのあまり、上クプロン村の家々の窓の灯《あかり》ももはやほとんどわからぬほどだった――人間の存在は得も言われぬものの中で解けてしまった。そしてこのような白い街道をわたしの家にむかいつつ、わたしは白いつづら折りを、急ぐことなく、近道を取ることもなく、ひと折れひと折れ登って行った。そしてただ自分の家へ還《かえ》ろうとしているだけなのに、わたしはひんやりと穏やかな大空にむかって昇って行った。そこでは星がまるであまりの柔和さのために軽くなってしまったかのように漂っていた。

*

いかにも、イルムガルト・ウェンターとその母親であるウェンターの主婦《おかみ》は、生粋のギションの家の女と言える。しかし実際にはギションという苗字を――ついでながら、この苗字は上クプロン村の他の若干の苗字と同様に異国風の響きがする――、この苗字を名のるのにほんとうにふさわしいのは、イルムガルトの祖母だけであって、本来なら、戸籍台帳の上でその資格を有するギションのおふくろさんの息子マティアスであるべきところであるが、そうではなかった。しかも、このマティアスは、人が語るすべてによれば、おおくの点で父親似なのである。痩身で、背は高く、髭《ひげ》は赤く、眼光は鋭く、人並みはずれた体力と、鈍重ではあるが的をはずさぬ頭脳を備え、誰が見ても、彼が父親とおなじ狩猟を生業としていることはうなずけた。それゆえ、彼はおおくの点で父親の完全な後継者と見なされてもよいはずだった。ところが、人々はそれを認めたがらない。明らかにその原因の一部は次のことにある。つまり、マティアスはまわりの人々に敬意を抱かせはするのだが、それでも彼らにとって何かと無気味な人間なのである。父親の特質だったと言われるどっしりとした落ち着きが彼には欠けている。そして気が変わりやすくて手に負えぬ男であり、情が激しくてときには何をしでかすかもわからず、もっぱら母親と母親への愛情とによって、どうにか手綱をかけられている。このように落ち着きのない男であり、彼はまた実にしばしば騒動を惹《ひ》き起こす。若いころに盛んだった色事が四十歳になってもまだおさまらない。つい先頃も、彼がプロムベント谷のさる農家の人妻と道ならぬ危険な関係を結んでいるという噂がささやかれていたものだ。しかしながら、これらすべては彼をギションの系譜からはずしたところの、より深い原因ではない。道徳的な不信は慣れによってどうにでもなるものだ。そう、より深い原因は彼の生活態度が父親のそれからはずれているということにあるのではない。それはむしろ父親と息子が似ているということにあるのだ。というのは、猟師ギションの姿はすでに伝説的になっていたのである。彼のたくましい生と、密猟者の手による彼のたくましい死の話は、いまだにこの地方であまねく畏敬をもって語られている。そしてこのような伝説的な姿はくりかえしをも、後継ぎをも許さぬものなのである。ほとんど後光のごとく、不滅性がこの姿を包んでいる。まるでギションなる男はそもそも死ぬはずがないと言わんばかりだった。まるで彼はどこにも埋葬されてないと言わんばかりだった——骨こそ土の中に埋れているが、彼はけっして土の中に入らなかった、彼は彼の名とともに、そして彼の名を通じて、彼の愛する妻の中へ入ったのだ、と。そうなのだ、まるであのたくましき男にとっては、このようにして妻の中で成長しつつ生きながらえることこそふさわしかったのだと言わんばかりだった、まるでそれによって、彼の力が抱いていたもっとも秘《ひそ》やかな願いがかなえられ、彼の存在と彼の本質は彼女のそれの中へ吸収されたのだと。そして明らかにこれはギションのおふくろさんの欲するところでもあった。なるほど、彼女はつねに変わらず、そればかりかあるいはいよいよもって、生ける世界に目を向け、そして彼女の悲しみを見せたことがなかった。彼女は消え去ったものにただの一言も触れたことがなかった。彼女は消え去ったものを遠隔の世界に永遠に留まらしめ、触れられぬものを触れられぬものの中に留まらしめ、それを呼びもどそうとしたことがなかった。彼女の家にはいかなる花嫁写真も、立派な狩服の故人の肖像も置いてなかった。何ひとつ彼女の沈黙を破るものはなかった。ところが、このように黙々と過去を担って、生ける世界へ運んで行くという態度こそ、過ぎ去ったものをきわめて生きいきとした現在へと成長せしめ、彼女が遺産として受け継いだ名をきわめて生きいきと成長せしめることになった。なるほど、このような強い性質の女は夫の名のために自分自身の名を失ったりせずに、むしろ自分自身の名を娘から孫娘へ、さらに曽孫娘に受け継がせるべきだと、人は思うかもしれぬが、ともあれ、彼女は夫の名を彼女自身の尊厳で満たした。そしてその名は彼女の占有物、彼女だけのものであってもはや息子のものでさえない名となった——彼女はギションのおふくろさんとなったのである。それにひきかえ赤髭《ひげ》の大男、外見では父親に生き写しの息子は、それほどに似ているにもかかわらず、あるいはそれほどに似ているがゆえに——なぜといって、民衆は伝説上の姿に対して、くりかえしのきかぬ一回性を要求するものなのだ——、いつでもただお山のマティアスとか、あるいは猟師マティアスと呼ばれた。

わたしはしばしば、しかも好んでギションのおふくろさんを訪れる。彼女との親交はわたしがこの勤めに就いてまもなく始まった。ある日のこと、彼女はわたしを呼び寄せた。マティアスが突然倒れたのだ。わたしが確認したところでは、それはもはや手術の機を逸した虫垂炎だった。ところが、彼をすぐさま病院へ送らせてほしいというわたしの切なる警告に、彼女は静かにきっぱりと反対したのだ。彼女はなかば意識のない病人のぼんやりした目を長いこと眺めていたが、それからわたしを脇に連れて行って言った、「それには遅すぎたようだね。まず生きては向こうに着けますまいよ。ほかのやり方を試みなくてはいけません」そう言って彼女は治療をわが手に引き受けてしまった。家畜小屋の中の、二頭の牝牛の間に病人の床がしつらえられた――のちに知ったことだが、彼女の治療にはいつでも獣が必要なのだ――。そして家畜と小屋の熱《いき》れの中で、獣たちの発散物がじかに触れる中で、彼女は病人に一週間絶食させた。彼女が病める体に暖かい牝牛の糞まで塗りつけたかどうか、わたしは確かめることができなかった。なぜといって、彼女はいかなる場合も病人に手を触れさせなかったからである。のちになって彼女にそのことをたずねると、彼女はただほほえんで「たぶんね」と答えた。そして彼女にはほほえむだけの、それればかりか、すこし鼻を高くしてもよいだけの、十分な理由があった。なぜといって、常識からすればこのようにひどい腹膜炎をもちこたえられるはずもなかった息子が助かったのだ。そしてこれも彼女のおかげだった。信じられぬほど短い期間のうちに彼は――いかにもこの点では父親にまったく似てなかったが――放埓《ほうらつ》な色事と飲み明かす夜のうちつづくすさんだ生活をふたたび始め、そんな生活をしながらも、四十歳になった今日でも見たところますますもって健康である。それにひきかえ、わたしはこのときはじめてギションのおふくろさんの驚嘆すべき診断の勘に接してからというもの、彼女が医学の限界を、だからといって医学を軽蔑するわけではなかったが、わたしよりよく心得ていることを、くりかえして知らされた。彼女はただの一瞥《いちべつ》で、病人がなおるかそれとも死ぬ定めか、彼女がまだ助けをほどこすことができるか、わたしの医術で十分かを見分けることができた。そしてわたしが彼女の診断の勘を認めたということは、わたしに彼女の友情ばかりでなく、しばしば貴重な助けをもたらした。いつしか相互信頼の関係ができあがった。そしてその中でわたしは彼女が、彼女の七十近い年からすればもはや年齢の差などあまり重要でないのに、わたしを弱年の向こう見ずとみなし、すでに信頼はおけるものの、ときには手綱をしめなくてはならぬ相手と考えるのを甘んじて受けるのである。上クプロン村をぬけるとき、わたしが旧山荘のところで足を止めずに過ぎることはめったにない。そして今日もまたそうだった。

三月の冬は湿っぽい四月に場所を譲った。濡れて光る土の上や、ぐったりと湿った草の上にはまだ雪があったが、その雪も目立たなくなり黒っぽくなり、降ったばかりの雪でさえ、もう大きな雫《しずく》をしたたらせていた。雨がぴしゃぴしゃと空から落ちて、雪を洗い流した。だが何ひとつ定かでもなければ、また決定的でもなかった。空と雨とはいつなんどきでも雪に変わるかもしれなかった。もはや何ひとつ定かなものはなかった。すべてがぼうっと解けてしまった、そして近寄ってみると、ようやく、物々は輪郭を掻き消されたまま霧の中から浮かび上がる。雫の垂れる唐檜《とうひ》や樅《もみ》や、煙突のけむりが軽い鉛のごとく屋根の上に漂う家々が。やがて旧山荘が村の下のはずれに見えてきた。

午前の十一時頃だった。わたしは村の端から数百メートルはずれてクプロン峠に向かう街道沿いにあるズックの家を出て、雨外套の頭巾を上げたところだった。泥沼のような雪にステッキをつき、灰色の霧に塗りこめられた上クプロン村を前にして、わたしは灰色の霧の立ちこめる村道を踏みしめて下って来た。ズックのエルネスティーネのことがわたしの気をいささか重くしていた。彼女は腫物《はれもの》をつくって熱を出し、子供に乳をやることができないのだ。さらに悪いことに、人工哺乳がどうしてもうまくゆかない。わたしは思い屈していた。文字どおり意気を失って消沈していた。なぜならわたしはどうやってあの子を育てたらいいものやらわからなかったのだ。わたしは思い屈していた、なぜならわたしの職業は毎日毎日否応《いやおう》なしに人間の存在の脆《もろ》さを見せつけるからだ。わたしは思い屈していた。なぜならズックが彼の三人の丈夫で出来のいい男の子たちではまだ足りずに、そのうえこの四番目の世話のやける子供をこしらえずにいられなかったからだ。どの男も、もちろんズックも含めて、滑稽な恐れにとりつかれているのだ——いまのうちに心がけて後継ぎを十分にこしらえておかないと、やがて側にいてくれる者も助けてくれる者もなしに、この世の最後の人間として死ななくてはならぬというひどい目に遭うことになりかねないという恐れに。たぶんわたしが思い屈しているのも、自分の中にもこの種の恐れのきざしを感じ取ったからなのだろう。それは子供の恐れである。子供の不安がいつまでもわれわれから失われず、そして闇を恐れているのだ。それはわれわれの内の子供が抱く恐れである。われわれの内の子供がたどたどしい脚で生涯われわれと道をともに歩んで来て、そして最後の夜こそ母の手で寝かしつけられたいと欲しているのだ。われわれの内に子供がいるということは、われわれが子供を欲しがるということと、なんと密接にからみ合っていることだろう。この恐れとこの憧れを感じつつ、わたしはまたもや自分の不幸を知らされた。ひとりの女と愛し愛されあって暮らし、手に手を取りあって末期の近づくのを待ち、やがて連帯の淡い夢から末期の濃い夢へと眠りを深めてゆくという仕合せが、わたしには与えられなかったし、今後も与えられないだろう。いまわの際の孤独を紛らわしてくれるものとてもはやひとつもなく、わたしは消えてしまう、わたしの名も消えてしまう、妻の中にも息子の中にも生きながらえずに。——そしてこれらの思いは、よしんばそれがいかにおぼろでも、わたしを取り巻く雪霧の中の万象と同様におぼろで輪郭を欠いていても、それはあの奥深い認識の工房から生まれて来たものなのだ、人間の魂のあらゆる思いが、死についての絶えざる知識という消えることのない火によって溶接されるあの工房から。そしてまた山荘のギションのおふくろさんの扉の前にさしかかったとき、ズックのエルネスティーネとその生まれたての娘との絶望的な一件について、ギションのおふくろさんと相談したいという願いをわたしの心に芽生えさせたのも、おそらく、おりしもあのように激しく募ってきた死への思いだったのだろう。

山荘は一棟《ひとむね》の細長いわりに低い建物である。それは村の表通りにあり――ついでながら、上クプロン村の表通りは下クプロン村のそれのように、壁を接してつらなる農家に囲まれているのではなく、たいていは一戸建ちの家々や小屋や、その間にはさまる休墾地に囲まれている――厳密に言えば、ひとつの不可分な、実際にもつながり合っている家々の集合体である。その一部ローマ式の土台はむかし峠ににらみをきかしていた砦《とりで》のなごりらしい。そして家全体はどうやらロマネスク時代に由来し、その後、門のアーチや踏止め石や窓のアーチが示すごとく、ゴシック風に改築されたらしく、そのむかし上クプロン村が鉱山移住地として興された当時、一種の鉱山監督所として使われていたらしい。今日では山荘は何百年にもわたる相続の過程で所有関係がいくらか混乱して、おそらくかつての鉱山監督官とか、坑夫頭とか、その他の特権者の血を引くいくつかの家族の共同家屋となっている。というよりも、それは共同家屋と個々の百姓家のあいのこである。つまり、住人たちは別々の出入口をつけたり、広い中庭をこじんまりとした個々の敷地に仕切ったりして、山荘をできるかぎり個別住居に改造したのである。

しかしながら今でもさまざまなものが、たとえば麦打ち場などが共同で管理されており、かつての共同家屋の性格はまだ完全には消滅していない。そしてまたこの共同家屋は今でも依然としてある種の団結の象徴であり、接合剤であり、そこには昔の同業者組合的な鉱山貴族への遙かな思い出が、まだ生きいきと脈打っている。このような尊敬すべき伝統は当然のこと上クプロンの人々に、谷に住むお百姓に対するある種の優越感を与えることになったが、しかし谷のお百姓たちのほうもそのお返しに彼らをたっぷり軽蔑した。その理由のひとつは、上クプロンの人たちの農地が狭いということである。つまり、彼らの農地は森林を切り開いてできただけに、水呑《の》み百姓の規模をほとんど越えないのである。だがもうひとつの理由は――しかもこれはもっと決定的な理由であるが――ほかでもなく、彼らが坑夫の血を引くということである。つまり坑夫などというものは、下クプロンの人々にとってはお百姓らしからぬ無産者くさい素姓に思われるのだ。まったく同様に山荘も、彼らから見れば無産者の賃貸し長屋にすぎない。なぜといって、今日ではクプロン村は、野菜畑に変えられた中庭を馬蹄型に取り囲む、きわめて大きな平屋の役場を所有しているのである。勇敢にも山荘から妻を連れて来たとき、ウェンターはこのような下の村の人々の感情をひしひしと感じさせられた。ギション一族のごとく大昔から、すくなくとも記録にあるかぎりの昔から、山荘の住人であった人々でさえ、お百姓たちの考え方からすれば、貧乏人なのである。

ギションのおふくろさんの窓の前には、夏の夕べの憩いのための石のベンチが置かれていた。そしてベンチの上の窓辺には、しだれ石竹を植えた重い箱が取りつけられており、石竹のたくましい、冬の寒さで硬くなった、太古を思わせる灰緑色のリューベツァールの髭《ひげ》が、おりしも雨水を滴らせていた。ベンチの脇に家の出入口があって、二、三段の階段で台所に通じていた

――もっとも表の通りが下るにつれ、段数は多くなった――、そしてこれを昇ってわたしは戸口にたどりついた、ズックのことを相談できることを心から喜びながら。

ギションのおふくろさんは窓辺の大きなテーブルを囲むベンチに坐っていた。彼女はわたしを小言で迎えた、

「磨きたての床に表通りの泥という泥をもって来てしまって！　すぐに長靴を脱ぎなさい」

そう言いながらも、彼女の灰色の目は明るく親しげに眺めていた。

数限りない晴れた午前がこの部屋の中に明るさを貯えていた。それゆえこの頃のように空が陰気におおわれた日にも、この貯えから明るさを味わうことができる。いくつかの羚羊《かもしか》の角に飾られ、さっぱりと上塗りされた壁は、いわば白すぎるほどに白かった。そしてお百姓風でバロック風のふたつのガラス戸棚の中には花模様の食器が光っていた。わたしは雨に濡れて重い外套を脱ぎ、それから命令に従って長靴をも脱いだ。

「小言をいわずに、それよりもわたしにリキュールを一杯くださいな、おふくろさん、こんなひどい天気なんだから」

「あげましょう、先生」

彼女は立ち上がって食物貯蔵室から罎《びん》をもって来た。それにひと塊の新鮮なパンを彼女はもって来た。そしてパンの塊を切って、堅いところをひと切れわたしに差し出すその前に、彼女

はパンの塊に三つの十字をしるした。それから彼女はわたしにリキュールをついでくれた。

「リキュールだけではなんにもならないのだよ」と彼女は言った。

このリキュールには独特のいわれがある。それはおそろしくぴりぴりする飲み物、神秘的な薬草酒であり、空の星時と独特な関係をもっている。八月の、流れ星の繁《しげ》くなる時期が来ると、ギションのおふくろさんはいつでも空を一心に注意深く見上げていたものであるが、わたしは長いこと、それが何を意味するかを知らずにいた。そしてまたわたしが彼女の信頼を得るようになってからも、彼女はそれについていつでも多くは語らず、せいぜい「一週間したら出かけます」とか、「明日出かけます」とか、彼女の行なわんとしていることをそれとなく洩《も》らすだけだった。すなわち、彼女は夜の明けそめるころに出発して、クプロンの山に登り、そこで若い娘のように岩から岩へとよじ登り、やがて大事そうに包んだ薬草をもって帰ってくるのである。しかし包みの中身と発見の場所は、どんなに親しい間であっても、依然として秘密だった。それをたずねると彼女は、それは《口には出さぬ秘密》だと言った。《口には出さぬ秘密》についてはしゃべってはならないのだ。のちになって彼女はわたしに、あの《口には出さぬ秘密》は父方の祖母から彼女に教えられたのであり、今度は彼女がそれをしかるべき時期にイルムガルトに伝えるだろうと語った。わたしはこんな話を聞かせてもらったことを、わたしの名誉のひとつに数えてもさしつかえなかった。そしていまこのぴりぴりする液体の二杯目を飲みこんだとき、わたしはその話を思い出さずにいられなかった。両腕を胸の下に組んで、彼女はすこしばかり面白そうにわたしを眺めていたが、やがて丈夫な、いくらか黄色い歯を見せて笑った。いつだか歯が痛んだとき、彼女はわたしのところに来ないで、自分で抜いてしまった。どういうふうにやってのけたのかは、わたしにとっていまだに謎である。

「ところで、イルムガルトは何をしてますか」とわたしはたずねた。

「マリウスという男に会ったことがあるでしょう」と返事がかえってきた。

「これは驚いた。あの男はまだウェンターのところにいるのですか」

「イルムガルトが今日あの男をわたしのところに寄こしました」

「まさか彼女はあの男と結婚するつもりじゃないでしょうね」

「いいえ」と彼女は真剣に答えた、そしてそれはまるで孫娘にむけた戒めのようにきこえた。

「それならわたしは安心した……あの男はイルムガルトを狙ってるんじゃないかと、思ってたところなんですよ……あれは変わった男です」

彼女は新しい課題に直面したのを知った者のように、しばらくのあいだ考えこんだ。やがて彼女は言った、

「時が熟すと、謙虚は救いとなる。だから人間は謙虚であることを喜ばなくてはなりません」

「それはまあ、そうです……でも、いったいなんの時のことを言ってるのですか、おふくろさ

ん」

のちになって、まったくののちになって、彼女がそれをどういうつもりで言ったか、わたしにははじめて判然とした。だが、このときは彼女は絵解きをしてくれなかった。なるほど彼女の顔はふたたび明るみ、一瞬のあいだ色あせ老いこんだ口もとにも、ふたたびいつもの微笑が浮かびはじめた。しかし彼女はただ「そう、マリウス……あの人は勉強好きだねえ」と言っただけだった。

《勉強好き》というのは、彼女の言葉で《知識欲が旺盛だ》というほどの意味だった。そしてあたかもマリウスの知識欲の旺盛さを裏づけるように、彼女はつけ加えた。「彼は鉱山まで行ったんだよ」そして彼女は台所の奥の壁のほうを、つまりクプロン山の方向を顎でしゃくって見せた。

マリウスの知識欲の旺盛さについてはわたしも疑わなかった。それに彼が山について何事かを知りたがっているという限りでは、彼は――ギションのおふくろさんが喜んで教えてくれるとして――とにもかくにも正しい門を叩いたと言える。わたしも山に関するわたしの知識のほとんどすべてを彼女に負っている。彼女はわたしに昔の鉱脈や坑道の大部分の名を教えてくれた――ただし《異教徒の坑道》は別であった、それは銀を宿す坑道で、かつてその近くで猟師ギションが密猟者の手にかかってたおされたといういわくつきの場所である――、そして彼女が名前を教えてくれると、今度はマティアスが猟区の中でいっしょに狩りをして歩く途中、その実際のありかを教えてくれた。《赤い坑道》があった、《貧しい坑道》と《豊かな坑道》があった。《死んだローマ人の鉱脈》に、《旦那がたの竪穴《たて》》に、《小人たちの坑道》があった。それに《銀の坑道》と《プロンボンの坑道》があった。そしてわたしはこれらの坑道の長さと深さについて、鉱石の層の状態について、竪穴のかつての生産量やそれが掘りつくされた時代についていろいろと聞かされた。しかし、これらの知識はごくゆっくりわたしの身についていった。ギションのおふくろさんは彼女の知識の伝授においてひかえめだった。それゆえわたしにはマリウスの希望がなんとも子供っぽく見えたのである。

「このお天気に彼は鉱山に登って行ったのですか。いったいあそこで何をやるつもりです」

「たぶん黄金探しでしょうよ」

「そんなばかな、おふくろさん、あんまりばかばかしくて話す気にもなれない、もっとましなことを彼はできないのですかね」

「そういうのが今までにも大勢いたんだよ」そう言う彼女の愉快そうな、すこしばかりそらとぼけた、そう、思うところがありそうな笑いから、わたしはマリウスがほんのわずかな山の知識しか教えてもらえぬと覚悟しなくてはならぬことを見て取った。わたしの思っていたとおりだった。

しかしながら、ここでは、マリウスという人間がどうこうということはほとんど問題にならなかった。また同様に、ギションのおふくろさんが彼女の山の知識を明かすことを拒むとき、それは人間の黄金欲に対する軽蔑や嘲笑のせいばかりではなかった。たしかに、黄金という名の貴金属は人類の太古から神秘の気に包まれている。誰しも黄金という名から流れ出る不気味な魔力から逃れることはできない、わたしにしても、ほかの誰にしても。いかにわたしにとって山がその古い鉱山ともども心の故郷になっていようと、不気味なものが山の地面の上をふうっと走ることがある、あるときはここで、あるときはかしこで、さながら目に見えぬ金鉱脈が細い身をくねらせて走るがごとくに。そして、今日では幾重にも草木におおわれているが、その茂みの中からかつての道路らしい敷石をのぞかせる、大昔の山道をたどっているときだろうと、また茂みの中から、埋められ塞がれた坑道を見つけ出すときだろうと、いつでも不気味なものが湧き上がってきて、そして悟らせてくれる、なぜ上クプロンの村中の人々がそれぞれ家に伝わる小さな金鉱石のかけらをお守りとして大切にしまっておいたり、身につけて歩いたりするのをやめぬかを。マティアスもそのような金の層のくねり走る鉱石のかけらをもっている。おまけに、彼は昔の坑夫の使ったつるはしを槍のように寝床の上にかけている。

にもかかわらず、黄金はひとつの象徴にすぎない。そしてまた、ギションのおふくろさんを始めとして、山に馴れ親しんだすべての人々に特有な、山について語ることを畏れつつしむ態度も、おそらく象徴的なものから由来するのである。空疎な山岳神秘主義や黄金神秘主義や、その他もろもろの神秘めかしから遠く隔たって、この態度はむしろ純潔、魂の純潔および自然の純潔と呼ばれるべきものであろう——もっとも深く、もっとも言いがたく、もっとも捉えがたいものを顕《あら》わさなくてはならぬことへの恐れから生まれた純潔と。なぜなら、何代にもわたって自然の威力とごく親しく触れあってきた人々には誰にでも、ひとには伝えきれぬ知識の残余がある。深く面紗《ヴェール》をかけられた神秘にして地下的な力についての、そしてその力とおのれとの結びつきについての、ひとには伝えられぬ予感がある。象徴としてのみ現われ出て、また象徴としてのみ表わされうるところの、不安な感動がある。そしてこれこそが、これらの人々をしてあの純潔で敬虔な寡黙を守らしめているものなのだ。それは何代もの記憶から昇ってくる戒めのようなものである。わたしは幾度も水夫たちのもとで、彼らが海のことを語りだすやいなや、この奇妙な不安が彼らの顔に現われるのを認めたものだ。現役の坑夫もこの不安から免れていない。たとえ彼らが日々に山の中に入るとしても、たとえ山が彼らの日々の仕事場だとしても、同じことである。地下的なもの、到達しがたい深みの威力が拒みがたく現われ出るのだ。ましてや、何代もの記憶がまだ生きているのに、山が暗く何かをはらんだままとざされたこの土地では、いかばかりであろう。これを単に海の危険や山の危険によって、水夫や坑夫の遭難死によって説明しようとする者は、ことの表面に留まるだけであろう。なぜなら、死は大きなことである、しかし死が人間の魂の中で生きるということは、もっと大きなことなのだ。死の力から生が不可思議に絶えまなく生まれてくるのだ——魂の深みにおいて、山の深みにおいて、海の深みにおいて。

そしてそれと同じ源から発する事柄だったので、わたしは何が自分をここへ導いて来たかをふと思い出し、そして言った、

「ズックの子供のことが心配なんです」

彼女は静かに首を振った、

「そのことなら心配はいりません、あの子は丈夫な子供です」

「今のところあの子をどうやって育てたものか見当もつきません……そのうちに乳母を探し出さなくてはならんでしょう……」

「このままミルクでも育てられます、わたしはあの子を見て来ました……でも母親のほうに衰弱が見られる、あの人はもういけません」

「何をおっしゃるのです、ギションのおふくろさん」

彼女は暖炉のところへ行き、耳ざわりな鉄の音をたてて暖炉の口をあけ、新しい薪を一本、ぱちぱちとはじける火の中に押しこんだ。そして薪を押しこみながら、彼女は平然とくりかえした、

「ズックのエルネスティンにはあまり望みをかけても仕方がない、おそらくだめでしょう」

わたしは腹を立てた、

「これは驚いた、おふくろさん、あの人は腫物《はれもの》ができただけですよ。腫物で死ぬことはありません……」

「人間は自分の生をこれ以上抑えられなくなり、自分の死をこれ以上殖やすことができなくなったとき、死ぬのです」

「そんな無慈悲なこと言えるのは女の人だけだ、お医者だってそんなこと言えやしない……それはともかく、あなただって一度ぐらい間違ってもいいわけだ。このことには、わたしはまだたっぷり希望をもってますよ……」

「それで結構。なぜって、わたしがこんなことを口に出すのはよいけれど、あなたはいけない。生命をはぐくみ、死を妨げるのがあなたの任務ですからね……」それから彼女はかすかにほほえんでつけ加えた、「それから、人々がいつまでも若くとどまれるようにすることがね」

「そのとおりです。それにまた、亭主のズックと三人の男の子たちは生の領分に属しているのです。彼らのためにも、わたしはあの人をこの世に引きとめなくてはなりません。エルネスティーネはまだ若いんです」

「あなたは人間の死ぬところをもう何度も見てきたでしょうに。そしてほとんど誰にでも、悟りがひらくときが来るのを、見てきたでしょうに。とつぜん誰もが悟るのです、自分が生きてきた人生はほんとうの人生よりも狭いということを。なぜといって、ほんとうの人生には死ぬことまでが含まれているのです。ところが、死は平生いつでも忘れられている、ひとつには臆病さから、もうひとつには、夫と三人の子供のことを考えねばならぬとなると、死のことを考える暇もないので。しかし、いったん悟りをひらいた人は、死ぬことを人生に含めるのです、全人生を死ぬことの中に含めるのです、始めから終わりに至るまで、若かったころも、しだいに老いてゆく日々も含めるのです……人生はそのとき正しくなります。エルネスティンもまもなくそこまで行くでしょう。この世において彼女のものだったすべてを、彼女は臨終の中へもって行きます。そこで時は熟すのです。そしてすべては集まり、それゆえ生の流れを抑える必要はなくなるのです。そこでは単純に消えてしまうということがない、そこでは死が純然たる恩恵になるのです……助けるですって、どうして弱い者が強い者を助けることができましょう」

「ええ、おふくろさん、たしかにそのとおりです。だがそのとおりだからこそ、わたしたちは死をなるべくあとまでひき延ばすよう努めなくてはいけないのです、死が単純な消滅にならぬように……」

　すると彼女は腕を組んでわたしの前に立った、

「ひとつだけ言っておきましょう……わたしがそこまで行ったとき、わたしにあれこれ甲斐《かい》のない治療を試みないでくださいよ。たとえわたしが弱くなって、あなたを追い払えなくなっても、成り行きにまかせておいてくださいよ……」

「よしてください、おふくろさん、またもやそんなことをおっしゃる……あなただって実は年老いたもぐりのお医者以上の何者でもないくせに、わたしにはあなたを助けるという喜びを与え惜しみなさる……しかしこのことについては、いま話しあう必要はありません。あなたのお顔を拝見するだけでわかります、二十年先でもまだそれには早すぎるだろうって……」

「二十年先だったらあなたが正しいことになる、それより早ければわたしの勝ちです」

そう彼女は朗らかに言った。だがまた、それはわたしが自分で認めたより以上に真剣だった。わたしはもう答えなかった。しかも、雨の滴る窓ガラスを通して表の通りに人の姿を認めたので、なおさらのことだった。その姿はまもなくマリウスとわかった。軽やかな摺《す》り足で彼は表通りをこちらに登って来た。肩のまわりに粗毛の襟をつけ、帽子もかぶらず、ズボンは汚れて脚にはりつき、あまりいい恰好ではなかった。

表を指さしてわたしは言った、

「黄金はあまりたくさん取って来なかったようですね」

「黄金はないけど、何か見つけて来ましたよ」とギションのおふくろさんは一度ちらりと表を眺めてから断言した。

「それなら、ひとつ見せてもらいたいものだ」驚嘆するということにわたしはこの婦人のもとでは馴れっこになってしまった。

まもなくガラスの扉が音をたて、マリウスが入って来た。ようやくわたしたちは彼のありさまを見ることができた。長靴は泥だらけで、ズボンは膝までべとべとだった。もっとも、こんな天気に黄金を探しに行けば、こうなるのも不思議はない。

「靴と靴下を脱いで暖炉の前に掛けなさい」ギションのおふくろさんが命令した。

わたしは彼女が放浪者に、わたしに対するほど親しげに語りかけぬことに満足を覚えた。

マリウスは言われたとおりにした。暖炉の脇の壁には長靴を乾かすための設備があり、二本の棒が取りつけられてあった。そこにマリウスは彼の靴を掛けた。それから彼は素足でテーブルにやって来た。彼は形のよい、というより、実にさっぱりした足をしていた。

「さてと、見つけて来たものを、お見せなさい」

濡れたズボンのポケットから彼は緑色をした長目の石を取り出した。それは細身の短刀に似た火打ち石の石刀だった。

「冷た石《カルター・シュタイン》のそばで見つけました」と彼はいくらか誇らしげに言った。

冷た石とはどうやらむかし《ケルト人の石《ケルテン・シュタイン》》と呼ばれていたらしく、明らかに古代ケルトの僧侶の生贄台《いけにえ》である。そしてまた、今日ではその全体が冷た石と呼ばれているあの丘は、むかし古ケルト人の祭礼域をなしていたのかもしれない。とすると、その場所を選び出した狙いの確かさはさておくとしても、このような遺物が組織的な発掘によらずに見つけられたということは、それだけでも驚くべきことだった。したがってギションのおふくろさんが彼女のたくましい黄ばんだ老いの手に石刀を取って、「あなたはよい目をしてますね」と彼を讃《ほ》めたのは、もっともなことである。

「わたしの故郷《くに》でもこういうものが見つかります」と彼は説明した。

「故郷はどこだね」とわたしはたずねた。ことによるとこの男はわたしたちの度胆《どぎも》を抜くために、このがらくたを故郷からもって来たのかもしれない。そして冷た石まで遠出をしたのも、擬装作戦だったのかもしれない。

「ドロミテです。今でも祖父が暮らしてます」と彼はためらわずに教えた。

「何か食べますか」とギションのおふくろさんが彼に石刀を返しながら言って、例のパンの塊を指した。

「ありがとう」と彼は答えてパンの塊をつかみ、それに石の刃を当てた。

ほとんど憤然として彼女は彼の手からパンを取り上げ、それを裏がえしにして、三つの十字を指した。「これは神聖なのです」と彼女は言った、「石も神聖だけど、それとこれとは別物です」そして彼女は普通のナイフでひときれ切り取った。彼女は石器時代の生贄の道具の神聖さについて、何を知っているのだろう。彼女には時間というものがないのだろうか。彼女の記憶はどこまでさかのぼるのだろう。

マリウスは石刀を手に取り、そしてギションのおふくろさんの言うことを理解したというしるしに、それを喉に当てた。しかしながら、それはまったく機械的な仕ぐさだった。それから彼はほほえんで石刀をしまいこみ、彼のパンをかじった。

「用心なさいよ」とギションのおふくろさんが言った、「あなたの中にはまだ昔の知識が残っている。けれど、それはもう弱くなってしまった。不十分で、しかも度が過ぎる、これは良くない取り合わせです」そう言って彼女は暖炉のところへ行き、木のスプーンでスープの味をみて、それから深鍋を火穴からおろした。

「わたしはほかの人間たちよりもたくさんのことを知ってます」と彼はいささか自慢げに言った。どうやら彼の言うほかの人間たちの中にはわたしも入っているようだった。わたしの存在が彼の気にくわぬことが、明らかに見て取れた。

「そう」とギションのおふくろさんは認めた、「たしかにそうかもしれない。だけど用心したほうがいい、あなたはいま自分の知識を忘れかけている……」

彼はいまにも激昂《げっこう》しそうになったが、それをこらえて、いくらか嘲笑的で尊大な身振りで、

口の隅に垂れている髭《ひげ》の先をなぜるだけにとどめた。やがて彼は言った、

「わたしは何事も忘れない、忘れることはけっしてない……」

ギションのおふくろさんは食器棚をかたかたとならして片づけものをしていた。それから彼女はスプーンをもってテーブルにやって来て、わたしたちの横に腰をおろした。

「そう、マリウス」と彼女は言った、「知識はそれ自身にだけ仕えるものです、そしてまた人助けに……しかしそれでもって黄金をあるいは権力を求める者は、それを悪用する者なのです。このような者には知識は失われてしまいます」

しばらく考えたのち、マリウスは断言した、

「黄金を見つければ、わたしは人を助けることになる……」

「いったい誰を」と彼女はほほえんだ。

「村を、村全体を」

「それはそうと、どうやって一度に黄金を見つけるつもりなんだね」とわたしはたずねた。

「もちろん笞《むち》をつかって」とわたしの問いは軽く片づけられた。

「山にはもっと大きな知識が必要だと、あなたは思いませんか……」と彼女は言った、そしてその声にはまたもや思うところありげな、かすかに人の悪い響きがあった、「笞だけでは、おそらく満足なものは見つかりますまい」

ところが、マリウスが答えようとしたそのとき、台所の山側の扉があいて、マティアスが姿を現わした。彼はどうやら中庭を通って家に帰っていたらしく、すでにさっぱりとした身なりになっており、肩幅の広い大きな体をし、やせた体に赤髭を生やし、シャツ姿で扉の前に立って、昼のスープを食べるばかりの様子だった。静かな灰色の猟師の目で、彼は新参者をじろじろと見た。

「そう」と彼女が言った、「この人がマリウス・ラティ、彼はいまウェンターのところにいるんだよ」それはマリウスのために、良い取りなし方と言えた。なぜなら、マティアスは義弟のウェンターとその家族に好意を寄せていたからである。

「そうか」とマティアスはやはり好意的な顔つきで事を理解してテーブルについた、「ウェンターのところにいるんだって……それで、ずっといるつもりかね」

と、マリウスが意外なことを言い出した、

「わたしはそれよりもあなたがたのところに来たいのです」

マティアスは彼をしげしげと見つめ、それからおふくろのほうを物問い顔で眺めた。「わかってました」と彼女は言った。そしてそこにはすでに拒絶が含まれていた。

ところが、肝心のマリウスにはそれがきこえなかった、あるいは、彼はできるかぎりそれを聞くまいとした。

「下の村よりもここにいるほうが、わたしは役に立ちます……山の生まれですから、山にはよく通じてます」

あごを手のひらにのせ、指の間から髭《ひげ》をのぞかせて、マティアスはこの願いを、依然として好意的ではあったが、あっさりはねつけた、

「ここに来てどうしようって言うんだね。わしらのところには下男にやらせる仕事がない。刈り入れのときでさえも、それに薪集めのためにしても……」

「なんならわたしに一文も払わなくてもいいのです」とマリウスは頼んだ。

「いやはや、おまえさんにはそいつがそんなに大事なのかね。なぜなんだ。わしがそんなに気に入ったかね。それともこの村に好きな女の子でもいるのかね」

「マリウス」とギションのおふくろさんが言った、「黄金探しの手伝いなぞわたしたちはいりませんよ、わたしたちばかりじゃない、山だってそんなもの必要としてません」

「それじゃ黄金が目あてなのかね」

そう言ってマティアスはにやにや笑った。マリウスはまるでありきたりのことをたずねられたように、マティアスの問いを一蹴した。

「山がわたしを呼ぶのです」と彼はほとんど無表情に告知した。

「山がどうしたって」とわたしはたずねた、自分の耳が信じられなかったのだ。

すると、ほかの二人のほうを向いて、マリウスはくりかえした、

「山がわたしを呼ぶのです……山がわたしを必要としないなぞというのは嘘《うそ》だ、山はわたしを必要としている、だから、あなたがたもいつかわたしを必要とするだろう……」

マティアスが彼のおふくろとおなじ、あの愉快そうな微笑を浮かべて言った、

「山がとにかく何かを必要とし、何かを欲するとすれば、それは、静かにしておいてもらいたいということだけさ」

「たしかに、いままではそうだったかもしれない……だが今はもうそうじゃない、わたしは感じるのだ！」

「いったい何を感じるんだね」とわたしは口をさしはさんだ、「山が鉱石を腹から取り出してもらいたくて叫ぶのをかね。だが、鉱石が山の中で育つのは、子供が妊婦の中で育つのとわけが違う……」

ギションのおふくろさんがそれに賛成した、

「山は広大な時代をめぐるのです」

「山の時代が来たのです」とマリウスは叫んだ、そしてその目の中には何とも定義しがたいものが、空疎な神がかりのような何かが現われた。

ところが、マティアスの目の中にもぱっと輝き出るものがあった。それは世の中の痴愚への

喜び、あの陰鬱な喜びであり、すでに何度となくわたしはそれをこの男において眺めてきた、そうなのだ、彼は何度となくこの誘惑に屈するのだ。

「そうとも、山の時代のめぐりを耳で聞き取る連中だってあらあね」と彼はマリウスを煽《あお》り立てた、「ただ、実物にはまだお目にかかったことはないな……」

マリウスは長い演説のはずみをつける者のごとく息を吸いこみ、それから語りだした、

「山は自分を知ってくれる者を待っている……わたしが笞《むち》を手にし、そして笞がひくひくと震え、わたしがその震えを全身に感じ取るとき、そのときわたしにはわかるのだ、いまや黄金を求めてよいものか、それともまだ銅の時代なのか、それとも冴えぬ鉛の時代なのか、それとも山の意志において現われ出るのはただの水なのか……」

「待った!」とマティアスが言って、上機嫌な顔で席を立ち、まもなく銅線の輪をもってもどってきて、それを黙ってマリウスに渡した。それは鉱石を探す際におおくの人に好んで使われる、あの金属笞だった。

マティアスの微笑に見守られて、マリウスは異様にほっそりした指で、震える銅線をすらっとなぜて見た。だが、彼はそうやすやすとは打ち負かされなかった。

「この笞では、猟師のマティアスよ」と彼は静かに言った、「この笞では山の内側に聞き耳を立てることはできない、これは機械にすぎない、そして機械には山は語りかけない……柳の笞

だけが生きた筲なのだ……これはほんとうの筲じゃない、これでは山に強制を加えるというものだ……」

「柳の筲を使おうと、銅の筲を使おうと」とギションのおふくろさんが言った、「あなたはどのみち山に強制を加えようとしているのです……山をそっとして置きなさい、強制は災いをもたらします」

「いいや違う」と彼はまた興奮して、もう絶叫せんばかりだった、「機械だけが災いをもたらすのです、機械だけが大地に強制を加えるのです……柳の筲は大地の一部なのだ、大地の知識なのだ。あなたたちは柳の筲を使わずに、こんな筲ばかりで試みていたものだから、知識があなたたちのところまで及ばなかったのだ……」

「そもそも試みる必要がないのさ」とマティアスがにやりと笑って言った、「わしらは筲なぞ使わなくたって、山がどんな状態かわかるんだよ」

そして彼は手を開き、それを膝の高さで床の上にさし出した、まるでそうすれば大地の中まで聞き取れると言わんばかりに。

そしておふくろさんがもう一度言った、「筲だけではまだ知識にならないのだよ、マリウス」

一同は沈黙した。棚の上の目覚まし時計がちくたくと金属的な音を立てた。だが大地はわたしたちの下に無言のまま横たわっていた。やがてマリウスが、わたしの思いも及ばなかったこ

とに、謙虚にそしてひっそりと言った、

「わたしにそのより大きな知識というのを教えてください、おふくろさん」

彼女は首を横に振った、

「教えることはできないのだよ、マリウス、目を覚まして成長して行くよりほかに道はありません」

「あなたはわたしを知識に与《あずか》らせまいとしてる」と彼は反抗した、「あなたは他人にいっさい扉を開くまいとしている」

「それは違う」とマティアスは悪気なく笑った、「誰でも中に入れる、ただ無理矢理入ることはできないのだ」

だが、その笑いがマリウスを疑い深くした。彼はかっとなってとび上がった、

「君はわたしを嘲弄するつもりか、マティアス……あの知識を自分ひとりで相続しようと思って……」

「違います」とギションのおふくろさんが言った、そして彼女ははじめて彼に親しげに語りかけた、「誰もあなたを嘲弄なぞしやしません、だけどあなた自身の知識に気をつけなさいよ、それをなくしてしまったり、減らしてしまったりしないようにね……知識を無理やり得ようとするのはやめておきなさい」

すでに先ほどからマリウスの中に著しい変化が生じつつあったが、いまやそれがいっそう明瞭に現われた。いらいらした表情が顔から消え、そしていまや彼がギションのおふくろさんの前で頭を垂れ、素足のまま、謙虚さをかすかに見せて――もっとも、これは芝居がかりと紙一重だったが――立っているさまは、赦《ゆる》しを待つ贖罪者《しょくざい》とほとんど変わらなかった。また実際に、彼がしばしの沈黙ののち、「わたしも知識に与らせてください」と嘆願したとき、それは贖罪者のごとくしおらしかった。

そして、ギションのおふくろさんがすぐに答えず、静かに彼を見つめるばかりだったので、彼はもう一度嘆願した。それはすこしばかりいじらしく、また愚かしかった。

「あなたの家で仕えさせてください……わたしはいろいろなことを知ってます、そしてたぶんあなたの家に利益をもたらすこともできるでしょう……野獣のことにもわたしは心得がある、猟師のマティアス、わたしは笛で野獣を誘い寄せることができる、野獣を夜鷹から守ることもできる。わたしは山に強制を加えない、野獣にも、生い育つすべてのものにも……わたしをあなたの家で仕えさせてください……」

しかしながら、彼の嘆願もそこまでだった。ギションのおふくろさんが片手をわずかに動かして彼を制止したのだ。それから、親しみは失わぬまま、彼女はきっぱりと言った、

「あなたはひとに仕えられない、マリウス、誰にもあなたは仕えられない、たとえそれがあな

たの望みでも」

ようやく彼はほんとうに悟った。彼はもはや語りつづけようと試みなかった。彼は立ち上がった。そしてわたしの見たところでは、いくらか蒼《あお》ざめていたとはいうものの、いつもの嘲笑的で尊大な衿持《きょうじ》が彼の顔にもどってきた。その衿持をもって彼はだめを押すように言った、

「それでは、あなたはわたしを拒むのですね」

「悪気があってじゃないのですよ」とギションのおふくろさんは答えた。

「わかってます」とだけ言って、彼は靴下と長靴を取りに暖炉のところに行った。

おもては前より明るさを増し、雨も小降りになり、台所はいまやいっそう心地よく見えた。だが、マリウスに立ち去りやすくしてやるため、それにどのみちわたしも帰らなくてはならぬ時刻だったので、わたしは「家にまだ患者が来ることになってますので」と言って、同様に靴を干し台から取り、外套を洋服掛けからはずしたが、いささかうしろめたさを感じないでもなかった。なぜなら、わたしの外套の下に小さな水溜《たま》りができていたのである。

ギションのおふくろさんは、いつもなら茶色に縮れているのだが、いまは雨に濡れて滑らかになった髪をなぜつけているマリウスを見守っていた。そしてわたしには、まるで彼女が放蕩《ほうとう》息子を、まだなかば家の者ではあるが、すでにまた家から遠のいてしまった放蕩息子を、異郷へ送り出そうとしているかのように見えたものだ。彼が濡れて縮んだ靴下を足にはかせようと

骨折っているのを見て、おふくろさんは母親のごとく言った、

「マティアスからさっぱりした靴下をもらってあげましょう」

「よかろう、さっぱりしたのがほしかろう」とマティアスは言った。

だが、ひややかにマリウスは断わった。

「これで結構……ありがとう」

こうしてマリウスとわたしは二人して別れを告げ、ガラス戸から表通りへ出た。表通りは点々と雪を置き、褐色にぬかるんで、家々の白っぽい壁のあいだに、雪を点々と置く暗いこけら葺《ぶ》き屋根と黒褐色に光る窓とのあいだに、横たわっていた。それは白っぽい灰色をしてどんよりと垂れる午後の空の下に、みずからも灰色とくすんだ白と黒をして横たわっている。すべてが写真のように、白と灰色と黒だった。ぐったりと湿気をふくんだ風がわたしたちの顔に吹きつけた。そしてわたしたちは黙って表通りを下って行った。

しばらくしてマリウスが言った、

「おふくろのほうが息子よりも強い、彼も強そうなふりはしてるが」

「そうかもしれない」とわたしは言った。

「よくないことだ」と彼はわたしに教えるように言った、「健全でもなく正しくもない」

わたしたちは村のはずれに着いた。「ご機嫌よう」とわたしは言った。

「ああ、下までごいっしょじゃないのですね」

「そう、わたしは家に帰る」

そう言ってわたしは自分の家を指さした。煉瓦の屋根が唐檜《とうひ》の森からそびえ立ち、あたりの風景の写真のごとき白と黒の中で、ただ一点の赤を見せていた。

「二軒、家があります」と彼はまたもやひとの誤りを正した、「誰かほかに住んでいるのですか」

「もちろん」

「誰が」と彼は鋭くたずねた。

「なあに、代理業者のウェチーだよ。彼にはきっともう会っただろうね」

「ああ、あのラジオ屋か」と彼は軽蔑的な顔をした。わたしの隣人は、彼のお気に召さぬようだった。

「さてと」とわたしはきりをつけることにした、「わたしはここから左へ行くよ」

「よろしい。先生」と言って彼は遠ざかって行った。

わたしが彼の敗北の目撃者であったことを、おそらく彼は心に含むだろう、とわたしは考えた。だが、それがなんだろう。森のへりまで来たとき、わたしは今年はじめてのクロッカスの花を見た。

二　黄金

まず最初に晴れ上がったのは夜だった。しかし、その晴朗さはすでに冬のそれよりも穏やかだった。あらゆる厳しさが夜空から失せ、まるで蒸発してしまったか、あるいは融けて流れてしまったかに思われ、柔和さが最後の勝ちを制した。そして澄んだ人の目にも似た透明さの中で満天の星はゆるみ、その輝きはより濃厚により黄金色になりまさり、そしてその黄金の輝きを浴びて三日月が、おのが銀色の輝きも黄金色に染められて、星々の間に漂っていた。こうして春は天空にやすらっていた。だがある日、それは地上に降りて来た。すると白い雲が次から次へと押しあいながら西へ、クプロンの山にむかって流れ、やがてあたかも次々にあとにつづく雲のために爽やかな青い空を明け渡そうとするかのように山々のうしろに消えた。こうして春に運ばれ、春を運びつつ、これらの雲の流れは甦《よみがえ》りゆく生命の流れでもあった。それはもはやあの三月のはじめの爆発的な春ではなかった。それは長持ちするほんとうの春、明るく爽やかな流れのもとで優しく穏やかな春であった。そしてまけずに穏やかに、まけずに爽やかに、空の青が生き物の世界に降りそそいだ、人間の体に降りそそいだ。そして着物を開いて浴びたくなる小雨のように、それは静かだった。こうして復活祭となった。

復活祭の日曜日に庭に出てみると、庭はまだ森の樹々が投げる朝の影の中に横たわっていた。そして日曜日の安息の、まだ人に触れられぬすがすがしい息吹きが庭から立ち昇ってきた。ズックが土を掘りかえして熊手で掻き均《な》らしてくれた花壇がいくらかやせた森の土を容れて露に光っていた。露けく若々しく草がにおった。そして垣根のほうからは肥料がにおってくる。それはズックが復活祭のあとで花壇に播《ま》くつもりで彼の家畜小屋からもってきて垣根のそばに積んでおいたものだった。空気もまた今日は仕事がないかのように、いかにも日曜日らしかった。森も日曜日らしく、小鳥たちの囀《さえず》りも日曜日らしく、それに朝食はそれに輪をかけて日曜日らしかった。カロリーネが黄色い復活祭のパンを焼いてくれたのだ、そしてそのどれにも、詰め物をした色つきの卵が添えられていた。垣根のむこうのお隣の庭では、代理人ウェチーが日曜日の服を着て、小きざみな足どりで行きつもどりつしていた。彼は五つになる娘のローザの手をひいている。そして庭の木戸のところまで来て向きを変えるたびに、彼は立ち上がって唐檜《とうひ》の樹冠を、そして動く空を見上げた。

わたしは彼に《復活祭おめでとう》を叫んだ。すると彼はわたしの挨拶に遠くから叫びかえすのは失礼だと思ったらしく、こちらにやって来た。

子供は人参のような赤っぽい髪をして、そばかすだらけだったが、いつものようにわたしの好きな抜け目のない微笑を浮かべ、そして木綿でできた白い復活祭のうさぎを腕に抱いていた。というよりも、それはうさぎのような形をした縫いぐるみというべきで、二本の長いスプーンが差してあるのでかろうじてそれとわかり、そして首のまわりには青い繻子《しゅす》のリボンがぶらぶらと揺れる鈴といっしょにつけられて華やかに輝き、復活祭の動物遊びの一端を見せていた。

「かわいいうさぎだね」とわたしは讃《ほ》めてやった、「それに復活祭の卵もあるんだろう」

「もちろんです」とウェチーが言った、「もちろんですとも、先生、赤いのと青いのがあります」

「今日のお昼に食べるの」とローザが説明した。

「そうだね」

「ウサちゃんもひとつもらうのよ」

「もちろんだよ、こんなにかわいいうさぎだものね……ローザのお友達はもうこのうさぎを見たのかね」

「誰のこと」

「そりゃ、ズックの男の子たちのことに決まってるよ」

彼女はうなずいた、

「ヴァレンティンはこれがとても気に入ったのよ……いまあの子たち下の教会に行ってるわ」

ウェチーがため息をついた。それはもう長いこと彼の悩みの種だった。カルヴィン派の信者なので、彼はどこの教会にも行けず、それゆえ残念ながら彼の礼拝を、日曜日と金曜日ごとに家族の前で聖書を読むだけにとどめなくてはならないのだ。ため息をつくと、さなきだに哀れっぽい、いくらか泣き声に似た彼の代理人風の声は——その抑揚にはいまだにときおりハンガリアなまりが聞き取れた——またひとしお哀れっぽく、ひとしおつらそうになった。そして何かというとすぐに自分の悲哀を口に出したがる癖で、彼はいまもまた愚痴を始めようとする様子だった。

彼の愚痴をかわすために、わたしはラクスとの保険契約のことをたずねた。

すると彼は物思わしげな顔をして言った、

「それがひどい話なんですよ、先生」

「なぜ。彼が君に何かしたのかね」

ローザを横目でちらりと見てから、彼はそっとささやいた、

「これはどうもお話しするわけにいかないのですよ」

「それなら結構、ウェチー君、話さないでおきたまえ」

「でも、先生……」あきらかに彼は断わってわたしの気をそこなったのではないかと心配している様子だった。

「どうしたね」

「先生にならお話ししてもかまいません」

「それでは始めたまえ……わたしはそのことが君を悩ましてると見たのだよ」

彼は二、三度唾を呑《の》みこんでから低い声で話し出した、

「ラクスさんはヨハニに、家畜小屋の新築のためにかなりの金を融通したのです」

「それだけの話なのかね、そんな話なら屋根の雀だってしゃべってるよ」

「ええ……いえ、違うのです……つまり、ラクスさんはもちろん貸した金は取り返すつもりだけど、それだけではなく、例によってそれを種に儲けよう、しこたま儲けようっていうつもりなのです。そうじゃなくては、あの人がそもそも取り引きに手を出すわけがないですものね……」

「わたしの知ってるかぎりのラクスは、たしかにそうだ」

《取り引き》という言葉を噛《か》みしめるように彼はもう一度言った、

「いずれにせよ、大きな取り引きです」

「ただし、その取り引きは君にはそもそもなんの関わりもない……ラクスは哀れなヨハニを相

手に返済の訴訟を起こして借金のかたを取る、おそらくそれでおしまいさ」

ウェチーはずるそうなしたり顔になった、

「そいつはラクスさんにはまずできません。そんなことしたら、村の中でひどく評判を落としますからね……それに、彼は金を無利子で融通してるのです。誰が見ても、友達のよしみと見えるようにね……」

「わからんな……それじゃ、彼の儲ける余地はどこにあるのだろう」

「そうでしょう」と彼は嬉しそうに両手をこすり合わせた。彼自身は事の真相を十分に見抜いているのだ。それがどうやらまた、彼がこの話をしたがった理由でもあったらしい。「ほんとうに複雑でしょう、先生。利子はラクスさんにとって問題じゃないのです。あの人はヨハニの家屋敷をそっくり手に入れるつもりなんです……」

「そりゃひどい……それで彼はどんなふうにやるつもりなんだろう」

「よろしいですか、先生……無利子でいつまでも金を貸してくれる人はないと、これは誰にでもわかります。とすれば、こういうことも誰にでもわかるはずです、つまり、ラクスさんはいまヨハニのために、例の屋敷を抵当にして金を借りてやって、そこから自分への借金を返済させるつもりなのです……それでラクスさんの腹づもりは今のところこうなのです、抵当はできるだけ高く、ヨハニの今の借金よりもはるかに高く見積もらせなくてはいけない、ところが、そうして金を借りてやったところで、借金を差し引いた残りの金はどうせヨハニがむざむざと使い果たしてしまう、彼はまた建て増しをするでしょう、そうでなければラクスさんが別のやり方で金を使い果たすようしむけます……要するにです、あげくのはてに抵当は買いもどせなくなる、そして競売ともなれば、ラクスさんが屋敷を二束三文で手に入れることになるという寸法なんです……」

「いいかね、ウェチー君、君は勝手につじつまを合わせているんだ……」

「そうじゃありません、先生、これは明白な事実なんです……それでは、なぜラクスさんはあの屋敷に過大な保険をかけようとしているのでしょう。過大な金額で抵当に入れる下地をこしらえるためにほかなりません……違いますか」

「それで、君はそれにかかわり合いたくないのだね。それは感心だ、ウェチー君」

「先生、それにかかわり合えば、わたしはまさに犯罪の危険を冒すことになります……だけど、ラクスさんは商売がたきのところに行くことになるでしょう。あの人はあるいは彼の計画を押し通すかもしれない。なにせ会社同士の競争が激烈で、代理人たちには良心がないときてますからねえ……」

「この取り引きひとつぐらいは諦められるだろう、ウェチー君」

「たったひとつの取り引きだけのことなら、諦めもつくのですがねえ、先生、ところが商売がたきが根をおろしてしまった日には、わたしがあんなに苦心して築いてきたすべてが、水の泡になってしまうのです……新しい鉱山保険の必要が生じたところで、もういけません。ラクスさんは脅かすのですよ、そいつもよその保険会社にまわすって……」

「鉱山保険だって。それはまたなんだね」

「まだお聞きになってないのですか、先生」

「いや、すこしも」

いささか意外な面持ちで彼はわたしを見つめた、

「でも、いまに黄金が見つかったら、大がかりな鉱山事業を興すという話は、もうお聞きになったはずです……ところが、ラクスさんはそこからわたしを締め出すというのですよ……」

「ははん、マリウスの黄金の話だな。そのことなら安心したまえ、まだ先の話さ」

彼は心配そうにじっと前を見つめて言った、

「わたしを締め出すと言ったら、きっと締め出すだろう」

「どうなんだ、ウェチー君、このつまらん迷信と君の敬神の念とは、どう折り合うというのだね」

「ああ、先生……わたしは迷信深くはありません、しかし思うに、わたしは商売の上では神さまの恩寵を授からぬ定めなのです」

「それじゃラクスは君より恩寵に値するのかね」

「人はどんな秩序の中にあっても罪悪を犯しかねないのです、先生、そして金は神さまが人間に授けてくださった数ある秩序の中のひとつなのです。神さまはそれらの秩序を、人間たちが彼らの魂のはなはだしい混乱の中にあってひとつの基準を、ひとつの尺度をもつようにと授けてくださったのです。反論なぞしてしまって、お赦《ゆる》しください」

「それで、君の商売について言うと……」

彼はすこしおぼつかなさそうに笑って、額から汗を拭った。しゃべっているうちに興奮してしまったのである。朝のそよ風が生暖かく、しかも爽やかに樹々の枝の間をさわさわと吹き抜け、まだ隠れている新しい一年の生命を、新しい姿かたちへと呼びさましつつあった。ウェチー家の台所の窓からラジオの復活祭礼拝の音楽がここまできこえて来た。そして春らしく、オルガンの音に包まれた歌声は風の中で光と混じり合い、ほのかに輝いて芽生えを待つ大地の上を流れた。小さなローザが辛抱できなくなり、父親の上衣の裾を引っ張って、もっと歩こうと促した。

「そうとも、ローザ」とわたしは言った、「ローザの言うとおりだ。今日は黄金の話なぞしてはいけないのだ……」

そしてわたしは家の中へもどって、カロリーネの焼いた復活祭のパンをひとつローザのためにもって来た。

「ああ、先生、そんなことしていただいては……」とウェチーがどぎまぎして言った、「……ほんとうにそんなことしていただいては、先生、これはローザにはもったいなさすぎます、ローザはもっともっといい子にならなきゃ……おまえもさっそく上手に、上手に先生にお礼を申し上げるのですよ」

ローザはわたしが彼女とおなじく礼は余計と考えているのを見て取って、抜け目ないわけ知り顔でさっそくパンのてっぺんをかじり始めたが、それでも結局わたしに《ありがとう》の目配せぐらいはしておくことにした。「まあ、放っておきなさい」とわたしはお作法を気にする父親を制した。それからわたしは言った、「しかし残念ながらもう出かける時刻になってしまった。わたしは下の村の診察室に行かなくてはならないのだよ」わたしがすでに下の村へ急ぎ下って行ったズックの男の子たちとおなじく、復活祭のミサに出席するつもりでいることは、ウェチーにわかっていたにちがいない。しかし、それを口に出せば、彼の苦しみを目覚めさせ、あらたに猛毒をふるわせることになるかもしれないと、わたしは恐れたのだ。

もっとも、その心配は甲斐《かい》がなかった。いっそ礼拝へ行くつもりを洩《も》らしてしまってもおなじことだったかもしれない。小柄な代理人がいまや別れを告げはじめたとき、その感謝の言葉から大粒の悲しみがひとつ滴り落ちた。そしてわたしが彼の大仰な感謝から身をふりほどき、ついに出かけたのは、それからかなり経てからであった。

幾度も幾度も、わたしは自分がほかの村人たちの先頭に立ってウェチーを弄《なぶ》っているのにふと気づく。わたしはあの子に復活祭のパンをもって来てやった。母親が焼いてやらなかったからだ。ところが心の底では、わたしはあの子の母親に復活祭のパンを焼く資格を認めていなかった。ほかの村人たちはすべてその資格をもつ。彼らは習俗の中にいるからだ。ズックの家でも、ウェンターの家でも、ラクスの家でさえも、ましてやギションのおふくろさんのことは言うに及ばず、どの家でも復活祭のパンを焼く資格がある。わたしの家も同様である。なぜなら、彼らはわたしを彼らの一員に数え入れている。それにひきかえウェチーの家ではどうだろうか。誰かが彼に復活祭のパンをやらなくてはならない。あるいは、彼が自分で店から買って来なくてはならない、都会の人間たちがこういったものを店から買うように、まさに都会的に、まさに瀆《と》神《く》的に。というのは、習俗は金では買えぬものなのだ。習俗は太古にさかのぼり、動物的なものに、わけても胃袋に密着している。復活祭のパンは太古にさかのぼり、わたしがこれから列席しようとしている復活祭の礼拝よりも古い。人間的なものの起源は太古にさかのぼり、土地に根ざし、土地への勤めによって、耕作や種蒔きや刈り入れなどの勤めによって形成され、それらの勤めの中に根ざしている。なぜなら人間的なものも、習俗も生い育ちつつめぐるものなのだ。それにひきかえ、都会ではすべてがひたすら流れ去るばかりなのだ。だがわたしは、わたしは習俗へと立ち帰った。そしていま早春の谷を前にして、わたしは自分が習俗と、その中に生まれついたすべての人間たちと、ひとつに調和しているのを感じた。すべての人間たちと、したがってラクスともひとつだった。ところがあの篤実で清廉な代理業者ウェチーとは、ひとつになれなかった。

そしてまた、それは土地との調和でもあった。冬の白と黒を脱ぎ捨て、すでに来たるべき季節の色どり豊かさをなして芽ぐみつつ、谷はさながら漂うがごとくになり、色調も陰影もやわらぎ、わたしに向かって漂い寄って来た、わたしに向かって近寄って来た、みずからも近寄って行くわたしに向かって。まるですべてが流動して互いに入り混じり合うがごとくだった。それほどに空気は軽く、それほどに山野は軽く、それほどに下り道は軽かった。そしてこのような漂い合いがわたしのまわりで透明な波動のごとく満ち上げて来た。不思議に心を和ませるとともに、不思議にもいまや燃え出る早春のにぎわいに満ちみちて——何かしら一体をなす漂い合い、わたしもそこに加わっているとはいうものの、わたしにはほのかな感じとしかならぬ一体をなし、安らぎに満ちみちて、いらだちに満ちみちて、漂いそして漂い合い。街道の両側の溝の中には最初の雑草が青い芽を出し、そこここにはすでにふきたんぽぽが見えた。牧草地のはしばみの木はまだ葉をつけていなかったが、ほのかに青いすがすがしい春の面紗《ヴェール》をまとっていた。そしてつづら折りの最初の角にさしかかり、そこから下の村の果樹園がいくつか見えて来たとき、果樹園の上にもおなじく面紗が広がっていた、透きとおるごとく、そしてまもない芽吹きを予感しつつ。

春の面紗は息のごとく軽く、そして復活祭の鐘の音も息のごとく軽かった。それは近隣の谷々の鐘の音と入り混じり、吹き寄せては吹き散りつつ、高まっては弱まりつつ、春に先立つ定かならぬ色彩の中へ流れこみ、地と天の間でかわされる動きの中へ、内と外の間でかわされる動きの中へ、内なる無限と外なる無限の間でかわされる動きの中へ流れこんだ。目に見えるものと耳にきこえるもの、目に見えぬものと耳にきこえぬもの、感覚的なものと純潔なものがたえまなき交換を行ない、あたかも魂と世界がその神秘的な深みを互いに歌い合っているかのようだった。そして魂も世界もともにきわめて多声的であり、わたしはまもなくその合唱をもはや捉えられなくなった。谷むこうの山腹を横切って、農家と農家を結びながら、一本の細い野良道が走っていた。それは風景の中に含まれ、しかも風景の中に含まれず、ほとんどひと筋の細いぼんやりしたひびのごとくに、ふるえ響く風景の透明さの中を走っていたが、それでも動を静へ、静を動へ変えることのできるあの僅かな知覚の変位を生み出すには十分であった。ふるえ流れる運動は静まり、そして鐘の音だけが響きつづけた。

こうして次の角を折れると、山々がどっしりと立っていた。あざやかな稜線を描き、硬い稜線を描き、象牙のごとく柔らかな色調をしているとはいえ岩石の重みをもち、その微動だにせぬ姿は、測り知れぬ鮮明さのためほとんど抽象的に見えた。ゆっくりと上空を白い雲が流れ、西にむかって流れ、そしてその静かな運動は山の鮮明さをつくり出すのに与《あずか》っていた。だが、ここに見られるのは、いまだに冬の硬直のなごりだろうか。いや、それはもはや氷の硬さではなかった、冬の大気が世界に降らせた硬さではなかった。そうなのだ、それは天の硬さではなく、地の硬さ、岩石の硬さだった。岩石の硬さがもっとも深い地下の領分からはるか春の大気の中へそそり立ったものなのだ。そして天にはいまや運動がある。これが季節の転換というものだろうか。きびしい冬の天の抽象性がいまや解けほぐれて風と吹き流れ、そして地では、はるか深みのどんよりした衝動性が、いまや測りがたきものへと蒸散してしまった天の投げ捨てた鮮明さの中に、移り住もうとしているのだろうか。なんという不気味な交換が行なわれつつあることだろう！　生と死の、死と生の、ふた方向の交換が同時に行なわれるのだ。なんという春の不気味さ！　そして秋になれば、ふたつの方向はたがいにまた逆転する。そしてあらゆる存在に結びつけられているわたしも——この結びつきをわたしははっきりと意識するわけではないが、とにかく感じ取るのだ——わたしもまたふたつの方向を目指すのだろうか、風と吹き流れるはるか高みへ、そして黄金の埋もれる深みへ。街道を折れまがるたびごとに、風景が新しい問いを、新しい展望をひらいて見せた。

巨大な入江のごとく——事実、幾十万年もの昔、それは入江であった——、山々は半円をなしてわたしの前にそびえ立った。そしてあたかも入江の印象を強めんとするがごとく、春風がふたたび起こった。雲が息をつき、牧草地と谷底の畑が吹き渡る風の下で息をつき、天と地の間で息吹きが戯れ合い、そのにぎわしい変化によって人の心を誘い、そのにぎわしい朝の爽やかさによって人の心を誘う。そしてそれはまた、柔らかな空間から朝がひんやりと明るく輝きをくり広げ、そして波が細かく震えながら目覚めてゆくときの、海の爽やかさでもあった。宇宙は闇、そして地のはるか深みも闇、だがこの二つの闇の中にこそ人間の故郷はあり、それゆえ人間はこのふたつの闇の境界地帯においてのみ、すなわち大地の表面においてのみ暮らすことができるのだ。彼は二重の岸辺に住まいなす、そしてそこでは天の波と地の波がそれぞれ彼のもとに故郷を運んで来る。目に見えるものはすべて——そして今もまた——天の深みと地の深みのこだまなのだ。こだまとしてのみわれわれはそれを認識できる、そしてこだまとしてのみそれはわれわれのつかみうるものとなり、われわれにとって大と小の秩序となり、重要なものとそうでないものとの秩序となる。そしてまさにそれゆえに、われわれ自身こだまにほかならないのだ、われわれの二重の根源のつかみがたさを反映するこだまに。まことに、こうしてわれわれは存在と、そしてあらゆる生き物と結びついているのだ。あらゆる生き物と同様にわれわれはこだまであり、こだまであるおかげで、われわれはたがいに交代する数々の対立物の大いなる循環の中に組みこまれており、融合しがたい対立物をなおかつ融合しうるものとして体験できるのだ、目にこそ見えぬが尽きることのない大海の満干《みちひ》の一部として——というのも、われわれ自身この満干の一部なのだ。

いまやまっすぐに村へと下る最後の坂道の、道端に三棟並ぶ礼拝堂のひとつにさしかかってひと息いれ、はるかに谷むこうの山腹を眺めやると、農家と農家をつなぐさきほどの小径は、いまではわたしの立つところよりも高くに横たわって、もはや全体を分けるひびではなくなり、全体の中にすっかり織りこまれて、全体の一部となっていた。わたしのまわりには野良が大昔から変わらぬ境界の秩序を正しく守って広がっていた。そして小さな唐檜《とうひ》林を左手に見て通り抜けると、わたしのすぐ眼前に村がひらけた。かまど火の煙が、まだ復活祭のパンを焼いているのだろうか、あちこちの屋根の上で淡く静かにゆらめき、吹き流れる風とおなじく透明に震え、そして透明に震えながら風は煙を受け取った。人の暮らしのにぎわいは、人の生と死を内に宿して、みずからも暮らしの秩序の中に宿り、たったひとつの静かなこだまとなって、早春の息吹きに対していた。そして早春の息吹きは象牙色の山々にまわりを飾られた紺碧《こんぺき》の明るさの下に漂い流れ、空を渡り、雲を渡り、地上の暮らしの中を渡って存在の種子を運ぶ、生の萌芽を、死の萌芽を——生が死から、死が生から生まれ、多様が単一から、単一が多様から生まれ、両者がひとつにとけ合うようにと。道端の樹々の春めいた枝ごしに、わたしは地平の峰々の、靄立《もやだ》つ白雪を見た。わたしはあたりの輝かしくてすがすがしい穏和さを感じた、わたし自身の存在を感じた、わたしの存在が見ることと、見られるものと、ひとつに結びついているのを感じた。そしてわたしは牧草地や山腹でまもなく水仙が咲きにぎわうのを感じた。

　そうなのだ、こうしてそれは知識となった。そしてこの知識を噛《か》みしめながら、三つ目の礼拝堂にさしかかったとき――驚いたことに、そのもろい壁の土台石はすでに若々しい苔の緑におおわれていた――、わたしは復活祭の花に飾られた狭いお堂の内部をちらりとのぞいたあと、それらすべてがまたわたしの知識に加わってゆくのに気づいた。なぜなら、知識はひとつの全体的な秩序の中でのみ生まれるものなのだ。そして、よしんば究極的に全体的なものは人間にとって結局捉えられぬままに留まり、せいぜいのところ、習俗や道徳においてほのかに感じられるにすぎぬとしても、もっぱら部分的な秩序、たとえば黄金の秩序でこと足れりとする者は、結局いかなる知識も得られないのだ。むしろ彼は、ひとつの冷酷で、かたくなで、抽象的な遊戯の規則だけを学んで、それを人の道すべての規則と心得ている人間に似ている。もっぱら遊戯的なものしか見ず、それゆえ真実を見失い、現実と全体を見失い、そして孤立と閉塞、それこそがここに現われるのだ。狂人の、そしてまた人類に対する大犯罪者の特徴をなす閉塞。このように閉塞された者はいかなる言葉を発しようと、よしそれがいかに論理的にきこえようと、いつでもただ自分自身のもとにもどって来るよりほかにない。いかなるまなざしを送り出そうと、ぬきがたい牢獄の壁に当たってはねかえされてしまう。それゆえ反響のない沈黙の中に、いかなるこだまも知らぬまま、いつまでも留まっていなくてはならぬ。かくしてあとに残るものといって、無限にも無限なる多様性への恐怖よりほかにない、そうなのだ、彼の存在の一体性は無限にも無限なる多様性へと砕け散ってしまったのだ。そして狂気の兇暴な悲しみ。もっぱら自分自身へと縛りつけられた狂気――わたしはこの狂気の無数の実例に出会ってきた、まずわたしが若い医師として勤めていた精神病院において、だが次に都会の生活の全体において。わたしは結局まさにこの理由から都会を逃げ出し、田舎へ、田舎の秩序へ、そして田舎の習俗へと逃げこんだのだ。だが、この逃走がいまやマリウスの出現によって危うくされているのではなかろうか。そう、ギションのおふくろさんがマリウスに黄金から手を引くように忠告したとき、彼女はまさにこのような狂気の脅威のことを言ったのではあるまいか。ともあれ、わたしはいまや村の入口にたどりついた。整然と正しい間隔を置いて、すでにさまざまに石灰をふりかけられて、果樹が家々の横手や裏手の庭に立ち並んでいた。それらの果樹は、まだ枯れ枝ながらあきらかに、やがて薄衣《うすぎぬ》のごとく咲きけぶる日を待ちかまえていた。そして礼拝堂の土台石に見られたのとおなじ若々しい苔が、いらくさのまつわる垣根の枠木をおおい、そして垣根にそってところどころには、すでに黄色い頭をしたのぼろ菊が花をひらいていた。

もしも目に見えるものが同時にまたすでに可視性を越えていないとすれば、わたしたちはそれを見ることができないだろう。また、もしも生が同時にまたすでに生そのものを越えていないとすれば、わたしたちはそれを味わい生きることができないだろう。

教会小路でわたしはおりしも教会へ向かうわれらが村の司祭ルムボルト師にばったり出会った。わたしたちはともに喜んで立ち止まった。わたしたちが職務以外のおりにこのように出会うのは、実にめずらしいことである。なぜといって、この司祭さまはその影のごとき暮らしを、司祭館の奥深くでひっそり、病みがちに、蒼《あお》白く送っているからである。わたしの診察を彼は一度として求めなかった。あきらかにひとつには、わたしが彼から診察料を取らぬだろうことを、彼は知っているからである。それは彼にとって支払いきれぬ金額なのだが、彼は支払う義務を感じるのだ。しかしそれよりも大きな理由は、彼は自分を天国に導いてくれるはずの死に対して、人為的な、あるいは単に人の工《たくみ》にかなっているというだけの抵抗を行ないたくないのである。かれは菜食生活を送っており——これもあきらかに倹約の必要からである——、彼の愛するバラ園のかたわらに野菜畑をつくって手ずから世話をしている。そして道端などでわたしに出会うと、彼はかならず「あなたにすすめられたとおり、ほうれん草を食べて貧血と戦っておりますよ、おかげで健康です」と言うのを忘れない。ところが、わたしがしきりにすすめた鉄分の丸薬のほうは、彼は断わるのである。それゆえ、彼はわたしに会うたびに挨拶がわりにきかされなくてはならなかった、

「あなたはわたしの患者の中で、いちばん悪い患者です」と。

いくらか気を悪くした、内気な人間のユーモアで彼は答えた、

「それでは、わたしのあなたに対する勤めのほうは、そもそもどんな具合ですかな、先生」

「おや、司祭さま、あなたはわたしが神さまとどんな取り決めをしてるかご存じないのですか、……復活祭と、聖霊降臨祭と、クリスマスにはわたしのほうから神さまにご機嫌うかがいをする……そのほかは、神さまのほうからわたしのところにご足労くださらなくてはいけない……」

彼はいくらか斜めにかしいだ顔でもってほほえんだ。この顔は冬のマフラーがないとどうもしっくりこない。だから、春だろうと夏だろうと、話し相手はたえずマフラーを探しもとめる気持になるものだ。そういった目に見えぬマフラーの中からほほえみながら彼は言った、

「それは正しくありません、先生、それは正しくない」

「教会へ行くかどうかは問題じゃありません、司祭さま、それなら誰にでもすぐできる……ほかのすべての点で正しければの話ですが……」

「さよう」彼はただうなずいてため息をついた。教区のお百姓たちの粗暴さにたいして抱いている、ほとんど打ち克ちがたい怖じ気を、彼はすこしばかりこのわたしにまで向けたのである――あきらかに、わたしに体力があるばかりに、彼はわたしを彼らの一人に数え入れているのだ――、そして彼がこのような気おくれを抑えつけて、自分の殻の中から出て来るには、いつ

でも多少暇がかかる。

それにまた、わたしたちは二人とも、宗教問答を始める気はなかったのである。

そこでわたしは言った、

「もうすぐお庭が美しくなりますね」

彼はまたもやため息をついた、

「わたし自身の手で世話できることなら、なんでも喜んでやります、それはもうわたしの楽しみです……ところが、まあ礼拝堂の屋根を見てください、先生……雨樋《あまどい》は破れて、そしてこの司祭館の中には……ああ、わたしはいっそ何もせずにおきたいぐらいです……やっても甲斐《かい》がありませんからね、ほんとに何も始まりゃしない……」

彼の教会堂の破損とその装飾、それに彼の庭園のにぎわい、それが彼の心配事の小さな円環をなしていた。そしてわたしはふと思った、彼の信仰もまた、彼のバラの甘く咲き香る、こじんまりと垣根に囲われた世界より外へ、ほとんど出ないのではないかと。園芸家はしばしばそうなのだ。

「仰せのとおりです、司祭さま、上の村と下の村が費用の分担をめぐって争ってるかぎり、修理は行なわれません」

「わたしたちの神の家のことなのだから、争っていてはいけないのですがね」

「争うほうが支払うより安くつきますからね……それに上の村の者たちは、教会へ行く道が遠ければ、それだけ寄付がすくなくてもよいはずだと主張してます」

「いつでも金だ、黄金の仔牛のまわりの踊りだ」

「もちろんいつだって問題は金です、金はまさに乏しい品ですからね」

「いいや、違います」と彼は頭を振ってもう一度礼拝堂を指した、「あれを修理するぐらいの金はあるはずです……お百姓たちはそんなに貧乏じゃない、村当局にだってちゃんと金はあるのです……」

「ただし、それは言うことをきかぬ金ですよ」

「言うことをきかぬ金と」と彼はまず言葉の意味から明らかにしなくてはならぬ者のようにくりかえした、「言うことをきかぬ金……それがおそらく実情なのでしょう。たとえ彼らがもっと金持ちであっても、おそらく金は自分自身にだけつかえて、主にはつかえないことでしょう。主からこそ祝福が来るというのに……」

「それも仕方がないと思わなくてはなりません、司祭さま、それがまさに人間の本性なんですから。しかし公平に見て、お百姓はそれでも、この世に住むほかのあらゆる者たちよりも善良です……たとえ欲が深くても、彼らはみんなよいお百姓です、それにこの欲の深さとて、よいお百姓のひとつの持ち前なんです」

「ところが、わたしたちの神さまの家のこのありさまを彼らは見ない、あるいは見ようとしない……わたしはもう二度も村長のところへ行ってきました」

「ウォルタースのところにですか。あの人にはどうにもなりゃしません。全村会議員の中で教会のことにいくらかでも気をつかってくれるのは、たった一人しかいない。ペリンです」

彼は熱心にわたしに同調した、

「おお、あのペリン、みんながペリンのようでさえあればねえ……しかし、村会議はラクスがいなくては何ひとつ始まらない、だからわたしは村長よりも、むしろラクスと話したいのです……」

「この件じゃラクスは上の村の者たちまで後につけてます。実にまあ手に負えぬ異教徒だ」

「おお、」司祭さまは仰天して、そんな罰あたりなことを本気で言ったのだろうかと横目でうかがった、「……先生……洗礼の秘蹟を受けた者は、異教徒ではありませんぞ」

「おや、司祭さま、あなたこそさっきおっしゃったじゃありませんか、みんな黄金の仔牛のまわりで踊っているって。黄金の仔牛というのはいずれにせよすこしばかり異教徒的な道具立てです」

力よわいユーモアの影が、内気な、斜めにかしいだ顔にふたたびすうっと広がった。

「さよう、黄金の仔牛……異教徒的なものは根づよいものです。しかしキリストは両替え屋どもを神殿から追い払いました……わたしたちにだって、異教徒的なものを徹底的に魂の中から追い払うことができるはずじゃありませんか」

「人間は強情な家畜です」

「強情な……さよう……、」彼のきゃしゃな胸の中から、虫の鳴き声のような笑いが這《は》い上がって来た、「……おお、実に強情、実に罪深い、でも異教徒的じゃない。わたしはもう十ぺんも説教壇から彼らにむかって、おまえたちは異教徒だって言ってやりましたけれど、そのときは彼らも殊勝に耳を傾けている。ところがそのあとで酒場に行くと、彼らはどうやら、おれは異教徒だと言ってそっくりかえってるようなのです。まったく強情ですな、連中は」

強情という言葉が彼の気に入ったようだ。

「あなたは人間のことをわたしよりも悪くお考えですね、司祭さま……そんなことおっしゃるとは！」

彼はふたたび真顔になった、

「いや、先生、洗礼を受けたキリスト教徒は誰でも信頼を要求する資格があります。なぜなら彼は恩寵を受けたからです……いつでも彼には完成への道が開けてます……」

「ただ人間は完成からだいぶ遠く隔たってますね。黄金のほうが人間にとって近いし、また安楽なのです」

すこし疲れた諦めが彼の声の中に聞き取れた。とはいえ、信仰への信仰によって諦めにうち克とうとする意志も聞き取れた、

「異教徒的なものがまだ大いに彼らの中に潜んでいるというのは事実かもしれません、たとえ十字は切っていてもです……しかし、彼らがとにもかくにも十字を切るということは、すでに良き意志のしるしなのです。ええ、先生、これまたすでに恩寵の発露なのです。また、彼らがとにもかくにも教会に行くということも、それに劣らず恩寵の発露なのです……完全なキリスト教徒になることはむずかしい課題です……このことを忘れてはいけません」

「わたしは誰よりもそのことを信じて疑わぬ者です」

「もちろんそのとおり、先生……そして異教徒より悪いのが、異端者です」

この言葉が何処を目指しているのか、わたしにはわかった。そこでわたしは言った、

「司祭さま、敬虔な異端者というものもあるものです。そして、もしもわたしの隣に住む男のことをお考えになっておっしゃってるのでしたら、わたしは請け合って言いましょう、あの男は敬虔な生活を送ってます……」

ところが、これこそこの小さな神の闘士が頑として譲らぬ一点であった、

「ご意見は存じております、先生、しかし賛成いたしかねますな……誰であれ異端者の敬虔さなぞという言葉を口にしてはなりません、あなたもです、先生、そんなことおっしゃるのは罪

深いことです……かりにそれがほんとうの敬虔さだとすれば、教会の懐にもどって来るはずです、異教徒的なものや、黄金や、金の取り引きなぞに走らぬものです、おっしゃるところの敬虔な男がやっているような金の取り引きには……」

「哀れなウェチーにそう酷におっしゃってはいけません、司祭さま」

「ああ、わたしが彼に正しい道を示してやれればなあ。あるいはそれが実現する日が来るかもしれません。それはわたしの生涯の最良の日になるでしょう……これが酷でしょうか、先生」

「彼を異端の仲間にお数えになっただけで、わたしには十分に酷だと思われるのです」

酷という非難を否定しようとするあまり、彼は彼の有罪宣告をいよいよ手厳しくしてしまった、

「わたしがあえて酷になってはいけないでしょうか。なぜならわたしは知ってるのです、人間が昔の悪に逆もどりするには、いかにわずかなきっかけで足りるかを。わたしたちはみんな罪に堕《お》ちる危険にさらされているのです、ウェチーさんも、あなたも、そしてわたしも。わたしたちはみんな保護を必要としてるのです。異端者であればなおさらのことです。なぜといって、もしも彼が永遠の罰に値する生活にいつまでも留まっているとなると、ああ、彼は神の似姿であるという恩寵を失ってしまう、そして煉獄まで堕ちなくてはなりません」

「そのとおりです、司祭さま」とわたしは彼をこの話題から逸《そ》らそうと試みた、「わたしたち

は神の似姿にとくにふさわしい者じゃありませんからね」

「しかし、先生、あなたは人間から神の似姿たる資格を否定なさるおつもりですかな」

罪深い精神をあらたに嗅ぎつけて、彼のうさん臭げなまなざしが斜めからわたしをなぜた。

「結局、花のほうが人間よりもよく神の似姿たりうるのかもしれませんね」

これこそ瀆《とく》神的な言葉であった。ところが、彼の中の園芸家が神学者を妨げて、それに気づかせなかった、

「花……さよう、花……」と彼は夢見るようにつぶやいた。そして彼の顔は優しい内なる光に美しく輝いた。

おりしも、わたしたちの頭上で鳴っていた復活祭の鐘が鳴りやんだ。さっきから教会の塔のあけ放たれた扉を通して、鐘つきの若い者たちが嬉しそうに鐘をついているのが眺められたが、いまや彼らは最後の、ながく尾を引く音を響かせたのち索《つな》を放し、名人気どりで広間から出て来て、数人のうらやましげな仲間たちに取り囲まれた。そして司祭は祭具室に入らなくてはならなかった。

わたしはなおしばらく陽光の中に留まって、上の村も下の村もうちそろってやって来る人々をやり過ごした。女たちの多くは気品のある古い晴れ着をきていた。そしてまもなく到着したギションのおふくろさんも、同様に美しく絹の晴れ着に着飾っていた。彼女が教会を訪れるの

は、どの程度まで彼女の信仰の必要なのか、どの程度まで単に伝統の感情の命令なのか、わたしには測りかねた。それにひきかえ、彼女が教会に来るときにはたいてい、とりわけこういう祭日には、お伴をして来るマティアスに関しては、かなりはっきりしている。彼にとってそれはさらにどうでもいい事柄だった。彼は誰よりも異教徒的なのである。キリスト教的なものへの明白な帰属が感じ取れる人々、その存在と本質が教会なしには考えられぬ人々、そういう人々はわずかだった。このわずかな人々の一人にペリン老人がいた。彼は日曜日ごとに彼の一軒家からミサのために下ってくる。寄る年波が彼にこのような道中を妨げはじめ、そして彼も世俗的な用事のためには、よほど重要な村会議でもないかぎり、もはやほとんど村に姿を見せることがなかったが、それでも日曜日のミサのためにはやって来るのである。おりしもペリン家の人たちがゆっくり近づいて来た。まず先頭にペリン老人その人が、背の低い、尼僧のような妻とむつまじく寄りそってやって来た。小柄な妻に比べると、彼は腰こそ曲がっていたが、白い髪を生やした顔ひとつだけ妻の上に出ていた。そのあとから、すでに結婚した長男が家族といっしょにやって来た。そしていちばんあとから、ごつごつしていかにも老嬢らしい二人の未婚の娘と、二十五になる末の息子がやって来た。一行が近づいて来るのを見ると、ギションのおふくろさんは老いの友を迎えるために、教会の入口で立ち止まった。ついでながら、わたしの推測するところでは、彼女はペリン家の次女ミーナをマティアスの嫁に定めているらしかった。ミーナを選んだというのは、はや三十歳になって、もっとも美しい娘の中には入らぬミーナが、おなじく婚期を逸してしまったマティアスに、まあまあふさわしいという理由ばかりではなかった。また、ペリン家の人々がみなとても良い人たちであるという理由ばかりでもなかった。もうひとつの理由はあきらかに、ミーナが遺産の分配に与《あずか》ることになっているということにあった。ギションのおふくろさんは算盤《そろばん》をはじくことを心得ているのである。ペリン老人はこの縁談にかならず満足したことだろう。だから、この縁談がまとまらぬとすれば、それはおそらく誰よりもマティアスのせいであった。というのは、その他の点ではきわめておふくろに従順なくせに、こと結婚に関すると、彼は自分の意志を押し通すのである。わたしは彼らの一行に加わった。

ギションのおふくろさんはペリンのもう一人の息子の消息をたずねた。それは中の息子で、もう数年このかた家を離れて平地で副司祭として働いていた。

「立派にやっとるよ」と彼は答えた。

「そうでしょうね」と彼女は言った、「あの子はなにせ司祭さまだからねえ。でも、あの子はまたあんたのことを心配して姿を見せるかもしれない」

柔和にながめるペリンのやせた顔は一段といぶかしげになって言った、

「司祭というものは天にましますの父のことを心配していればいいんで、この世の父のことを心配してはいかんのだよ、マグダレーネ」

　彼女が幼馴じみからこの名前で呼ばれるのを聞くと、それがまったく当たり前で普通のことなのにもかかわらず、わたしはいつでも妙な気がした。ギションのおふくろさんはいかなるほかの名前も持ってはいけないのだ。

「そんなことありませんよ」とギションのおふくろさんが言った、「あの子はあんたを訪ねて来るがいい、いけないわけがあるものかね……神さまはそんなに厳しくありませんよ」

「わかった、わかった、レーナ」とペリンはかすかに笑った、「あんたはいつもそんなこと言ってたよ……」

「人間は変わらないものですよ、ヤーコプ」

「学校のころからあんたは言ってたもんだ、先生は――神さま、あのかたに祝福を垂れたまえ――先生はそんなに厳しくないってな。そして先生もまたあんたのことはなんでも大目に見てくれたもんだ……」それから彼はわたしのほうを向いて説明した、「いま村役場があるところに、むかし学校があったのだよ……」

「そら、ごらんなさい……神さまだってわたしたちのことをいろいろと大目に見てくださるものです」

　ペリンはまじめにうなずいた、

「神さまは大目に見てくださる、神さまはたくさんのことを許してくださる。なぜなら、神さまはどの人間の魂をも愛され、どの人間の魂にも慈悲深くていらっしゃるからだ。だが、もしも人間が自分自身に対して厳しくなろうとしないと、世界は全体でそれを償わなくてはならない……」

「おそらくね」と彼女が言った、「ただ、人間は自分自身に対して優しくなくてもいけない……自分自身に対して優しくない人は、厳しくなりきることもできません」

太陽はさんさんと輝き、朝方には速かった白雲の流れは、今ではときおりひと息いれるがごとく止まった。しかし、実にのどかに、安らぎを与えながら、春は吹き流れ、たえまなく吹き渡って行った、あたりの大地を満たしながら、明るく、緑に、青に、村から村へ、野良から野良へ、人の心を慰めつつ。隣の百姓屋敷から鶏の鳴き声がきこえた。そのほかには、村は祭日の静けさに満たされていた。

そのとき、小柄で尼僧じみたペリンの細君が話に口を出した、

「わたしたちは何ひとつ自分で決めることはできません。優しさも、厳しさもひとりでにやって来るのです、仕事の日と休みの日がやって来るように。わたしたちはただそれがやって来るようお祈りすることができるだけです」

「お祈りで足りるところは、それでいいのだよ」とギションのおふくろさんが楽しげに答えた、

「だが祈りではとても足りないところでは、わたしたちは自分からそのほかに何かやらなくてはいけない」

「たとえば教会の屋根」とわたしはつけ添えた。

わたしたちは一斉に古ぼけたこけら屋根と、穴だらけの雨樋《あまどい》を見上げた。穴だらけもいいところで、ところどころに錆ついた留め金が残っているだけだった。こけらとこけらの継ぎ目からは、春風になぜられて、青草が明るく屈託なげに生い出ていた。実を言うと、まさに心楽しい希望に満ちた眺めだった。

柔和なまなざしで眺めながらペリンがあいづちを打った。

「ひどいもんだ」

「でも、結局どうにかなることです」とわたしは言った、「あなたがやってくれなくては……あなたの発言は村会議で重みをもってますからね、ペリンさん……」

「わたしは年寄りでな、先生、年寄りはもうあまり通用しませんわい。そうでなくても、村会議がどんなありさまか、あんたもご存じのはずだ……」

「わかってます、でも、だからといって教会をむざむざ朽ちさせてしまってもよいものでしょうかね」

老人の目が、やせた顔に重く垂れた涙嚢《るいのう》の上で奇妙に柔和な、おのが内に向いた目が、いく

らか驚きを示した。彼はわたしの肩にそっと手をかけて言った、

「たくさんの教会が朽ちることだろう、先生、たくさんの教会が朽ちなくてはならぬことだろう、ヨハネさまに啓示されたとおり、それらの教会がいっそう大きな栄光へとふたたび甦《よみがえ》るようにな……年を取ると、多くのことが比喩にすぎぬということを、学ぶものだ」

「そう」とギションのおふくろさんが言った。

鐘がふたたび鳴り響きはじめ、吹き流れる春の空間の中へ、その歌声を送った。年老いた女たちが礼拝の始まらぬうちに素早く墓地に出て、十字架の間をちょこちょこと歩きまわりながら、なき人たちの名前を探していた。なき人たちの名前に向かうと、彼女たちもまだ若い。顔は色あせていっても、けっして色あせることのない追憶に浸って、彼女たちはなき人の名前に親しくうなずきかける。だがいまや鐘が鳴り始めると、彼女たちは一人また一人と礼拝堂に向かった。そしてわたしたちも中に入った。わたしはオルガンのある高廊の、柱の一本に身を寄せた。ギションのおふくろさんとペリン家の人たちは、代々定められた彼らの席を探した。

そしてオルガンの演奏が始まった。オルガンの息吹きは雲の風と山の風をとらえ、春の空の風と、春の地の風と、あらゆる小波《さざなみ》の風をとらえ、世界・多様性そのものの風をとらえ、そしてこれらすべての風をば、ただひとつの大いなる嵐へ、つつましく歌う嵐へと合わせた。そしてその流れる轟《とどろ》きの中で、田舎教師の素朴な演奏に導かれて、吹き流れ流される神秘な世界・

多様性と、さらに神秘な時間の多様性とが、すべて変化を遂げて、移ろわぬ現在となった。きわめて浮動的な空間性をそなえて、鳴り響く形態となった。そしてこの形態はその浮動性のゆえに、今ここに在る空間とも――たとえそれが見すぼらしい、あいにくひどく傷んだ田舎の礼拝堂にすぎなくても――ひとつになることができた。このゴシック風の壁が何百年このかた失わずにその中に保ってきたさまざまな音とも、ひとつになった。保存された形態！　われわれの人生は形態なきものの中に流れこみ、はかなきものの中を、ほの暗きものの中を流れゆく。そしてわれわれはたいてい形態を創り出すことも、真の認識を創り出すこともできぬものだから、このような動物的な、いや、植物的なまどろみを、とにかく苦痛なく非存在へ沈んでゆく安楽として愛すると称する。人生が形成されぬままに、やがて形態なき混沌の中でゆるやかに解けほぐれてゆくのを愛すると称する。われわれは音楽からも同じものを求めているのではなかろうか。われわれが音楽において聞くものも、われわれのはかなく流れゆく人生、風にそよぐ草の、風に漂う雲の、はかなく流れゆくこだまの波、はかなく流れそして流れ散る存在のこだま、ただそれだけではなかろうか。そうなのだ。だがまた、われわれは音楽において存在のはかなさを、その個別化のこだまとして、その個別化前の混沌のこだまとして聞くがゆえに、まさにそれがゆえに、その背後に全体の把握が働いているのを感じ取るのだ。なぜといって、この全体の把握というものなしには、個別の把握はけっしてありえぬのだ。音楽とは全体のこだまなのだ。そして全体のこだまであるがゆえに、音楽はわれわれが信仰と呼ぶあの究極的にして包括的な予感、目に見えぬものへの予感の、形態化なのだ。音楽は形態化された存在そのものであり、人間がその中に暮らすもろもろの秩序を映す鏡である。しかもこれらの秩序は同様にしてみずからも鏡のごとく音楽を映し、かくして、魂と世界は奇跡を交換しあう。魂の存在であれ、世界の存在であれ、人間のもろもろの秩序の存在であれ、存在の中でまどろむあらゆる形が、つつましく流れ轟《とどろ》く調べの奇跡によって呼びさまされ、形成され、そしてひとつの全体的な形態へと融合される。同様にして、人間たちもおなじ奇跡の力に服し、散在していた者たちがひとつに呼び集められ、ここでより高き秩序をもつコーラスへと編成される。しかも、このより高き秩序の一体性は個々の魂の一体性の中に反映するのだ。

それゆえ、人間は歌いそして耳を傾ける共同体の枠の中で、心身ともに究極の鏡となりきることによって——これこそ祈りの仕ぐさなのだ——、みずから信仰と礼拝の形態となる。みずから言葉を映す鏡となり、音楽を映す鏡となり、目に見えるものも見えぬものも含めて万物を映す鏡、全体を映す鏡、信仰を映す鏡となる。なぜなら、形が形を映し、音楽が言葉にこだまし、言葉が音楽にこだまし、すでにオルガンから解き放たれた調べに運ばれるそのとき、祈りは、いや、すでに祈りの仕ぐさが人間を征服し、人間を此岸の果てまで昇らせそして沈める。そしてそこで人間は神の似姿となる、神の似姿とならざるをえないのだ。たとえ彼がほかのことを考えて、かたくなに彼の日常俗事につなぎとめられたままでいようとも。

こうして彼らは礼拝のために上の村も下の村もうちそろってここに集まっていた。欲の深いクリムスの姿が見えた。彼は殊勝らしく土色のブルドッグ面《づら》を天井のはりにむけていた。したたかな村の実力者、天井を見上げながら金の思案をめぐらしていることはあきらかだった。だが、年来の密猟者フェルディナント・ラクスの姿が見えた。彼は鋭い黒い目を、たくましい腹の前でうやうやしく組んだ毛深い両手に落としていた。だが、彼の心がいま続行中の入り組んだ取り引きのもとにあることはあきらかだった。白髪を短く刈りこみ、善良そうだが色の冴えぬ顔をした大人しいウォルタースの姿が見えた。彼はお百姓というよりもむしろパン屋といった様子で、指で行をたどりながらもぐもぐと祈禱書《きとう》を読んでいる。だが、どうやらこれも思いのかけらすらなく、ただただ習慣に従っているだけのようだった。ウェンターの細君マルタの姿が見えた。黒い祭日の帽子の下で思い澄ました顔をし、目蓋を閉じて、おのが内に見入っている。だが、どうやら片時もおのれの結婚生活に対する苦々しい気持を捨てられないようだ。やがてラクスの辣腕の餌食となる定めのバルトロモイス・ヨハニの姿が見えた。牡牛のごとき鈍重なまなざしで祭壇上のミサの進行をぼんやりと追っている。だが、彼の思いはひたすら彼の家畜のまわりをめぐっているのだ。わが友トーマス・ズックの姿が見えた。かたく組み合わせた手にふれるまで頭を垂れている。この見るからに一心な祈りは、疑いもなく彼の妻の病気全快のためである。お山のマティアスの姿が見えた。片膝をついて祈っているさまが、まるで神にむかって猟銃を構えているようだ。身動《みじろ》ぎもせずに祈りの姿勢を取っていても、この男は異教徒くさく見えるものだ。ミンナ・サベストの姿が見えた。白いふくよかな手を子供のように平らたく合わせて、子供のように静かに祈っている。だが、主婦であり、女将《おかみ》であり、恋女房であり、母親である彼女のさまざまな気苦労が、はっきりと彼女の顔に書きこまれている。そして彼女のすぐ近くに、ときおり彼女を眺めながら、ラウレンツの娘アガーテが坐っていた。彼女は無邪気になかば開いた唇でほほえみながら、祭壇画の中の幼な児イエスを夢見ごこちに眺めやっている。だが、幼な児イエスを眺めながらも彼女が思うのは、ギルバート・サベストとの間に生まれてほしい子供のことである。こうして彼らはここに一同、礼拝のために集まり、ベンチのところでひざまずいたり、坐ったりしていた。彼らはおのおの自分の席についていた。座席はさながら未来の墓碑銘の先ぶれのような真鍮《しんちゅう》や陶器の名札をつけられ、それぞれ誰のものと定まっている。それにひきかえ、こういう先祖代々の特権に浴さぬ者たちは、天井の低い陰気な側廊や、高廊の下の場所で我慢しなくてはならなかった。しかしながら、彼らがどこに陣取っていようと、ペリンのように、おそらくまたギションのおふくろさんのように、信仰の本質に目をむけているわずかな人々を除けば、彼らは起こりつつあることどもについて、自分もまたそこに一枚加わっていながら、あまり理解していなかった。自分が聞き、読み、祈りつつ口にしている言葉も、司祭の執り行なうことどもも、自分自身の魂の中で起こりつつあることどもも、彼らは理解していなかった。なにせ、彼らは日常生活につなぎ止められている不信心な人間たちなのだ。にもかかわらず、彼らがおのれの存在のはかなさと頑なさから脱け出したということは、さらにまた、彼らが祈りの仕ぐさを行なってその形の中へ入り、手を合わせて瞑目《めいもく》の闇の中へ入るところまで来たということは――征圧の奇跡が彼らの身に起こったのだ。それによって彼らの雑念、彼らの欲求、彼らの強情が征圧されたのだ、一体性を創り出す力のこの奇跡によって。形成の奇跡から、たがいに映じあう秩序とそのこだまの奇跡から生じるかの征服が、彼らには隠されたままであったことは是非もないことだった。彼らには奇跡がつかめなかったのだ。だが、奇跡のほうが彼らをつかんだ。奇跡が彼らをはかなさと頑なさから連れ出し、そしててんでに散らばる強情な家畜の群れたる彼らを、合唱する共同体という形態ある一体性へと高めたのだ。それゆえ、彼らは地上のこだまとなった。そして彼らのコーラスは不思議にもこだまのごとく、オルガンの音のコーラスとひとつになったのだ。さらにまた、恩寵の目標が一体性にあることを知らず、もろもろの現実がひとつの全体をなしていることを見ず、もろもろの生きた秩序の大いなる循環からわれとわが身を締め出してしまった者、このような者でさえときには――もちろん例外の場合だが――形態化の奇跡に心を揺られ、おのれの頑なさから目覚め、万有についての予感を得ることがある。それほどにこの鳴り響く奇跡の力は偉大になりうるのだ。

　だが前方の、絨毯《じゅうたん》を敷いた祭壇前では、ルムボルト司祭によって執り行なわれる儀式が、形態化の奇跡を何よりもあざやかに浮き立たせていた。なるほど彼は儀式を行ないながらも、あきらかに頭上にある傷んだ屋根のことを考えていたが、それでも彼は、あらゆる現実がひとつの全体をなしていることを心の奥底で知っている。ことに、彼の心にはまもないバラの開花という奇跡が思い浮かんでいただけに、なおさらである。そして、儀式に定められたところに従って、奇跡を行ないたもう聖母の像の前で――不安げな愛らしい御顔《みかお》をして、星のごとく蒼《あお》いマントの、風に揺れる襞《ひだ》の中に、幼な児イエスを抱きたもう聖母の像の前で――膝を折り頭を下げるそのたびに、彼にとって奇跡と奇跡はつながり合った。彼は死において甦《よみがえ》る生という奇跡を敬虔な心によって知っていた。それは聖母像の中で、信仰の生んだ春の子供の姿に具現されている――幼な児のバラ色の脚がまるでばたばたと暴れているようにバロック風に誇張されていたけれど。きわめて地上的な比喩が超地上的なものを表わし、神聖なものがまったく神聖ならざる器に盛られ、こうして儀式は進行してゆく。二人の侍童が感心に応答したりひざまずいたり、目に立つ失敗もなくやっていたが、彼らもその間ずっとありとあらゆるほかのことを考えていた。そしてほかの子供たちはというと、おたがいにこづき合う喧嘩好きで敬虔な天使の群れとして、オルガンを弾く教師――この土地では《合唱隊長《レーゲンス・コーリー》》と呼ばれる――の眼鏡にきらりきらりとにらまれながら、彼とともに万有をかなで、礼拝堂の円天井の中へ歌い上げている、聖母とその蒼《あお》い星のマントのこだまを。

わたしからほど遠からぬ、側廊の暗い聴聞席のそばで、マリウスが投げやりな姿勢で壁にもたれていた。そして自分がこれらの囚《とら》われた者たちの群れにあってただひとり囚われぬ者であり、これらの征圧された者たちの群れにあって不信心を演ずる者であることを示さんとするかのように、彼は目に見えたわざとらしさで、壁にかかった古い奉納画の一枚にじっと目を凝らし、そこに描かれた鉱山事故のことにしか、目も興味ももたぬという様子だった。それでもすぐさま彼はわたしが眺めているのに気づき、嘲弄的で慇懃《いんぎん》なまばたきでわたしのまなざしに答え、そうして挨拶を送ると同時にあごをしゃくり上げて、おりしも緋色の僧衣姿でベンチの間の中央通路に降り、長い竿の先に下げた喜捨袋をあちこちにまわしている寺男レパンのほうを示した。そしてわたしはそのことでマリウスに礼を言いたいほどだった。なぜといって、このレパンがもう何十年来彼の寺男の地位に文句をつけつづけている宿敵、上の村のグロネと、このような教会の祭礼のおりにはち合わせするところを見るのは、いつでもわたしの楽しみなのだ。わたしの期待は裏切られなかった。レパンはしばし好機をうかがっていたが、やおら喜捨袋をさっとグロネの顔につきつけた。それゆえ、おりしも祈禱《きとう》書に顔を近づけんとしていた敵は、鼻を袋につっこんでしまった。面白い見物だった。そしておなじことを、レパンはベンチの反対側からもう一度くりかえした。マリウスはというと、彼は教会の儀式に対する彼の軽蔑をいよいよ強めた様子だった。突如として彼は姿を消した。おそらく、自分は単にウェンター家の一員として習慣に従ってやって来たまでであり、この義務を必要以上に延長する気はないことを、明白に示したつもりなのだろう。もう一度告白聴聞席のほうを眺めやったときには、彼の姿はもう見えなかった。そして彼は礼拝の終わりまでついに姿を見せなかった。

しかしながら、いかに彼が共同体から離れようと欲しても、共同体は彼にとって公然にして隠然たる引力をもっているようだった。共同体は彼をいわばそのへりに捕らえて放さなかった。実際に、わたしたちが教会から出て来たとき——マティアスがその間にわたしといっしょになっていた——、彼はなかば崩れ落ちた墓地の塀に足をぶらりと垂らして坐り、敬虔さに堪能した人々の群れをじろじろと眺めていた。わたしたちに気づくと、彼はわたしたちのほうにやって来た。

優雅な、あたりを包みこむような大きな身振りで、教会と会衆を指さしながら、彼はなんの前置きもなしに、是が非でも同意させせんという調子で、わたしたちに教えきかせた、

「愚衆化の手段です」

小路の右側は日に照らされて、春さきのうすら寒さにもかかわらず暑かった。屋根の低い家々の窓枠は乾いていた。虫の飛び交わぬ澄んだ暑さだった。そしてわたしは言った、

「そんなことを言っては、信心深い人たちにあんまり嬉しい顔されないよ、マリウス」

「あなたがたはしかし信心深いお人たちじゃない、先生」と彼は静かに確言した。

「いったいどこからそれがわかるんだね、それに、マティアスの信心のことが、どこからわかるんだね」

猟師マティアスよりたっぷり頭ひとつ低くて、そのいかつい瘠軀《せきく》と並ぶとほとんどきゃしゃな姿で、マリウスは彼を見上げた。そして彼の声は慇懃《いんぎん》さにもかかわらず、いくらか嘲笑的になった。

「マティアス君は蒙昧《もうまい》な信者じゃありません」

マティアスはその言葉をほとんど耳に入れなかったふうだった。あるいはもじゃもじゃの赤髭《ひげ》の中で笑っていたのかもしれない。だが、彼は何も言わず、遠くを眺めやるように片目を細めただけだった。

わたしたちは会衆のあとに残された。わたしたちの前方で彼らはまだ教会小路を満たしており、黒っぽい服装でゆっくり進んで行く。ギションのおふくろさんもその中にいた。その横にはペリン夫妻がむつまじく寄りそって歩いていた。二人はおそらくもう四十年来そうやってむつまじく信心深く教会参りをしてきたのだろう。彼らの足どりからも、後姿からも、《もうあとどれだけこうしていられるだろう》という安らかで哀《かな》しい問いが読み取れた。そのあとからは、ギションのおふくろさんによって息子の嫁に定められながら、その彼が結婚に尻ごみするばっかりに、年とった処女となってゆくミーナがつづいた。

マリウスの声がして、さらにわたしたちに教え聞かせた、

「人間たちが信心せずにいられないのは、彼らに知識が欠けているからなのだ」

「それがおまえさんにとってどうだって言うんだ」とマティアスが言った。

「それはわれわれすべてに関わることなのだ」

いささかものに憑《つ》かれた啓蒙的社会主義者タイプの煽動家《せんどう》を相手にしているような感じを、わたしはふたたび抱いた。そこでわたしは言った、

「いいじゃないか、マリウス、君が知識と呼ぶものだって、これまたひとつの信仰にすぎないんだから」

「ちがう！　ほんとうの知識はこの大地とまったく同様に固いのだ」と言って彼は地面を二、三度踏みつけた、「それはこの大地とまったく同様に目に見えるものなのだ、この家々や雲とまったく同様に目に見えるものなのだ……」

踏みつける彼の足の下で、地面はまるで夏のように埃を立てた。左手には司祭館が春らしくひんやりした日陰の中に横たわっていた。だが右手のラウレンツの家とウェンターの家は——ともに平屋で、小路に面してラウレンツ家には二つ、ウェンター家には七つの窓があった——、

その上をゆっくり這《は》ってゆく淡い透明な雲の影を除いて、くまなく陽《ひ》に照らされ、乾いた窓枠のひび割れもくっきり見えるほどだった。暑さは夏らしくはなかった。百姓屋敷から鶏の鳴き声が洩《も》れて来る。そしてそのほかには、鐘が鳴りをひそめてからと言うもの、いかにも祭日らしい村の安らかな沈黙があたりを支配していた。わたしたちはウェンター家の門にさしかかった。そこでマリウスは別れ際にだめを押すように言った、

「大地と同様に知識は固いのです」

「そして黄金と同様にな」とマティアスが補足した。口髭《ひげ》の中の微笑が今度はもっとはっきり見えた。

　マリウスはぎくりと立ち止まった、

「黄金……いかにも、だが黄金だけじゃない……いや、もっともっと大きな知識が地中に隠されている。ただし、憐れむべき蒙昧《もうまい》さの中にいる連中を、より大きな知識へ目覚めさせんとするなら、まず黄金から始めなくてはならない。なぜなら、黄金の知識なら彼らもどうにかこうにかつかめる……黄金を手がかりに彼らは隠れたものを学ぶのだ……」

「それなら君は教会になんの文句があるんだね」とわたしは口をさしはさんだ、「教会でもまったく同様に、隠れたものが求められているのだよ」

　するとたちまち彼は勢いよくしゃべり出した、

「教会は女どもの関心事なのだ、信心好きの女どものための、そうだ、愚民化のためのものなのだ……女どもはほんとうの知識が世に出ることを欲しない、女どもはそれが隠されたままでいることを欲するのだ、それが女どもの望みなんだ……」

「そうとも」とマティアスが意外にもあいづちを打った、「みんな女どもが悪いんだ」

このあいづちが本心かどうか吟味せずに、マリウスは満足げに受け取った、

「黄金にはさすがの女どもも手が出せない。あらゆるものを男たちは女どもによって抜き取られてしまった、しかし、黄金への欲望だけは取られやしない……そいつは男たちの心に残った……黄金のことを聞くと、彼らはきき耳を立てる、それを理解する。だから黄金によって彼らの心をとらえなくてはならない……人間たちにはいつでも彼らの理解できるものを示すがいい。ほかのやり方では、彼らの蒙昧《もうまい》さはどうにもならない……ところが黄金とともに、隠されたものは立ち昇って来て、彼らに理解されるのだ。たとえ彼らが今はまだそれを理解できなくても、隠されたものは彼らの蒙昧さよりも強い。それは女どものやりくりよりも強い。それはやがて知識へ、そして正義へと育つだけの力をもつのだ。そしてそれによって女どもは悪魔どものところへ追い払われる……」

マティアスはいよいよ悦に入ってこの愚かしいおしゃべりに耳を傾けていた。そして山の屋敷ではじめてマリウスに出会ったときと同じく、彼はマリウスをさらに煽《あお》り立てた、

「何もかもそのとおりだ……ただし、黄金は手を貸さないだろうよ……」

「人間たちが欲すれば、黄金もまた欲する……」

わたしにはあまりにもばかばかしく思われてきた。そこでわたしは言った、

「ギションのおふくろさんは別の意見だったな、まあ思い出してみたまえ、マリウス」

「あの女《ひと》のことか……」と彼はいささか抑えのきかなくなった臆面なさで小路のはずれのほうを指さした、「あの人もただの女にすぎない、ほかの女どもとまったく同様の……でなければ、あの人はわたしを迎え入れたはずだ……」

とうとうマティアスが大声で笑い出した、

「蒙昧《もうまい》な連中に語りかけるつもりなら、いったいなぜほかならぬわしらの家から始めなくてはならなかったんだね」

あらわな敵意のこもったまなざしが、マティアスに注がれた、

「あんたは実に従順な男だ、マティアス……その従順さであんたはすぐにでも結婚しかねない……」そして彼はまたも抑えのきかぬ臆面なさで小路のはずれを指さした、
とりとめもない村の噂話にも彼は地獄耳をもっているようだ。

わたしたちは教会小路のはずれまで来た。教会参列者の群れは表通りに溜まっていた。そしてマティアスも、今では腹立たしげな苦笑を浮かべて、同様に立ち止まった。

「よく聞け、マリウス、おふくろに対してごたごた言わぬことだ……ここに」と言って彼は会衆を指さした、「ここに蒙昧な連中がたっぷりいる。この連中を相手に、おまえがおまえの黄金で何を始めるか、見たいものだ……」

「わたしがそれを始めるつもりかどうか、それは問題だ」とマリウスは慇懃《いんぎん》だが気を悪くした調子で言うと、人々の間に紛れこんでしまった。

それはどこの田舎にも見られる日曜日の光景、日曜礼拝のあとできまって行なわれる勢揃いだった。それは大昔からのならわしであり、知らず知らずのうちに守られていたが、それというのもおそらく、教会の行事が、理にかなっていてしかも不可解なこの礼拝の行事が終わり、やがて酒場のどんちゃん騒ぎが始まるその間には、沈黙のあいまが、世俗的なものの中における無言の後礼拝が来なくてはならぬとでもいうような、そんな気持を人々が抱くせいなのだろう。異教の時代においても、人間や獣を生贄《いけにえ》に捧げたそのあとでは、これとたいして変わりがなかっただろうとは、十分に想像がつく。女たちはすでに家にむかって、復活祭の昼食を用意する台所のかまどにむかって、急ぎ帰るところだった。白く光る村の表通りに沿って、上へ下へと、急ぎ去って行く女たちのブラウスが、はたはたと風に吹かれていた。そして男たちは教会小路を出たところで、因襲に定められた階層的な隊形を組んだ。年配のお百姓たちのグループと年若いお百姓たちのグループがあり、小作人のグループと下男のグループがあり、おまけにいくつかの定まった規準によって上の村と下の村に分かれていた。尊敬すべき屋外集会であった。そしてその間をわたしは挨拶を受けそして返しながら通り抜けていった。なるほどお百姓ならぬわたしはこの男組的なグループの完全な会員ではなかったが、それでもとにかくそこに属していた。そしてわたしが彼らのグループのもとに留まらなかったというのも、わたしの診察が礼拝にすぐひきつづいて始まることになっているからにすぎなかった。サベストのホテルへと急ぎながら、わたしの目はまだすこしばかり、消えたマリウスの姿を探し求めていたが、もちろん、彼の姿は見当たらなかった。午前の光が表通りをぎらぎらと照らしつけ、流れの速い春の雲がその淡い透きとおる影を、陽光に白く光る家々の上に滑らせた。そしてこのような明るさに取り巻かれて、男たちは黒い服装をして立ち、どの服の中にもひとりの赤裸な男が、どの男の中にもひとつの赤裸な魂が、どの魂の中にもやすらいへのはるかな予感がひそんでいた。このやすらいの中にこそ彼らは今しがたまで留まっていたのに、もはやそれを憧れ求めているのだ。波のごとく寄せる春風の中で茎のように立つ魂たち。まもなくみずからもふたたび風となり、雲となり、形態なきものにならなくてはならぬことを知っているがゆえに、まだしばし独りになりたがらぬ魂たち。そんなふうに彼らは立っており、そしてマリウスの姿だけが欠けていた。だが、マリウスが見えぬことはまさに当然のことであった。なぜといって、彼はいかなる群れにも属さない、あるいはせいぜいのところ、あらゆる群れに属している。けっしてやすらうことのない者、おのが形態を持ちながら形態なく、つねに吹き流れ、つねに吹き流されゆく者。彼はいかなる共同体にも属さない。いかなる共同体も彼のいないのを悲しまない。しかも、どの共同体も彼の呪縛にかかっているのだ。形態なきものの行なう不安に満ちた誘惑。彼の信仰はまた不信仰であり、そしてたださすらいの中にのみ彼はある。

やがてわたしはホテルにたどりつき、階段を昇り、そしてマリウスのことを忘れた。

大きな祭日にあたる日曜日には、診察はすぐに片づいてしまう。とくにさし迫った用のない者は、医者のところへ行くのを次の休日まで延ばすものだ。今日も数人の患者が姿を見せただけだった。そしてこの患者たちをすますと、わたしは復活祭の酒場の集いに加わることができた。わたしが階下の酒場の戸口に現われたとき、わたしの友人ズックが例によって大風呂敷を広げていた。彼は一番目の長テーブルに坐って、東洋風な昔ばなしの語り手の役を演じている真最中だった。他人をひきずり回すのが面白いからなのか、それとも物語をすること自体に喜びを感じるのか、そこのところはわからなかったが。

「そうだ、おまえたちがイタリア人のことを口にするからと言ってよ……おまえたちはイタリア人のことをどれほど知ってるって言うんだ……」

「ほほう」と若いお百姓の一人が叫んだ。

「ああ、おまえは戦争であそこに行ってきたもんで、やつらのことを知ったつもりなんだな……だが、おまえはそもそも本物の兵隊だったのかい。たかが砲兵だ、たかが遠くからイタリア人めがけて撃った、それだけじゃないか……それに、馬のない戦争てえのはいったいなんだ、そんなものはへっぽこ戦争だ、本物の戦争なんてものじゃない……ところがおれの親父は馬に乗る兵隊、騎兵卒だったんだ、そしてノウァラの近くでほんとうの戦争をやった……」

彼はまるい水夫髭《ひげ》をなでて、物慣れた語り手よろしく悠々と間を置いた。「こんにちは、先生」と彼はあいまを利用して、彼の邪魔をしまいと扉のところに立っていたわたしにむかって叫んだ。「ご機嫌よう、ズック」とわたしは答えて、わたしの公的な地位に従って窓際の円テーブルについた。そこにはすでに村長、その隣に黒髪のラクスとブルドッグ面《づら》のクリムス、そしてまた山羊髭のセルバンダーなどが坐っていた。サベストがわたしの前にビールを一杯置いた。するとズックが中断された物語をまた始めた、

「そうだ、おれの親父は騎兵卒だった。そして彼はこういう髭をたくわえていた、今日なおこのおれが親父を偲《しの》び、かつはたたえるためにたくわえているこの髭をな。そして彼の髪は当時まだ若々しいブロンドであった。そう、かくして親父は戦友の騎兵とともに街道を下り、イタリアと呼ばれる平地へ乗りこんで行った。彼らはイタリアの暑さの中へいよいよ深く馬を進めた。そいつはおまえたちには思いもよらぬ暑さだ。世界はさながら黄金色のパン焼きがま、そして赤い空がその上に広がっている」

そしてわざと一呼吸。

「おまえたち、ことによるとおれの言うことを信じていないのじゃないか。おまえたちは誰でも暑さってものを知っていると思ってるのじゃないか、誰でも刈り入れ時に口をつたって流れるからい汗の味を知ってるものだから。おまえたちは太陽がおれたちの土地でもあそことまったく同じように照らす、まったく同じように明るく、まったく同じように照らすことができると思っているんじゃないか。たいしたことはできやしない、ここの太陽は。なぜって、海に助けられなくては、太陽はなんだって言うんだ。ところが、おれたちの土地じゃ海の気配はあんまり感じ取れないからなあ。運のいい者なら、ことによると一度ぐらいは海の気配を感じ取ったことがあるかもしれん。山の上の放牧場で、それもごく静かな日に限ってな。そんなとき、海が歌いざわめくのがきこえるものだ……もちろん、羚羊《かもしか》だけが目あてで山に登るやつは、何も気づかないがな……」

「だまれ、ズック」と年来の密猟者ラクスが言った。

「そうどなりなさんな、ラクス」と猟師マティアスが二番目の長テーブルの暗い隅から声を立てた、「密猟やるにはどのみちおまえさんは太りすぎたよ」

「わしがおまえにむざむざひっとらえられるとでも思ってるのか。腹は出ていても、まだまだおまえよりもすばしっこいぞ……」

でぶのラクスのこの応酬は一同の歓声に迎えられた。そしてこの応酬に誰よりも笑ったのはラクス自身だった。

「おれが話してるときは静かにしてろ」とズックが命令した、「さて、かの地イタリアには海がある。イタリアではいつでも海の気配がする。そう、いつでもどこでも、たとえ海が見えなくてもだ。それはこういうわけさ。つまり、太陽が海の塩をいっぱい吸い上げる、そしてその塩を東から西へ、西から東へともって回り、暑い陽ざしとともにふたたび下界に降らせる……そうなのだ、おれたちの汗がからいのも太陽の塩のせいだ。これを見ても、おれの言うのが正しいとわかるだろう……」

「またぞろおまえの言うことが正しいというが、そりゃなんのことだったかね」と誰かがたずねた。彼には話が混み入りすぎたのだ。

「太陽の汗とオリーブのことさ」

「なんだって」

「おれの親父が見たオリーブのことだよ……オリーブばかりの森があちこちにある。オリーブの色は薄緑だ、そして薄緑は太陽の塩から来たのだ。そしてまたこの太陽の塩から来るのが、イタリアのブドウを満たす黒くて甘い汁だ。この汁からブドウ酒ができる。これがイタリアのブドウ酒で、親父はこいつを飲んだものだ……こんなことおまえたちは何も知りゃしない。ブドウの樹だって見たことがないんだから……」

　ここまで語ったとき、鍛冶屋のドナートがたくましい体をして、茶色の口髭《ひげ》を生やして、大ぶりな動作で酒場の中に入ってきた。村会議員および消防団長として彼は上席につき、ちょうど耳にはさんだ言葉尻をとらえて言った、

「こいつは驚いた、ズック、おまえさんのところじゃブドウの樹まで植えるつもりなのか」

「上の村の連中はその他にも実にいろんな仕事をやっとるよ」とクリムスがヘラヘラと笑った。

「いかにも」とズックが答えた、「いかにもおれたちはいろんな仕事をやっている。だがおれはいまおれの親父とイタリア人の話をしてるところなんだ。さて、おれの親父は、彼はそういったことを何でも知っていた。オリーブのこともブドウ園のことも。そしてオリーブの森とブドウ園の間を、彼と彼の戦友たちは進んで行った。彼らは海の塩の味を唇に感じた。そして彼らはイタリアの娘たちを心楽しみに待った」

「いよいよ面白くなるぞ」とラクスがわたしの隣で言った。

「そうとも」とズックが言った、「まあ話の先をよく聞いてくれ、ラクス、これがまた面白いんだ。こうして暑さの中で馬を進めて行き、しかも行けども行けども誰ひとりにも出会わぬとなると、いろいろなことを心楽しみに待つようになるものだ。おまえたちでもこうして暑い人気ないところを馬で行けば、そんな気持になっただろうよ……あたりには何ひとつ、人っ子ひ

とり見えない。これだけでも大変なもんだ。ときおり彼らは《敵はどこにいる》とたずね合った。だが、ひとりの敵にも行きあたらなかった。村々は——といっても、あそこの村はおれたちの村のようではなくて、まるで小さな街、ときにはほんものの小さな街さえあった。さて、その村々はまるで死に絶えてしまったようだった。村の連中はおれの親父に恐れをなして逃げてしまったか、あるいは室の中にじっとひそんでいた。そして騎兵たちは自分たちと馬の飲み水が入用になった。だが、そうなると、おまえたちが考えるほど簡単にはゆかない。井戸がほんのわずかしかないのだ。ついに親父は人を見つけた。ある家の戸口にひとりの女が立っている。親父ははじめあんまり喉が渇いていたので、女の美しさにぜんぜん目がとまらなかった。女は親父を中庭の井戸へ案内した。それは鎖の先に桶のついた巻き上げ式の井戸だった。親父は水を汲み上げて飲んだ。ところが、親父が渇きをしずめて目を上げると、例の美しい女のそばにひとりの男が立ち、きらきら光る長どすを手にして、《ポルコ・テデスコ》と叫ぶではないか。これは《ドイツの豚》というぐらいの意味だ。そこでおれの亡き親父はだ、今日なおこのおれが彼をたたえ彼を偲《しの》んでたくわえている髭《ひげ》を、ただしあのころは今のおれよりもはるかに鮮やかなブロンドの、はるかに若々しい髭をたくわえていた親父はだ、もっともあのころはまだおれの親父ではなかったが、その親父はだ——彼は言われて黙ってはいなかった。《ポルコ・テデスコ》という叫びを耳にし、どすを目にしたとき、おそらく親父にとっては笑うよりも、恐れる気持が先に立ったことだろう。ところが親父は悟った、笑うほうが上策だと。そこで彼はすばやく背嚢《はいのう》を開いて、豚の燻《くん》製を取り出してイタリア野郎につきつけ、《さあ、ポルコ・テデスコだ》と言って、ドイツの豚をどすでまっ二つに切るよう促した。これにはさすがに相手も大笑いせずにはいられなかった。そのあげく彼はおれの親父を涼しい部屋に案内して、そこでともにテーブルを囲んで白いパンを食い、黒いブドウ酒を飲んだものだ。まるで兄弟同士のようにな。これがおまえたちに聞かせたかったイタリア人の話さ」

この話はマリウス・ラティのことをほのめかしているのではあるまいか。主人のサベストを除いて、もはや笑う者はいなかった。サベストは叫んだ、

「だが、女のほうはどうなったんだ。二人はその女をも分かちあったのかね。そして小ズックがひとりかの地に残されたというわけか」

それは安っぽい月並みなまぜっかえしだったが、それでも一同の上に広がっていた重苦しさからの救いとなった。それは馬のいななきのような笑いをひき起こした。馬鹿笑いこそ、あまりに混み入った状況からの常套的な逃げ道である。

鍛冶屋のドナートがのんびり言った、

「もうひとりのズックねえ、そりゃいかん、そいつは多すぎる」

「心配することはない、鍛冶屋の親方」とズックが応酬した、「かりに彼がやって来たとして

も、彼はおれほどに口達者じゃないからな。おそらくイタリア語しかしゃべれまい……しかし、彼がやって来ないとも言えない。どうしてないと言いきれるだろう。そういう戦争の落とし子は自分がまだほんとうの親父を知らぬことをかぎつけるものだ。そして親父を探そうとする、あるいはすくなくとも兄弟を。どの戦争の落とし子の中にも放浪がひそんでいる……いつなんどきあの男は現われるかもしれん。もういい年をしているだろう……かりにやって来るとすればさ、イタリア人のズックが。おれと同じ年頃の、いや、ことによるともっと年配の、おれと同じ髭《ひげ》を生やした男が。いつなんどきこの部屋に入って来るかしれない……」

一同は扉のほうを眺めた。それから哄笑があらたにまき起こった。

「なるほど、ズック、おまえさんはどうやら放浪者の兄弟らしいな」と鍛冶屋があいづちを打った。

ズックからほど遠からぬところにいるウェンターが彼のビールを置いてうしろにもたれた。ほほえむと、二筋のしわが彼の黒い口髭をぴったりと囲んだ。

「それはわれわれの村じゃ願い下げにしてもらいたいものだ」と村長が口をさしはさんだ、

「今までにもう放浪者のことではさんざんやっかいな目に遭ってきたじゃないかね！」

「放火をしやがるからな、流れ者どもは」と山羊髭のセルバンダーがわたしの隣で言った。

ラクスがどよめく声で言った、

「連中がわしから何も盗まなければ、わしは放火も我慢するな、よろこんでと言ってもいいぐらいだ……」

ズックがテーブルのむこうから目ばたきしながら言った、

「そうとも、あんなぼろ家は焼けちまったほうがおめでたいんだ。それにまた、その中に何が入ってたか、いやさ、何が入ってなかったか、知ってるのはご主人だけだからな」

「そんなこと言うもんじゃない」と村長がズックをたしなめた。

「ウェチーのやつは来とらんぞ」とラクスがビールを干して、「サベスト、もう一杯」とどなった。

牡牛のような目、ビールに酔った目をしてヨハニがあいづちを打った。「ジプシーは誰でも家畜に魔法をかけるから困る」彼の考えは家畜のことを超えて出ないのだ。

しかし、いささかビールが頭にのぼったのは——ついでながら、これはお百姓たちにおいて、しばしば驚くほど急激に起こるのだ——ヨハニよりもクリムスだった。彼は椅子から立ち上がって、黄色いブルドッグ面《づら》で言った。

「放浪するやつは、死神に追われてるんだ」

「そして死神をうしろに引きずって来る」

二番目のテーブルから誰かが老人じみた忍び笑いを洩《も》らしながら言った。ウィンツェンツだった。彼はひとこと意見を述べて、それからまた自分の中へひきこもり、パイプを吸いながら老いの黙想をつづけた。

ウェンターが彼の下男の発言に明らかに責任を感じたらしく、例によって静かな笑みを浮かべながらウィンツェンツにむかって言った、

「なんだって、いったいどういうことなんだね。現今じゃ死神もよそ者に連れて来てもらわにゃ、ここまで来れないと言うのかね。わしの知るかぎりじゃ、死神はわしらの村にも住んでいる、彼は至るところにうずくまっている……」

「死神は山の中にうずくまっている、黄金のそばに」とクリムスがわたしの隣でうずくまる恰好をして見せた。

「おまえさんこそ腰をおろしたらどうだ」とラクスが言って、逆らうクリムスを上衣の裾をつかんで席にもどそうと試みた。

ところがクリムスは、酔っぱらいがよくやるように体を斜めに揺すりながら前へ傾き、おかげで時計の鎖がお守りや小銭や銀の半月の厄除けともども格子縞のテーブル・クロースの上にこぼれたのにも構わず、引きもどそうとするラクスの手を、尻をひょこひょこと動かして振りはらおうと頑張った。そしてその奮闘のまっただ中から彼は叫んだ、

「おれたちはおれたちの死神だけでたくさんだ。もしもよその死神が来たら、絞め殺してやる

……」

わたしは口をはさむ頃合いと見て言った、

「君たちの誰かがどこかで死神がうずくまっているのを見たら、わたしが思うには、まず第一にお医者を呼びに行くべきだろうな」

「事がもっとすみやかに運ばれるようにな、ねえ、先生」とズックが叫んだ。そしてわたしの提案によってまき起こされた爆笑がわたし自身にかえって来た。

小柄でふっくらしたラウレンツが驚き顔で言った、

「神さまもご存じだ、わしは死神のうずくまっているのなんぞどこでも見たことがない」

「そうとも、ラウレンツ、」わたしは言った、「われわれは二人とも生しか見ない。わたしは臨終のところよりもお産のところに呼ばれるほうが好きだ」

「その違いはそうひどく大きくないな」とマティアスが深遠そうに言った。

「おまえはだまっとれ」とクリムスが酩酊から来るしゃがれた滲《し》みとおる声で唸り、ゆらゆらと体を揺すりながら教えきかすごとく指を立てた、「おまえは山から来た。その山の中に彼はうずくまっているんだ、死神は……」

すると、マティアスがなだめるように申し出た、

「おれがおまえさんのためにやつを撃ち倒してやろう、お望みとあればすぐにでも、猟銃でも

って……」

クリムスの指がそれを否定しつつおぼつかなげに左右に揺れ動いた、

「山の内側まではおまえだって弾丸を撃ちこめない……山の内側にやつはいるんだよ……内側に……」

そのときわたしは背中でかすかに風が動くのを感じた。そして一同はふたたび扉を眺めた、まるで扉が開いて死神が入来したかのように。戸口にはマリウスが立っていた。来客に慣れたプルートーさえも立ち上がって、そちらを見た。

「ご機嫌よう」と彼はそれだけ言って、席が全部ふさがっており、誰も席をあけてくれる様子もないので、カウンターのところに行った。そこに彼は静かに立って、いくらか嘲笑的にテーブルの一同を見まわした。居ごこちの悪い沈黙が広がった。ただウェンターだけが《ご機嫌よう、マリウス》と言った。うさん臭そうな顔つきで、サベストが一杯についだジョッキを彼のほうへ押しやった。

クリムスの注意は新しい姿に引きつけられた、

「誰だ……おまえは」

「ウェンターの下男です」とマリウスは丁寧に答えた。

セルバンダーがささやいた、

「そのとおり、下男だ……だが放浪者なのだよ、彼は」

「ウェンターの下男……ウェンターの下男か、おまえは……」とクリムスは考えこんでいたが、疑い深くさらに尋問した、「なぜここに来た」

「死神を連れて来たのさ」とラクスがどよめくような声で言って、うまい洒落ができたのを喜んでクリムスの背中をひとつポンと叩いた。

「そうか、死神をおまえは連れて来たんだな」とクリムスは事を呑《の》みこんだ。それから簡潔に、おごそかに、酔っぱらいにふさわしい調子で彼は宣告した、「それではわしはおまえを死神ともども絞め殺してやる」

　奇妙にも即座にマリウスはクリムスの考えを支持した、

「死神は山の中にいます」

「そう……そうだ、死神は山におる」とクリムスは言った。マリウスの言葉は彼を落ち着かせた。不安にせっぱつまったものが彼の顔から消えた。にもかかわらず、彼は依然として心配げだった、「だが、わしはおまえを知らん……いいや、わしはおまえを知らん……なぜおまえは来たんだ」

「皆さんに釈明するためです」それは厚かましい返答だったが、実に慎しく言われた。ほんとうに彼はなぜやって来たのだろうか。共同体のへりをさまよっているうちに、また共同体の中へ惹《ひ》きつけられて入って来たのだろうか。

「おれたちがそのためにおまえを待っていた、とでも思ってるのか」とたずねる声があった。

「たぶん」

「サベスト、やつをつまみ出せ」山羊髭《ひげ》のセルバンダーが命令した。

「やつをつまみ出せ」とクリムスが同調した。

「静かにせい！」と言って、ラクスがクリムスの肩をつかみ、不意を打たれたクリムスを座席に押しもどすことに成功した、「口をつぐんでろ、クリムス、いまに面白いことが起こるから」

「おまえはイタリア人かい」と一同の中からまたたずねる声があった。ラクスの息子フリードリヒの声だった。

「もしもあなたがわたしのことをおっしゃっているのなら、わたしはイタリア人ではありません」とマリウスは恐れげもなく静かに、ほとんど侮蔑的に答えた。あまり聞かぬ丁寧な言葉使いが侮蔑の響きを強めた。

村長が対立を調停しようとした、

「いずれにせよ、ラティという響きはイタリア的だな」

マリウスはそれに対してただ肩をすくめて見せた。おりしもギルバートも姿を見せて、カウンターのうしろで何やら始めた。

「おまえさんは黄金を見つけられるそうだね」とラクスがきっかけをつくった。

「ときにはうまく行きます」

「黄金をつくるだって」と鈍重なヨハニが言ってまた彼の思いにふけった、「黄金をつくることができれば、たぶん家畜に魔法をかけることもできるだろうな！」

ズックが彼にむかって叫んだ、

「彼がおまえの家畜に魔法をかけてくれたら、よろこべ。頭の三つある仔牛でおまえは金持ちになれるぞ。さぞやサベストがいい値で買い取ってくれるだろう……」

「わたしは黄金を見つけることはできますが、黄金をつくることはできません」

「黄金をつくる、黄金を見つける、同じことだよ」とヨハニは頑張った。

酒場の中は暑苦しくなってきた。煙草のけむりが広い層をなして、角材を組んだ低い天井の下の、中ほどの高さにかかっていた。ビールと汗をかく肉体が酸っぱいにおいを立てた。わたしは上衣を脱いだ。

「先生はもう取っ組みあいをする気だぞ」と誰かがはやし立てた。すでに災いをはらんだ雰囲気だった。

近頃かなりの乱闘があったばかりだった。しかしながら、わたしに倣う者は一人もいなかった。彼らはまだジャケツを着たままでいた。

「黄金！」クリムスは前方に目を据え、《黄金》という言葉を口の中で転がした。それから彼は突然大きな声で言った、「死神は山の中の黄金のそばでうずくまっている……そこで彼はうずくまっている、そこで彼は待っている……黄金のそばで……」

その間に若い者が数人、あまり好意的とは言えぬ様子で、マリウスのまわりに集まった。

「何をするつもりなんだい、黄金を見つけるつもりか……あの山の中でかい」

ところが、返事はクリムスのほうからやって来た。彼はふたたびさっと立ち上がり、《そうだ》とひと声、一同の中へ轟《とどろ》かせた。

それからしだいに落ち着きを取りもどしながら、彼は続けた、

「黄金を掘り出して来る者は、また死神を掘り出して来る……そして……われわれは彼を、死神をつかまえたら、そうしたら……そうしたら、彼を絞め殺す……」

だがセルバンダーの中でも、この無味乾燥で、訴訟好きで、感激のない百姓あたまの中でも、著しい変化が生じた。彼はほとんど貪欲な顔つきで言った、

「おまえさん、山の中から黄金を見つけ出すことができるんだって」

「できます」とマリウスは断言した。

「どうだい、おまえたち気に入ったろう」とマティアスが若い連中にヤジを飛ばした、「黄金だぜ、黄金は金《かね》だぜ……車何台分もの金だぜ」

マリウスを取り囲んだ若い連中はお互いに顔を見合わせた、だがそれから、どっと憎さげに笑い出した、

「この阿呆……いまいましいペテン師……」

そして中の一人がぴったりの表現を見つけてほかの連中の叫びを圧倒した。

「黄金山師……黄金山師……」

ラクスがテーブルをどんどん叩いて傾聴をうながした、

「なんで彼が山師だとすぐに決めなくてはならんのだ。彼が黄金を見つけられると言うのなら、とにかくやらせてみるがいい……彼が山師かどうか、それはいまにわかることだ……」

そのとき、ウェンターが立ち上がった、

「マリウスはわしの下男だ。わしは黄金を探させるために彼を傭《やと》ったのじゃない……彼をそっとしておいてくれ」

だが、不穏な空気にご満悦なラクスはさらに煽《あお》り立てた、

「ウェンター、おまえさんはおまえさんの下男とおなじ阿呆だ……彼に黄金を探させろ……ほかにいったいなんの役に立つんだ」

「それはわしが決めることだ」

マリウスは静かに言った、

「ご主人の命令のままです……わたしは黄金探しのためにここに来たのじゃありません」

それはうまい手だった。ところが、ラクスはもっと徹底的にけしかけるつもりで、それに異議を唱えた、

「そりゃ違う、そんな理屈あるものか……われわれはわれわれの黄金を探り出そうとしてるまでだ……」

「黄金をよこせ」と第一のテーブルで誰かがどなった。

「黄金山師」

マリウスのまわりの若い連中の態度がいよいよもって脅迫的になった。

村長が一同をなだめようとした、

「皆の衆、おまえさんがたはいったいなんのことで争っているのだ。鉱山は算盤《そろばん》にあったためしがないということを、おまえさんがたもよく知ってるはずじゃないか」

「休墾地はふたたび作物を実らせることがある。そして黄金だってふたたび成長しているかもしれない、この長い年月の間には……そうだろ、マリウス」とマティアスがヤジを飛ばした。

ズックが立ち上がった、

「おれはおまえたちに物語をひとつ聞かせたい」

「おれたちはおまえの物語なぞ必要ないぞ」

「おまえたちにとってこの話は大いに役に立つだろうよ」

ズックはズボンのポケットに手を突っこんで、ざわめきの引くのを待った。それから、彼はにやにや笑いながら始めた。

「山の中には今でもまだ狭い坑道があって、そこではおれたちのような者には四つん這《ば》いで通るのがやっとだという話を、誰でも聞いたことがあるだろう。それはむかしクプロンの山を支配していた小人たちの通路だったのだ。だから、山の礼拝堂の裏手に開いた坑口は今でも小人の洞窟と呼ばれている。さて、あまりに豊かな鉱石に誘われて、巨人たちがやって来た。まさに小人坑道から彼らは侵入した。彼らはゆらゆらと炎をなびかせる松明《たいまつ》を頭上に高くかかげ、頭や体や武器のぱちぱちとはじける影を、雫《しずく》のたれる濡れた坑壁にそって共に走らせ、坑道を嵐のごとく下って行った。そして彼らはすでに、小人一族が恐れをなして山から逃げ出してしまったものと思いこんだ。ところが、そのうちに坑壁がぱったり途切れてしまった。坑道は岩を露呈し、天井は松明の光も届かぬほどに高い。そして突然、彼らはただもう驚きと訝《いぶか》りのために、思わず足を止めてしまった。なぜといって、彼らが立っていたところは、とてつもなく広い洞窟、青みがかった黄金の星の輝きに満ちみちた巨大な円天井の広間だったのだ。そしてそこには白い髭《ひげ》を生やした小人の王が黄金の玉座にすわり、そのまわりには小人一族がうち揃って立っていた。王は威厳から沈黙し、臣下は畏敬から沈黙していた。ただ、彼らの小さな小人の鼻が息をしているのだけが聞こえ、そのほかには何ひとつ聞こえなかった。巨人たちは不安な気持になった……」

「それは当たり前だ」とマリウスが話をさえぎった、「小人たちは大地の生まれだが、巨人たちは女の生まれだからだ……」

「いまはおれが話してるのだ」とズックが彼を払いのけた、「巨人たちが不安に襲われたというのも、おれの話だ。さて、彼らはばつが悪そうに咳ばらいをして、自分たちの存在を知らせた。すると王が語り始めた。彼は挨拶と親睦の意を伝え、そして銀を埋蔵する北側の山半分を巨人たちに、所有地および居住地および権益地として提供した。それによって小人族と巨人族があらゆる侵略者に恐ろしくふりかかる山の呪いを免れて、平和に並び暮らせるようにとの願いからだった。ところが、その言葉を巨人たちはもはやほとんど聞いていなかった。王の白い髭《ひげ》の中からかぼそい子供の声が流れ出るのを耳にしたとき、彼らはもう笑いをこらえられなくなったのだ。彼らは槍の柄尻で地面を叩き、おかしさのあまり楯にもたれて身をよじった。彼らの一人なぞはただもう笑い高ぶった気持から、いちばん手近にいた小人を踏みつけ、靴底で粉々に踏みつぶしてしまった。すると、まるでそのほんのわずかな小人の血がきっかけになったように、はしゃぎ高ぶった気持は殺戮《さつりく》欲に変わった。顔をゆがめ、口と目をゆがめて、彼らは広間の中になだれこんだ。あっと言う間に小人たちは小人坑道の中へ姿を消した。しかし、王は堂々と彼の玉座に留まっていた。そこで彼らは髭をつかんで王を吊り上げ、天井めがけて投げつけた。王は天井の黄金に当たって粉みじんになってしまった。ところが、巨人たちが黄金の国を決定的に征服せんものと追跡にかかったとき、彼らはたえず狭まってゆく土竜道《もぐらみち》のごとき小人坑道の中へ入りこんでしまった。そして、そこで追跡をやめずに、蛇のように腹這《ば》いになって先へ進んだ者たちは実に恐ろしい詭計《きけい》にはまってしまった。進むことも退くこともならず、崩れる山の中に閉じこめられ、地下の生物たちに体をなめまわされ、岩石に押しつぶされて、彼らは一命を失わねばならなかった。彼らの悲鳴は大広間までうつろに昇って来た。しかし、助けを呼び寄せることはできなかった。なぜなら、そのとき水がほとばしり出て広間を浸したのだ。おかげでさらにまた大勢の巨人たちがそこで溺れ死に、わずかな者たちだけが日の光のもとへ遁《に》げもどることができただけだった」

物語をさえぎったのはまたしてもマリウスだった、

「それはおかしい。小人たちがとうに姿を消してしまってからも、山はひきつづき黄金を産出していた。とすると、山は完全に水に浸されてしまったわけじゃないのだ」

「なんでも他人《ひと》よりよく知っていると思わなくては気がすまないのか、マリウス。その後、小人坑道と中核の金鉱までたどりついた者は誰ひとりとしていないのだ。巨人たちもだ。彼らは北側の銀坑に移って行って、そこから仕返しをやろうと思った。今でも《異教徒坑》と呼ばれているあの大きな坑道を、彼らは切り開いて、その坑道によって中核の金鉱まで進出しようと思ったのだ。ところが、彼らが十分な深さまで来ると、いつでもきまって地下水が小人たちを守って、彼を迎え撃つのだ。背の高い連中が山から掘り出して来るのは、すべて周辺の金だった。そして周辺の金鉱はやがて掘り尽くされないわけにゆかなかった。しかも背の高い連中が山の中で働いているかぎり、山は彼らから毎年ひとりの男を奪い去った。それによって小人の王の呪いは成就されたわけだ」

ズックが物語をすると往々にしてそうなのであるが、今度もまた聞いている連中は彼がそもそも何を言わんとしているのかわからなかった。そしてラクスがたずねた、

「はて、どういうことなんだ、今の話は」

「山は前からもうしろからも入りこめぬということさ」

ようやく彼らはそれを理解した。そしてそこで始まった喧々囂々《けんけんごうごう》たる議論の中で、取っ組み合いへの欲求はズックが目論んだとおり発散してしまうかに見えた。しかし、まさに反対のことを欲するラクスは、そうはさせまいとした、

「どうせあの当時から上の村の連中は誰も山に近づかせなかったのだ」

「マリウスは上の村のやつらと手を握っている」

「それで上の村の人たちはなんの得をするだろうか。なにせわたしは山師にすぎないのだか

ら」芝居気たっぷりマリウスは大胆さを演じてみせた。だが実際に大胆でもあった。

「マリウス出て行け……山師を放り出せ」

「おまえたちは何も知らんのだ」とクリムスが彼のもっとも深い認識を披露に及ぼうとした、「上の村の連中は利口に立ちまわるつもりなんだよ……彼らは黄金の死神を手放さぬつもりなのだ……死神を一人占めにするつもりなのだ、上の村の連中は」

これから何が起こるか、それは明らかだった。サベストもすでにビールのグラスを片づけ始めた。温和なラウレンツは逃げ出す支度をした。

ところが、まだ何も起こらぬうちに、ギルバートがカウンターを飛び越えて出て来た。蒼《あお》ざめた決然とした面持ちで、彼はマリウスの横に立ちはだかった、

「誰にもこの人に手を触れさせないぞ」

「またどういう気になったんだ」とサベストが息子をにらみつけた。

そして一同があっけに取られたその瞬間、マリウスの声が響いた。高くはなかったが、それでも傾聴を強いる静かな声が。

「聞かせていただけないだろうか。わたしはいったい誰のために黄金を探すのだろうか、それを聞かせてもらえないだろうか。諸君は都会の連中のために黄金を掘り出すつもりなのだろうか。連中がふたたび彼らのケーブルと彼らの機械をもって山をあばきにやって来るように」

数人の者がこの思いがけぬ転換に笑い出した。だが、《彼の言うとおり》と言う者さえいた。そしてわたしは彼が問題をすり抜けるその巧妙さに驚嘆した。もちろん、彼は黄金探しをやらざるを得なくなるよう、人々に仕向けられることを欲していた。すでにギションのおふくろさんやマティアスに逆らってである。しかしまた、彼はこの冒険をあっさり引き受ける気もなかった。彼がいま行ないつつあることは巧妙であって愚かしく、当を得ていて無分別、大それていて慎重な戯れだった。

そして静かに彼は語りつづけた、

「仲間うちでさえ諸君はひとつにまとまってない。ある人たちは黄金をよこせと叫ぶかと思うと、別の人たちは山に手を触れるなと叫ぶ。どうやら、この人たちにとって山は手を触れるには神聖すぎるらしい。ところが、都会の連中が彼らのケーブルを山に敷設したときは、上の村の人たちさえも黙って見ていた……」

この言葉は思いがけぬ同意をマティアスから得た、

「そのとおり、マリウス、ただしケーブルは今じゃ廃物になって懸かっているがな……まあいいから連中にもっと真実を聞かせてやれ、大いに連中のためになるから……」

「ケーブルがいま廃物になってようといまいと同じこと、それは現にあそこにあるのだ。いや、それどころか、あれはプロムベント村のものなのだ。そして明日にでも別の都会人どもが金をもっと懐に入れてやって来て、ケーブルを完成させる。そうなった日には、神聖も小人の呪いも役に立ちやしない。なぜといって、ケーブルはそもそも諸君のものではなくて、プロムベント村のものだからだ……」

セルバンダーが山羊髭《ひげ》を手に、誤りを訂正せずにいられなかった、

「たとえプロムベントの連中が訴訟に勝ったとしても、ケーブルは採掘権となんの関係もない……採掘権はいずれにせよクプロン村のものだ。われわれはそれを請求する……」

だがマリウスはそれに話を中断されてはいなかった。腹立たしげに、だがなお控え目に、彼はセルバンダーをさえぎって話をつづけた、

「プロムベント村はケーブルに対して権利があるだろうか。ない！　彼らは森に対して権利があるだろうか。ない！　それにもかかわらず彼らは訴訟を起こす。なぜか。諸君が団結できないからだ。ひとつひとつ彼らは諸君から奪い取ってゆくだろう、山を、諸君の権利を、すべてを彼らは諸君から奪い取ってゆくだろう。黄金も彼らのものとなろう。かならずやそうなるだろう、そうならざるを得ないのだ……なぜといって、諸君にとっては、愚にもつかぬことばかりが神聖なのだ、諸君にとっては自分たちの紛争が神聖なのだ。もしも山がほんとうに神聖だとすれば、諸君はどうやらまったく神聖ならざる者だ、まさしく山に足を踏み入れる資格も、山の中へ入りこむ資格もない者だ……」

自制が彼から落ちた。興奮が彼をつかんだ。彼の両手の動きはいよいよ情熱的になった。そしてあたかも壁を貫いてクプロン山を指さすようにして、彼は言った、

「いかにも、山は神聖だ。全大地は神聖だ。だが人間は穢れている。ゆえに人間は大地を侮辱するのだ。まさにそうなのだ。山に侮辱された、そして彼の復讐を諸君はいずれかならず感じ取るようになるだろう。そのことを諸君は知っているのだ！　諸君はみな山に怖れを抱いてないだろうか。山に手を触れさせまいとするとき、上の村の者たちはどうだろうか。死神が山の内にうずくまっていると言うとき、諸君はどうだろうか。そうだ、諸君が怖れるのは正しい。諸君が山をなだめないと、山の復讐がやって来るだろう……」

彼の話のつじつまが合わぬことに、わたしはあまり驚かなかった。すでにあの日ギションのおふくろさんの台所で、わたしはこんなふうな爆発を見て知っていた。それにひきかえお百姓たちは物狂わしい演説にあっけに取られていた。このような言葉を、サベストの酒場の壁もいまだかつて聞いたことがなかったにちがいない。それゆえしばらくは反論も起こらなかった。おまけに、クリムスが奇態を演じ始めた。誰かが止める暇もあらばこそ、彼はがくがくふらふらする脚にもめげず椅子の上にあがり、ぎくしゃくと体をせり上げつつ、片腕を高くさし上げてマリウスの演説に答えた。そして酩酊したうつろな震え声で言った、

「しにがみ……」

するとこだまにこだまが答えるようにマリウスがそれを受けて答えた、

「そう、死神、諸君の怖れだ！」

彼は口をつぐんだ。たしかに芝居がかりであったが、それでも大きく震えていた。たしかに自分の言葉の効果を楽しんでいたが、それでもわれとわが言葉に心を捉えられていた。それから役者の鋭敏な嗅覚によって、彼は村政という俗事にひらりと見事に舞いもどった。

「しかるに、諸君はこの事態に対して何をしてるだろうか。上の村の者たちは彼らの山を開放しない、下の村の者たちは彼らの牧草地入会組合を開放しない……そんなことに諸君は励んでいる、それが諸君の仕事なのだ！　そんな状態で、わたしは諸君のために黄金を探す筋合があるだろうか。ありはしない。ウェンターさんの言うことはまったく正しい、わたしは彼のために彼の仕事をやればそれでいいのだ。そして今後ともそうだろう！」

入会組合の問題を彼は切り札として退場の際まで取っておいたのだ。彼は硬貨を一枚カウンターの上に投げて、軽やかに、誇らかに、嘲笑的に、一同にもはや一瞥《いちべつ》もくれずに立ち去った。

「でかい口ききやがる」とズックが感嘆して言った。いつか肥えた運転手が腰をおろしてマリウスのことで憤慨していたのと、ちょうど同じ席だった。

誰ひとり動かなかった。ラクスが半分はいったジョッキを飲みほしてテーブルの上に置いた。

「でかい口だよ」とズックがくりかえしたが、その言葉はしびれたような沈黙の中で、まるではじめから口に出されなかったかのように消えてしまった。

わたしの隣の山羊髭《ひげ》のセルバンダーがズックについでまずわれに返って沈黙を破った。あごに手を当てて、彼は冷ややかに打算的に言った、

「採掘権はじきにわれわれのものになる、そうさ、安心して訴訟をつづけてればいいのだ……」

かなり経ってからようやくウェンターが答えた、

「村にとって得にならん……訴訟は得にならん……」

「なぜ得にならん」とセルバンダーが鋭くたずねた。法律上のことには口ばしを入れられたくないのだ。

そのときクリムスが鈍重な酔声で、だが何かを狙う緊張に満ちて言った、

「なぜならウェンターは……ウェンターは……何と……上の村の連中と、手を握っとるからだ」

「ウェンター、聞いたか」道がついたのを喜んでラクスが言った。

猟師のマティアスが笑った、

「おれたちと組まん手はない……おれたちと組まんとしたら、なんのために彼はおれの義弟だと言うんだ！」

「そうだ、ところが彼はおれたちを入会の仲間に入れないんだ」と上の村の若い衆の一人がいまいましげに言った、「入会組合に関しては、彼はおれたちの味方じゃない」

「入りたければ、わしを通して遠慮なく入るがいいさ」とウェンターが言った、「わしはけっしてそれに反対しない……だが、おまえさんたちはおそらく分担金を払うばかりで、あまり得を引き出せない、下の村の牧草地からも、下の村の麦打ち場からも。おまえさんたちにはおまえさんたちの牧草地がある。それに麦打ちだって、おまえさんたちは上の村で片づけるつもりじゃないか……なんのために入りたがるのだね」

「利得をおまえさんたちが手放そうとしない、そいつが問題なんだ！」と相手は頑張った。

マリウスが切り出したこの問題は、古くから争われている問題だった。そして導火線はさらに燃えつづけた。

山の中腹の一軒家に住むヨハニまでがこの問題に興味をもっている。「沢ぞいの牧草はいいからなあ」と彼は言った。

カウンターの側の若い連中はまだ動かなかった。マリウスの演説の混沌が彼らに強い印象を与えただけに、その思いがけぬ結末は彼らにとって屈辱的な幻滅だった。疑いもなく、彼らは彼らの腕と、ビールのジョッキとナイフをふるう機会を与えてくれるきっかけを待っていた。そしてギルバートも彼らのまっただ中にあって、同様に待っていた。そしてラクスがそのきっかけを与えようとしていた。

「それじゃおまえさんは上の村の連中を組合に入れるつもりだな……ウェンター、おれに言わせればおまえさんは連中の一人だよ……」

「わしがそのことをどう考えているか、おまえさんはもう聞いたはずだ。彼らが分担金をまるまる払うとしたら、彼らは間抜けだよ。なぜって、自分の金をむざむざ失うだけだからな。また、もしもわしらが家畜一頭ごとに何日牧草地に入ったか計算して金を取るとすれば、そりゃ公正だろうよ。だが公正なばっかりに、わしらは喧嘩を惹《ひ》き起こすだけだろうよ」

「そんなのは上の村の連中の公正だよ」とわたしの隣の山羊髭《ひげ》男が陰険そうに言った。

「そうだ、そうだ、そうともさ！」と若い声が叫んだ。

それはギルバートだった。だが、わたしのほかには誰も彼に注意を払っていなかった。

酩酊したクリムスは彼の弾劾をまだやめなかった、

「ウェンターは……上の村の連中と……手を握ってる……」

なかば侮辱されたような、なかばいや気がさしたような様子で彼は腰を上げた、

「わしは上の村の弁護も下の村の弁護もしない。わしは上の村の味方でも、下の村の味方でもない。弁ずる必要があるときは、村全体のために弁ずるのだ……サベスト、勘定」

「なんのためにおまえさんが村全体のために弁ずるのかちゃんと知ってるぞ、未来の村長さ

ま」とラクスが彼を嘲弄した。

ウェンターといっしょにベンチから抜け出したズックが、ラクスにやり返した、

「そうとも、ラクス。おまえさんについてすくなくとも確かに言えることは、おまえさんが村全体のために弁ずるときにゃ、そいつはいつでもおまえさんのためだということさ」

その言葉を悪く取らずに、ラクスはまっ先になって愉快そうに笑った、

「わしの得になることは、かならず村の得になる、そしてその逆もまた成り立つ……よい村というものはこうでなくちゃいかん」

「そのとおり、ラクス」とマティアスがあいづちを打った、おりしも、若い連中が席を立って構えはじめたために、不穏の気が募ってきたところだった、「ただし、そうなった日には、おれたちの村はまさにひどい村になるだろうな……」

「もちろんだ、そのころにゃおまえのがきどもがあちこち大勢走りまわっているからな……」

すると、今まで例によってビールを前に置き、黙々と観察しながら坐っていた鍛冶屋のドナートが、でっかい手をゆっくりとラクスの腕にかけ、同様にゆっくりと言った、

「マティアスの子供たちのことは、だいじょうぶ不都合はない……わしらにはもはやよい村をつくりだすことはできん。子供たちにしてようやくそれができるだろう、そしてまた彼らにしてようやく黄金を見つけることができるだろう……」

「いやはや、それまでわしは待てんよ。そんなことなら、マティアスのやつ、もっと早くから子供づくりを始めてくれればよかったんだ……」

一同はこの揶揄《やゆ》に喜んだ。すでに扉の取手に手をかけていたウェンターまでもだった。そしてこの上機嫌はそのままもうしばらくつづくところであったが、しかし、セルバンダーがそれを破ってしまった。我慢がならぬというように、彼はそれを追い払ってしまった。このような下品さは酒場の落ち着きのなさと同様に、彼には気に入らなかったのだ。それにまた、彼は——法律のことでは頑固な男なのだ——すでに帰ろうとしているウェンターと、まだ論議の決着をつけてなかった。「まて」と彼はウェンターを呼び止めた。そして彼の声はしばしば彼においての独特な鋭くて弱々しい響きをもち、それが他の者たちを黙らせた。

「逃げるな。われわれがなぜ訴訟に勝ってはならんのか、そのわけを聞かせてもらおう。そうだ、なぜ村が採掘権を確保してはならんのだ。村は採掘権をあくまで自分で利用する必要はない。それに何がしかの値がついたら、売却してもよいのだ……その点をあんたから聞かせてもらおう」

「わしが訴訟のことをどう考えてるか、あんたはもともと知ってるはず、」ウェンターがすでに戸口から答えた、「こういうつまらぬもののために、そうだろうが、残念ながらプロムベントの森はつまらぬものだ、そんなもののために年がら年じゅう法廷に駆けこむことはありゃしない。それに採掘権について言えば、堅実な村の行政局はあぶない鉱山事業などに手を出してはいかん、というのがわたしの意見だ……ご機嫌よう、みなさん……」

「よかろう」と鍛冶屋が言った。

「儲けになりゃ、どんな事業でもやるべきだ、」ラクスがすでに姿を消したウェンターにむかって叫んだ、「村だって同じことだ！」

「そのとおり、おまえさんの儲けになればな、ラクス」ズックがサベストの手に酒代を払いながらおっとりとヤジった。

それにひきかえ、サベストのほうはほとんど情熱的にラクスの意見に組みした、

「彼の言うとおりだ、ラクスのさ。よい商売はけっして逃がしてはならん……だからマリウスは黄金を探さなくてはならん、村のためにやらにゃならん」

「ちがう、あの人は何もしちゃいけない」

だしぬけに叫んだのは、またしてもギルバートだった。今度は親父に対してだった。

だいぶ長いことサベストは口もきけずにいた。それから怒りがさっと彼の顔にさした。そして濡れた唇がいっそう前に突き出た。

「馬鹿もん、出て行け、台所へ退散しろ……さあ、早くせんか！」

「やらせておけ、サベスト、」ラクスが大喜びで叫んだ、「やらせておけ、わしゃ彼が気に入っ

たぞ……」

「マリウスの言うことは正しい」ギルバートはすこしばかり泣き声で、涙まで出そうだったが、あとに引かなかった、「マリウスの言うことは正しい！」

ラクスの息子フリードリヒがカウンターにつめよった。そして鋭い、たくましい、若い密猟者面《づら》に血をたぎらせて、ギルバートの概してより柔和な顔に近づけて、彼はギルバートにかみついた、

「誰が正しいって言うんだよ、あの男がなんだって言うんだよ……もう一度言えるものなら言ってみろ！」

勇敢にギルバートはどなりかえした。「マリウスの言うことは正しい」と、言葉が息もたえだえに彼の唇をついて出た。そして彼も拳を握りしめたが、いかんせんより強い相手に一撃くらってたちまちよろけてしまった。

「それっ、」ラクスが得意な親父の顔ではやし立てた、「それ行け、若僧たち……お返しをしてやれ、ギルバート……」

ギルバートはさっと体を立て直すと、ふたたび敵につかみかかった。そしていまや興奮は稲妻のごとくサベストを襲った。「よおし！」と彼は息子をけしかけた、「その意気だ、腹に一発いけ！」

「やめ」とマティアスが命令した。もっとも、彼だって二人の親父に負けず興奮していた。

「やめんか、やめんと二人ともつまみ出してやるぞ……」

「そりゃいい、おまえに似合いだぞ、マティアス、」ラクスはマティアスにまで飛びかかる構えを見せた、「かまうことないぞ、フリードリヒ、いけ、若僧たち、そらいけ……」

すでに最初のビール・グラスがむんむんとする喧騒の中を飛びさえした。

ラクスはテーブルを叩き、床を踏み鳴らした。拳を振りまわし、足を踏み、テーブルや床を太鼓のごとく打ち鳴らし、まさに騒々しい幸福そのものであった。そして他方ではセルバンダーが昂然として立ち上がり、しゃっちょこばった脚で、牡山羊のごとくぎごちなく出て行った。彼の心はラクスに対する嫌悪でいっぱいだった。それにもまして、クリムスに対する嫌悪でいっぱいだった。クリムスはもはや盲目的に前を見つめるだけで、その目はガラス玉のごとく、まわりで起こっている一切に無頓着だった。

村長は、やはり村長ウォルタースでしかなく、叫びに叫んだが誰にも聞いてもらえなかった。

「落ち着きなさい、皆の衆、冷静になりなさい、落ち着きなさい……」

だめである。もはや止めようもなかった。いまやマティアスにラクス、鍛冶屋にサベスト、これら古強者の百戦に通じたまなざしと激励のもとで、取っ組みあいは四方八方で佳境に入った。そしてギルバート対フリードリヒの取り組みはこの騒ぎの中でいうなればもはや観念上の中心点にすぎなかった。何をめぐって争っているのか、マリウス派なのか反マリウス派なのか、黄金派なのか反黄金派なのか、入会組合派なのか反入会組合派なのか、プロムベント森派なのか反プロムベント森派なのか、こういった党派はもはや見分けがつかなかった。むしろ取っ組みあいはそれ自身が目的の段階に入った。ありとあらゆるものが乱れ動きはじめた。椅子が、肉体が、騒音が、もののにおいが、人の声が、影が。そして煙草のけむりは濛々《もうもう》と入り乱れ、大波のごとく湧きかえる人間たちの上で、大波のごとく湧きかえった。

しかしやがて鍛冶屋が消防団長としておのれに課せられた秩序回復の義務を忘れずに乱闘の中へ躍りこみ、鳶色《とびいろ》の髭《ひげ》を生やしたたくましい体で、だがまた確かに単なる義務の遂行をこえた快楽と明らかなるスポーツ精神をもって、つまみ出しという手慣れた仕事に取りかかったとき、そしてマティアスもこのようなお手本をまのあたりにしては引っこんでおれず、さきほどの威嚇を実行に移してギルバートとフリードリヒをひっとらえ、両腕をぐいと大きく開いて二人を分けたとき、そのときになってようやくサベストはわが児の奮戦ぶりから心を振りほどき、そして上着のそでをたくし上げることによって酒亭商売の本分にたち返った。つまり、逆らう人間たちの体を手もと狂わず放り投げるためにはむかしから欠かすことのできぬ、あの職人的な手練へとたち返ったのだった。こうして客は一人また一人と路上へ放り出され、ギルバートは調理場へ放りこまれ、そしてついにはズックまでがこの大掃除の作業に加わる気になった。

それまで彼は悠然と楽しむ見物人としてテーブルの上に腰かけ、気にくわぬ人物がそばに押しやられて来るたびに、大工で鍛えたたくましいいかつい手で軽く一発、あるいは足でやんわりと一蹴、お見舞いしていたのである。

わたしはわたしでラクス相手に一種の私闘を演じなくてはならなかった。というのは、年来の密猟者にして喧嘩好きのこの男は、おりしも鍛冶屋がこのすばらしい見ものを終わらせる仕事に取りかかったおかげで、その筋骨たくましい監視がなくなったのをさいわいに、かてて加えて、おのれの煽動《せんどう》の叫びが荒れ狂う乱闘の中で誰にも聞かれずに空しく消えてしまうのが気に入らず、どうでもこうでもナイフを抜いて戦闘の中へ飛びこもうとしたのである。そしてわたしはわたしの精神および肉体のエネルギーのありたけをふりしぼって、ようやく彼を引き止めることに成功した。われながら呆れかえったことに、わたしはあげくのはてには彼を表のアーケードの中まで引っぱり出して来ていた。そしてそこで彼の戦意は煙のごとく散じてしまった。わたしたちは互いに顔を見合わせて、二人して笑い出した。中ではまだ戦いのどよめきがつづいていた。

「先生」と彼は非難をこめて言った、「せっかく面白くなるところだったのに……」

「今日の事件をたくらんだのもまたあんただな……」

「なんでまたそんなこと……わしがマリウスを連れて来たのかね……」

それから彼は考えこんだ。したたかで、容赦なく、利欲の旺盛な彼の頭はいつでもすぐに回転しはじめる。

「マリウスのことはなかなかむずかしい、そう簡単にはゆかんな……村の連中が彼になじんで、彼が黄金を見つけられると信じるようになれば、それだけでもたいしたものだ。そこから何かしらものにできる、たとえ彼が何も見つけなくてもだ……いずれにせよ彼が黄金探しをやるよう仕向けにゃならん……あんたもそう思わんかな、先生」

「ふむ……わたしには黄金騒ぎなぞどうでもいい……わたしにわかることは、あんたが彼をまず一度連中に叩きのばさせようとたくらんでいたということだけだ……」

「まさかそんなひどいことは考えやしない。そんなことしたところで、あんたがどうせやつの足腰をまた立たせてやるだろうが」

「ご信頼に心から感謝いたしますです、ラクスさん」

彼は黒いもじゃもじゃの髭《ひげ》の下から白歯を見せて笑った。

「悪く取らんでもらいたいな、先生、しようのないことはしようがないんだよ……世の中はいつでも取っ組みあいをしてきた。これからだっていつでも取っ組みあいをしてゆくだろうよ……」

わたしたちはアーケードを出たところだった。酒場の入口からおりしも一人の男がじゃけんに背中を突かれて、血の流れる顔で階段をよろけ下り、いちばん下の段で呆然と坐りついてしまった。

「すぐにわたしの診察室まで上がって来たまえ」とわたしは彼に声をかけてやった。

「こいつは鼻に一発くらっただけさ」とラクスが心得顔に診断を下した、「なんのこともない、もっとすてきなのがおる……そういう連中はおっつけあんたのところに送られるだろう……先生」

そう言って彼は満足げに酒場の中の叫びにまたしばし耳を傾けた。それから彼はわたしにむかってうなずき、短い斜めの影に伴われて、悠々と表通りを横切って行った。そしておりしもクプロンの山が象牙色の風につつまれて村の中をのぞきこんでいた。山は春らしく明るく、まるであの測り知れぬ深みをもたぬかのようだった、争いをはらんでじっとわだかまりつつ黄金を隠す深みを。

わたしは傷ついた男を助け起こして、彼を連れて診察室への階段を昇った。弾力性のある厚板がわたしたちの足音をよく響かす廻廊には、すでに二人目の怪我人が辛抱づよく柱にもたれじっと待っていた。静かに陽《ひ》を浴びて空気がマロニエの枝の中にやすらっていた。中庭は静かだった。そしてほんのかすかながら、争いのどよめきがまだ酒場の中からきこえて来た。

やがて次々にわたしのなじみの乱闘客が姿を現わし、ある者たちは陽気で、またある者たちはいくらか恥ずかしげだったが、大部分の者たちはおのれの武勇を心から誇らしく思っていた。彼らは自分たちの怪我のことなぞであまり騒ぎ立てなかった。そしてわたしも同様だった。村の生活ではこういうことは馴れっこなのだ。なるほどわたしは一人一人にむかっていつものように、今度やったら情け容赦なく血の流れるままに放っておくぞと脅かしはしたが、それも彼らがこの脅かしをわたしの最上の冗談ととるから言うまでのことである。このかぎりでは、すべてはいつもの成り行きをたどっていた。それにもかかわらず、今度はすこしばかりいつもと違っていた。というのは、わたしが例によって包帯を巻いたり縫いあわせたりして、おかげで部屋の空気がヨードフォルムのにおいに満ちみち、そして血のついた脱脂綿がブリキのバケツにたまってゆくその間、いよいよ目についてきたことは、若い連中が手当てを終えてふたたびジャケツに腕を通したり、ズボンを上げたり、靴をはいたりするその間、まったく例外なしにマリウスのことを語り始めたということであった。そしてその際彼がどえらい野郎と呼ばれようと――いかにも彼は連中に目にものを見せたのである――、またくそ野郎と呼ばれようと――そのうちに目にもの見せてやると彼らはいきまいていた――、共感だろうと拒絶だろうと、その中には紛れもない尊敬の念が現われていた。それはまさに例外なしであり、それゆえ今日の乱痴気騒ぎはなしとげられた武勇やこうむった怪我のかずかずを含め、また粉々に砕けた椅子やジョッキも含め、そればかりかわたしの治療の二次会も含めて、すべてがもっぱらマリウスに敬意を表して行なわれたのではないかと、感じられるほどだった。奇妙なことだった。いかにもわたしはそう感じた、そしてある種の羞恥すら抱いた。しかしながら、わたしはまた感じた、これらすべてはさらにほかの何かを、何かさらに秘められたものを言い表わしていると。マリウスの背後にひそむ何物か、おそらくは黄金を、だがどうやらさらに深く秘められたもの、さらに深く面紗《ヴェール》におおわれたもの、原始的で形態なきものを。そうでもなければマリウスが、見たところこれらすべての中心人物であり原因であるマリウスが、あのように冷淡な態度を取れるものだろうか。いかなる党派にも数え入れられず、いまや彼に組みせんばかりの一派にすら数え入れられず、彼はまったくの冷淡さの中で彼らの狂騒にさえ触れられずにいたではないか。あきらかに彼らの狂騒にかかずりあう気もなく、またかかずりあうこともできず、そしてあたかも何ひとつおのれに関わりなきがごとくよそよそしく、彼は立ち去って行ったではないか。おのれが惹《ひ》き起こした、惹き起こさざるをえなかった動揺にもよそよそしく。――あれは秘められたものの力の仕業ではあるまいか、秘められたものの力が彼を通して働いたのではあるまいか、彼はその力の単なる道具にすぎなかったのではあるまいか。そうなのだ、彼の背後に立つ秘められたものと同じく、漂泊者は人間的なものによそよそしい。人間的なものから無限に遠く、無限によそよそしく、彼は隔絶されたままに留まる。そして彼が人間たちをおのれの呪縛の中へ引きこまんと努めるときでさえも、黄金を約束して彼らの歓心を得んと努めるときでさえも、彼の揮《ふる》う力は無限に遠く隔たったものの力、人間を遠く離れた命令の力なのだ。そして彼が与える約束も無限なるものの約束なのだ。彼にあってはすべてがよそよそしく、そして浮遊している。彼自身がひとつの空虚な約束。そして彼の空虚は無限なるものの空虚、無限なるものが地上的な形姿をとってたち現われるやたちまち空虚へと変化をとげる、まさにその空虚なのだ。

正午をすぎて、わたしはようやく診察室を閉じることができた。それからわたしはサベスト家の住まいに立ち寄って、ギルバートがさいわいにしてさっきの怪我人たちに混じってわたしのところに来なかったけれど、いかに彼の初陣に耐えたかを見てこようと思った。だが部屋の中は空っぽだった。階下でわたしはまだ後片づけに忙しい夫婦に出会った。それではギルバートは。そう、家で手伝いもせずに、あの子は姿をくらましてしまった。どうせアガーテのところだろう。それを聞いてわたしはともかく安心した、たとえ彼があの娘のそばではなくてマリウスのそばにいるとしても。

村を出てほど遠からぬところで、ズックがわたしに追いついた。

「まったくずるい小僧だよ」と彼は言った。

「マリウスかね、そう、まったく……」

しばらくわたしたちは黙々と肩を並べて歩んだ。早春の温気はガラスのごとく透きとおり、さながら透明に漂う黄金が動かぬままに戯れているかのようだった。そしてゆっくり流れる雲のひとつが太陽の前でとまると、世界はこまかく震えてミルクのごとく白い、ミルクのごとく柔和な静けさへ変わり、若々しいお昼時の弦《いと》のかなでる優しい音色へと変わった。村のすぐ裏手に当たる路傍の礼拝堂にさしかかったとき——土台石の苔はもはや朝方よりも輝きがおとろえ、お堂の中の花もすこしばかりくたびれ始めていた——、マリウスのことがあらたにわたしの念頭に浮かんだ。

「なあ、ズック、彼はそもそも何をやるつもりだろうか」

ズックは肩をすくめた、

「連中をとらえるつもりさ」と彼は親指で村のほうをさした、「そして実際にとらえるだろよ」

「だがなぜだろう、なんのためだろう。彼らは皆彼にとってどうでもいい連中じゃないか。ギルバートみたいに彼の味方になりたがっているのがいるとしても、それだって彼にとってはどうでもいいように見える。彼は動揺を惹《ひ》き起こす、だがこの動揺もまるで彼にはまったくかかわりないみたいだ。黄金を探したがっているが、黄金が彼の目当てかどうか、それも怪しいものだ」

するとズックがあっさり言ってのけた、

「もてあそびたいんだよ、彼は、もてあそんでるんだよ」

「黄金をかね、人間をかね」

ズックはにやにやしながら言った、

「不気味なものをさ、黄金にも人間にもひそむ不気味なものをさ」

彼が口に出さぬうちから、わたしには彼の答えがわかっていた。わたしたちはつづら折りの最初の坂をあとにしたところだった。そしていまやクプロンの山がふたたびその全容を現わしてわたしたちの前に立ったとき、わたしにも突如として山の不気味さのすべてがまたもや押し寄せて来た。そうなのだ、どんなにわたしにとって山が昔の鉱山ともども故郷となっていても、不気味なものがその斜面をしゅるしゅると走ることがあるのだ。あるときはここで、あるときはあそこで。そして時代はるかなものがくりかえしくりかえし親しいものとなる。だがこのような親しさの中には、つねにまたもっともよそよそしいものが含まれているのだ――そしてまさにこのようなよそよそしさと親しさの混合から、不気味なものは成り立っている――、もっとも遠いはるかな時代が、その無限性が含まれているのだ。それゆえわたしは言った、

「わたしはほかに言い表わせない。君にわかってもらえるかどうか知らないが――無限なものをもてあそぶことはできない、そんなことは許されないのだ」

ズックは足を止めてにやりと笑い、そしてズボンのポケットの奥から、ビー玉をそこに入れてもち歩く男の子のように、一片の小さな岩石を取り出し、答えのかわりにわたしに差し出し

た。それには黄金の脈が走っていた。上の村のおおくの家にはこういった鉱石のかけらがいわば代々のお守りとして伝えられている。マティアスも戸棚のガラス器の下にひとつ置いている。わたしはそのことをすでに知っていた。にもかかわらず、わたしにはこの岩石のかけらが突然不気味になった、見知らぬ幾代もの記憶のしるしたるこのかけらが。

「これはなんのためだね、ズック、幸運をもって来るのかね」

「とんでもない、幸運も災難ももって来やしない。何かをかたどっているんだよ」

「何を」

「さすらいと遠方をさ。あんたならさしずめ無限と呼ぶだろう」

危険の中に生きる者、しかもその先祖、そのまた先祖までがおなじ危険の中に生きてきた者、たとえば鉱夫、たとえば水夫——彼らはさすらいの中に生きている。そして彼らの家には、広大な距離と長い年月にわたる物言わぬ記念品がかずかず積み重ねられる。化石や貝殻、鉱石の塊や海星《ひとで》。それらは一見戯れに集められたごとく見えるものの、実は言葉、危険にさらされた者がかろうじておのれの心を告げ知らせる唯一のよすがなのだ。すでに無限と境いあうところまで来て、おのれが自然の威力に否応《いやおう》なしにゆだねられているのを感じるとき、そして捉えがたいもの、言い表わしがたいもの、深みにひそむ威力がまわりを取りまくとき、おのれの心を告げ知らせる唯一のよすがなのだ。何代もの間に鉱夫たちや水夫たちは地下的なもの、到達しがたいものに馴れ親しむ。そして彼らの寡黙は慎み深い畏怖であり、この畏怖は象徴によってのみかろうじておのれを表わすことができるのだ。わたしはズックにこの尊敬すべきかけらを返しながら言った、

「マリウスもさすらっている。だが、彼はいかなる無限からやって来た者でもない。彼はただそのふりをしているにすぎない。だから彼はおしゃべりなのだ、そして寡黙について何も心得ていないのだ」

「おれもおしゃべりだがなあ」とズックが笑った。

「そうじゃない、君は物語をする、しかし彼はおしゃべりをするのだ」

そう、まさにそうなのだ。そしてそのときわたしには判然とした。ズックは無限なものについて語っている。それにひきかえマリウスは深みを知らず、しかもまさに深みを探し求めており、その深みを人間たちの内に掻き立てずにいられないのだ。

「あの男は占い笞《むち》を口の中にもってるんだ」とズックがわたしの思いを裏づけてくれた。

わたしたちはふたたび曲がり角に立ち止まり、ともに額から汗を拭った。お昼時の村が眼下の盆地に横たわっていた。村の果樹園の上にかかっていた浅緑の面紗《ヴェール》は暑さのために色あせ、灰色になって動かず、ほとんど硬い感じがした。家の間から上の村の男たちの中でいちばんあとまで残った者たちが出て来た。静かなゆっくりとした足取りでひとりひとり、あるいは二人

連れ立って、彼らは日の輝く街道を登って来る。それはかずかずの民族の通路であった。彼らはかつてこの山に定住し、仕事をし、戦《いくさ》をした、そして今ではわずかにズックの物語の中で断片的に生きながらえている。時の深淵が過ぎ去った幾百万の春を宿してクプロン山のまわりに漂っていた。だが、白く輝く街道を歩く黒服の男たちは、あきらかにそんなことに頭を煩わしてはいなかった。どの黒服にもひとりの赤裸な男が隠れ、どの男の中にも赤裸な魂が隠れ、どの魂の中にも一片の無限が隠れてはいたが、いや、そればかりかこの一片の無限は午前の礼拝のあいだに形へ、祈る姿となりおおせさえしたのであるが、彼らはすでにそれを忘れかけていた。しかも酒場の乱闘が彼らの無限をふたたび形態なき混沌へと分解させてしまっただけに、なおさらのことだった。彼らの魂はふたたびつぼんで、まどろみの中へ、日常のはかなきものの中へ、不信心なものの中へもどりつつあった。そして戦闘の狂乱さえ記憶から滑り落ちはじめた。包帯や、びっこを引く足が彼らの何人かにあの出来事を思い出させてもよさそうなものなのに。そして彼らの心の中でまだくっきりと姿かたちを保っているのは、日曜日の焼肉への楽しみだけだった。しかし、わたし自身は別であったろうか。クプロン山とその幾百万年を前にして、わたしは刻々不安に満たされていった。なぜなら、わたしはじりじりしながら待っているカロリーネの気持を知っていた。せっかくの焼き肉がわたしの来ぬ間に空しくぱちぱちと音を立てて、藁《わら》のようにかさかさになってしまいそうなのだ。

三　夢

五月だった。谷には色とりどりの風が吹いた。忘れな草とたんぽぽの淡色の風。牧草地の斜面に咲く水仙の白い風。伐採地に咲く野いちごの白い風。あらゆる濃淡をなす木の葉と草の緑の風。あちこちの森の、橅《ぶな》と秦皮《とねりこ》の褐色の風。山の肩を花環のごとく飾る針葉樹林の、樅《もみ》と唐《とう》檜《ひ》の褐色の風。そして樅と唐檜の花は姿も見えず香りも届かなかったけれどそれと感じ取れた。それにひきかえ、村を囲む果樹圏からは薄バラ色の風が吹いた。

このようにして多彩な風がお昼時の村小路を吹き渡るその間、わたしはわたしの診察時間のおしまいにもう一人老婆を相手にしていた。それはながい生涯にわたって彼女のささやかな魂を、かのダナイーデよろしく存在という穴だらけの桶にくりかえし汲んで来て、そしていまやいわば締めくくりの相殺のごとく、やはりたえずくりかえしくりかえし、それに引き合うだけの身体上の愚痴を、医者の気長に開いた手の中へ汲み出そうとする老婆たちの一人だった。そしてその横ではおなじようにたえずぶつくさ言いながら、使い終えた歯科器具の入っている電気ポットのお湯が煮えたぎり、わたしがいつも飲み薬を煎じるのに使うアルコール・ランプがうなっていた。薬の調合はまさに田舎医者の職分の中に入るのである。ひとつには市販の薬を注文すると往々にして時間がかかりすぎたり、金がかかりすぎたりするせいもあったが、それぱかりではなかった。それよりもお百姓たちにとっては、自分で丸薬をまるめ、自分でガラス板の上で軟膏を練り、自分で飲み薬を調合する医師だけが、ほんとうのお医者なのである。これらの仕事に没頭しながらわたしは耳をなかば年老いたダナイーデに傾け、なかばきいきいと泣く豚に傾けていた。サベストがおりしも豚の喉を切ったところなのである。しかしその際あきらかに彼はときおり避けがたい小さな不手際を犯したにちがいない。死があまり迅速にはやって来なかったのである。そして豚はほとんど際限もなく、流れ出る自分の血を悲しんできいきい泣き、生き物の苦しみを、色どり豊かに香る花の風の中へと叫びつづけた。しかしこのような苦しみには心を動かされずに、老婆は彼女自身の苦しみを訴えつづけ、わたしも心を動かされずに自家製の薬を罎《びん》の中へ注ぎ、軟膏を坩堝《るつぼ》の中へすりつけた。そしてわたしたち二人の平静さは、われわれすべてがあらゆる他人の苦しみを平然と堪え、殺人や戦争のニュースを非情に受けいれるときの、あの平静さであった。そうなのだ、われわれは非情なのだ、おまけにハムが好きなのだ。すでに焼肉になり果てつつある豚の、最後の喉なりがひびき始めたとき、わたしは平然として薬壜《びん》にラベルをはりつけた。そして死が叫びをやめたとき、わたしが感じた安堵《あんど》は何よりも耳の安堵であって、まず心の安堵ではなかった。そうなのだ、これらすべてが唯一の空の下で行なわれなくてはならないのだ。老婆ののんびりした繰り言が、花と風のにぎわいが、アルコールの炎のうなりが、牧草地の春の息吹きが。しかし死はもっとも広い場所を占める、それはもっとも広い時間を占める、そしてあらゆる他のものを押しのけて、空間を狭くしてしまうのだ。わたしはさし込みをコンセントから抜き、アルコール・ランプを吹き消し、老婆に彼女の薬を手渡した。それからわたしは残りの薬をもって下の調理場へおりて行った。古くから行なわれている習慣に従って、薬はここで取りに来る人のために保管されるのである。

ミンナ・サベストが壜とボール箱を受け取った。彼女はひどく悲しそうなまなざしをしていた。それに彼女はため息までつく。

「そのため息は誰のためかね。まさか豚のためじゃないだろうね」

「豚のためじゃないんです」そして彼女はもう一度まことに悲しげに、きこえよがしにため息をついた。してみると、このため息が儀礼的な前口上といった性格のものであることはあきらかである。

「それじゃ、どこに心配事があるんだね、おかみさん」

窓のところでじゃが芋の皮をむいている娘をちらりと見て、彼女はわたしを調理場から酒場へ連れ出した。

そこで彼女ミンナ・サベストはわたしとさしむかいに長テーブルの端に坐った。その姿を見るに、はにかみ屋にしてしっかり者、しっかり者にしてなよやか、なよやかにしていたるところふくよか、しかも白い肌とブロンドの髪、まさに床をともにすべき恋女房であった。その彼女に心配事があるのだ。「さあて」とわたしは言った、「ほんとうにどうしたんだね」

彼女はおずおずとあたりを見まわし、調理場のほうに聞き耳をたてた。それからようやく彼女は意を決してしゃべりだした、

「先生、ギルバートが……」

「彼のことなら、わたしもずいぶん長いこと姿を見てないな」

「そうなんです……ああ、先生、それなんですよ……あの子の実の親であるあたしたちまで、もうずっと彼の姿を見てないのです……ずうっとあの子は隠れてるんです」と言って彼女は声をひそめた、「あの男のところですよ、ほら、ウェンターの家の……」

「マリウスのところだな」

ためらいながら、しかし幾夜も眠れぬ夜を過ごしたのちついにひとつの説に至った人間の揺るぎなさをもって、彼女は彼女の説をわたしの前に開いて見せた。

「あたしの言うことを信じてくださいな、先生、あの男がうちの子をまどわしたのです」

「信じますとも、おかみさん……つまり、ご自分は子供なのに、もう一人前のご子息をお持ちだということがそもそもの原因ですな……」

「真面目な話なんですよ、先生……あの男は人をまどわすことができるのです」

「ついでに言うと、われわれ二人もね……」

彼女は腹を立てた。

「そうですかね。いったい何が原因でギルバートはあんなにばかな子になってしまったのでしょう。姿を見せれば姿を見せたで、こっちの髪が逆立つようなことを覚えて来るんです……いまあの子はわたしたちにラジオを放り出せってきかないんですよ」

「こりゃ驚いた……」

あのマリウスが自分の考えを滲透《しんとう》させるためにどんなに精力的に働いているかを知って、わたしは感嘆した。

「ひょっとすると先生は彼に賛成なんじゃないですか」と彼女はうさん臭そうにたずねた。

「いや、とんでもない……ラジオなんてものはたしかにつまらんもんだが、しかしもしわたしたちがアガーテにラジオみたいなものを贈ってやれば……」

「そんなことしてもなんの役にも立たないことを、先生はご存じないんです、」涙がひとすじ彼女の頬をつたった、「それなんですよ……以前はあたしはアガーテとの付き合いに反対でした。だってラウレンツがあまり立派な人じゃないでしょう、小作人同様なんですもの……でもあの男がうちの子にそれを禁じてしまった今となっては、あたしにとってアガーテのほうがまだましなぐらいだわ……」

「誰が誰に何を禁じたんです」

彼女はあきれてわたしを眺めた。

「そのことなら誰だって知ってますよ……マリウスがギルバートにそれを禁じたんです……」

「しかし、おかみさん、禁止なんていうことがどこにあるんだね。そのことならわたしたちは安心してアガーテにまかしておこうじゃないか……そんな根拠のない陰口を気にする者がどこにいます」

「いいえ、陰口じゃないんです……マリウス本人が、自分が禁止してやったのだと吹聴《ふいちょう》してるんです。誰でもそのことを知ってます……そしてあたしは、あたしは、あたしはお店に立ってその話を聞かなくてはならないのです。みんなが次から次にやって来て話すのを。ラクスのおかみさんや郵便局の女、ええ、あの女なんかそんなことを気にすることないんだわ、それにセルバンダーのおかみさん、あたしは名前なんかあげたくない……村じゅうが笑ってるのよ、彼があの子をまどわしたって！」

絶望のあまり彼女はふっくらした指の関節を歯に押しあてた。そしてわたしがかすかにほほえんだのを見ると、彼女は完全に腹を立ててしまった。

「あなたもお笑いになるの、先生、ほかの人たちといっしょになって……先生もだめなら、あたしはあたしの心配事をもっていったい誰のところへ行けばいいの……」

「まあ、まあ、おかみさん、ひとつよく考えてごらん。かりにマリウスがほんとに娘という娘から若い男たちをさらって行ってしまったとしたら、こりゃどういうことになるだろう。おかしな話じゃないか」

「それじゃもしもあの流れ者のやくざがあの子をもっと悪いことに、もっと卑劣なことに誘ったら、そうしたらどうなります」

そのことにはわたしもまさか思いつかなかった。それは彼女のみ思いつくことで、わたしの思い及ばぬところだった。しかしこの場合、あるいは彼女のほうが正しいのかもしれなかった。わたしはいつぞやの運転手たちがマリウスを豚と呼んでいたのを思い出した。

「ご主人はそのことについていったいなんと言ってるのだね、おかみさん」

「ああ、うちの人はあたしを怒らせようとするのです、笑いさえするのです。もしかするとうちの人はマリウスがほんとうに気に入ってるのかもしれませんわ。でも、」そして次の言葉が激烈に、自信にあふれ、そしてまたほれぼれと彼女の口をついて出た、「でも、あたしが頼めば、うちの人はあのやくざ者の喉笛を断ち切ってしまいますわ……ええ、そうですとも！」

彼女がそれをベッドの中で彼に要求するかぎり、実際にサベストにそれをやらせるのも、彼女の意のままかもしれない。そして彼女もおそらくこの意味で言ったのだろう。

「いやはや」わたしはそれゆえこう答えるだけに留めた、「極端に手きびしい措置ですな、極端に手きびしい」

だが、今度は彼女が笑い出さずにいられなかった。彼女は自分自身がおかしくて笑ったのだ。

「よろしい、笑ってますな……さてどういう手を打ったものだろう」

彼女は真面目になった。

「ウェンターがあのやくざ者を追い出せばいいんだわ」

「わたしが事情を知っているかぎりでは、彼はそうたやすく追い出しはすまい……」

「あなたが彼にこのありさまをおっしゃってくださらなくてはいけません、先生」

「なんだって、わたしがかね。そいつはあんたのほうがわたしより上手にできるよ……」

彼女は誘惑的な菫色《すみれ》のまなざしで眺めた、

「先生、あたしのためと思って……」

「まあよかろう、そのうちおりがあったら話せるかもしれない……」

「おりがあったら、ではいけません……今日です……」

「おやおや、つまり、やらにゃならんということだね……」

「お宅で坐ってらしても、あたしの家で坐ってらしても、先生、どちらでも同じことじゃありませんか……どのみちもうすぐ夕方になるし……それにウェンターが畑から帰って来るまで、もしや下の村にまだご用事がおありになるんじゃありませんの……」

「ここにはもう何も用事がないんだ」

彼女はわたしをいっそう誘惑的なまなざしで眺めて、わたしの口髭《ひげ》を引っぱった。

「お髭がもう伸びすぎてますことよ、先生、お髪《ぐし》もそうだわ。ご散髪なさる頃合いですわ、あたしに気に入られたければ……」

「このうえ、あんたのためにおめかしまでさせられるのかね」

「先生のためにパイプ煙草を調合しておきましたわ、先生のお好きなようなふうに……」

「まず最初に煙草をいただきたいものだな、ひとつひとつ順ぐりに行こう」とわたしは言った。

「むこうのお店のほうにもう用意しておきました」

「そりゃまた手回しがいい……ただしわたしが思うには、ウェンターはわたしほどたやすくまるめこまれないだろうよ」

「いいえ、先生、これからきれいなお顔になっていらっしゃれば……誰だっていやだなんて言いませんわ。きっとうまくおやりになりますわ」

わたしたちはアーケードを横切った。わたしは口笛を吹いてトラップを中庭の心地よい日向ぼっこから呼び寄せた。それからわたしたちは店の中に入った。そしてわたしはまたもや子供のころのすばらしい香りの中に踏み入った。どこの小売店にも充満しているあの香りの中に。とりわけ香り豊かなのは、暑い陽《ひ》ざしが表通りを照り渡る日、表では空気が花に満ち溢れる自然のあらゆる香りに胸を開き、陽に温《ぬく》もった香りの波また波が風に運ばれて通りすぎ、そして内では店の円天井がおのが影の中にひんやりとやすらい、夢み、そしてまどろみつつ、香りに満たされている。それはあらゆる衣食の楽しみとなんの変哲もない一日の香り、だがその中には安らぎが懐かしく、またみずからも憧れに満ちみちてうごめいている。立ち昇って来るのはさまざまな想い出に満ちた香り。女中に連れられてきた買い物の想い出。粗くて平たい女中の手が幼い手を包みこんで店の中でも放そうとしなかった。そして想い出に満ちみちて幼い日の自分の買い物のことが立ち昇って来る。内緒の買い物と大っぴらな買い物。ソーセイジや砂糖菓子を買い、ビー玉をひとつひとつ丹念に選《え》り分けたものだった。それは幼少年時代とその香り豊かな世界との流れの中に浮かぶ忘れられぬ想い出の島々、そしてこれらの想い出にまつわりつくのは、この滑らかな、舌をくすぐるような、親しくて神秘な、ひんやりと柔らかな香り、酢と食用油の香り、バターとさまざまなチーズの香り、唐子と塩づけ胡瓜の香り、しかしまたいまだに味わったことのない食物のほのかな香り、たとえば陳列台の上で木のフォークを添えた石壺に保存されている玉ねぎブドウもそのひとつ、まだ食べたことがないばかりに、それは手に届く近さにありながら永遠に味わえぬ、恐ろしくて手も触れられぬものに思われたものだ。もっともなじみ深い領域と、もっともなじみのない領域が奇妙な共生を始めた。そしてたとえその中で忘れがたい香りが、たとえばいまにも崩れそうな木摺樽《きずりだる》の中の晩種リンゴの、地下室の柔らかな息吹きのこもる香りが、しばしばほとんどものやさしい飾り気なさで伝わってきて鮮やかに際立つことがあっても、その香りの背景はきわめて複雑多様だった。松脂精《まつやに》の芳しい香りがあり、コーヒーのきつい香りがあり、束になって棚からぶら下がる革鞭のもろくてしなやかな香りがあり、木綿の乾いた清潔な香りがあり、黄麻袋の埃っぽい香りがあり、だが同時にまた石油の脂ぎった香りがあり、さらにまた、その珍しいきれいな模様がすぐ見えるように仕切り棚の中に斜めに積んである青地染めやその他の更紗《さらさ》の、かすかにむさ苦しい、かすかに鋭い、いや、ひりひりする香りが、あたり一面にうっすらと滲透《しんとう》していた。――おお、故郷のごとく近しくなった遠い神秘なもののひんやりとした香り、そして人を危険へ誘う野生の本性を顕《あら》わしたいとも単純で人間的な生活必需品の香りの冒険。あらゆる遠方とあらゆる近辺。それがこの円天井の店の壁の間に封じこめられている。そして店は子供たちには手の届かぬありとあらゆる秘密を宿している、皇帝たちや太守たちの測り知れぬ富を、童話の優しさと、そしてはじめから癒しようもないその郷愁を。このような香りの豊かさと比べれば、単純な煙草の香りなぞ何物だろう！　いかに煙草が冒険的ではるけく、家庭的で近しい香りをくゆらそうと、そしてこのはるけさと近しさが男臭さをつくっていようと、所詮それはみすぼらしい代用品にすぎない。そして大人はそれで満足しなくてはならないのだ。

　しかしながら、代用品だろうとなかろうと、二ポンドの正しく調合された香りの高い煙草は鼻の喜びである。これにはちゃんと礼を言っておかなくてはならない。

「これまでしてもらってはあんたのためにひと肌ぬがなくてはなるまいな、おかみさん」

　彼女は煙草を包み始めた。だがまだ紐を結ばぬうちに彼女の手は下に垂れてしまった。紐はたるみ、包み紙はかさかさと音を立てて開いてしまった。

「このお店の悪口まであの子は言うんですよ。何でも屋って彼は言うんです、そして何でも屋にはなりたくないって」

　そして彼女はふっくらした肩をすくめた。

「ああ……どんな仕事もあの子はもうやる気がないんです……ああ、神さま……こうなってはなんのために苦労するのでしょう。あの子はわたしを物笑いの種にするばかりです……」

　彼女の目にはまた怒りの涙が浮かんだ。

「やめなさい」とわたしは言った、「また始めからむし返したりしないこと！　そんなことするとわたしはもう散髪に行かないから……」

わたしは涙に濡れた頬をなぜてやり、いつものように明るく親しげに鈴を鳴らす表通り側の扉から店を出た。わたしはわたしの幼年時代の香りの世界を出て、吹き流れる春の香りの世界にすぐさま入った。五月の微風はいまや午後らしく暖まって、心もち湿気を含んで表通りに流れ、通りの白い埃に緑なして波打つ春の砂丘の趣きを与えた。そして突然わたしはギルバートの気持を理解した、どこやら外をほっつきまわって家にも仕事にももどりたがらぬギルバートの気持を。そうなのだ、一瞬の間わたしはマリウスの痴愚を、あらゆるこれらの渡り者や笑止な世界改革者どもの痴愚を理解した。わたしは知ったのだ、彼らはその混乱した定めなき生き方において、自然の造った試作品にほかならず、出来損ないの試作品にほかならず、そして自然は一人のほんとうの天才を生み出すのに成功するまで、このような出来損ないを無数に造り出さなくてはならぬのだと。わたしには彼らの痴愚が実によくわかった。そして唐突な願いが、彼らの一人になりたい、もう一度若返って彼らのごとく気ままに当てもなくさまよいたいという願いがわたしを捉えたほどだった。クプロンの岩壁がすでに雪を落として、村の中をのぞきこんでいた。どの放浪者にも親しげな顔つきだった。そして明るく澄み渡って——広い牧草地の上方の、山の背に立つ小屋さえはっきり見えた——、世界は成長してゆくかに見えた、自分自身を超え出て超地上的なものの中へ成長してゆくかのようにさえ見えた。というのは、この成長に加わって、あるいはまたこの成長のために場所を明け渡しさえするために、天がより高い淡色へ、より高い沈黙へと退いたのだ。存在はごくかすかな運動を始めた。そして放浪者はただこの運動に身をゆだねればよかった、いわば放浪される者として、もはやほとんどみずから放浪せずに。しかしいまや塔の時計が四つを打ち、その震える響きをにぎやかに成長し天を目指す春の中へ織りこんだとき、わたしは自分の晩年に気づいた。おそらくわたしにはもはや放浪の時間はなく、静かな老いの道があるばかりなのだろう。それは苦しみのない認識だった。そしてトラップが彼なりの流儀で家角の春にご挨拶している間に、わたしは通りを渡って小川小路へ、床屋のレパンのもとにむかった。さる若いご婦人の命により、白くなってゆくわたしの口髭《ひげ》を刈りこんでもらうために。

仕立屋も兼ねているので、レパン親方は窓の前の仕立台に坐って、ヨッペにアイロンをかけているところだった。日光に照らされた細かい埃のつくるプリズムが、静かに湯気を立てる熱い布地と窓ガラスとの間に斜めにかかり、アイロンの動きによってひっきりなしに乱されはしたが、しかし根気よくプリズムの落ち着きを取りもどそうと努めていた。

「坐ってください、先生」と彼は横目でわたしの姿を認めて言い、アイロンをかけつづけた、「もうすぐ終わります」

店の奥の壁、ちょうど住まいに通じる扉の上のところに、常明灯が聖母像の前で燃えていた。とろとろと燃えるお灯明をいれた赤いガラスの器は、蒼《あお》白い光をはなつ黄金色の炎心と、それに添えられた十字架とによって飾られ、まさに寺男レパンを見事に物語っていた。それにひきかえ二つの本職のほうは兼用の大きな鏡と、仲よく並んで掛けられた理髪鋏と仕立て鋏とによって表わされている。わたしは鏡の前の理髪椅子に腰かけた。そしてレパンとわたしのように同じ年輩のものどうしはだいたい同じようなことに思い耽《ふけ》るものであるから、わたしは苦しみのない憂愁のおもむくままにしゃべることにした。

「またまた春が来たな、レパン」

アイロンかけに顔を向けたまま、彼はすぐさま答えた。

「年を取れば取るほど、春が長くなるもんだ」

彼はそれを彼特有の気むずかしげな快活さでもって言った。そして彼の快活さの揺るぎなさは、彼の生活が口やかましい女房と蒼《あお》い病みがちな娘との間で営まれていることを考えれば、いよいよもって感嘆に値した。にやにやと笑いながら彼はアイロンを丹念にひと条《すじ》ひと条、かけつづけた。彼はひとりでひっそりと、たとえばほかの者が散歩をするような具合にアイロンをかけている。そんなふうに楽しく散策しながら彼はうなずいた、

「それが年を取ってゆくということさね……」

「そう、そのとおり、われわれは年を取ってゆく、レパン、われわれの二人の床屋医者はな」

「床屋医者だって。昔はそうだった、うん、親父の代には……」そう言って彼は赤い脈の浮

かんだ鼻の上から鉄枠の眼鏡を押し上げた、「いったんお医者が村に来てしまうと、もう床屋医者はなくなるんだよ」もちろん彼は親父から習った抜歯の術をいまでもあちこちで行なっている。それにまた誰かに頼まれれば、いつでもよろこんで水蛭《ひる》を使って血を取ってやるだろう。だがわたしはそれにたいして異存はなかった。彼は巧みにこの問題を飛び越えて話しをつづけた、

「しかし、今にお医者ももういらなくなるだろう……治療の機械ができるだろうからな……とにかく仕立ての機械はもうあるんですぜ……そればかりかわしに言わせりゃ、先生、おまえさんだってもう機械仕立ての服を着てるんだよ……」

うしろめたい気持でわたしは自分のズボンをなぜた。そうなのだ、わたしはそれを街で出来あいで買ったのだ。

「機械仕立てのヨッペ、機械仕立てのシャツ、機械仕立ての靴下、今に人間は皮膚まで機械仕立てになるだろう。そうやってどんどん内側にむかって、しまいには心臓も機械仕立てになる……ここまで来れば完全でさ……そして人間は全身これ自動車みたいに機械油臭くなるでしょうよ」

「それに対抗して君は人々の頭に髪油を塗りたくなるわけだ」

「悪魔も臭い、ペストも臭い、死神も臭い、機械も臭い、悪いものはなんでも臭いんだよ。だ

から良い人間は良い香りがほしくなる……ところが今じゃ連中は神さまのお言葉を聞くのにまで、ああいう機械を発明しやがった……」

わたしは彼とグロネの闘争を思い出して言った。

「そいつは喜ばなくちゃ。ラジオがかわりに歌ってくれるようになった日には、讃美歌の音頭取りもいらなくなるからね」

彼はアイロンをアイロン台の上において立ち上がった。彼のやせぎすな体には小さな腹が愉快にひょこんと突き出ていた。

「神さまにはそもそも歌はいらんのですよ……神さまがもともと人間の言葉をお好きにならないとすれば、歌にしたからといって人間の言葉が神さまにとって味をますわけじゃない。おまけに天使が神さまのために歌をうたうことだから、それに比べりゃあ、人間の歌うものなんぞ神さまにとってはもう喧《やかま》しいばかりかもしれん……おそらく神さまにとっては髪油でさえほんとうに芳ばしい香りとは言えないのかもしれない。神さまは天国の芳香に馴れておいでだから、おそらく髪油も臭くお感じになるだろう……そこまではさすがに髪油も及ばない……」

「そりゃそうだ、髪油だってまさに機械で作られたものだからね」

「ところが髪油は神の御心《みこころ》にかなった機械で作られたのでさ」と彼は答弁した、「台所の釜と変わりがない機械で。だからまた髪油は神の御心にかない、細やかに甘く香る……さだめし天国でもこれは何がしかの価値をもつだろう……」

とはいえ、仕立て屋のにおいと床屋のにおい、それに混じってアイロンをあてられたヨッペの粗毛から立ち昇る蒸気、家族の住まいから滲《し》み出て来るコーヒーのにおい、これらのにおいがむんむんと立ちこめる仕事場はあまり天国的な感じではなかった。香りを喜ぶ親方も換気のことはあまり考えてないようだ。「扉をあけたまえ」とわたしは彼に忠告して、散髪のために坐りなおした、「表には天国の風が吹いてるぞ」

「そう、そのとおり、春には神の息吹きが世界にみなぎる、そして世界は神の口となり、神の言葉となる」そう言って彼は鏡の中からわたしにうなずいたが、それにもかかわらず扉をあけず、目が近いのでぎごちない前かがみの姿勢になって髭《ひげ》そりに取りかかった。

「ねえ、親方、いったいなぜ君は君の司祭さまとおなじように庭をつくらないのだね。そうすればバラとその芳ばしい香りを楽しむことができるだろうに……そうでなければ、水仙が咲いたらせいぜい山に登って見て来たまえ……」

「ふっ、」彼は小事には関わりをもちたくないと願っている人間のように軽蔑的な身振りをして、そして刈り落とした髪の先毛を——すでに散髪は始まっていたのである——わたしの襟首から吹き落とした。「ふっ、そんなことしたってなんの甲斐《かい》もありゃしない。なぜって、あとどれだけこのままでいられるだろう、じきにわしらは大いなる庭へ行くことになる。そこでは一年じゅうが春で、そしてわしらは神の息吹きと言葉の中で暮らす……ふっ」

そして鋏をふたたび当てて、彼は彼の思いを愛すべき調子で紡ぎつづけた、

「天国に帰るときにはわしらももうだいぶ白くなってるだろうね、先生」

「あまり君の天国のことを当てにしすぎたもうなよ……」

「わしはまさか地獄には行かない」

「まあ、わたしならむしろ二、三本バラをこの世で植えてゆくがね……現に手にしているものは、やっぱりわがものさ……」

「この世はめったに笑わない口、おおくのことを黙して語らない冷酷な口のようなもんだ……だからわしはいっそ永遠の春を待つ……」

それからわたしたちはしばらく黙りこんだ。彼は快活で行く末を信じていたが、しかし首尾一貫してなかった。というのは、彼は天国の香りの来るのを待ちもせず、散髪が終わるやいなや、あの危険な薄茶色の液体の入っている危険な小壜《びん》に手を伸ばしたのである、「さてよしと、今度は油だ」と。

「それはよしてくれ、わたしは善良な人間なんだよ、君の油の香りがなくても」

「たぶん善良だろう」と彼は言った、「だがこれをかければもっときれいになる」

わたしは立ち上がった、

「わたしはこれだけきれいなら結構だよ、親方、これからわたしが訪ねる若いご婦人もやっぱりわたしに満足してくれることだろう」

「ミンナ・サベストかね」と彼は言い当てた、「あの人は香油が好きなんだ」

「悪魔が君をさらって行けばいい」と、わたしは言った。そして地獄嫌いにもかかわらず、彼は満足そうに笑った。

表に出てわたしは考えた。ウェンターはきっとまだ家に帰ってないにちがいない。だからわたしはレパンの言ったところに従って、わたしの若々しいおめかしをブロンドの女将《おかみ》に見せることもできるはずだった。しかしそれから、わたしはアガーテを訪ねたほうがミンナに尽くすことになろうと思って、アガーテを訪ねることに決めた。それゆえわたしは教会小路に入り、鶏たちのほかには何ひとつ動かぬウェンターの中庭の側を過ぎ、ラウレンツの中庭に入った。そしてこのような細切れの休みを好まぬトラップは、たいそう浮かぬ顔だった。ラウレンツのところでも鶏たちがあきらかに今ここにいる唯一の生き物としてくっくっと鳴いていた。わたしは家の中へ声をかけた。そして返事がないので、アガーテも畑にいるのだろうと思ってすでに酒場へ引き返しかけたところだった。そのときわたしは庭の奥に彼女の姿を見つけた。

彼女は花咲くリンゴの樹々の明るい陰の中で、簡素なテーブルにむかって坐っていた。テーブルは二つのやはり簡素なベンチにはさまれて、草の生えた地面に据えつけられていた。そして脇目もふらずに彼女は縫い物の上へ鼻を深くうつむけて、針を運んでいた。彼女はあのゆるやかな、まろやかな、ほとんど年齢に関わりない動作で、糸紡ぎの動作とおなじく女の最初の品位をつくりなす動作で、針を運んでいた。わたしの呼び声は彼女の耳に入らなかった。しかしトラップが喜んで吠えると、彼女は目を上げた。そしてまさしく女生徒のかけ足で彼女はやって来た。そして中庭と庭の境をなす垣根のところまで来て、不意を打たれてどぎまぎした様子で「先生」と言った。

「走って来なくてもよかったのに、アガーテ、わたしたちはどうせ君のところまで行くつもりだったのだから」

彼女はわたしをじっと見つめた。まだ子供、青いエプロンをしたおさげ髪の女の子だった、そして両手をうしろに組んでいた。わたしは彼女とギルバートの間のことを知ってはいたが、それらすべてがいまやわたしにとって、さまざまなことを想像できるこのわたしにとっても、想像しがたかった。それは一種の空論的な噂といったふうに見えてきた、たしかに目もと口もとにはなよやかな女らしい風情がほの見えはしたが。

「お父さんはまだ野良かね」

彼女はやっとうなずいた。しかし彼女の思いはここにない、どこにもない。それは形を失って、口には出されぬまま、誰のものでもない国にあった。若いアガーテ・ラウレンツの思いの中で、彼女が口に出して言える思いといえば、《もうお料理を始めなくては》とか、《これから針仕事をしましょう》とか、《お父さんが継母《ままはは》をもらわないように、たくさん働かなくては》という思いぐらいだった。だが彼女が実際にその中にある思い、口に出されぬ思いは、針が糸を導いてまろやかに振動するその中に、かまど火のぱちぱちと燃えるその中に、夢の満干のごとく一日また一日と彼女を導いて行くひとつの営みの中にあった。そして彼女の若い肉体を通って、彼女の心臓をめぐって滔々《とうとう》と流れる時の体験と時の生成、みずからほとんどひとつの鼓動する心臓である時の体験と時の生成の流れ、その中にはたえまなき、形なき、形となりえぬ祈りが、もろもろの大きな力への祈りがあった。そして夢見る心臓はおのれがその大きな力の一部であることを知っていた。やがて彼女の混沌と夢見る思い、まどろむ思いは外界への道を見出した。それはほほえんで言った、「トラップね」

そう、トラップもそこにいた。彼も彼の夢に捉えられ、彼がその一部である優しい力にむかって、尻尾を振って祈っていた。そしてわたしたちは庭の中へ入った、わたしは動きのわるい扉を押しあけて、そしてトラップはもっと簡単にぴょんと垣根を跳び越えて。わたしはアガーテがそれを見て喜んだのを見た。それゆえわたしは「ごらん、アガーテ」と言って、すでに夢中になって吠えるトラップにつきまとわれながら適当な石を探し出し、それを垣根のむこうへ、門の近くの暗い片隅まで放り投げた。トラップは大きな弧を描いて垣根を跳び越し、唾に濡れた石をわたしたちのところへもって帰って来た。今度はアガーテの投げる番だった。バラ色の紋様の浮かぶ大理石のような素肌を出した、引き締まった娘らしい脚で——もっとも、蚊にさされたので彼女は両脚を何度もこすり合わさずにいられなかったが——彼女は立っていた。そしてトラップは何べんも石をくわえて来ては彼女の足もとに置き、前肢でそれを彼女のほうへ押し出し、憤りながらも嬉しそうに、もう一度投げてくれるよう気ながに催促した。彼は気さくな遊び相手を見つけたようだった。わたしたちの前の四角い中庭は、おのれに分け与えられた、天まで届く春の午後を湛《たた》えていた。わたしたちの脇の花壇のへりにはすぐりの叢林が小さな房状の花をつけて青々と茂り、その間で数本のあやめが菫《すみれ》色の花を咲かせていた。しかしだんだんに彼女はまた物思わしい顔つきになり、まるで彼女の魂の形態なき混沌の中へまた沈んでゆくかのように見えた。「おいで、わたしはしばらく君と並んで腰をおろして行きたい」とわたしは言った。

こうしてわたしたちは二つのベンチに差し向かいに坐った。彼女はすぐにまた針仕事を手に取り、そしてわたしは待った。リンゴの花の天蓋がわたしたちの上に垂れかかり、白く輝いて隣の庭へ伸び、そこからまた隣の庭へ、さらにまた隣の庭へと伸びていった。それはさながら夏の雪の、結晶しないので綿毛のように軽い夏の雪の、天蓋のごとくであり、そしてその下の空気は、若草の上にかずかずの日光の環となって落ちる明るい陰の中で戯れていた。だが庭の奥には、板塀と樹冠にはさまれて、ときおり垂れる大枝のほかはさえぎるものなくひらけた細長い場所があり、広々とした眺望を、あたかもまばゆく照明された舞台のごとき眺望を与え、そしてそこから、さながら遠い陸地のごとく、むかいの山腹の麦畑が姿を見せ、かすかに傾く灰緑色の湖のごとく五月の風にわずかに揺り動かされ、五月の陽光をわずかに照りかえし、こうして、陸と湖が波打ちと照りかえしの中で奇妙にひとつに融けあった。ときおりリンゴの花がわたしの前の灰色にひび入ったテーブルの上に落ちた。ときおり小鳥たちの声が餌をついばむ鶏たちの温順で醜悪な声に破られた。ときおりトラップがまだ石を長く伸ばした前肢の間にかかえ頭を土に押しつけてうずくまりながら、うなり声を立てた。そして庭の外で空の光が生い育つ麦の上を渡るその間、アガーテはこの光景に背を向け、彼女の針仕事の上にうつむいて坐っていた。そして上へ下へ動く彼女の腕の素肌の上を、ひとつの日光の環がくりかえし走った。やがて彼女はしゃべりだした、

「いまあたしの家には牛の赤ちゃんがいるのよ」

「うん、知ってるよ」とわたしは答えた。

「額のところの皮が厚くて黒いの。お乳を飲むとき、あたしたちは仔牛を抑えてなくてはいけないの。そうしないと、お母さん牛を押してしまうのよ」

「そうだとも」とわたしはいった。

「とっても堅くて、平たくて、重い額をしてるわ。でもさわってみると、角が生えて来るところがわかるのよ。牡牛の赤ちゃんよ。お乳を飲むとき、首を伸ばさなきゃならないの。そして唇がとっても長くて柔らかなのよ」

「そう、仔牛たちはそうやってお乳を飲むんだよ」

彼女はさらに亜麻布にひと針ひと針刺しつづけた。そして何やら考えこんでいる様子だった、考えこむことなぞほとんど何もないのに。

「ときどきお母さん牛が仔牛の額や脇腹や股《もも》をなめてやるの。仔牛をお母さん牛の側に置いといちゃいけないのよ。だって、そうすると仔牛はお母さんのお乳を全部取ってしまって、お母さんの体を悪くしてしまうんですもの」

彼女は針仕事に完全に耽《ふけ》りながら、針仕事の中から、ほとんど唇を動かさずに語っていた。

「仔牛はひとりで寝なくてはいけないの。仔牛には仔牛の仕切りが小屋の中にあるのよ。でもお母さん牛はいつでも首を仔牛のほうへ伸ばしてるわ」

わたしは彼女がそれ以上のことを言わんとしているのを感じた。だがだいぶたってからようやく彼女は言葉を継いだ、

「夜になって、月が白いお腹《なか》をして部屋の中にさしこんで来るたびに、あたしは牝牛と彼女の仔牛のことを思わずにいられないの。そのときあたし感じるのよ、牝牛がいま仔牛のほうへ首

をさし伸ばしているのを」

「そうか、おばかさん」とわたしは言った、「月が怖いのかね」

一生懸命に彼女は子供らしいブロンド頭を横に振った。

「ちがうわ、あたし怖くなんかないわ……いったいなぜかしら」

「若い娘っ子たちはとかく夜中に怖がるものさ。とくに満月の夜にはね」

まるで遠い追憶に耽《ふけ》る一人前の女のように、彼女は目を上げぬまま答えた。

「いつだかあたし、夜中に森の中にいたの。でも、もしかすると家畜小屋の中だったかもしれないわ……もうわからないの……やっぱり森じゃなかったかしら。月は照ってなかった。そして森が牝牛みたいに鼻息をたてるの。それを聞いてとっても怖くなったのよ」

それはすでに夢語りになっていた。そしてもっと語りつづけられていたなら、それはあの領域へ入りこんでしまったことだろう、夢が過ぎ去ったものとこれから来るものを同一視してしまうあの領域へ。そこでは夢はもはや恐れでも希望でもなく、まったくの捉えがたさのまま流れてゆく。なすすべもなく若い人間は夢の未来的内容にゆだねられている。なすすべもなくひとつの同一視のとりことなっている。そしてこの同一視の中ではまだあまりに長い未来が、見る目も、語る口も、聞く耳ももたず、まだきわめて短い過去を押し流してしまう。ごく年老いたものたち、過去が大きく未来が失われた老人たちにしてはじめて、おのれの夢の謎を解くすべを知り、これから来るものを見ることができるのだ。アガーテは彼女に捉えられるものの果てまで来た。そこから彼女の夢語りは物言わぬ身振りとなり、針仕事という夢うつつの言葉となった。

「お嫁入りの着物を縫っているようだね、」わたしは言った。

アガーテはあらたに糸を針に通した。両端に黒と金色の商標のついた糸巻きが鋏と並んでテーブルの上に転がり、小刻みに糸を送り出していた。そして彼女は糸を歯でたち切ろうと口に含みながら、ふたたび語り始めた。それは普通のことを語る口調だったが、しかしながらどこか石と化したようなところがあった。

「夜の角のあいだに白い月があったの。そしてあたしはお乳を飲む仔牛のようにあたしの顔を上げたの。するとあの鼻息があたしの上で夕立ちみたいだった、稲光が白いミルクみたいだった、そしてきれいだった。それであたしの口はとても柔らかになったの」

「君は夢を見たんだよ、アガーテ」

彼女はわたしの言葉を聞かなかった、そして彼女は嘆いた。

「そしてあたしは今では魔女なのよ」

「君がなんだって」

彼女はつらそうに体を伸ばし、両手で胸から腹、腹から膝をなぜた。それから彼女は静かに女らしく言った。「ええ、そうなの」それは嘆きだった、生に対する非難だった、あの月夜の嵐の中で彼女をたった一人置き去りにした生に対する。それは失われたもの、過ぎ去ったものへの嘆きだった。それは失われたもの、過ぎ去ったものを知ったときに発する非難だった。ある人間の死を、世界を満たす死を、《かつては》という感慨を、片々たる存在の一回性と、そのどうにもならぬ償いがたさを知ったときに発する非難だった。そして縫い物をぼんやりと膝の上に置き、両手を亜麻布に埋めて、彼女は目覚めのため息をひとつついてもう一度つぶやいた、「ええ、そうなの」

「悲しんじゃいけない」とわたしは言った、「……やっぱりギルバートがとても好きだったんだね」

するとと彼女は今度こそほんとうに、まさに唐突として完全に現実の中へもどってしまった。彼女の口もとは軽蔑でいっぱいになったのである。してみると、彼女にとってギルバートはもはやいかに大事ではないかがわかる。

「彼はあの人の禁止を黙って受けたんです」

どこまでも本気には受け取れなかった。しかしいつまでもくよくよしているよりは、軽蔑のほうが健康にいい。そこでわたしはすかさずもう一度質問した。

「それで君のことを魔女といったのも、彼なんだな」

「ギルバートですか、いいえ、彼はもうわたしのところに来られないんです」

「なるほど、マリウスだな、彼がここに来るのを禁じたあのマリウスさ……」

彼女は驚いてわたしを見つめた。

「マリウスはまだ一度もあたしと話したことがないんです……ウェンツェルがあたしを魔女とののしったのです……」

今度はわたしが驚く番だった。

「ウェンツェルだって」

「ええ、昨日の夕方、教会小路で……ギルバートの骨という骨を真っ二つに割ってやるって、彼は叫ぶんです」

そして彼女はもう一度断言した、

「あたしが魔女だから、そんなこと言うのよ」

そう言って魔女は体を前に傾けて、むこうずねの蚊に食われた跡を掻いた。わたしは新しく登場したウェンツェルなる者のことを聞いてすっかり啞然としてしまったので、その男が彼女に加えた侮辱を彼女の心から慰め拭ってやることも忘れてしまった。だがトラップはわたしよりも敏感であり、彼の中でも鳴り響きはじめた死の不安によって、魔女が悲しんでいることを見て取り、そして彼女の顔をなめようと一生懸命に舌を近づけた。舌は彼女の脚と手までしか届かなかった。そして彼女はこのつゆ気の多い愛撫を黙って受けていた。

「いったいどこに行けば、そのウェンツェルとやらを見つけられるかね」

知らないという身振りで彼女は言った。

「多分彼もウェンターの家にいるのじゃないかしら……」

「そいつを見て来よう」そう言ってわたしは立ち上がった。ミンナ・サベストのためにウェンターのところへ行かされるはめになったことが、今では嬉しいぐらいだった。

「あたしは魔女なの」

「小さなおばかさんだよ、アガーテ、それ以外の何者でもない……ご機嫌よう、くよくよしちゃいけないよ……」

彼女も立ち上がった。彼女がもっとおしゃべりをしたがっているということは、彼女の顔から読み取れた。彼女は親しげになった。そして中庭まで来たとき、彼女はおりよく、わたしを引き留める策を思いついた。

「ミルクを一杯いかが、先生」

「いただくかな、」わたしは笑って言った、「今日はミルクのことで忙しいね、君は」

彼女は中庭から直接に地下室の階段に通じる低い幅の広い扉の中に消えた。そしてしばらくすると彼女はふたたび現われ、かすかに波立つ液体の表面に目を据えて一歩一歩近づいてきた。

ふたたび子供らしくなった唇の隅のところがほんのりと白かった。あきらかに彼女は地下室でミルクを大きな茶色の陶器の壺からグラスに満たすとき、ミルクの表面に張った厚い皮をグラスの中に流れ込まぬよう二本の指でつまみ上げ、そしてつまみ上げたものを口の中へ片づけたのにちがいない。だがいくら慎重に彼女が近づいて来ても、グラスはあまりにいっぱいで、ミルクがぴちゃぴちゃと波立ってこぼれた。そして彼女が自分の不器用さにほほえみながら、容器の中のミルクがふたたび静まるまで立ち止まっているその頭上では、すでに近づきつつある夕べによって和らげられ青磁色をした午後の空がアーチをかけ、彼方《かなた》の丘の緑をかすめ、あちこちの庭の樹々の花の白をかすめて広がっていた。そして村のさまざまなざわめきや、鍛冶屋の槌の音がきこえた。

「召し上がれ、先生」とアガーテはお行儀よく言った。もちろんそのあとで彼女はさらに次の策を用意していた。

「仔牛を……先生、仔牛をご覧になりません」

「この次にね、アガーテ……これから君のウェンツェルを見に行ってくる」

「ウェンツェルですか。とってもちびなの……それに生意気なの」そう彼女はすぐさま答えて、自分の胸の高さに、けっして大女ではない彼女の胸の高さに手をやって、ウェンツェルが小人も同然であることをほのめかした。

「ほう、そんなにひどく小さいのかね。だがわたしはそいつを見てこよう、その浮浪人を……」

アガーテの顔はわたしが立ち去ることにありありと不満の念をあらわした。にもかかもらずわたしは出かけた。しかも喜んで出かけたわけでさえなかった。なぜといって、なるほど新しい展開はわたしの興味をそそったが、愚か者たちや気違い病院などに対するわたしの嫌悪は、マリウスが二人になったという事実の前にわたしを尻ごみさせた。よい予感ではなかった。

ところが、そこでわたしを迎えたものは、実際に気違い病院の名にふさわしい見物《みもの》だった。中庭に入るや家の中から激昂《げっこう》した声がきこえた。そして狭い通路をとおって台所に入ってみると、マリウスが隅のベンチの前に立って、ひとりの小男の、言わずと知れた小男ウェンツェルの胸ぐらをつかみ、椅子の上に高々ともち上げて、右へ左へゆさぶっていた。しかもいささかの抵抗の気配もないのだ。ゆさぶられる小男はただ叫ぶだけに甘んじて、「やめてくれ、やめてくれ」と叫ぶだけなのだ。たしかにでかい声ではあったが、しかしそれはかまどにもたれているイルムガルトの満足そうな微笑のほかには何ひとつ呼び起こさなかった。これがわたしの出っくわしたありさまだった。異様な光景、羽毛のごとく軽きものを相手にしての暴力沙汰、芝居の一景、そしてわたしも笑い出さずにはいられなかった。三人のうちでいちばん先にわたしの姿を戸口に認めた小男は、わたしの笑いを目にしておなじく陽気な表情をつくった。しわだらけの、いつでも笑い出しそうなとんがったねずみ面《づら》が、いかにもおどけ者らしくにやにや崩れはじめた。

マリウスはいきなり小男を下に落とした。「この次やるときはよく覚えておけよ」そう言って彼は小男にもわたしにも目をくれず、わたしの側を通りぬけて戸口にむかった。

「いいか、マリウス、こんなことすると人間の尾骶骨は折れてしまうぞ……」とわたしは言った。おどけ者は蒼《そう》白になってベンチによりかかり、苦しげに息をついていた。

奇妙なことに——この部屋ではすべてがおかしくなっていた——イルムガルトがなり代わって答えた。

「自業自得よ」

「イルムガルト」すでに表からマリウスの命令的な色を帯びた声が響いてくる。そして娘はすなおにその声に従った。

わたしはひどい目にあった小男に近づいた。「君、どうだね……一度深く息を吸ってみたまえ」彼はやっとひと息ぐっと吸いこんだ。ところが息を吸いこむや、彼はまたもにやにや笑いはじめた。ひと息吸うごとに全身が痛みにゆすられるにもかかわらずである。わたしはかまどの棚から緑と白の陶器のかめを取って、彼に水を飲ませた。

彼は水を飲み、礼を言い、そしてまたもすこぶる陽気な顔になった。

「いったい何をやらかしたんだね」

「ああ、」と彼は言った、「純然たる礼儀作法のことなんで……あのご婦人にいささかご機嫌伺いをした……それだけなんですよ」

そう言って彼は片手を出し、生地を調べるときのように指と指をこすりあわせた。そしてわたしには、そのご機嫌伺いがむしろ手っ取りばやい性格のものだったとわかった。

「で、それがマリウスの気にさわったわけだね」それを聞いて彼は世にも子供っぽい質問を受けたと言う身振りをした。それゆえわたしはこう言うだけにとどめた、「たいそう嫉妬ぶかいんだね、彼は……」

「大変なもんでさ」と彼はあいづちをうって、おれに嫉妬を抱くのは無理もないと言わんばかりに、滑稽な恰好でそっくりかえった。

「それじゃなぜ君は彼に気を使わないんだね、こんな目に遭いかねぬとわかりそうなものじゃないか」

わたしは中央のテーブルに坐った。そして彼はわたしのほうにむかってささやいた。

「それが情熱なんですよ」

「よく気をつけたまえよ。君の大切な尾骶骨はその代価としちゃずいぶん高いように、わたしには思えるよ」

「考えようでさ。今度のときはそのかわりにもっと安い買い物ができますからね……差し引きゼロですな」

「ああ、君は彼を相手に一種の長期決算をやってるんだな」

「彼を相手にですかい。いや、とんでもない、あたしゃただ……」と言いかけて彼は立ち上がり、尻をなぜて、二、三歩あるいて見た、「……これでもう大丈夫……時とともになんでも耐えられるものですな。なんにでも慣れるもんです」

彼はマリウスとほぼ同じ年頃で、正真正銘の渡り者だった。もっともたいそうな縮小版である。アガーテが言ったほどちっぽけではなかったが、小人の背丈をほとんど越えてなかった。そんな体つきで彼はわたしの前をぺこぺこと——そうとしか言いようがない——歩きまわった。マリウスはまず自分でこの家に腰を落ちつけ、それから仲間を来させて、二人して何か詐欺を行なうつもりだったのだろうか。この考えがふたたび浮かんだ。しかし、小男のしわだらけでくしゃくしゃのねずみ面《づら》が愉快そうな皮肉を浮かべてわたしを見守っている。わたしにむかって目をちらちらさせてるのは、疑いもなく、おどけ者だった。

「君は作男かね」ときおり家畜小屋や農耕機のそばでこういった小人に出っくわすものだ。

「必要とあれば、作男にだってなりまさあね」

「そりゃそうだが、きつい仕事だよ」

すると彼はわたしの側にやって来て、そして寸づまり者の誇りをもって、彼の腕のたくましい筋肉をわたしにつかまさせた。奇妙なことにその腕にはほっそりした手がついていた。

「どうです、先生」

それでは彼はわたしが何者であるかを知っているのだ。だが、それにはいろいろ説明がつく。説明がつかないのは、この男とマリウスの関係である、この土地でこの小男に振り当てられている役割である。

「こんないい筋肉をしてながら、君はおめおめとあんなあしらいを受けて、気を失うまで振りまわされるままになってるのかね」

「何をおっしゃいます」と彼はしたり顔に答えた、「人間は抵抗すべき時を心得てなくてはいけません。ほかの人間が相手なら、もうちょっと別の結果になってたでしょうよ」

わたしにははっきりわかった。この小男ウェンツェルはマリウスに対してひとつの隷属関係にあり、自分でもこのことを完全に意識し、そして耐え忍んでいるのである。わたしは扉のほうを指さして言った。

「それで君のほうは嫉妬しないのかね」

「嫉妬ですって……」と彼は例によってねずみのような顔をして笑った。まるで何度も何度も自分の顔をしわくちゃにできることが、楽しいとでもいうようだった、「……嫉妬ですって……彼は正しいんですよ」そして彼はもう一度、幅も丈も大きすぎるぴりぴりのスポーツ・ズボンをはいた尻をなでた。

マリウスに関わりをもつ者は、ギルバートにしろ、ウェンターにしろ、そしていままたウェンツェルにしろ、みんな正しいとか正しくないとかいう言葉をよく口にする。そこでわたしは言った、

「正しかろうとなかろうと、君はどうも奇妙な関係を彼と結んだものだな」

「これもそうたやすくわからないことなんでさ、先生、まず二、三年彼といっしょにいなされば、ようくおわかりになるでしょうな」

「やめてくれ。たとえ、二、三年でも、謹んでご辞退するね。さぞや大変な作業だろうね」

「そうなんです、先生、そうなんですよ」

「君も知ってのとおり、ウェンツェル、君と違ってああいう協定を彼と結んでない連中まで、彼はそっくり同じように振りまわすつもりらしい。いましがた君のご親切なる許しを得て、君を振りまわしたのとそっくり同じようにさ……だいたいマリウスは彼の純潔の教えを説くつもりなら、他人を悩ましてはいけないのだよ。ましてや君が彼になり代わって魔女を振りまわすことはないんだ……」

その言わんとするところはきわめて明白であったが、彼にはほとんどなんの印象も与えなか

った。彼はにやりと笑った、

「何もかも人の口から口へ広がるもので……」

「まあ聞け、わたしが思うには、君らはまた姿を消したほうがいいのじゃないかな……さもないと、不愉快なことがいくつか君ら二人にふりかかって来るかもしれないよ」

「ところがそんな兆《きざし》はさっぱりありません、先生、だからご心配は無用です……おまけに、クリムスがあたしを傭《やと》ってくれましたから、いまさらあたしはこの村から出て行くわけにいかないんですよ。クリムスをそんな目に遭わせるわけにいかない……そんなことしてごらんなさい！」

クリムスのところだって！　マリウスの巧妙さは感嘆に値する。ウェンターの家では黄金ぎらいでいながら、ウェンターの反対派を、なかんずくラクスを黄金の誘惑で——それ以外に何がある——動かしてウェンツェルを受け入れさせたのだ。あの強欲なクリムスを舌でまるめこんで、いりもせぬ下男を押しつけたのは、さだめし曲芸であったにちがいない。

「伺いたいものだな、ウェンツェル、春の耕作からもう人を傭《やと》うのが今じゃこの辺で一般になったのかな」

「時代の進歩とともに歩まなくてはいけません、先生」そう言って彼は白と緑のかめを取ってたくさんの水を小さな体に流しこんだ。それから「これで万事よし」と言って彼は隅のベンチに腰をおろした。

彼が何をやろうと、何を言おうと、そこには不実の色合いがあった。しかもとくに危険な不実でさえあった。なぜなら、その臆面なさは人間味のある卒直さとすぐ隣りあわせなのだ。とくに相手は彼の滑稽味からのがれられなくなる。「わたしは君らにいいようにされないぞ。そのうちに君らの陰謀をあばいてやる」とわたしは脅かして台所を出た。

だが通路に出たとき、わたしはばったり立ち止まった。マリウスの声がすぐ近く中庭から響いてきたのだ。それは例によって甲高く、ぎくしゃくとせり上がり、いわばわたしの行くてをさえぎった。

声の調子からするにマリウスは立ったまま語っており、イルムガルトへのかなり重大な語りかけがその内容であるらしい。

「……彼らはわずかな畑のために結婚する。選びもせずに彼らはいっしょになる、ただ淫らな欲求から。選びもせずに男は種を与え、選びもせずに女はそれを受け入れる。だがわたしは言いたい、姦淫の支配するところには、正義はないと。わたしを信じたまえ！」

同じく大仰にイルムガルトが答えた、

「はい、わたしはあなたを信じます」

こんなことを言って、彼はイルムガルトに求愛しているのだろうか。他愛のないたどたどしい睦言《むつごと》のほうが、あんまり感心できないにしても、まだしも分別にかなっている。

ところがこういった放浪説教者・禁欲の使徒の、冷ややかでしかも興奮した言動は、この背の高いたくましい娘を卑劣なやり方で堕落させるようなものだ。彼女はすでにこのような言動の片棒をかつぎ始めているのだ。いくらか滑稽な憤りがわたしをつかんだ。そして二歩あるいて表に出て、わたしは言った。

「もうそろそろ止《や》めごろじゃないか、マリウス」

わたしの前に現われた光景は演説ほどに陳腐ではなかった。イルムガルトは遠いぼんやりした微笑を浮かべて遠くを見やりながら入口のベンチに坐り、そしてマリウスのほうは彼独特な投げやりで横柄な態度で、体をなかば彼女に向けて立っていた。そして二人とも奇妙な乾いた夢の中に深く織りこまれ、わたしが彼らの二段上で立ち止まっていても、彼はただゆっくり怪《け》訝《げん》そうにわたしのほうへ顔を向けただけだった。しかしそれはわたしの怒りを和らげなかった。とくに、これら全体がひとつのうしろ暗いお芝居の一場であり、しかもこのお芝居の中ではあのねずみのようにずる賢いおどけた者にまで役が振り当てられているのだ。この考えがわたしの頭をかすめただけに、なおさらわたしの怒りはおさまらなかった。そこでわたしは主役の役者に言ってやった。

「あと何人副官をつくる予定なんだ」

彼の訝《いぶか》りはさらにつづいた。そして怪訝そうに、ほとんど消え入りそうな声で、彼は問い返した。

「副官だって」

「そう、たとえばいま中にいる君の仲間のチェコ人……」

これを聞いて、彼はわれに返った。

「あの男はチェコ人じゃない、名前はそうだが……わたしが彼をそう呼んでいたんだ、あの男はいかにもウェンツェルといった顔をしてるからだ、それで今じゃ彼はウェンツェルと呼ばれている」

イルムガルトがかすかに笑った。そして放浪説教師さまの、額にしわ寄せたこわい顔にたしなめられて真顔にもどった。もちろんわたしに関しては、彼もそれほどうまくゆかなかった。わたしはイルムガルトのそばに坐り、手をゆるめずたずねた。

「さあ冗談はさておき、マリウス、君はウェンツェルを使って何をたくらんでるのだ。決まった目的はないとは言わせないぞ。あの男は目的なしにここに来ないからね」

この攻撃は思いがけぬ効果をあらわした。といっても、愚者がおのれに都合の悪い事実をつきつけられたときとかく起こりがちのように、それがマリウスを怒り狂わせたわけではなかった。いや、そのようなことはまったく起こらなかったのだ。実は予期していた演説の続きすら始まらなかった。そうではなくて、彼のまなざしがわたしに注がれたのである。そしてそれはそもそもいかなる内容もないまなざしだった。みずからも驚き恐れつつ人を驚き恐れさせる空虚、烈しく苦しむうつろさそのもの、それ以外にはいかなる内容もないまなざしだった。そしてわたしはそのようなまなざしにならぬまなざしのまわりに形づくられた顔の何たるかを知った。いつでも美しく、ときおり小市民的で、しばしば情熱的な、だがつねに髭《ひげ》の剃ってない顔、それは目のところを切り抜かれた仮面にほかならなかった。さらに仮面の背後にあるものは、これまた仮面、獣の無限性と天使の無限性のすさまじき荒涼、人間からかけ離れ、人間に対してとざされた荒涼だった。そうなのだ、人間とは堕《お》ちた天使であり、成り上がった獣なのだ。このような二重の故郷から人間はやって来たのだ。そして人間のまなざしは、もしもおのが無限性のさまざまな層をくぐり抜けて来なかったとしたならば、そしてあらゆる層によって浸潤され、屈折させられ、浄化され、あらゆる層によって一体性へと成熟させられなかったとしたならば、それは人間らしいまなざしとならなかったことだろう。それはけっして二重の起源を克服する能力を得なかったことだろう。けっして中心における一体性を獲得しなかったことだろう。獣性と精神性の結合を、地の表面とエーテルの流れる天の結合を、要するに、広い遍《あまね》くはたらく直観の融和力を。この直観こそ現実の生まれでありながら、みずから世界であり、世界を映す鏡なのだ。それは神秘な光であり、その中で人間の顔は骨と肉と皮の造りたることから甦るのだ、人間的な目とその世界直観によって高貴にされて。これにひきかえ狂人のまなざしは恐ろしい。それというのも、それはおなじ深みとおなじ高みから生まれながら、深みと高みの合一をなしとげていないからなのだ。さまざまな無限性の層をくぐり抜けて来ながらそれらに触れられることなく、現実に触れられることなく、屈折され浄化されることもないままに、狂人のまなざしはあのはるか隔った魂の源からほとばしり出て来る。そして永遠に天使のまなざしと獣のまなざしへと分裂されたままに留まる。そして、これこそおりしもわたしの上に注がれたマリウスのまなざしだった。獣的で天使的に、憎悪も愛好もなく、ただ物狂おしく悪魔的に、われわれから驚愕に満ちみちて注がれるまなざし。生きていない人間から、役者のごとくただ仮面の中でのみ生きる人間から送り出されるまなざし。いや、むしろ彼は仮面そのものなのだ。しかも、もはや仮面でいられなくなったら最後、おのれが虚無の塵《ちり》となって崩おれざるをえないことを知っているのだ。彼の驚愕がわたしに伝染した。そしてわたしは彼にほとんど兄弟のような情を感じた。わたしは沈黙した。

しかし、わたしに対する彼の感情はけっして兄弟らしいものではなかった。なぜといって、彼の驚愕は痛いところをつかれた者の驚愕でもあったからだ。だがそれだけに、ウェンツェルについての質問は片づけておかなくてはならなかった。そしてふたたびわれに返ると、彼は無造作に答えた、

「そう、ウェンツェル、あれはしようのない男だ……あの男はまたしてもわたしの後を追って来た……それだけのことだ」

わたしはうなずいた。それはけっして遁辞《とんじ》ではなかった。この種の人間は小さな嘘には関わりをもたぬものである。そしてウェンツェルの隷属もどうやらこの空虚なまなざしの力に、あの無限な二重の源の直接性に、由来するようだった。そうなのだ、このまなざしにあってはあの二重の源が、人のまなざしがさまよい抜けてやって来るかずかずの層の背後から直接に、不吉に輝き出るのだ。これこそ狂人が人間たちの上に及ぼす力である。そしてわたし自身もこの力を感じた。だからウェンツェルもそれを感じぬわけがあろうか。だが、そうだからといって、わたしはさらに質問するのを差し控えることはない。

「それでは、君はいったいなぜ彼をさっさとまた追い出してしまわないのだ、彼をいじめたりしないで」

「公正のためです」

またしても公正が出てきた。そして突然わたしにはそれがよくわかるように、いや、自然なことのように思えてきた。なぜといって、公正もまた無限なるものから由来するのではなかろうか。公正は狂人のまなざしと同様に空虚で魅惑的なのではあるまいか。世のあらゆる悪行は愚か者のまなざしによって命じられると同様に、公正によっても命じられるのではあるまいか。

口実として愚か者につかえる公正によって。人間たちが公正に夢中になっているさまはまさに悪魔的である。混沌と痴愚の魅惑に屈するほどに、おのが中心の秩序を打ち砕くほどに、いよいよもって彼らは公正の呪縛にかかってゆくのだ。この公正は結局愚かしい訴訟ずきな独善に堕すだけなのに。わたしだって同じではあるまいか。わたしはそれを認めまいとして質問に転じた、

「ウェンツェルが村に留まって、人々に迷惑をかけているという事実は、わたしの思うところでは、公正と関係がないな」

「公正はあそこから来る、」そう言ってマリウスは忘れな草の青をした空を指さして、それからわたしたちの足もとの、割れ目から草を生やした平たい石をさして言った、「そして力はここから……」

「さて、それから……」

「わたしはウェンツェルの淫蕩《いんとう》を叩き出すのだ」

「女の人と見れば手を出すのよ」とイルムガルトが言葉を添えた。

「ああ、君は彼にいわば一方では公正への能力を与えて、他方では奪おうとしてるのだな。わたしが思うには、そいつはそうたやすくいかないだろうよ」

「彼はわたしに忠実なのです。もしもわたしが彼を追い出したら、それは彼にとって重すぎる

罰となるでしょう……二、三発、あばらにお見舞いするだけで十分です……」

「だが罰は与えられなくてはならないというわけだ……いったい誰が君にそんな資格を与えたのかね」

「公正がです、」彼は揺るぎなさを完全にとりもどし、そして講釈を始めた、「淫蕩の中で生きる者は、純潔な者のくだす判決に服さなくてはならない。世界のあらゆる苦しみは淫蕩から生まれるのです」

「そうかね。わたしはまた淫蕩から生まれるのは子供だけだと思っていたよ」

それ自身で揺るぎのない彼の論理がまたわたしをいらいらさせ始めた。

するとイルムガルトが彼女の先生の弁護をひき受けた。マリウスの教えの新しい一面が現われてきた。

「いろいろな病気もふしだらに原因があるのでしょう、先生」

「いくつかの病気はね」とわたしは笑って言った、「だが、その数はきわめて限られている」

「どうか、先生、ちょっとお立ちください」とマリウスがわたしに言った。そしてわたしが立ち上がると——もちろん、彼がわたしの笑いを悪く取ったことを、わたしは知っていた——、彼は手の指をひろげて、わたしに直接触れはせずに、その手をまずわたしの体の表側にそって動かし、それから後側にそって動かし、そして最後に腎臓のあたりに指を置いて言った。「ここがかなり悪くなってますね、先生……当たったでしょう」わたしは肯定しないわけにゆかなかった。腎臓はわたしの泣きどころなのだ。「これでわたしのことを本気にお取りになるでしようね、先生」と彼は得意そうに言った。

「占い笞《むち》で金属や地下水に感応できる人間なら、ときには磁気診断にも成功するだろうよ」とわたしはあまり愛想のよくない調子で答えた、「だが、それは君の純潔論の証明にはならんよ」もちろんその際、わたしの生涯のあらゆる色事がわたしの心に浮かんだ。残念ながら、それはあまりたくさんなかった。

「淫蕩《いんとう》は崩壊です、病気も崩壊です」と彼は短く説明した。

わたしは耳を傾けた。それは誘惑的な言葉だった。たしかに、彼の言う頽廃《たいはい》がいかなる頽廃であれ、それを嗅ぎつけ投影する力を彼に与えてるのは、彼自身の頽廃だった。世のあらゆる腐敗にたいして、あらゆる脆弱《ぜいじゃく》さにたいして、彼はいわば絶対的な嗅覚をもっていた。われとわが頽廃を、われとわが非存在をのがれて、それゆえに放浪者となって、彼は存在の世界へ、定住と狂気なき秩序の世界へ流れて来るのだが、それとて、一見そう見えるごとく、ここで落ち着きを見出してこの世界の一員となるか、あるいはすくなくともこの世界の周辺に住まいをなすかするためではなくて、この世界にひそむ頽廃を嗅ぎ出し、そして煽《あお》り立てることによって、この世界を破壊するためなのだ。なぜなら、愚かしくない世界があることは、この愚者にとって我慢がならないのだ。そしてまた、彼が生《き》のまま携えて来る無限なるものの破壊力は大きい。そして破壊欲よりもはなはだしい淫蕩は、姦淫はあるだろうか。いかにも、マリウスについてまわるのはこの淫蕩なのだ。そして彼はそれを行使しながら、それと戦っていると信じているのだ。崩壊にたいする嫌悪と、同時にまた崩壊の快楽――なんという恐るべき誘惑、ほとんどのがれがたい誘惑ではあるまいか。

あきらかに、わたしがあっけに取られて、彼のことに考え耽《ふけ》っているのを、マリウスは見のがさなかった。おまけに彼は、「また崩壊の世界には公正もない」と言った、というよりわたしにむかって叫んだ。いまや彼は軽やかな足どりで中庭を誇らかに行きつもどりつしていた。鳶《とび》色をしたイルムガルトの目が――彼は彼女の恋人でも友達でもなく、またそのどちらにもなろうとしなかった――ほれぼれと彼の姿を追っていた。どこからどこまでも勝利者である彼は、この屋敷にたいしても勝利者であった。彼は屋敷を所有せぬままに支配しようともくろんでいるのだった。

整然と乱れなく中庭は横たわっていた。左手の家畜小屋の壁は、地面からくりかえしのぼって来て、今もまた見られる湿気を防ぐために念入りに塗られたばかりだった。そして劣らず細心な手入れが屋根にうかがわれた。家畜小屋の屋根の、雨で黒くなった瓦のところどころには新しい薄赤色の瓦がはめこまれ、そしてまた母屋のむかいに立って中庭を締めくくり庭園とのた。それはつばめがここを選ぶ前のことで、境をなしている麦打ち場の屋根は、幅の広い、黄色い、真新しいこけらで葺《ふ》きかえられていた。それはつばめが巣をつくるにはどうも清潔すぎるようだ。それゆえつばめの巣は家畜小屋の屋根のはり出しの下、いくつか並ぶ防火用火桶と梯子《はしご》との横に、人の手に触れられず、安全に護《まも》られてかかっていた。空の忘れな草の青はいまではもう三色菫《すみれ》の淡い紫にかわり、そしてそれと同時に、まるで空の青によって、しだいに薄れゆく夕べの中へともに引きこまれてゆくように、春のそよ風がおそくなり、遂には完全に黙りこんだ。そしてあとにはひそやかな安らぎが残り、その中で鳩が枝を揺すっていた。家畜小屋の前、清潔にセメントの枠で囲まれ雑草を生やしている混合肥料の堆《やま》の上には蝿が群がり、中庭の奥から庭園を見やると、咲きにぎわう花が挨拶した。だが右手、ラウレンツ家の防火壁が中庭を限っているところからは、教会の塔がのぞきこんでいた。そしてわたしは田舎の秩序のつりあいを理解した。そこでは人間に創り出され硬直したものが、たえず成長する生命と完全にひとつに融けあっている。そこではものをつかもうと、歩みを運ぼうと、呼吸をしようと、人間の手、人間の足、人間の息は絶えずそして変わらず、芽生えつつある生命に触れるのだ。わたしは存在するものの、落ち着いた、狂気のない秩序を理解した。そこでは労働と成長とがお互いを領しあっている。それゆえ存在の層と層はお互いのうちに横たわりあい、無限に融けあい、無限にお互いをかたどりあい、お互いを生かしあい、お互いを実現しあう。それは人間にとって無限の救い、つりあいの救い、それによって人間はおのが産物の抽象性に、都会におけるごとく圧倒されずにすむのだ。ところが都会では人間の生はさながら石の間に生えたたった一本の草であり、そして彼はまわりの硬直にたいしておのれの脈打つ心臓を投げつけるよりほかにないのだ。

そのとき、馬車のきしみ声が教会小路にきこえ、まもなく表門が、すでに車から降りたウィンツェンツによって開かれ、馬車が中庭へ入って来た。御者台にはツェツィリエと主婦《おかみ》が、手綱をゆったりと握るウェンターと並んで坐り、カールと下女が車の横へ脚をぶらぶらと垂らしていた。カールがまっ先に車から跳び降りてマリウスのもとに走り寄った。マリウスは彼の散歩をやめて、まるで定められた役目のように、すぐさま馬のくつわを取り、ウェンターが手綱を置けるようにした。中庭の奥で馬車は止まった。主婦は子供を抱き上げて御者台からおろし、下女は荷台から滑りおり、そしてウェンターだけがしばらく何もせずに両脚をひろげ、太股《もも》の上にひじをついて手をぶらりとさせて坐っていた。車のきしむ音、砂のきしむ音、馬具の触れあう音が止《や》み、そしてトラップのあくびだけがきこえた。彼はいままで静かに勝手口の脇で寝ていたのだが、何か面白いことに仲間入りできるかと、ゆっくり起き上がるところだった。だが面白いことは何も起こらず、いっそう深い静けさが訪れ、その上には衰えゆく午後の空の、いまや濃さをました淡紫が広がっていた。陽気に台所からとび出して来たウェンツェルさえ、おりしもツェツィリエといっしょに近づいて来たお優しからぬウェンターの奥さまの前で、およそお百姓らしからぬひき足のお辞儀を黙ってしただけだった。

「神さまのおかげでみんな達者だね」とわたしは自分の医者としてのつとめにふさわしく彼女に挨拶したが、同時にこの挨拶でもっていましがたの頽廃《たいはい》と崩壊についての会話をもすべて拭い去った。

「達者ですよ、神さまのおかげで」と彼女は答えた。

主人《あるじ》もわたしたちのところに来た。ツェツィリエが彼にくっついた。そしてわたしたちは車から馬を離すのを眺めた。カールが馬の尻尾を高く持ち上げ、マリウスがその上についた尻がいをはずし、革帯と首輪は家畜小屋の並びの壁にある掛けくぎに掛けられた。馬具の取りはずし方を見ても、マリウスが動物を扱い慣れていることはあきらかだった。彼が腕を差しのべて馬たちの腰をなぜ、やさしい手つきで腹や太股《もも》の内側をなでる様子は、ほとんど愛情こまやかとさえいえた。やがて彼が一頭を引き、カールがもう一頭を引いて家畜小屋の中へ消えた。そのあとでも小屋の中からは、コンクリートのたたきの上をかつかつと踏むひづめの、ゆったりとした堅い音がきこえた。これらすべてはそれなりに時間を超越した出来事、馬が日々に畑からもどって来るかぎりは変わることのない出来事、お百姓の生活の秩序とその平和との象徴であった。

「馬の扱い方をあの男は奇妙なことによく心得ているね」とわたしは言った。

「なぜ奇妙なんだね」とウェンターがたずねた。

わたしはウェンツェルのほうへちらりと目をやった。もしかすると彼はわたしたちの話を聞いているかもしれなかった。そこでわたしは声をひそめた。

「なぜといって、あの男はなんと言ってもあんたの家にはふさわしくない男なのだよ」

ウェンターは首を振って言った。

「彼は自分の仕事をちゃんとやっている」

「そんなことじゃないのだ。そんなことなら誰だってたやすくできる。あの男のことはまた別なのだよ。あの男はあんたの家の秩序に順応すればするほど、いよいよあんたの家の秩序を破壊するのだよ」

そのとき、納屋の屋根裏の、大きな灰色の両開き戸が内側からさっと開いた。きいきいと音を立てて、二本の長い鉄の棒がぷらぷらと垂れ下がった。なぜなら、ちょうど屋根の上に姿を現わしたウィンツェンツがそれを蝶番《ちょうつがい》にかけておかなかったからである。彼はかすれた年寄り声でイルムガルトを呼び、飼料の乾草を下で受け取らせた。鋭くそして甘く昨年の乾草の香りが漂ってきた。ウィンツェンツが熊手で乾草をすくい上げ、イルムガルトが下でひろげている袋の中へ次々に放りこんだ。そのうえ、麦打ち場の開いた戸口からは、麦打ち場の中に長年つもった香りが、今までに屋根裏に貯えられた乾草の香りが、ことごとく流れ出て来て中庭の香りの和音を豊かにした。そしてこの和音の基底音、すなわち肥だめの悪臭が例の堆肥の上でやさしい震えとなって、夕べの光の中でくすぶっていた。それは和音だった。和音をなして、平和のほのかな陶酔が震えているのだ。そして鳩が喉を鳴らし、鶏が地面を掻きちらし、何物にもうち破られぬ、つねに変わらぬものが、ひと張りの透明な帆のごとく立ち、そしてこの帆のもとで、存在するものは航海する船のごとく、動かぬまま進んで行く——夕べの光の中の百姓屋敷の光景、しかしそれは万物をかたどり、かすかに歌う象徴であった。

　家畜小屋の扉からふたたびマリウスが、恐れを知らぬ仮面で出て来た。そして彼がお百姓の生活秩序とそのかずかずの有用品——それらはほとんどまたもや自然となっていた——のすべてのまっただ中から、軽やかな摺《す》り足でわれわれを目指してやって来たとき、わたしにはあらためてはっきりわかった、彼はこれらすべてとなんの関わりももたないのだ。彼はこの秩序ばかりでなく、あらゆる秩序から解きはなされているのだ。いや、ひとつの秩序をもろくし、くたびれさせるには、彼が単にそこに居合わすだけで十分なのだ。ともあれ、彼もいまわたしたちのそばに立った。そしてずるそうににやにや笑っているおどけ者の小人を指さして、彼はあっさりと告げた。

「ウェンツェルはクリムスのところに置いてもらうことにしました……彼は麦打ちがたくみです。クリムスも彼が好きになるでしょう」

「そいつはよかった」と亭主が言った。

しかし、主婦は笑い出した、

「クリムスは麦打ちの手伝いなぞやとってどうするつもりなの」

わたしも笑いに捉えられた。春に麦打ちの手伝いをやとうとはどういうことなのだろう。しかも、すべて機械で麦を打つ下の村において！

めずらしく彼はこの笑いを、今度はかっとならずに受け取った。

「今年はおそらくすべて手で麦を打つことになるでしょう」

ウェンターがうなずいた。損得を心得た有能な農業経営者たる彼が、このように高くつく計画に賛成するとは、どれほど彼の心はいまある秩序に対する嫌悪によって満たされていることだろうか。

「わたしには毛頭わからんね」

人からとやかく言われぬ玄人《くろうと》の、余裕のある自信をもって、マリウスは答えた。

「先生、機械脱穀というのは冒瀆《ぼうとく》なのです」

「それに麦打ち男たちにも暮らしが立つようにしてやらなくてはいけない」とウェンターが高尚なるマリウスのご託宣を補った。

それはレパンの場合とおなじ機械嫌いだった。ただしレパンの場合、機械に対する嫌悪は何かにこやかなもの、ほほえましいものを備えているのにひきかえ、マリウスの場合、それはあくまでも真剣、いや、魔術師的であった。レパン相手なら議論もできる――だがマリウス相手に議論して何になろう。もっとも簡単な石臼でさえすでに機械の萌芽であり、このことは麦打ちのからざおにもあてはまる。なぜなら人間が創り出すあらゆるもののうちには、すでに人間の認識とその抽象的な形式が含まれているのだから――というようなことをマリウスに言ったとて何になろう。それにわたしにしてからが、機械と機械におかしな差別をつけているではないか。すなわち、都会生活の機構《メカニック》に比べて、村の機構はわたしにとってとにもかくにも許されるもの、堪えられるもののように見えるではないか。ところが、まさにこのことからしてわたしは発見した。マリウスが機械と戦うのに使っているあの理論体系全体は抽象的であるばかりでなく、まさにそれ自身機械なのだ。反《アンチ》・機械《マシーン》なのだ。それ自身の論理的法則に従って動く浮遊機械なのだ。それはいわば現実との夢のごとき戯れであり、現実から影響を受けることができないくせに、現実に対してくりかえし影響を与えるのだ。わたしはこれをしも魔術師的と感じたのである。しかし、ウェンターの細君のほうがおそらくより正しい表現を与えたといえるだろう。彼女は言った、

「ねえ、何が冒瀆《ぼうとく》よ、そんなあほらしい言いぐさはよしてちょうだい……」

「おかみさん」とマリウスは真剣に言った、「機械で打殺されようと、手で打殺されようと、

パンになればどちらでも同じことだと、さぞや人々は思うことでしょう。パンはパンだと、さぞや人々は言うことでしょう。……ところが、われわれのパンはもはやパンではないのです」

「そのパンが手に入るだけでも、神さまに感謝なさい」

ウェンターが口論をおさめようとして言った。

「どのパンも神聖なんだよ」

「そしてあたしが打殺いたしますと、もっと神聖になりますです」と小人のウェンツェルが口ばしをはさんで、主婦の笑いを味方に得た。ところが今度は八つ当たりの相手を手にしたので、マリウスは笑いに対して前ほど寛容でなかった。「だまれ、」彼はおどけ者をどなりつけた、「とっとと消え失せろ……、おまえはこの家にもう用はないはずだ」

ウェンツェルは文句も言わずにそれを呑《の》みこんだ。「ただいま退散します」と彼は慇懃《いんぎん》に言った、「はい、宿替えをいたします……クリムス家の麦打ち男ウェンツェル、これがあたしの新しい住所でございます……それではおかみさん、おもてなしありがとうございました、旦那さん、ありがとうございました……さてまいります……」そう言って、彼はお百姓らしからぬお辞儀をした。それはわたしにも向けられているはずだった。おまけにツェツィリエの前でもう一度やった。そして彼はぺこぺこと中庭の門から出て行った。

ウェンターの細君が冷ややかな、ほとんど意地の悪い笑いをまだ顔に浮かべて、ウェンツェルを見送っていた。それから彼女はマリウスのほうに向き直って言った。

「また見事なルンペンをあなたは連れて来たものね、ルンペンの大将じゃないの」

そして彼女は台所に引っこんだ。

マリウスはしばらく黙っていた。通路の中で台所の扉がぱたんと閉じた。そしてマリウスは明らかにそれを待っていた。なぜなら、それを聞くやたちまち彼は始めたのである。

「人間のパンは人間の手によって種をまかれ、人間の手によって刈り入れられ、人間の手によって打穀されることを欲する……」

「そうよ」とイルムガルトが家畜小屋から出て来て言った。彼女のあとから一匹の小さな黒猫がついて来た。そしてだんだんにためらいがちになり、だんだんに背を丸め尻尾を硬く立てて十分に近くまで来たとき、猫はツェツィリエの奇妙に素早い手によって——彼女の無口な、飛ぶように速い動作は目で見るというより、むしろ手でさぐり分けるという感じだった——ひっとらえられ、抱き上げられた。《よくやった》と、わたしは彼女の白っぽいブロンドの頭をなぜてやった。

だがマリウスはさらにつづけた。

「だが、われわれの力は地下からやって来るからこそ、純粋に保たれなくてはならない、そして淫蕩《いんとう》へと堕落しないようにしなくてはならない。パンは神聖だ、そうご主人は言われた。われわれの食物が神聖だというのも、それが大地から生まれたからだ。そして神聖なるものは神聖さを奪われはしないにしても侮辱されうるのだ……」

そしてまたしてもイルムガルトがあいづちを打った。

父と娘はともにすらりと背が高かったが、実を言うとほんとうに似ているのは鳶《とび》色の目だけだった。そうして二人はいまや暮れるばかりの中庭に立っていた。中庭の砂利は灰色と褐色と黄色をして、マリウスに言わせれば神聖であったが、おりしも赤みをましてゆく淡紫の空から降る輝きの中で実際に神聖に見えた。そしてマリウスは父と娘の上に君臨していた。ウェンターがいつものようにゆっくりひそやかにほほえんだ。微笑のつくるふた筋のしわの間にきちんとおさまって口髭《ひげ》が生えており、マリウスとおなじく口の隅に垂れかかっていた。ただし、顔のあらゆる線がマリウスよりもひき締まり、より男らしく、より年老いている。なぜ二人はこの放浪説教師の言葉などにうなずくのだろうか。赤みのかかったブロンドといい、ややはり出した頬骨といい、紛れもないギション家の女の相貌をしているイルムガルトは、祖母の人間味のある力を、母親の冷ややかな我意をすこしも受け継がなかったのだろうか。父親の微笑がわたしにはにわかに、同意というよりもむしろ同情のこもった微笑に見えてきた。彼が娘の肩に軽く手をかけていただけに、なおさらその印象は強かった。不満そうにマリウスはこの態度を眺めた。もちろん、それはツェツィリエの不満をも掻き立てた。物言わぬ不快げな顔つきで彼女は二人の間に割りこみ、物言わぬ強要のまなざしで父親に小さな黒猫を、なぜてくれるよう差し出した。

あきらかにマリウスはおりから最後の赤紫の暖かみを注ぎかけられた五月の夕べの金色の静けさを、あらたな演説によってまた破るのをはばからなかったにちがいない。ところがそのとき、牝牛の鈴が裏小路にひびき、村の牧草地からもどってきた四頭の乳牛が――それはほかの牛たちといっしょに高山放牧場に行かなかった牛たちだった――、一頭ずつ狭い戸口から入ってきた。そして牛たちは物思わしげに一列につらなって家畜小屋のほうへ歩んで行った。家畜小屋からはカールが出てきて牛たちを迎え、そしてイルムガルトも決められた仕事の分担に従って牛たちの列に加わった。われわれ三人の男はこのうえここで何をすることがあろう。ツェツィリエがむこうへ行こうとしきりにせがんだ。おそらく、落日の始まる瞬間が彼女にとって不気味だったせいもあろう。あの四分間が始まったのだ。太陽がそのいちばん下のへりから始まって、そのいちばん上のへりに至るまでクプロンの山のうしろに、彼方《かなた》の世界へ滑り落ちるのに要する四分間が。そしてウェンターの屋敷からは沈みゆく日を追うことができなかったが、その推移は光の変化によって知られた。青が、淡紫が、赤が太陽のあとを追って沈んでゆき、そしていまや緑がかった空は絹の琥珀織の光沢を得た。それは夕風の立つ瞬間である。そして今日もまた春はいま一度吹き流れはじめ、やさしい息吹きとなって山々から下り、山腹に咲く

水仙の香を、そしてさまざまな花の群れを谷へ追い立ててきた。ツェツィリエの言うとおりだった、

「お花たちがやって来るわ」

「そう」とわたしは言った、「そしてわたしはお花たちがやって来るほうへ行かなくてはならない。もう遅くなるからね」

そしてわたしは二人の男を、ほとんど友人というより兄弟と呼べそうな二人をあとにして、主婦《おかみ》に挨拶するために台所へ行った。

彼女はかまどのそばで働いていた。

「うまいぐあいに居候をひとり厄介払いしたようだね、おかみさん」

彼女はうなずいた。そしてわたしはさらに言った。

「それでもうひとりの居候はどうなんだね」

そして彼女の返事はわたしにとって、今までに見たところからすれば、もはやけっして意外ではなかった。

「彼は残ったほうがいいんですよ、うちの人のためにも、そのほかいろんな点でも」

「イルムガルトにとってもかね」

彼女はすぐには答えなかった。かまどのそばはすでに暗く、わたしには彼女の顔がただぼん

やりとしか見えなかった。二つの窓が前の壁に二つの明るい緑色の切り抜きをつくり、その薄明かりが窓を実際よりも大きく見せていた。やがて彼女はまん中のテーブルにもたれているわたしに近寄って来て、まさに無愛想に言った、

「あの娘が淫らなことを習うよりも、純潔を習うほうがいいでしょう」

「だが、それにしてはあの娘に奇妙な教師を選んだものだね」

「あたしたちが彼を探し出してきたわけじゃないんですよ。彼のほうからあたしたちのところに舞いこんで来たんです。どうやらちょうどよいときにね。きっと偶然じゃあなかったのでしょうよ」

「それよりか、誰かが舞いこんで来て、イルムガルトがその男に首ったけになってしまったほうがよかったと思うがね。恋にしたって、それが偶然かどうか、けっしてわからないものだ。それにひきかえわたしにははっきりわかることがひとつある。つまり、恋は淫蕩《いんとう》じゃないということだ」

「ギションの子たちにはもう恋はないんですよ」

「なんだって」

無愛想に、どうやら羞恥からして無愛想に、彼女は打ち明けた、

「マティアスが何をしてるかなら、誰だって知ってるわ……あたしたちのところじゃとにかく

もっと内密なんですよ、もっと内にこもってるんです……」

「あんたはまさか、マリウスにひそかな思いを寄せてると言うんじゃあるまいね」

とは言ったものの、わたしはそれが事実でも驚きはしなかったろう。

彼女はまた笑った。またしてもほとんど男みたいな意地の悪い笑いだった。

「とんでもない、違いますよ……でも、彼はひとつの救いなんです」

「救いだって。マリウスがあんたを幻惑できるわけはないだろう」

「そりゃ、彼はわたしを幻惑なぞできません。でもね、自分の力がもう及ばなくなってしまったら、家に飛びこんできた救いを受け入れるよりほかありません……そうすれば、あるいはまたやっていけるようになるかもしれない……あたしたちだけじゃどうにもならなくなってたんですよ……だから彼を追い出すわけにはいきません」

彼女がマリウスの力を信じているのは、藁《わら》しべの力を信じるのと変わりなかった。彼女の言葉につきまとう昂奮は彼女の希望のなさを、いや、自暴自棄を物語っていた。

「それならあんたよりもわたしのほうがまだしも彼の力を信じてるようだね。今日はじめて、あの男が人間たちにどんな力を及ぼしうるかを、わが身で感じ取ったところだよ」

「ええ……」と彼女はしゃべりかけたが、あとをつづけはしなかった。まるでもう打ち明けすぎたとでも言うようだった。そして彼女は口をつぐんだ。

「いずれにせよ」わたしはそれゆえ話にきりをつけることにした、「もっとうまく行くようになるだろう。そうやって希望をつないで生きるのもいいんだよ。そのうちきっとなんとかなるだろう……さよなら、おかみさん」

「ご機嫌よう」と彼女はそっけなく言って、すでにまたかまどに向かっていた。

表ではウェンターがいまやツェツィリエと二人だけでいた。マリウスは何もせずに過ごした午後の取り返しをつけるために家畜小屋へ行ったのか、それとも小屋の中でイルムガルトとカールを前に彼の演説をつづけているのか、それはわたしにとってどちらでもよかった。トラップは今度こそ出発が本気であることを見てとって、例によってせわしなく駆けまわりはじめ、そのついでに、いまではツェツィリエの肩の上に静かに坐っている猫にも、親愛の情を痛烈に示しておかねばなるまいと思った。それゆえ猫は大きくひと跳び逃げ出した。そしてその尾はさっとつかんだツェツィリエの指の間をするりと抜けた。

ウェンターはまだ思いにふけっており、その思いを口に出さずにいられなかった、

「たしかにあんたの言ったとおり、あの男が彼の仕事をちゃんとやってるかどうかは、あんまり問題じゃない、そりゃ、彼が仕事をちゃんとやらないのはわしにとって嬉しくはないがね……わしは仕事をやらせるために彼をここに置いてるんじゃない。大事なのはわし自身の仕事なんだよ。そしてそいつはいまじゃまた調子よく行ってる」

「それは結構なことだ」と言ってわたしは彼に手を差しのべた。それからわたしはもう一度女の子の頭をなでて裏小路に出た。

たそがれが訪れた。ほのかな霧のごとく柔らかく、薄衣《うすぎぬ》のごとく柔らかく、たそがれが村をつつんだ、五月のたそがれが、さながら面紗《ヴェール》をかけられた目のごとく。いままでにわたしが通りすぎてきたかずかずの春の夕べを、わたしはすべて想い起こせるだろうか。いや、それはできぬことだ。灰色の埃に都会のかずかずの夕べはおおわれ、市街電車の鳴らす鐘の音がやわらかにもの哀《かな》しげにその中を漂っていた。そして田舎の夕べのひとときは橅《ぶな》の木の下に横たわり、橅の葉の清らかな緑が鈍色《にび》に衰えてゆく微風の中でやさしさのあまり細かく震えていた。そしてまた海べのかずかずの夕べがあり、すでに暮れはじめた春が波また波となり、霧また霧となってたえず岩礁へ運ばれて来た。しかしいつでもそれは夢の息づき、目覚めゆきそしてまた眠り入りゆく夢だった。いつでもそれは夢のへりにおけるさまよいと夢の眠りの中への没入であり、やすらう天地の、深くやすらう息づきにつつまれていた。そしてその動くともなき息吹きはみずからを呼吸しつつ、みずからを呼吸しつくしつつ、わたしを隅々まで満たした、わたしを、始めの暗闇と終わりの暗闇のあいだに生きる夢の被造物たるわたしを。わたしは、あのころまだ若かったわたしは、誰やらもう一人の人間を腕に抱いていなかったろうか。あるいは抱いていたかもしれない——だが今となっては、わたしはもう知らない。

しかしわたしはよく知っている、
われわれ地上の生き物がいままでに通り抜けて来たかずかずの土地、あるいはこれから生の途上において通り抜けて行くかずかずの土地、これらの土地はすべて、われわれの生まれた土地だろうと、われわれがこの目で見た土地だろうと、ましてズックの語ったイタリアの石造りの村のごとくわれわれがただ聞いて知っているだけの土地ならなおさらのこと、われわれにとって所詮遠い異郷なのだ。そしてこれらの土地はすべて、都会の抽象的な喧騒に満たされていようと、牧草地の水仙の香に満たされていようと、また、五月のたそがれ時にざわめく海の香に満たされていようと、五月のたそがれ時に青々と茂る橅《ぶな》の森の香に満たされていようと、けっしてわれわれのものにはなりえないのだ。そうなのだ、けっしてわれわれのものになりえないのだ――もしもそれらすべてがひとつの根源的な春の中に、かずかずの土地の背後に揺るぎなく存在するひとつの根源的な土地の中に、つまり、われわれの誰しもに与えられている固有の土地の中に流れこまぬとするならば。そうなのだ、この土地こそわれわれのもっとも孤独な、きわめて堅固不動なる住みかを形づくっているのだ。そしてこのような堅固不動な住みかの中で、われわれはあたかもおのれとおのれの生が年月と季節の中を流れてゆくのではなく、むしろ年月と季節がわれわれの揺るぎなき不老の境地へ流れこむがごとき心地になる。おお、老いを知らぬ境地、年老いゆく者が春に静かに見出だす境地、それはけっして老人の願いの描く夢とはかぎらない。われわれはこの老いを知らぬ根源の土地を見るとき、そしておのれがその中でまるで自由な意志によるかのごとく動きまわっているのを見、おのれがその中でまるで偶然によるかのごとく獣たちや人間たちに出会うのを見、そして彼らがそれぞれ彼らひとりに与えられた土地からやって来て、彼らの土地をわれわれの土地の中へ運びこむのを、運びこむことができるのを、そしてそれというのも、これらいっさいが同じ空間で、縦・横・高さの三方向に展開した同じ空間で行なわれるゆえであることを見るとき、

そう、われわれはこれらすべてを見るとき、その背後にほかの空間の存在をほのかに感じはじめるのだ、

そうなのだ、このようなやはりまだ地上的な空間の背後には、数知れぬほかの空間が存在するのだ。それは得も言われぬほど多様な、それゆえもはや土地風景をなさぬ空間であり、われわれはそれをしも、ほかに適切な表現もないので、無限な空間と呼んでいる。そしてそこでは存在の真の営みが行なわれている、あるいは行なわれていた、あるいはやがて行なわれることだろう――ここに至っては誰が時間の推移について語りえよう。そしてこの営みを統べる秩序は、なるほどときには法則として、あるいは偶然として地上的な姿にかたどられることもあるが、その本性を明かすことはけっしてない。かろうじて夢が、法則とも偶然とも見なされぬ秩序によって統べられていること特に著しい夢が、そのほのかな光を伝えてくれるほかには――

見知らぬものについて、その秩序の予感を伝えてくれるほかには。見知らぬ秩序の中から――その背後にわれわれの究極的で共通な源がその一部分として、同時にまたそこから独立して、自由と隷属をはらんでひそむ見知らぬ秩序の中から、われわれは空間の層を次々に横切って、たえまなくわれわれの地上の住みかを目指して旅をして来た。そしてわれわれはおのれの住みかにたえず到着するのであるが、旅は終わりにならない。なぜといって、風景のない空間というものがわれわれにとっていかに想い起こしがたいものであれ、その形象はかつて、完全に無意識のうちではあったが、われわれの目を満たしたことがあり、そしてわれわれの夢のごとき憧憬となり、地上的なものの中における完全な模像への憧憬となり、それゆえにまた幻滅ともなったのだ。そうなのだ、われわれは模像をそのような完全な姿において地上に見出だすことはまずできない、ましてやそれをつくり上げることはできない。こうしてわれわれは探し疲れてふたたび源へもどろうと欲し、そして中間に縛りつけられる。しかしながら年老いてゆく者は、さいわいにしておのれの目を風景のない空間でいよいよ満たしてゆくことができるならば、そしてそのようにして大いなる連帯をいよいよ感じ取ってゆくならば、彼は知るのだ、完全な模像というものはないことを、だがほんとうに求める者にとっては完全な心像が全き存在の中にありありと見えて来るということを。そしてこの明らかさこそ、年老いてゆく者への人生の贈物、見えなくなってゆく彼の目への、彼の夢の知識への、人生の贈物なのだ。

いまやたそがれはいよいよ深くなりまさりつつ、仕事に疲れ、仕事からやすらう村の上に降りてくる。そしてたそがれはあちこちのかまどの煙をおさめ——すでに夕風は黙していた——、そして煙はいともまろやかな夕べの中にえがらく滲《し》みこみ、まろやかな夕べをいっそうまろやかに感じさせ、深まりゆく鈍《にび》色の中から風景のない空間を魔法のごとく現出させた。そのときだった、わたしはあの仮面のまなざしが、目のないまなざしがわたしの上に注がれるのに気づき、そしてその誘惑の力をあらためて知った。わたしはこの誘惑にいまや屈せんとしている人々の目を見た。イルムガルトとその父親の鳶《とび》色の目を、母親の冷ややかな灰色の目を、おどけ者ウェンツェルのねずみのごとく黒い目を。そしてマリウスにかける彼らの希望を、彼がつくり出してくれるはずの連帯にかける希望を。さらにわたしは彼がさきほど金色と紺碧《こんぺき》をなす午後の静けさの中で行なった演説をあらためて耳にした。それは失われた連帯の、空しく鳴りさわぐ代償なのだ。そうなのだ、生きものと生きものがもはやまなざしによって互いに結びつけられず、生きとし生けるものの等しさ、共通の源からの由来がもはやまなざしの中で理解されず、そしてまなざしがもはや、あるいはいまだに、中間の領域を越えて出ることができぬとき——幼いツェツィリエの明るい弱視の目のごとく天使的に、あるいはまた牝牛たちの鈍重でうつろなまなざしや、馬たちの乱れおびえたまなざしや、わたしのトラップのもの哀《かな》しくて貪欲なまなざしや、おそらくまた下男ウィンツェンツの光のないまなざしのごとく獣的に、中間の領域を越えて出ることができぬとき、そのとき、表現の真空が狂気をはらみつつ生じる。そのとき、言葉という言葉がものの役に立たなくなる。なぜといって、そこではいっさいが解けほぐれやすく、一瞬にして忘れられてしまうのだ。それゆえ言葉も呼びかけも、疎通の失われた空間の中で、空しく発せられる。いや、そこでは虐げられる生きものの断末魔の叫びさえ聞かれぬままに空しく消えゆき、耳は同情にたいしてとざされ、口は慰めの言葉をもらさず、そしてあとに残るものとてマリウスの演説のごとき、空虚な自己告知よりほかにないのだ。このようなまなざしを見ながら、このような声を聞きながら、わたしは裏小路から明るくけぶる表通りへ出た。たそがれの光とも、埃とも、霧とも、そして煙ともつかず、あたりは柔らかで、若々しく、そして時を超えていた。すでに灰色になって、静かな鍛冶屋の店先に止まっているお百姓の荷車が、暗さをます夕もやの中で輪郭を失いはじめた。そしてクプロンの岩壁はあたかも遠くへ退いたかに見え、その限りなく多様な影の上にはまだ明るい空が漂い、銀色に冴え渡って星々を待っていた。柔らかに風が解けほぐれた五月の空間を渡っている。しかしいかなる無限性も、目に見えるものの無限性も、目に見えぬものの無限性も、消えゆく昼間の無限な多様性も、生まれゆく夜の闇の無限性も、あの言いあらわしがたいものを満たすには十分でなかった。われわれの魂がそこから由来したあの空間の究極的な多様性を。

トラップはわたしよりも聡明なだけあって、わたしが右に折れて上の村にむかわずに、左へ折れてホテルにむかったのをけしからぬこととみた。なんのためにミンナ・サベストに午後の出来事を報告するというのだろう。マリウスはこの土地に留まるだろう、そればかりか、われわれはマリウスのほかにもうひとり住民を彼のおかげで加えることになった、などと。それはあらずもがなの几帳面さというものだ。ところが、それはトラップの分別よりも強かった。通りの窓はどれもまだ灯《あかり》がともってなかった。ただ酒場の中からはすでに黄色い光がたそがれの中にちらちらもれていた。そしてガラス戸からのぞいてみると、中ではもう景気よくやっている。ラクス、ヨハニ、ほかに下の村の男が二、三人、それにわたしの知らぬ都会風の身なりの男が加わり、彼らは一番目の長テーブルを囲み、そしてサベストは片脚立ちでテーブルの上になかば腰をかけていた。彼らの目の中には酩酊の無限性があった。無限な酩酊によってひとつに結ばれて、彼らは互いに肩を組んでいた。わたしはそれに加わりたい気もしなかったので、中庭を横切って調理場に入った。

「やあ、おかみさん」とわたしは中に入るや言った、「早いうちから商売繁盛じゃないか」

彼女はほとんど目も上げなかった。お客の料理で手がいっぱいで、いまのところ、そちらのほうがマリウスとアガーテをもひっくるめて息子のことよりもあきらかに大事なようだった。彼女は薬のあるほうへあごをしゃくった。見ると、薬と並んで、わたしのために用意した煙草があった。

それでもわたしはさらにたずねた、

「あそこにいるラクスの客はいったい誰だね」

「バターを取って」と彼女はフライパンを手に女中に命じてから答えた、「あの人ですか。あれはラクスが呼んだ保険会社の代理人ですよ……」

「またなんのために。ウェチーがいるじゃないか。一人でも多すぎるぐらいなのに……」

彼女はバターを火にかけて溶かしながら言った。

「ウェチーは強情なんですよ。そこでラクスが彼なんぞいなくたってやれるということを、彼にわからせてやったんです……自業自得だわよ、あのウェチーなんか……」

まあ、よかろう。わたしはわたしの煙草を取って部屋を出た。だが外に出てわたしは自分が気を悪くしているのに気づいた。といっても、彼女がわたしの午後のお使いをあまり気にとめず、おかげでわたしは報告するまでにさえ至らなかったせいではない。女というものはどうせ恩知らずであり、そいつは我慢してやらなくてはならない。そんなことではないのだ。彼女のために試みた若がえりが完全なる不成功に終わったこと、これなのだ。せっかく口髭《ひげ》と髪を刈りこんできたのに、彼女はたった一瞥《いちべつ》もくれなかったのだ。やはり髪油をふりかけてもらって来るべきだったかもしれない。

四　思い出

上の村からおよそ一時間の道のりだった。何度も何度もわたしは昔の、大昔の鉱夫道をたどって、過去を宿し、思い出の魔法をかけられた孤舎《ひとつや》を、人里離れていまではほとんど自然と化した鉱山礼拝堂を訪れた。それは明るく開けた石がちの斜面牧草地の上方、唐檜《とうひ》の森のへりに、その乾いた緑褐色の息吹きにつつまれてそびえ立つ、聖ゲオルゲを祀《まつ》った後期ゴシック風のつつましい建物であり、その中世風の様式はその後十八世紀に上塗りをほどこされ、さまざまな当世風の飾りをつけられ、そして今ではゆっくりと荒廃にむかっている。すでに岩屑の混じる細い帯状の森の背後には、岩壁が高くそそり立ち、そして鉱夫道がそこまでつづいている。なぜなら、そこには今でこそ壁で塞がれているものの、本坑道、すなわち《小人坑》の入口があるのだ。また斜面牧草地もきっとその昔、鉱山活動と結びついて生じたものにちがいない。

礼拝堂は毎年一度だけ、六月の《石の祝福の日》に開かれる。その日にはここでミサが捧げられるのだ。その他の日には礼拝堂はとざされており、そしてぼろぼろに崩れ、割れ目から草を生やしている正面の三段の石段は、実はもはやもっぱらわたしの休憩所、わたしがその上に腰をおろして周囲の妙《たえ》なる風景を眺めるのにだけ役立っている。すでに一年のあらゆる季節に、一日のあらゆる時刻に、わたしはここで犬と並び、犬の頭に手を置いて坐った。そうしてわたしは急斜面を見おろす。道がその上をじぐざぐに這《は》い上がってくる。その踏みあとはもう何十年このかた変わらない。牧草地の下端からまた森が始まる。そして森の手前の一帯には木いちごの藪《やぶ》がうっそうと茂り、さらに夏になれば、背丈が一メートルにもなる葉のへりの鋭い草と、昆虫のざわめきに満ちみちる。また森の梢を越えてうち眺めると、波打ち広がる谷の壮大な全景が一望におさまる。すでに一年のあらゆる季節に、一日のあらゆる時刻に、わたしはここで見出だされうるもの、現に見出だされたものに心を揺られ、まるでわが愛する人の美しさ、汲みつくしがたさにやまず感嘆する恋する男のようであった。あらゆる恋が真心の力によって不変なるものを得んとつとめ、消え失せることのないものの中に分け入らんとするごとく、あらゆる恋人がおのれの想像力に超人間的な業を要求することだとは知りながらも、わが愛する人の面だちをひとすじの線に至るまで、そう、たった一本のまつ毛の形に至るまで永遠に刻みこもうと欲するごとく、人はおのれの愛する場所について同様な欲求をいだく。そしてわたしもつねに同様な欲求をいだいてきた。そこにあるものは何であれ、雨風にさらされ点々と苔むす灰色のこけら屋根であれ、その上に突き出した崩れそうな小塔であれ、荒けずりな内輪と優雅な石の中柱――その根もとには壁くずが厚くつもっている――をもつ二つの尖頭アーチ窓であれ、つねに影におおわれた建物の裏手に生えている数本の唐檜《とうひ》の木であれ、わたしの記憶はこのうえもなく細かな苦心にもかかわらず、それらの形象を十分にくっきりとつかみそして留めることに成功したためしがない。その次に礼拝堂を訪れるや、わたしは自分がどんなにわずかなことにしか気づいていなかったか、またも新たに見出だすことがどんなにたくさんあるか、いやでも知らされる。見るものがどれもこれも驚きだった。眺め尽くせぬおびただしい形さまざま。雨風にしぶとく耐えてあの窓のひとつにまで枝を伸ばしたななかまどの木、その春の白、その秋の紅、その枝ぶりの多様さ。そしてまた正面の両開き扉を十字形に打ちつけている角錐《かくすい》形の釘の頭。だがまた礼拝堂の裏手より傾き登る森から岩の香りが、その硬いひんやりとした息吹きでわたしをなぜるとき、それは負けずに大きな驚きだった。あるいは岩壁を見上げるとき――そうなのだ、わたしはその冷ややかで生きいきとした静けさに驚かされる。ことによるとそれよりもむしろ岩壁の奇妙な近さに驚かされるのかも知れない。それはしばしばこの山中を領する透明な空気のせいとはいえ、われわれの知る実際の距離とおよそ相容れぬ近さである。それほど近々と岩壁は見える。そのかずかずの突起や膨らみ――そのひとつは水平に長く伸びているので《大蛇》と呼ばれる――、さまざまな形をした岩の割れ目や裂け目やひび。そしてそこにしがみつく這松《はいまつ》。これらすべてが、針葉の若芽のひとつひとつに至るまで、まさに不自然なほどくっきり見える。とはいえ、それによって形態の無限な豊かさが単純化されたり、よりつかみやすく、より到達しやすくなったりすることはない。むしろそれはさながら高山独特の蜃気楼、つねにあこがれ求めるよう定められた恋をかたどる形象のごとくである。

《石の祝福》は夏至前の最後の満月から数えて最初の木曜日に行なわれる。ややこしい日付けである。どうやら司祭でさえはっきりわかっていないようである。わかっているのは祈りの音頭取りグロネだけであり、この行事に最大の関心を寄せているのも結局はこの男なのだ。いずれにせよわたしはこのすこしばかり見ばえのせぬ、形骸化された行事にはとくに関心がなかった——このたぐいの呪術的な祭礼は、その伝承が単なる老化になってしまうと、おおかたはこういったものに堕してしまうものだ——、たとえたまたま日付けを教えてもらったとしても、わたしは祭礼のことを気にもとめぬことだろう。わたしは一人で礼拝堂を訪れるほうがいい。

ところが、今度はいつもと違うことになった。今ではほとんど毎朝の勤めのようになったエルネスティーネ・ズックの往診にやって来たとき、——彼女は実際にギションのおふくろさんの予言をかなえつつあった、容態が突然、説明のつかぬ、気がかりな変化をとげたのだ——わたしは村が《石の祝福》のために準備されているのを見た。家々には葉のついた枝がさされ、表通りには草がまかれ、敬虔そうに、そしてまたいそいそとたち働く人々の活気に端から端まで満たされていた。おなじくズックの細君の頭の中にも祭以外のことは何ひとつなかった。彼女の夫は彼の特権と義務に従って司祭を馬車で迎えに行き、そして男の子たちもこれから始まることに他愛もなく夢中になって表に飛び出して行った。やっと三十そこそこの女であれば、仲間はずれにされたくないと思うものだ。それは死ぬことがまだひどくつらく思える年頃である。そしてきわめておおくの病人の内に宿る現実への渇望が、より正しくいえば現実への熱狂が、すでに遠くさまよう黒い目のまっただ中から不気味に燃えていた。しかもなおさら不気味なことにその目は、まるですでに分解するばかりになって腐敗の気さえまつわりつかせる肉体の、もはや一部ではないかのごとく、また、死人のどくろへとやせこけてゆく様子がいよいよあらわに見て取れる顔の中にあって、まるでよそ者のごとく、眼窩《がんか》の奥から大きくそして遠く輝いていた。それはなおも彼女の生命の源泉たる無限を放射していた。うつろいゆくもののまっただ中における人間の美しさ、そのうつろいゆかぬまなざし。ああ、このように輝き出る光をとどめるために医者は戦うのだ。この光がこれを最後に集まるあの異様なまなざしを、わたしはあまりによく知っていた——すでにあまりにおおくの臨終の床で戦《いくさ》を投げなくてはならなかったわたしは。わたしはギションのおふくろさんの老婆風な、魔女風な予言に対する反抗心でいっぱいになった。病人のまなざしはきわめて柔和で、きわめておぼろで、しかも厳しく、きわめてあからさまで、しかもはるかな地平のごとく、それがやってきたはるかな地平のごとくとざされていた。そしておなじことがまなざしに伴う微笑についても言えた。顔の片側だけで、口の左隅に蒼白《あお》くほの光る歯の上で、憂欝そうに浮かぶ微笑についても。まなざしに担われ、しかもまなざしを担う微笑。あたかもまなざしと微笑が互いの中へ消え入りそうに見えた。それほどに肉体を脱却し、それほどに透きとおり、それほどにしかと目標に向いたまなざしと微笑。彼岸と此岸の間に漂い、かたくなで子供っぽく、しかも同時に真実を知るまなざしと微笑。病気の限界で生きいきと動きつつうつろいゆくあのまなざしの微笑、それはもはやおのれに残されたささやかな世界の一隅を——ここでは清潔な部屋と、世界にむかって開かれた窓の明るい四角を——つかみ、おのれのうちに取りこむのだ。おりから表には、ほのかに曇り、朝の軽やかさに満ちた六月があった。面紗《ヴェール》のごとく柔らかな、オパール色の爽やかさがあった。表は聖霊降臨祭の季節だった。そして下の村では《石の祝福》をたたえて鐘が鳴っていた。

なんとかして彼女を慰めようとしてわたしは言った、

「また来年があるさ、エルネスティン、来年にはいっしょに行列に加わろう、元気になったことを感謝するためにね……だけど、毎年じゃおおすぎる……」

病気であるということはそうでなくとも子供っぽいものである人間を、いよいよ子供っぽくするものだ。子供っぽく彼女はだだをこねた。

「いやです、今日じゃなくちゃ……」

「とんでもない……」

「だってイルムガルトが今日はお山の花嫁になるんですもの」

わたしはいささかあっけに取られた。

「イルムガルトがだって……今までに下の村の娘がお山の花嫁になったことはないじゃないか……」

わたしはこのこととマリウスおよび彼の鉱山計画との間にありうるつながりを、たどってみた。

「でもほんとうなんですよ……ギションのお母さんがそう決めたのです。イルムガルトは上の村の娘だって、お母さんは言ってます。たぶんお母さんは彼女をずうっと上の村に引き取るつもりなんでしょうね」

それではやっぱりマリウスとつながりがあったのだ。ギションのおふくろさんはさすがに世にも健全なる分別をそなえた年老いた魔女だけあって、きっと娘をマリウスの影響から引き放そうとしているにちがいない。

「いったいどこからそいつを聞いて来たのかね」とわたしはたずねた。

「トーマスがギションのお母さんと話してました……刈り入れが終わったらイルムガルトを引き取るんです。それで今日イルムガルトはお山の花嫁になったんです……あたしイルムガルトを見たいわ」

「いけない……起き上がってはいけないんだよ、たとえ法王さまがじきじきに石の祝福にご参列になってもだ……わかったかね」

「はい……、」ほとんどあの世の失望から響いて来たような小さなひそやかな声だった、「……でも……」

わたしはひとつの逃げ道を見つけた。

「イルムガルトがここにやって来て、あんたに花嫁姿を見せることならできる。わたしからイルムガルトに頼んでみよう。だがそのためには今から走って行かなくては」

「ほんとですか」彼女の目はこの世らしくなり、きわめて熱心になった。

「もちろんだとも。そしてそのほかは来年まで延ばそう」

「来年」と彼女はつぶやき、わたしが急いで立ち去る際に目配せをしたのももはやほとんど見てなかった。彼女はふたたび、来年というもののないあの境にいたのだ。

実際に、行列が出発する八時までに山荘に着くつもりなら、もはや出かける頃合いだった。それゆえわたしは急いで街道を下っていった。朝のそよ風と朝の霧が顔に吹きつけた。ともに不思議に軽やかで透きとおっていた。やがてわたしは山荘の壁にしつらえられた屋外祭壇にたどりついた。それは粗末な祭壇だったが、金色に縁取られた赤い布でおおわれ、聖母像をいただき、そして全体が葉飾りによって美しく飾られていた。わたしが到着したとき、参列の善男善女たちが——例によって女のほうが多かった——すでに集まって出発を待っていた。ほんとうに信心深い人たち、ただお参り好きな人たち、お参りのためですらなくただ気散じのために来た人たち、そういう人たちと並んでまず第一に、楽しげにめかし立て、楽しげにおしゃべりする若い娘たち、花嫁の付添の処女たちがいた。そして娘たちから離れて若い男たちが小さなグループをつくり、まさか花婿の付添人でもあるまいに、付添人みたいにめかしこんで、小さな花束をボタンの穴にさし、そしていくらかぎごちなくにやにや笑いながら、両手をポケットにつっこんだり、ズボンのバンドにかけたりして立っていた。また下の村の人たちも何人かいた。たぶんイルムガルトのために来たのだろう。とにかく実ににぎやかな一行であり、しかも村じゅうの若い者によっていよいよにぎやかだった。祭のおもな役者たちの中では、いまのところお祈りの音頭取りのグロネしか来ていなかった。彼はフロックコート姿で気取って歩きまわり、若い者たちを黙らせて、期待に満ちた沈黙をつくり出そうと努めていた。

わたしは数人の人たちと握手をして、それからしかるべく、お祈りの音頭取りグロネ、わが友レパンの宿敵に挨拶した。骨太で頑丈で、職業からしても姿恰好からしてもお百姓のくせに、彼は奇妙にも知識人の——といっても、まぬけな知識人の——顔をしている。聖書は彼の高邁な精神の欲求にとってまさにうってつけの書物にはちがいない。ただし、聖書が彼にわずかな知恵しか与えず、そのかわりにいよいよたくさんの金言を与え、そしてそれらの金言をもって彼がまわりの人間たちを悩ますというのは、困ったものである。「また歌わにゃならんな、グロネ、たいへんなことだ」と声をかけると、彼のいかめしくて空虚な顔はまたひときわ空虚になった。

「ヨズアさまは司祭たちをして、民の先頭に立ちラッパを吹き鳴らしつつイエリコまで進軍せしめました。それにひきかえわれわれは、歌をうたいつつ山の霊を攻めに進軍するのです」

困惑して彼の顔を見つめるか、あるいはあっさり彼に背を向けるか、そのどちらかより挨拶のしようがないではないか。さいわいこのたびは彼の注意がわたしからよそに逸《そ》らされた。おりしもギションのおふくろさんが彼女の家の勝手口から姿を現わしたのである。威風堂々たる物腰、灰色の鋭い目、濃い菫《すみれ》色をした絹の晴れ着、そして彼女はわれとわが晴れがましさにほほえんでいた。そして彼女が石段を降りるあいだに、そのうしろからイルムガルトが姿を現わした。髪には青い、色とりどりな、愛らしいリボンのついた冠、まさに敬虔な喜ばしさを絵にしたような姿、それでいて厳粛、要するにお山の花嫁だった。もしもそのとき太陽が輝き出たならば、晴れやかさの印象は申し分のないものになっていただろう。ところが、高みにうっすらとかかる霧の面紗《ヴェール》は、募りゆく陽《ひ》ざしの暖かさにも、いまだに吹きつづけるやんわりと涼しい朝のそよ風にも散り失せなかった。そしてオパールの光と風と霧はまるでひとつに融けあったごとくになり、春らしく、そしてまた夏のごとく、広いゆるやかな波を打って谷と空とを滔々《とうとう》と流れ、まだ露けき畑や牧草地の香りに満たされ、鳥の囀《さえず》りや雲雀《ひばり》の歌に満たされた。あたかも朝そのものが夜に倦《あ》き、光に飢えて、山の斜面や、村や青草のそこここに生える街道を渡って運ばれて来るようだった、うち寄せてくるようだった。わたしはこうしてグロネからのがれて、お山の花嫁に近づいた。

「イルムガルト」とわたしは彼女を責めた、「長年の友達に知らせてくれたってよさそうなものじゃないか、今日は君の晴れの日だと」

風にリボンを吹き乱されぬように花嫁の冠を両手で持って、彼女は顔をあからめた、

「だって、こんなことで先生にわざわざ来ていただいては……」

ギションのおふくろさんが笑って答えた、

「わたしから伝えるはずだったのだよ……ところがこのひと月、先生はわたしのところに姿をお見せにならない……」

そのときウェンターの細君もツェツィリエといっしょに台所から出てきた。もっとも、彼女は平日の身なりだった。

「おはよう、花嫁のおふくろさん」とわたしは言った。

彼女はすこし哀《かな》しそうな顔をしていた。

「二十年前にはあたしがお山の花嫁だったのだわ。昨日といってもいいぐらい」

「一昨日《おととい》はわたしが花嫁だったのさ」とギションのおふくろさんがうなずいた、「もう五十年にもなるかしらね……もしもまた一人わたしの曽孫娘がお山の花嫁になるようなことがあったら、ええ、わたしはやっぱり花嫁についてお山に登りたいよ……」

「まずあたしよ」とツェツィリエが名乗りでた。

「もちろんまずおまえだよ。イルムガルトをお手本にすればいいんだよ」とギションのおふくろさんはあいづちを打って、それからなかばわたしのほうに向いてつけ加えた、「刈り入れが終わったら、イルムガルトはわたしのところに来ますよ……」

してみるとあれはほんとうの話だった。わたしは満足だった、いや、満足という以上だった。だがわたしにはまたウェンターの細君の哀《かな》しみもわかった。彼女はきっと娘といっしょに山の実家にもどって来てしまいたいところにちがいない。それゆえわたしは彼女に言った、

「子供をただお祖母さんにあずける以上、わたしたちがイルムガルトをそうはやばやと手放さなくても、文句は言えませんぞ」

だが、それは彼女を朗らかにはしなかった。

「あたしはお母さんに食費を払いますよ」と彼女はほとんど不機嫌そうに言った。

お山の花嫁がその場の中心となってから、おしゃべりは沈黙した。子供たちも静かになった。

どうやらグロネは、自分の役目がなくなってしまったので、面白くなさそうだった。ズックのいちばん年上の男の子と手をつないで立っていた臆面のないローザ・ウェチーさえ、わたしに向かってなれなれしく微笑《ほほえ》みかけるだけに控えていた。下の村の鐘が実直な二拍子で、短いあいまを正しくとって鳴った。それから鈍重な百姓馬の冴えぬひづめの音がきこえ、まもなく馬が姿を現わし、そのあとからぎしぎしときしみながら、司祭さまをのせた小さな馬車が現われた。ズックが馬を御しており、「ツツ」とか「ヒュー」とかさまざまな声を発し、鞭をふりまわし、くりかえし並み足にもどってしまう馬ののろい駈足に苦労していた。御者台の彼の隣には侍童が、臨終の秘蹟を授けに行くときや祈願祭の行列にたずさえる長くて黒い木の十字架をもって坐り、そして十字架上の銀めっきのキリスト像がときおりきらりと光った。後の席には司祭と役僧がきらびやかな服装で坐っていた。司祭は彼のいちばん立派な祭礼服をまとい、わが友レパンは赤い法衣をまとい、教会旗の竿を槍のごとく手にして、不機嫌そうに、そして昂然と坐っていた。そして馬車は到着した。わたしは帽子をとった。膝を折る人も大勢いた。

それから司祭がズックの手を借りて馬車から降り、イルムガルトが彼のそばに歩み寄って、司祭さまへの挨拶にお山の花嫁が唱える文句を唱えた、

たたえあれ、イエス・キリストに。

山の中に囚《とら》われたすべてが、
イエスの御力《みちから》により救い出されますよう。
悪魔と妖怪は追い払われ、
あらゆる悪がこの世から退散しますよう。
イエスとマリアの御名《みな》において。

そしてまるで村の小学校の女生徒の棒読み調子ですらすらと唱えながら、彼女は司祭に彼女の花束を差し出し、花束を祝福してもらった。彼はしばらくためらった。花好きだけあって、この供物を一度とくと眺めなくては気がすまなかったのである。そしてやがて花束の上に十字を切ったとき、彼の斜めにかしいだ顔はにこやかな、花に通じた者らしい微笑に輝いていた。そしてほとんどそれとはわからぬうなずきがその微笑に伴った。しかしながら、世界はいつまでも彼に優しくはしていない定めであった。というのは、イルムガルトが膝をかがめて感謝を表わし、ふたたび花束を受け取って祭壇への道から退いたとき、一発のものすごい銃声が空気を震わして轟《とどろ》き、おりしもまだ心から花を楽しんでいたこの魂の牧人をば、いきなり痛々しく縮み上がらせ、その場に根が生えたように立ちつくさせた。山荘の裏手の牧草地で礼砲が地獄の轟きのように一発また一発と始まったのだ。山壁から山壁へと、こだまが遠くまで轟きわたった。そしてそのこだまが柔らかな灰色の響きとなって霧の中に消え失せる間もなく、次の銃声がつづき、司祭の骨の髄まで震わせた。《石の祝福》をたたえるどよめき。いまや人間の命を受けて、もはや遠慮なく吼《ほ》えたける地霊たちのどよめき。人間が調律して、万有の声なき巨大な音楽に対して投げつけたどよめき、万有の音楽のよわよわしいこだま、万有の音楽の不十分な模像。地下的なものの発する異教徒のどよめき。ことによるとわれわれの小さな内気な司祭もその中に地獄的なものを聞き、そしてそれが彼をして祭壇に登ることをためらわせたのかもしれない。なぜなら、祭壇を飾る火のように紅い布も負けず劣らずどよめいていたからである。レパンはじれったそうに吊り香炉を揺り動かした。だが司祭は手もなくこだまの轟きの虜《とりこ》となって、まるでここに来た目的がもはやわからなくなったように、呆然と目を祭壇にむけて、身動《みじろ》ぎもしなかった。それゆえわたしはなんとかして彼を助けて、この麻痺状態から脱出させなくてはならないと、すでに考えはじめたところだった。だがそのとき彼の顔はふたたび以前の、おのが内に没入して静かにほほえむ冥想へと明るみ、彼は歩き始めた。祭壇のテーブルの上の十字架を飾っている、すずらんとアルペン・ローゼと薄黄色のさくら草に満たされた二つのガラス鉢を、彼は見つけたのである。花たちは彼にむかってなごやかにほほえみかけ、そして彼も心なごんでほほえみかえし、花たちのところへ登って行き、そして緑の橅《ぶな》の枝のあいだに立った。橅の枝は緋色をした祭壇全体のまわりを、およそ悪魔的でない愛らしさで飾り、朝風のもとでさらさらと澄んだ音を立てていた。というのも、その葉はへりがすでに硬くなり、全体が丸まってかさかさに枯れ始めていたのである。それは一種の早秋の響きであり、そしてあくまでも季節はずれであり、まさにそれゆえに無時間性を思わせた。司祭もやはりこのかすかにさらさらと鳴る音に耳を傾けていなかっただろうか。たとえ彼が花のほうに——その優しさはすでに強烈な砲声に打ち勝っていた——身をかがめて、その明るい香りを吸いこもうとしたとしても、わたしは驚かなかっただろう。しかし彼はそうはせずに通常の礼拝から始めた。それはお山への行進への序奏だった。

それにひきかえ役僧レパン、仕立屋および床屋の親方レパンにとって、いま始まりつつあるところのものはあくまでも異常な礼拝であった。いやはや、彼にとってそれは不信心きわまる礼拝であった。かくのごとき礼拝の介添えを、彼はいよいよ募りゆく憤懣《ふんまん》をこらえながらあい勤め、ひたすらそれが過ぎるのを待っていた。そして彼はこの気持をまわりの人間たちの目から隠そうなぞと、けっして苦心しなかった。それどころか、彼の苦心の目指すところは、このようなやりきれぬ気持をあからさまに見せつけることだった。そしてそれはものの見事に成功していた。しぶしぶと祭壇の前に進み出て、ただそれとわかる程度にぞんざいに膝を折るやいなや、彼は不機嫌そうに、いらだたしそうに、つまらなさそうに彼の役僧の勤めを行ないはじめた。彼の態度は自分の声部《パート》をただ上っ調子にたどってゆくテノール歌手のそれだった。彼の

《アーメン》はぶつぶつと不明瞭に呑《の》みこまれた。そのくせ彼はその間たえず、近視ではあるが露《あら》わな不信のこもった横目で、音頭取りのグロネと、まだ旗を巻いたまま祭壇の並びの壁に立てかけられている旗竿を、等分に見張るのを怠らなかった。しかし、それだけでもすでに奇妙なこの振舞いよりもさらに目に立つのは、その中にあらわれている一種の不安だった。そうとしか呼びようがない、まさに不安であった。不安が内気で喧嘩好きなレパン親方のまなざしの中に含まれているのだ――疑いそして憤り、そして倦怠《けんたい》と嫌悪にとりつかれたまなざしの中に、その背後から何かがゆらゆらと、しかも恐れつつ輝き出るまなざしの中に。そしてそのまなざしは、自分ではグロネと旗竿と礼拝を眺めているつもりでも、どうやら全世界とその不安を眺めている様子なのだ。たった一瞬きらりと輝き出て世界とその不安を眺めているのだ――瞬間とはなんという怪物だろう！

もちろんレパンのふるまいを説明する一連の理由はあり、それによってさまざまなことが理解できた。とりわけ次のことは理解できた。すなわち、平生あのように芳香を愛する彼の心情は、自然の安っぽい仰々しさを好まず、わけても自然が登山におけるごとくきびしさを増すや、たちまち自然を厭《いと》いはじめる。それゆえ、あの不愉快なグロネの存在はさて措《お》くとしても、彼は石の祝福のお山参りにはひどく苦しまずにはいられなかったのだ。そこへもって来て、グロネの存在がさなきだに暗い一日を、平生あのようにバラ色で優しい役僧レパンの一年のうちでおそらくもっとも暗いこの一日を、完全な闇と苦渋に変えてしまうのである。そう考えると、次のこともまた理解できた。すなわち、レパンのごとく、戦いにしりごみこそせぬが、なんといってもほんとうの喧嘩好きとはいえぬ男は、人生を苦くするこのような状況を早く切り上げようと欲し、心やすくまたむさくるしい床屋兼仕立屋の仕事場を、鏡に飾られ、良き香りのそこはかとなく立ちこめるいとしい四方の壁を恋しがり、そこでいまわしい敵の姿からのがれて、何もかも忘れてしまいたいと願うものである。いかにも、これらすべては理解できた、いまでも理解できる。しかしながら、あらゆる理解がそうであるように、この理解もまた解けきらぬ残滓《ざんし》を内に含んでいる。すなわち、あの一瞬の怖れ、レパンのまなざしをあのようにいちじるしく掻き乱す怖れである。この怖れを説明する手がかりとして、たとえば事態が手に負えなくなり見渡しきれなくなったのを感じた人間の抱く倦厭《けんえん》を、挙げることはできよう。しかし、それがもっと有力で確かな根拠を得るためには、まずその前に、この妙な不和がいかなる性質のものであるかをよく考えねばならない。この不和はきわめて運命的に、レパンとグロネを虜《とりこ》にしている。実に、二人はもはや長年にわたって、もはや意志を奪われた操り人形として、互いに敵役を演じあっているのだ。こんなことを言うのも、この件の運命的なところを思えばこそである。そうなのだ、この不和は人間が人生の途上で遺憾ながら実にしばしば戦い抜かねばならぬありきたりの不和とおよそ違って、まさに戦争と呼ばれるべきもの、郷土史的な性格と重大さをそなえた戦争、村中に知らぬ者とてない本物の戦争なのだ。戦いの対象は奇妙にもつねに変わらず、そもそものはじめから行列用教会旗だった。そしてこの本来の対象を見失うことなく、ほかにも種々さまざまな紛争の筋書や題目《テーマ》があり、さまざまな出来事のまにまに浮かんでは消え、消えてはまた浮かんだ。一方には役僧の地位――レパンはそれをしっかりつかんで離さず、グロネはグロネでこれを認めようとしない。他方には聖書の音読――聖書をうるさい金言へと細切れにしたおかげで、グロネはあげくにはプロテスタント的異端という非難をちょうだいしたこともあった。そしてその間には掃いて捨てるほどの紛争、小競り合いとにらみあいがあり、いずれも村中に知らぬ者とてなかった。だが、それにもかかわらず、戦いの原因と目標はうかがい知れないのだ。まるでそういったものはいっさい存在しないかのようだった。まるで原因と目標はひとつの秘密であり、分け入りがたい闇の中に深く面紗《ヴェール》におおい隠されているかのようだった。そしてこの闇は翩翻《へんぽん》とひるがえる戦いの象徴によっても、双方の言い分によっても明らかにはされない。言葉は闇を照らすことはできない、旗は闇を照らすのに役立たない。それゆえ、どうやら人はいつまでたっても――これこそかずかずの旗の運命、かずかずの象徴の運命、おおくの戦争の運命！――とにかく戦いの事実が現に存在するという確認で満足しなくてはならない。あっさり簡単、レパンとグロネは互いに虫が好かんのだ、とでも説明するよりほかにない。まさにこれが実情なのだ。あるいは事の起こりをきわめたければ、教会旗の沿革を二十年ほどさかのぼることもできよう。村の昔ばなしの助けを借りれば、それほど難儀もせずに、次のような事実を知ることができよう。すなわち、その当時石の祝福には、大いなる鉱山時代から由来して寄る年波に色あせすりきれた鉱夫旗がまだ使われていた。ところが、あるとき、グロネが伝統にやかましい山荘の、先祖代々の住人としての資格を楯に、あの由緒ある旗はただちに下の村および教会および役僧の管理から引き放され、もとの上の村にもどされるべきである、という主張を唐突としてもち出したのである。しかし、早まってはいけない。グロネの要求が見たところ非個人的で即事的なのに惑わされて、争いはもっぱらこのような法律的な教会旗問題において火ぶたを切られ、そして展開されたなぞと結論を下してはならない。それは間違いである。なるほど戦史家においてしばしば見受けられるが、だからといってとうてい正しいとはいえぬこのような物の見方に、われわれは陥ってはならない。ことに、その後の展開をたった一瞥《いちべつ》すれば、誰にでもそれ以上のことがわかるのであるから、なおのこと早まってはならない。たしかに、グロネの要求は直接にはレパンを目指していなかった。それがレパン個人に触れるとすれば、彼が占有権と愛情をもってひとつひとつはぐくんでいた礼拝什器《じゅうき》のひとつが、彼の聖職者としての、また真心からの管理のもとから、奪われることになるというかぎりにおいてであった。たしかに、その要求は本質からすれば法律的な要求と受け取られるべきであった。それは法律的要求たるにふさわしく、まず第一に村政に向けられていた。そして実際に村政の面で、この要求はお百姓らしい法律好きから生まれてさらに法律好きを煽《あお》り立てることになり、例によって例のごとき分裂を村の中に生み出したものだった。そしてその際、たしかに、レパン個人の役割は背後に押しやられていた。ところがである。それまでの状況がどうであれ、ある日のこと、あまりにも破れ、あまりにもくたびれたあの古い鉱夫旗が、とても雨風に耐えきれなくなって、あまりに長年あい勤めた御用を辞任してしまったとき、様相は根本から変化し、その法理論的な形を失ってしまったのである。すなわち、人々はそこでかわりの旗を手にいれる必要にせまられて、いままで聖体祭や野辺送りの際にだけ使われていた、ペリンの寄進になる見事な青どんすの旗に手をのばし、その使用をお山参りにまで拡張してしまったのだ——もっとも、これもレパンの反対を押しきって行なわれたのだ、彼は石の祝福が旗なしになりそうなのを喜んでいたぐらいで、新しいぴかぴかの旗のお伴などつとめたくもなかったのである——。そして実際に新しい旗が採用されることになったとき、事態は突然、ほとんどだしぬけに一変してしまったのである。村の紛争はいっぺんにたち消えになってしまった。紛争は旗が変わったためにその法律的・道義的根拠を失って、どうでもいいものになってしまった。上の村の者たちでさえ彼らの鉱夫旗のことを忘れてしまい、平然としてそれを教会にあずけっぱなしにしたほどであり、今日でも旗はむかし同様、暗い円天井からぶら下がっている。要するに、例の紛争は、その即事的と称する内容が突然すべて瓦解してしまったのである。それゆえ、もしもあの二人の奇妙な敵対関係が実際にもっぱら即事的なものによって惹《ひ》き起こされたのだとすれば、二人の私闘は、あの戦争全体は、いまや同様に燃料を失ってたち消えになってしまうはずであった。ところが、違うのだ、まったく違うのだ。争いをやめることなど問題にもならなかった。そんなことを二人はまったく思ってもいなかった。グロネはたぶん第一撃が失敗に終わったせいだろう、争いをやめる気はなかった。そして事態の変化によって思いがけなく救われたレパンも、自分を情けない男だと思いはしたものの、おそらくグロネに劣らずやめる気がなかった。二人とも身を引くにはあまり意固地になっていたのである。そして争いは事柄を離れてきわめて個人的になり——もともとそうだったのであるが——、衰えぬ強さでさらにつづいた。そればかりか、争いはばかげた上にもまたばかげたものとなって、新しい旗に向けられた。それはますます奇妙な形と次元を取った。そしてあげくのはてには、田舎において、いや正しくは田舎においてのみしばしば見うけられる、あの意固地な親密さといったものにまで発展し、節度を失い、さまざまな弊害を生み出し、人間的なものを権利や正当性の問題へと移してしまい、要するに、具体性を失って、悪意あるものへと変ずるところまで行ってしまったのだ、

——原因もなく、目標もなく、あたかも二人とも昔たたかわれた戦いを思い起こしているかのように、あたかも二十年前の、千年前の、幾百万年前の戦いを、はるかに失われて思い起こ

しがたい戦いを。このはるかな戦いを彼らはいまたたかいつづける、永遠にたたかいつづけなくてはならぬことだろう、瞬間ごとにおののきつつ幾百万年をくりかえし、幾百万年をくりかえし汲み上げ、そうして思い出を見出だすために。ともに神を信ずる男たち、しかしながら風にそよぐひとつの象徴のためには、ともにものに憑《ひ》かれたごとくふるまう。

——そしてうつろいゆくものの中に漂い、時の中に漂い、時のあらしの中に漂いつつ、それは旗をめぐる赤裸々な嫉妬の戦いとなり、嫉妬の象徴性にまで高まり、嫉妬の滑稽さにまで堕した。それは嫉妬とおなじくおぞましく、嫉妬とおなじく、すでに生命《いのち》なきものへの愛から湧き出る。しかしながらそれはやはり愛、やはり象徴、やはり人間の魂、愛には、象徴には、人間の魂にはちがいない。だがうつろいゆく地上的なものの中にあっては、それは崇高で奇怪な測り知れぬ何物かに——思い出だろうか、心だろうか、それとも世界だろうか——鞭打たれて愚かしくなり、ひたすらわが身ばかりを思い、信ずることを忘れ、信ずることを厭《いと》い、操り人形のごとく動かされ、血の気を失い、哀《かな》しみに沈み、悪意を抱き、不安に満たされ、なぐさめを失う。そうなのだ、嫉妬の念が滲《し》みこみ働くところではどこでもそうなのだ。レパンの切望にしてもそうだった。それはひたすら下の村に帰りたいという切望として、しかもこれ見よがしの振舞いによってしかおのれを表わすことを知らなかったが、しかしもしもそこに嫉妬が圧倒的な力をふるっていなかったなら、おそらくあれほどに切迫したものに、あれほどに逸脱したものにならなかったにちがいない。いかんせん、彼の心は嫉妬深い願いで、哀《かな》しい、意地の悪い、そして戦々競々たる願いでいっぱいだったのだ。彼は旗をできるかぎり早く教会の内陣のもとの場所に取りもどさんと願っていた――たとえそれがやむをえず旗手グロネの手に渡るとしても、どうしてもやむをえぬ以上には一瞬たりとも彼の穢らわしい手にふれさせておくまいと。瞬間とはなんという怪物だろう！　まさにこれとおなじ恐れが、すなわち、この宝が必要以上に一瞬でも早くあの穢らわしい手に落ちはしまいかという恐れが、レパンを促して行列の始まる直前まで旗をひろげずにおかせ、そのほかにもグロネの手出しを困難にし遅らせることができるやもしれぬあらゆる手段を講じさせたのだ。馬車から降りるやたちまち、彼は戦いの象徴をおさめた蠟《ろう》びき布の旗鞘を、祭壇をふち取る木の枝のあいだに隠してしまった。そしていまや旗鞘は葉むらの中でグロネから安全にまもられて、わずかに緑の中から黒く光ってのぞき、そしていかなグロネとても、礼拝のあいだはじっと立って神妙にしていなくてはならぬことだから、まさか旗を奪取する試みをはじめるわけにゆかぬはずだった。にもかかわらず、レパンが不信げな腹立たしい目つきで見張っていたのは正当だった。なるほどお祈りの音頭取りグロネはおのれの本分を守り、おのれの神聖な役割にふさわしく神妙にしてはいた。しかし、彼の祈りは彼の聖書金言とおなじくただの口先にすぎず、機械的で心こもらず、それゆえ彼がこの神聖なるひとときのさなかに、祈りも中断せず、いかなる敬虔なためらいも見せず、おもむろに旗鞘を神聖ならざる腹にまきつけにかかるのを妨げはしなかった。かくのごとき振舞いを、拙劣ながら絵にかいたような嘲弄をまのあたりにしては、レパンがほとんどわれを制するすべを知らなかったのも無理はない。堪忍袋の緒が切れた。そして彼はこの罰当たり者の、あるいは計画的やもしれぬ先制攻撃をくじくべく、一本の矢となって、赤い熱気を吹くかなり肉づきのよい矢となって、さっと旗のもとにかけ寄り、鞘をうち払い、旗をひろげてまたたくまに竿に取りつけ、そして居丈高な声で「さあ、もってゆけ!」と叫んで、いまやどんすの美しさをいかんなく発揮して壁のそばで光り輝く旗を指さし、こうして誇らかではあるが、また余計でもある命令をグロネに投げつけた。まさしく、それは頼まれもしなければ、また必要でもない指図であった。だが、まさに余計であるだけに、そしてまさに敵の発した命令であるだけに、実は勝利者であるはずのグロネを、命令の服従者へとひきずりおとす効能があった。

何やらおぼろげなおののきが世界を走った。風がほんのしばらく息をひそめ、光がそれに応えた。しかし、おそらくこのおののきはもっとはるかな、もっと目に見がたい遠方からやって来たのだろう。すくなくとも、グロネの顔につかのま硬くひきつるごとく浮かんだほのかな笑いは、はるかな源をさし示していたかもしれなかった。

グロネは敵の命令がきこえなかったようなふりをした。あるいは実際に彼はレパンの振舞いのすべてに気づかなかったのかもしれない。実際に、そのとき彼が長い、蒼白《あお》い、空虚な顔に硬くひきつるような笑みを浮かべて、いわば空虚で的確な動作で旗のほうに近寄り、操り人形のようにひょいと旗をもち上げ、自分の体に据えつけようとしたその様子は、ただもうおのが自動仕掛けに導かれているかのように見えた。彼におけるすべてが出発を待ち構えていた。そしていまや一同がふたたびざわざわとしゃべりそして笑いながら、ゆっくりと隊形を整えているそのあいだ、彼は司祭の動きだすのを待っていた。ところが、司祭は祭壇のテーブルにむかって立ち、しゃくれたあごに手をやり――それゆえ人々は彼の祭礼服にも、六月の朝にもかかわらず、ついつい冬のマフラーを思い出してしまう――、そして身動《みじろ》ぎもしなかった。彼の目は花瓶のまわりにじっと止まり、まるでこれらの花の姿を永遠に彼の記憶の中に焼きつけずには立ち去りかねる様子だった。そして実際にそうだった。彼は花のほうに身をかがめ、花の香をかぎはじめた。そしてまるで彼に敬意を表するごとく、風はひっそりと息をひそめた。

「いっしょにおいでかな」ギションのおふくろさんがわたしにたずねた。

「もちろんです、ギション家の人がお山の花嫁になったんですから！」

「あたしは帰りますよ」とウェンターの細君が言った、「仕事に帰らなくては。一人いなくなっただけでも大変なんですから」

彼女はツェツィリエの手を取り、彼女をひっぱり気味に人混みの中を抜け、それからまるで男のような大股の歩みで、点々と青草の生える白い村道を谷にむかって急ぎ下っていった。

近視の目をしばたたかせながらレパンが彼女を見送っていた。「あの人は下の村に帰れる」と彼はうらやましそうに言った。

「だが君は登って行かなくてはならん」とわたしは言った、「山登りをしたからとて、君の脂肪にも、君の魂にも害はあるまい」

礼砲はすでにやんでいた。下クプロンの鐘の音もすでにやんでいた。そして風もいよいよほんとうに静まろうとしていた。風はなおも二度三度と息をつき、すでに平板になっていたが、それでも広々と吹きわたり、それからもうひとつ、澄んだまま消えてゆくため息をついて、静かに無限の中へ滑りこみ、大気の中に消え、息絶えた静けさの中に消えた。そしてそのあとでは、おとらずゆるやかに、おとらずにわかに、世界は暖かみを示し、そのオパールの色は明るさを示した。それにひきかえ、いよいよ暗くなってゆくのはレパンの心中であった。彼は左手で香炉をぶらぶらと揺するのはやめたが、右手は永遠の敵グロネを、その上にそびえる青どんすの旗を指さした、

「こんなことのためにわしは昨日あの旗に、あんなにきれいにアイロンを当てたのかねえ……こんなことならあの古い鉱夫旗だってまだまだ十分なのに」

「まさかあの旗にもアイロンを当てるつもりじゃないだろうね」とギションのおふくろさんが口を出した。

「あれにはアイロンを当てられませんよ。手に取ればぼろぼろになってしまいます」

「そうでしょう……あの旗はいったいどれほど年がいってると思います」

レパンは肩をすくめた。

「わしの死んだ親父が若かったころにも、お山参りにはあの旗をもって行ったということだから……もう八十年にはなってるでしょう」

「三百年以上なんだよ」とギションのおふくろさんが教えた、「だからあれは教会の中に大事にかけておきなさい。あれは教会のものです」

「わしは、わしはあんな旗なぞいらない」とレパンが言った。年老いてくたびれ、埃だらけになって教会の天井から下がっている旗を、レパンはあまり好きではなかった。

「どの戦争だって目指すは旗じゃないか」とわたしは言った。

「冗談じゃない、わしはグロネと戦争なぞしちゃいない……だが、こんなことのためにペリンはあのきれいな旗を寄進したのじゃない。そうなのだ、彼は聖体祭のために寄進したんだ。彼はこんな濫用をだまって見てる手はないんだ……」

「旗がなければ行進はできない」

「そう」と彼は言った、「神さまはすべてそういうことをお好きにならない、聖書金言だとか、行進だとかをお好きにならない……山に登ったり、大声でお祈りを唱えたりして、神さまの御《み》心《こころ》にかなったためしはありゃしない。神さまからいただいた言葉を正しく使って、神さまを讃えることさえ知ってれば、わしらは家にいたってもっとよくお仕えできるんだ……わしは早く家に帰りたいよ」

「それなら役僧なぞになることはなかったのに……」

「誰かがミサの介添えをやらなくてはならん。あそこの叫び屋じゃつとまりゃしない」そう言って彼はグロネのほうへあごをしゃくり上げた。だがそれから彼は物思わしげに手の中の香炉を見た。その口からはほのかな青い雲が立ち昇っていた。やがて彼は憎さげに言った、「悪竜をあぶり出すのさ」

「なるほど……だけど、それがどうしたんだね」

「あの男はそれに役立つんだよ……悪竜どもだって、ああがなり立てられては怖れをなすさ」

どうやらグロネも自分のことが話されているのに気づいたようだった。そのうえ、彼はレパンのおしゃべりももうたくさんであり、そろそろ進軍を始めなくてはならぬと見たのだろう。彼はこちらにむかって叫んだ。そしてその声は人々のざわめきの間を、まるで目に見えぬ格子を通り抜けるようにきこえて来た。

「レパン、神に仕えるのにぐずつくものは、神にすこしも仕えぬのと同じだぞ」

「わかった、わかった、いいから歌を始めろ」とズックがレパンに代わってどなりかえした。

彼は馬と車をひとまず山荘に置きに行って、いまもどって来たところだった。彼の顔からは病人の夜伽《よとぎ》のやつれが見てとれたが、彼自身はそれを素振りにあらわさなかった。「さあ出発だ、レパン」と彼は告げた、「準備万端ととのった……」

レパンは赤く血管の浮いた鼻をかなしげに伏せて、ただため息をひとつついただけだった。彼の仕立屋の手は前のふくらんだ僧衣の長いボタンの列を上へ下へとなぜていた。やがて彼は一言、「仕方がない」と言ってつらい定めに従った。司祭がいよいよほんとうに出発するばかりになったので、いよいよままにならなかった。

銀色に輝く救世主がゆらゆらと傾きそしてまた傾く長い十字架を、侍童がたかくかかげて先頭に立ち、そのうしろに子供たちが二列に並んだ。それから司祭と役僧、それにつづいてお山の花嫁と付添いの処女たち、そしてそのあとにグロネがつづき、旗を頭上にかかげ、フロックコートの尻を奇妙な風にふくらまして、全行事の主役、信徒衆の引率者だった。信徒衆の大部分は女であったが、それでも思いも及ばぬはるか昔からかたく守られてきた行列と野辺送りの伝統を破ることは許されず、伝統に従って男たちが先に立ち、女たちがあとにつづいた。そしてグロネはおりしも突然蜘蛛の巣のごとく透明にひろがった静けさの中で、ほとんどものすごいというべきしゃがれた声でひとつ咳払いをして、いっそうしゃがれた、いっそう強烈な音をたてて痰《たん》をはき、それから行列の連禱《れんとう》を唱えはじめた。

主は山上で語りたもうた、
星と月は風にいざよい、
主は恩寵を播《ま》きたもうた、
露降り、日の昇る前に。
世界の塔に登りたまい、
人生の山上に立ちたもう
山上のマリアに讃《たた》えあれ。

主は山上で語りたもうた、
星と月は風にいざよい、
主は恩寵を播きたもうた、
…………

一同はいまやにぎやかに歌いはじめた。もちろんいくらか息切れ気味だった。なぜといって
この歌う巡礼隊は、すくなくとも全体として見れば、あまり若い者たちによって構成されては

いなかったし、それになんといっても登り道だったからである。しかし、それにしてもかなりにぎやかな声だった。わたしは女たちの最前列を歩いているギションのおふくろさんと話しができるように、男たちのいちばんうしろについて歩いた。われわれはすでに村をあとにした。そしてズックの家にさしかかるその手前で右に折れて古い鉱夫道を取り、森のほうへ入っていった。だがズックの家の窓はあいていた。エルネスティーネはきっとわれわれの歌うのを聞いているにちがいない。

……人生の山上に明るくたちたもう、
山上の聖ヒラリーに讃《たた》えあれ

ギションのおふくろさんも皆といっしょになって連禱《れんとう》を熱心に歌っていた。あまり熱心なので、これはまるきり本気というわけじゃなくて、むしろ良いお手本を示すためにやってるのじゃないかと思いたくなる。もちろん彼女のごとくおのれの知識をより深い層から汲み上げて来る人間にあっては、無限と有限ばかりでなく、厳粛なものと愉快なものも、ほとんどひとつに融けあうほどに互いに近く並んで宿っているのだ。ズックもわたしの数歩前を歩きながら熱心に歌っていた。たぶん吠えるようなバスでグロネの声を圧倒して、彼を怒らせてやろうというつもりもあったろうが、しかしほんとうの目的はもっと別なところにあったようだ。彼の目は一心に足下の家に注がれていたが、それはけっしてその辺に生えてる菜っぱやちさの頭を数えるためではなかった。はたしてそのとき、居間の窓から誰かが身を乗り出し――それではやっぱり彼女は起き上がってしまったのだ――、白いきれがひらひらと振られた。そして青い格子縞が、ズックのハンカチがそれに答えてひらひらと揺れた。もちろん、ほかの人たちもすぐさまこれにまね、そしてまもなく行列全体がひとつになってひらひらと揺れた。ただギションのおふくろさんだけはまっすぐ前を見つめていた。だが、そのうちに何かが彼女の目の中に飛びこんだようだった。しかも奇妙にも両方の目にいちどきに。珍しいことである。彼女はそれを目から取り出すために、大いに目を拭わなくてはならなかった。そして彼女は言った、

「小麦がよく育ってること」

いかにも、小麦はよく育っていた。いまや花ざかりで、そよ風が吹くたびに、花粉の雲が畑の上に漂うのが見えた。この古い鉱夫道は畑と畑のあいだに深く、かたい岩の基盤に達するまで掘りこまれており、そしてところどころで浅い窪道になって、畑の作物の穂が目の高さに眺められ、まるで青いしなやかな槍の林をのぞきこむがごとくになり、中にまじる雑草も、菫《すみれ》色の麦撫子《なでしこ》や白っぽいかきどおしなども見分けられた。

……………神は恩寵を播《ま》きたもうた、
露降り、日の昇る前に。……………

道がふたたび高く登ると、いかに見事に小麦が育っているかが見られた。やがてわれわれは広い斜面牧草地に入った。道は大きくひとつくねって牧草地を横切り、森の縁までつづいていた。もちろん近道もできた。しかしお山参りの行列は近道をしないものである。それにわれわれは行列がとにかく前進していることをありがたいと思わなくてはならなかった。なぜなら、小さな司祭はなんともだらしのない登山者なのだ。

「五十年前はこんなじゃなかった」とギションのおふくろさんが言った。

「たいした違いはなかったでしょう、おふくろさん」

そうだ、いつの世にもたぶんそう違いようがなかったはずだ。いつの世にも行列は黒い虫のごとく牧草地をこんなふうにゆっくり這《は》い上がって行ったことだろう。いつの世にもここまで来ると人々はもう汗をかきはじめたことだろう。いつの世にも道の左右にはひな菊が咲き、牧草地には黒っぽいりんどうや、釣鐘草や、吾木香《われもこう》が咲き、そしていつの世にもたんぽぽがその黄色いつややかな盃を太陽に向け、そして空が曇れば盃を伏せたことだろう。そしていつの世にもいまとそっくり同じに、唐松の森が行列を迎えて立っていたことだろう。

ギションのおふくろさんはすこしばかり嘲笑的になった、

「変わりがないと思いなさるかね……いいかね、アルレート司祭といっしょだと半時間で上についたものですよ。あの人はよく心得てました」

「半時間ですって。ま、おふくろさん、あなたのおっしゃるとおりでしょうよ」

「もちろんですとも。なんならいまだって半時間で歩いてみせますよ……言っておきますが、当時のアルレート司祭はいまのわたしより若くはなかったのですよ。もう八十そこそこでした。でもよく心得てました、石の祝福のことを」

彼女の悠然とした、山のお百姓式の大股歩きを見てると、それは信用できた。

「ええ、でも石の祝福に、何をそんなに心得ていなくてはならぬことがあるんです」

彼女は笑った。そして彼女がアルレート司祭とわれわれの貧相な、花をはぐくむ司祭とを比べていることが、わたしにはわかった。この種の影のごとき小男は、彼女にとってとにかく虫が好かぬのだ。そして彼女はふたたび合唱に加わった。

……………

山上の聖フライアンに讃《たた》えあれ

……………

森の中はむんむんとしていた。朝風はどうやら梢の上を吹き過ぎただけで、森の中まで分け入ってこなかったのだ。空気は樹脂のにおいをはらみ、下生えの緑の鋭い乾いたにおいや、地面のかびの甘いにおいや、生きているのも、倒れているのも含めて樹々のにおいをはらんで淀んでいた。あたりはすべてすのきの灌木《かんぼく》におおわれて、きつい緑をした絨毯《じゅうたん》のようであり、その間にまじって苔桃の生えているところでは、桃色の花が点々と咲いていた。

しばらくして彼女が言った、

「こういった祝福に何かしら値打をもたせるつもりなら、夜中に行なわなくてはならない……

……と月は風にいざよい、

主は恩寵を播《ま》きたもうた……」

「おや、おふくろさん、花婿と花嫁はいつでも昼間に祝福を受けるものですよ」

「でも、それも夜中の婚礼のためにすぎません」

「お山の花嫁には花婿がない。婚礼の夜とはいったいなんのことですか」

「あの人はもちろん花婿じゃない、前を歩いてるあの人はね」

「じゃアルレート司祭は、花婿だってんですか」

「そうなんですよ……あの人はとんでもない男でね、あの人のところには若い娘を告解にやれなかったものですよ」

「たいへんな話ですね、ギションのおふくろさん、それであなたはお山の花嫁だったんでしょう！」

彼女はずるそうな、残念そうな顔をした。

「あのころはあの人ももう年だったんですよ……」

そのころアルレート司祭は八十歳だった。ということは、彼はナポレオンの戴冠式よりも前に生まれているのだ。人間がいわばおのれの知己圏の中に包括できるのはこの程度の年月である。だが、それはやはり無なのだ。

彼女はさらに語りつづけた、

「だけど、たとえ彼が若かったとしても、お山はあのころもう生命を失って、とざされていたのです。だから、どのみち婚礼はもうなかったわけです……そう、何百年も前、お山がまだひらいていたころ、ほんとうにひらいていたころには、お山の祝福はまだ本式の夜の祝福で、こうした婚礼につきものの一切がありました、踊りとか、もっとすごいことが……」

「酒場で、ですか」

「もちろん山の上ですよ」
「いまでもその話は語られてますか」
「そう、いまでも語られます」
そして彼女はまた歌いだした、

主は山上で語りたもうた
星と月は……

たぶんそうなのだろう。それらすべてのうち今に残っているのは、秋に冷た石のそばで催される祭、野外酒屋をかこむささやかな踊りの宴を伴うお山の礼拝堂の開基祭だけである。たしかに、人間がむかし山の肩に花環のごとく巻きつけたかずかずの祭や呪術は、今ではすでに幾百年もたって色あせ、まことに見すぼらしいものになってしまった。ギションのおふくろさんは歌いつづけた、

……世界の塔に登りたまい……

そしてまるで正しい文句の一節のように、そればかりか、より正しい文句の一節のように、彼女はこうつづけた、

山の中に鉱夫、腹の中に赤児、匿《かく》まれそして生まれてあり……


「そりゃなんですか」

「昔はこう歌ったのだよ、お山がまだひらいていたころには」と彼女は笑った。

「もっと先を歌ってください」

「いけません」と彼女は真顔になって頭を振った、「何でもその時があります……時を得れば、祝福は花嫁にも、山の中にも力を及ぼします。まるで両方の中にまったくおなじものが入っているかのように。しかし何であれ、時を得なければ、姿かたちをもたないのです。そしてそれについて語ってはいけないのです」

山の腹、女の腹、たしかにそのとおりだ。そして言葉も、山も、人間も、あるいはむかし時をおなじうして生まれたのかもしれない。時をおなじうして、測り知れぬものの中から投げ上げられ、折りたたまれたのかもしれない。わたしの心の中に、不安に満ちた、しかもひえびえとした気持が萌《きざ》してきた。ああ、人間はおのれの生の形態を与えるために、なんとさまざまな

ことをするのだろうか。人間はもっぱらそのことばかりしているのだ。われわれの行列は一匹の虫のごとく悪竜めざして、石がちの山径を越えて、唐檜《とうひ》の森を抜けて黒い虫のごとく這《は》い上がって行く。そして千年前、二千年前、三千年前、あるいはさらに昔にも、行列はこうして這い上がって行ったのだ。山々は変わらず、道も変わらず、行列も変わらず、そしてこのような不変の中へ人間はおのれの矢のごとき人生を救い出し、それに不変の形態の見かけを与えようとしてきた。あたかもひとつの源へのがれもどることができるとでもいうように。おそらくむかし言葉と、山と、人間とが時をおなじうして生まれた源へと。そうなのだ、時をおなじうして生まれたがゆえに、かつては女の腹と山の腹は実際に同一のものだったのだ。ところが、それはやがて形態への空虚な憧れへ、不安に満ちた呪術へ、霊験のない呪術へと変わってしまった。残ったものは空虚な、ひえびえとした不安だけである。

「マリウスはふたたび手で麦を打つべきだと言い張る、そしてあなたはあなたでお山の祭にふたたびアルレート司祭がほしいと言う……」

「いいえ」と彼女は言った、「何事であれ、ひとりでに目覚めないものを、目覚めさせることはできないものです」そしてまるでわたしのばかげた質問を封じるためのように、彼女はふたたび皆といっしょに歌いはじめた。もっとも、またしばらくすると彼女は歌をやめて言った、「昔あったものをふたたび呼びさますことは誰にもできません。アルレート司祭にさえできなかった」

わたしには理解できなかった。

「あのころ彼はまだ若かった。そして彼は山に強制しようとしたのです……」

「強制ですって。また何を」

「おそらく山がまた黄金を生み出すよう、また生きはじめるように。マリウスに始まったことじゃないのだよ……あのころ坑道は板で塞がれているだけだった。そして杭を二本や三本ひき抜くなんてことは、アルレートのような人にはなんのこともなかった。それで彼はお山の花嫁をつれて坑道の中へ入ったのだよ……何事も彼は力ずくでやりました、説教壇の上でも、ベッドでも。ただ、ここではなんの甲斐《かい》もなかった。地下のものに強制を加えることはできない……なるほど娘は子をはらんだ、でも山はやっぱり物言わぬままだった……そのあとで山は壁で塞がれたのだよ……」

「たぶん司祭も」

「あの人がおとなしくとじこめられるものかね」と彼女はぼんやり笑った。

「だけど、ギションのおふくろさん、彼は人でなしじゃありませんか」

「いいえ、彼は人でなしじゃありません……茫洋とした人でした、良い人でした、そして大きな人でした。信仰の点でもそういう人でした。彼が九十歳でなくなったとき、わたしたちはみっまってしまっんな泣いたものです。なにしろ彼は雄弁だったからね……」

「そういうのを雄弁というのですか」

「そう、彼は誰にも負けぬほど雄弁でした。男たちも彼の前では女のように弱くなってしまった。誰でも彼は信伏させたものです……それで彼はまったく同じようにして地下のものを、山という女を屈服させようとしたのです……」

「あるいはまた、彼にはそのお山の花嫁がたいそう気に入ったのでしょうね」

「そりゃそうでしょうよ」と彼女は認めた、「またきれいな女だったからね。わたしが見たところでさえ、まだきれいだったよ……だけど女のためならアルレート司祭は何も山の中へ入ることはなかったのです。そんなことしなくても、女たちは彼のあとを追いまわしたものですよ……若いころにはこの土地でいちばん手に負えぬ羚羊《かもしか》密猟者でした、まるで聖者が狩りに出かけるような姿だった」

「変な聖者ですね」

「男くさい聖者でした……狩人《かりうど》の聖者でした」

わたしは黙った。そして彼女はふたたび歌いはじめた。

……人生の山に明るく立ちたもう、

山上の聖レアンダーに讃《たた》えあれ。

レパンの揺する香炉がかちゃかちゃと鎖の音を立てた。登りはきわめてゆっくりだった。われわれは新しい伐採地にさしかかった。淡い、白っぽい光が森の中の空地に垂れていた。だが、それでも空地は日光の香りを、昨日の日光の香りをこもらせている。樹脂の香りが、皮をはがれて白い幹の上でくすぶっていた。三人の男がそこで働いていた。彼らは帽子をとった。そしてさっきの問いがまだわたしの念頭を離れなかったので、わたしは言った、

「伐採だけでマリウスは満足すればいいのに。すくなくとも伐採は今でも手でやっているのだから」

「それももう長くはない」とギションのおふくろさんは言った。

「そうなんです、おふくろさん、なにもかも時代遅れになる。麦打ちのからざおも時代遅れになってしまった、アルレート司祭も時代遅れになってしまった……なぜわたしたちはいまさら山へ登って行くのでしょう。祝福とか、山登りの難行とか、いったいなんのためです、あなたのきれいな衣裳のためですかね」

「恥を知りなさい」と彼女は言った。そしてわたしは彼女がそのまま歌をつづけるものと思った。だが、それから彼女は考えふけりながら言った、「ほんとうに、恥を知りなさい。あなた

はいつもはそんなに愚かじゃないのに……心の知識は頭の知識よりも大きくて、古くはないのかね。わたしたちは心の知識のために登って来た、心の知識を忘れないように登って来たと、わざわざあなたに言わさなくてはならないのかね。これは機械の仕事とはなんの関係もないのだよ」

「よろしい、わたしは喜んで恥じましょう……しかし、魔物や竜もまたそういった心の知識なんですか」

「かもしれません」と彼女は朗らかに言って、灰色の目を細めて遠くを眺めた、「心の知識には、普通の言葉はない、たいていの場合、どんな言葉もない……そこで仕方なしに魔物のことなぞ口にするのだよ……」

「ええ」とわたしは言った。

道はますます急になった。しばしば水溜《たま》りの中に没していたが、車輪と橇《そり》の跡がふかく岩の中まで刻みこまれているのがたどられ、そしてそれを見ると、どんなにひさしくこの鉱夫道が、小人と巨人たちの道が、人と乗物に往来されてきたかがうかがわれた。まだ車輪も知られていなかった昔から、原始的な橇がこの道をがたがたととび跳ねながら往来していたのだ。登りが急になるにつれ、すのきの藪《やぶ》がいよいよまばらになり、そしてわれわれはいよいよ頻繁に立ち止まらなくてはならなかった。われわれの小さな司祭がいよいよ頻繁に息をいれなくてはならなくなったのだ。折悪《あ》しくその日は、エルネスティーネをちょっと診察して来るだけのつもりだったので、わたしは商売道具の入った鞄《かばん》を家に置いてきてしまい、ジギタリスもカフェインも持ちあわせていなかった。しかし薬があったところで何になろう。どうせ司祭はどんなにすすめられても、ミサの前には何も摂《と》らないのだ。わたしは苛立たしくなった。そして仕来《しきた》りに反するのも構わず、わたしは彼にむかって叫んだ、

「しばらくお休みなさい、司祭さま」

歌がぱったりやんだ。司祭は彼のごわごわした礼服の中でいくらかぎごちなく振りかえり、感謝のほほえみを浮かべたが、それもきわめて優柔不断なほほえみだった。

「遠慮なさらずに、さあ司祭さま。わたしたちもみんな助かります。それに神さまだってきっとそれに反対なさらないでしょう」

彼はしばらく決断の間を必要とした。だがそれから、上っ張りを汚すまいとするお百姓の女たちとおなじ手つきで、彼は祭礼服の尻をはしょり、岩がちな道端に腰をおろした。つぎのあたった縞模様のズボンが奇妙に男くさくのぞいた。一同はなおしばらくぽかんとして立っていたが、やがて行列は崩れ、神聖なものは世俗的なものへ、ほとんど遠足気分といってもよいものへ変わった。いずれにせよ、それは一瞬の間のことだった。侍童はキリストを枝の股に立てかけ、ほかの子供たちと林の中へ走って行った。わたしたちの前の男たちも、わたしたちの後

の女たちも、司祭とおなじく山側の道端に腰をおろし、そしてにぎやかなおしゃべりが行列の端から端まではじまった。すでにあちこちで食いしん坊な指が弁当包みをほどいている。休憩を拒んだのはわずかな人たちだけだった。なかでももっともあからさまに拒んだのはどうやらグロネのようで、彼は脚をぴんと伸ばして立ち止まると、旗を前に立て、フロックコートの尻を高くふくらまして、その瞬間からもはや身動《みじろ》ぎもしなかった。もちろん、ギションのおふくろさんも坐ろうとしなかった。

レパンがわたしたちのほうへやって来て、「グロネがコーヒーをもってますよ」と告げ口した。

「それぐらいの権利はあるさ。なにせ彼はそのかわりに喉がかれるまで歌うんだから」

「司祭さまはひと口お飲みにならなくては。そうでもしないともう一歩も進めやしない」

「床屋医者として言うならいいが、役僧としてそんなことを……いったいどう思ってるんだね、祝福の前にコーヒーとは！」

「医者の命令による特例ってやつだってありまさ……」

「いけません」とギションのおふくろさんが厳しく言った、「ミサにはそんなものはありません……」

「山登り、たかが山登りじゃありませんか……そんなことわかってましたよ……それじゃどうしたらいいんです……」

レパンは困憊《こんぱい》した彼の司祭のことを本気で心配してるのだ。

こうしてギションのおふくろさんと床屋医者とわたしと、それぞれ医術のはしくれたる三人が集まり、なすすべも知らなかった。なぜといって、何千年前の昔から司祭はいつでも平然として登って来たのであり、われわれとしてもこういう伝統の呪縛を破ることはできなかったからである。森は一様に明るい光の中にひたっていた。そして行進歌が声をひそめてからというもの、鳥たちの囀《さえず》りがまたきこえて来た。伐採場からは、弾力性のある唐檜《とうひ》の幹に斧の打ちこまれる音が、めりめりと鋭く、しかも柔らかに昇って来た。そしてときおり藪《やぶ》の中に姿を隠してエリカを摘む子供らの叫び声がきこえたが、何を叫んでるのやらわからなかった。

わたしは事を手っ取りばやく片づけることに決心した。石の祝福が一度ぐらいミサなしで行なわれてもよかろう。医者としてわたしには責任がある。そしてわたしは、もしも彼が飲み物を摂《と》らなかったり、飲み物を摂っても効き目がなかった場合には、無理にも彼を引き返させようと思った。そこでわたしは依然として旗を握りしめて彫像のごとく立ちつくしているグロネの側を通りすぎがてに、「君のコーヒーを出したまえ」と小声で言って、患者のほうへ近づいた。患者は力ない消耗しきった顔をして坐り、蒼《あお》い額から汗を拭っていた。明らかに休息をとる頃合いだった。もしもあのままもう数分つづいていたら、たいへんな衰弱をきたしていたことだろう。わたしは彼のそばに腰をおろし、脈を拝見した。

彼はわたしに手をゆだね、そして強がりを言った、

「いいえ、ご心配なく、先生、もうすっかり元気になりました、もうすっかり……今日はすこし速く登りすぎただけですよ……ちがいますかな」

「そうですとも、司祭さま、まるでいたちみたいにね」とわたしは彼を安心させておいて時計を見た。なんと、三分の二の道のりにたっぷり一時間もかかっているのだ。

「とても速かった」と彼は誇らしげにほほえんだ、「そうじゃありませんか」

「おまけにあなたの祭礼服は冬服みたいです。これじゃわたしどもより早くお疲れになるのも無理ありません……今のうちだけでもお脱ぎになってください」

僧衣《ダルマチカ》をちょっと引っぱって——その布地は彼の大きく広げた股のあいだに重く垂れていた——、彼はわたしの忠告に従いそうに見えた。だが、すぐに彼は断わった。

「ああ、なんでもないのです、この服には慣れておりますから……だいたいわたしが山登りにも同じように慣れていれば、われわれは難儀しなくてもすんだのに……こんなに疲れはててしまって、ほんとにお恥ずかしい次第です……もっと登れなくてはならないのです。これはわたしの責任です」

「まあまあ、司祭さま、何もあなたを登山家に鍛え上げるつもりはないんです。しかしすこし

ぐらいの散歩なら、わたしはあなたにおすすめしたい……もっとも今日のところは、もしあなたがせめて祭礼服をお脱ぎになってくださらないのなら、わたしはぜひあなたにお家に引き返していただきます……」

アルレート司祭ならきっと、しかも喜んで、シャツ姿になって行列の先導をつとめたことだろう。ところが、この司祭は弱い人間の強情さをもっていた。

「とんでもない、先生……、」昆虫のごとき笑いがよわよわしい喉から低く、ひゅうひゅうと昇ってきた、「ご安心ください、これから先はすみやかに進みます、ええ、すみやかに――なんとおっしゃいましたっけ、そう、いたちのように……」

彼の脈博も負けずにすみやかに走っていた。だが、わたしは自分が何ひとつ果たせないことをはっきり悟った。そしてわたしはグロネのほうを見た。彼は相変わらず彫像のように立っていたが、そのときようやく、まるでわたしが彼にきわめてつらいことを要求したかのように、一本の樹のもとに行き、そこに旗を立てかけようとした。

するとひたすらその機を狙っていたかのように、レパンがさっとかけ寄り、彼の手から旗をもぎ取った。

「しわくちゃにしたり、汚したり、おまえのやりそうなこった」

グロネは呆然として彼を見つめながら、明らかに何か十分に陰気な引用句を探している様子だったが、やがてそれを見つけて言った、「ヨブを思え！」

相手のことにかまわず、レパンは柔らかい土の一劃《かく》を見つけて、そこに旗竿をつきさした。美しい青どんすが木の枝に触れて樹脂で汚れたり、傷んだりしないようにと。

「汝が汝の手を彼にかけるとき、心せよ、それは汝のたたかいきれぬ戦いとなろう」と相手はまたも引用した。

「なるほど」とレパンは言って相手に背をむけた。

だがグロネはまだやめずに、すぐにまた始めた、

「ソロモンいわく、愚者に答えるにその愚かさに従うことなかれ、それによって……」

「結構」とわたしは彼をさえぎった、「だが、君のコーヒーのほうはどうなったんだ」

彼が心中でひきつづきレパンに金言の砲撃を加えているのが、まさに耳にきこえんばかりだった。だがそうしながらも彼は、わたしの驚いたことに、旗帯をはずし始めた。いまや、旗を手放すという恐ろしい犠牲の不可避さばかりでなく、奇妙にふくれ上がった彼の尻の秘密も明らかになった。フロックコートの下から彼は二リットル入りの罎《びん》をひっぱり出したのである。それは何やら巧妙な仕掛けによって背中からぶら下げられていたようだった。そして彼はコルクの栓を抜いて、「めしあがれ、先生」と言ってわたしにさし出した。

「わたしじゃないんだよ、ご親切ありがたいが、グロネ。司祭さまだよ」

「えっ！」グロネは仰天した。とんでもないことなのだ。

司祭も負けずに驚いた。彼はただ両腕を上げて、泡をくった声で「しかし、しかし、……」と叫ぶばかりだった。

「お願いですから、司祭さま。いったいどうやってわたしはあなたを無事に山の上までお連れしたらよいでしょう」

彼のきゃしゃな手が、庭仕事のためにすこしばかり堅くなりひび割れした、節くれのないくせに骨ばった手が、わたしの手の上に軽く置かれた。

「主はおのれの下僕《しもべ》をお見棄てになりません、先生。ご心配なさらないでください」

なるほど、そのとき、話を聞いていたズックが助け舟を出した。「あんまりひどくなったら、司祭さま、おれたちがあんたを担いであげますよ、こんな簡単なはなしはない……」そして「よっこらしょ」と彼はわれらがお荷物の向こう側に腰をおろした。

とにかく、それもひとつの手である。それにまたギションのおふくろさんも患者をちらりと診察して、「大丈夫ですよ、司祭さま」とひややかに同意した。

すると小さな司祭はすぐさま立ち上がろうとした。だがズックが無遠慮に祭礼服をつかんで彼を押え、「だめ、司祭さま、まだ暇はある」と言った。

「そう」とギションのおふくろさんがあいづちを打った。「もうすこし休んでおいでなさい。

そのほうが賢明です……」

わたしたちのまわりには森の昆虫の唸りがたちこめていた。道を横切って、蟻の路がつづいていた。なるほど、われわれ自身の人生行路はこのように盛んなジグザグには満たされていない。しかし強制のもとで生きているという点では、われわれもこの小動物たちにひけをとらない。かれらの動作の多様さを、われわれはわれわれの音声と言葉の無限な量をもって補っているのだ。無限におおくの口の中で、会話は無限に多様なジグザグをとる。しかしながらわれわれの大筋の方向は、われわれはこれを固く守っているのだ。そしてきわめて陽気なジグザグがズックの口の中で行なわれていた。だが突然、彼は真剣な顔になって言った、

「今日はうちの女房のところへ行ってくれたかね、先生」

「もちろん……だが医者よりも、いまは忍耐と希望が大切だよ。こういうことはどうしても時が来なくてはよくならないんだよ……」

「そして主を信頼しなくてはなりません」と司祭が補った、「わたしはあんたのおかみさんよりよっぽど弱いのに、ズック、山登りを勧めてるじゃないか……そうだろう」

まさに戦々競々たる嘆願の目で、わたしはギションのおふくろさんを見やった、病人について酷な宣告をさし控えてくれるようにと。しかし彼女はただイルムガルトを招き寄せ、知らん顔で花嫁の冠の乱れたリボンを整えはじめた。とはいえ、それから彼女は何のことだかわかっ

ているということをわたしに示すためのように言った、

「あんたの坊やたちはすくすくと育ってるね、ズック」

ズックの顔がまるい水夫髭《ひげ》の中でぱっと明るくなった。坊主たち！ ズックのこの驚きを、わたしはいままでに何度となく眺めたことだった。彼はあのずんぐりがっしりした男の子たちをを、彼自身に生き写しの男の子たちを眺めては驚き、このような子が生まれるように男と女を寄り添わせた見事な必然を思っては驚き、またエルネスティーネがこのような水夫髭の男の求婚に応じたことを思っては驚くのだ。そしてあらためて確かめてみなくてはならぬとでもいうように、彼は指を口につっこんで、おかげでまたもや切なそうにぎくりと体をすくめた司祭にはおかまいなしに、甲高い口笛を鳴らして三人の子宝を呼び寄せた。

ギションのおふくろさんはおりしもイルムガルトの花束をいじっていた。彼女は花束をも整えていたのだ。やがて彼女は数本の小さな茎を取り出して、その小さな葉を掌《てのひら》の中で揉《も》みつぶし、それをもって司祭に近づいた、

「これを嗅いでごらんなさい、司祭さま、それなら許されるでしょう……気分が良くなるかもしれません」

彼は緑の混合物を手に取って、その香りを嗅いだ。

「ええ、気分が良くなります……しゃく菜ですか」と、彼の園芸家の心がたずねた。

だが薬草の名は教えてもらえなかった。

「ええ、まあ香りを嗅ぎなさい……」

わたしはイルムガルトに花束を見せてもらった。花束はおもに撫子《なでしこ》からできており、それに小判草が混じっていた。だがまたたくさんの薬草もあった。わたしのまったく知らぬさまざまな薬草があった。もちろんそれはギションのおふくろさんの秘密の採集に由来するものである。煎じると蝮《まむし》の毒に効くといわれる蛇草の、ランセットの形をした小さな葉があったが、これならわたしにも見分けがついた。そこでわたしはこの発見を知らせた。

「そのとおり」とギションのおふくろさんが言った、「わかっている人がいるのは結構なことです」

この間に、父親の口笛を聞いて、三人のいちばん年上のヴァレンティンがやって来た。彼といっしょにローザもやって来た。二人は両手にいっぱいエリカとアルム・ローゼをもち、それをイルムガルトに押しつけようとした。

「あたしはもうあたしの花束をもってるのよ」とイルムガルトが断わった。

「取りかえっこしよう」とローザが商売上手にもちかけた。

「これは取りかえられないのだよ」とギションのおふくろさんが言った、「イルムガルトは自分の花束を神さまにもって行かなくてはならない」

「ちがうわ、魔物のところよ」と、ローザはそうたやすく引き下がらなかった。

するとと司祭が穏やかに言った、

「どの花も神さまのものなのだよ。そしてあんたたちはあんたたちの花を神さまの祭壇に捧げればいい、お山の礼拝堂でな……しかしそのためには、われわれはどうやらもう出発しなくてはなるまい、レパン」

レパンは何やら考えながら香炉をぶらぶら揺すっていた。

「これからがいちばんひどくなる、いちばん急な坂になる……わしが嗅ぐ薬草もお持ちじゃありませんか、ギションのおふくろさん、わしにもそいつが要るようです……」

「あなたにも何か嗅ぐものをあげましょう……床屋のお医者さん……」

彼もおなじように薬草の中から数枚の小さな葉をもらった。そして赤く血管の浮き出た鼻を葉の中に突っこみながら、彼はさきほど将軍旗のように土の中に突きさしておいた旗のそばに陣取った。赤い鼻をして、彼は静かな森の光の中で負けずに明るく輝く青い旗の下に立っていた。彼自身さながら将軍、グロネに対する威嚇だった、もっともほんのしばらくの間ではあったが。

なぜといって、休憩をこれ以上のばすわけにいかぬことは誰の目にも明らかだった。ことに、大勢の人たちがグロネのコーヒーの壜《びん》を見て昼食の期待をいだきはじめたので、この休憩を昼食に利用させぬためにはなおさら早くきり上げなくてはならなかった。グロネはみずから健気《けなげ》にも飲み物をあきらめ、壜の怪物を秘密の吊り紐にかけてフロックコートの中へ隠し、その上からふたたび帯を締められるようにした。そしておしゃべりの佳境にあった女たちの、ジグザグを思わせるざわめきも次第にやみはじめた。それにもかかわらず、再出発はのんべんだらりと始まった。人々はおりしも先祖の発明した無意味な義務の重さを感じているところだった。彼らはそれを山の祝福といっしょにわが身に背負いこんでしまったのだ。おおくの人たちはいまではきっととレパンと彼の悪口を正しいと思ったにちがいない。ともあれ、司祭はズックの助けを借りて立ち上がり、僧服と祭礼服のしわをのばした。そしてそれはグロネにとって旗を奪い返す合図となった。機械的なものが支配しはじめた。そしてグロネがどうやら前よりもすこしばかり哀れっぽい声で、《主は山上で語りたもうた》をまた始めたとき、レパンの力ぞえで一行もどうにか見られるお行儀を取りもどした。

そして道も結局いまとなってはそんなにひどくはなかった。二十分ほどすると幹と幹の間がほの明るみ、そしてわれわれの連禱歌が《山上の聖イシドロス》まで来たとき、われわれは急斜面の牧草地へ出た。蚊や虻《あぶ》にぶんぶんまつわりつかれて、汗をかく人間の列、息づかいは荒いが、目的地はもう近かった。左手に谷の全景がいつものように不意に開いた。空はすでにより明るい、より高いところへ昇っていた。そして太陽のあるところでは、真珠のごとき灰色がまばゆい黄色にかがやく白となり、オパール色に縁取られていた。そして右上方では礼拝堂がわれわれを待っていた。あとふた折れでたどりつける。そして礼拝堂の背後では、森の中から生い出て、岩壁が大きく、いつもながら意外に大きくそびえ立っていた。その岩石は明るい灰色をし、ところどころ錆茶色の条《すじ》をきざみこまれていたが、一面にオパール色の光を吸いこみ、そしてまた放射していた。あたかも、この六月の午前を早朝から満たしていた明るい霧は、谷や岩や空の輪郭をことに鮮やかに浮き上がらせたばかりでなく、あらゆるものの形を、奇妙な、めずらしい一体へとまとめたかのようだった。ギションのおふくろさんはわたしのまなざしのこころを推し測って、わたしの思いに同意した、

「そう、たしかに今日は岩が穏やかだね」

牧草地の急斜面のさまざまな色彩もそうであった。釣鐘草の青、金指草の黄、薊《あざみ》の白、芝の緑、それらはどれもくっきり鮮やかに存在しながらも、雑草や下生えの藪《やぶ》やほのかに香る朽木などのくゆらす靄《もや》におおわれ、その中に解けほぐれていた。われわれはもはやしずしずと前進するばかりだった。もはや喘《あえ》ぐばかりで、もはや歌もうたわず、グロネさえ歌わなかった。どうやら彼はいまでは旗を何よりも山登りの杖に使いたい気持でいるようだった。だが蝶たちがわれわれの案内をしてくれた。そして一本の幹の上では、尻尾をエスの字に置いて一匹の小さな黒い蜥蜴《とかげ》が原始の昔さながらに坐り、小さな蛇の頭をもたげて、盲目的で動物的なまなざし

でわれわれを見守っていた。レパンがなんとも不器用にわたしの杖を使っていた。わたしは杖をまず司祭に貸したのだが、司祭はのべつ杖を滑らせてばかりいたので、いまではズックと彼の男の子たちの一人に両手をひっぱってもらっていた。そしてギションのおふくろさんのごとく、つねに変わらぬ静かな登山者の足どりを保っていた少数の人たちは、虫の這《は》うようなテンポに足をあわせなくてはならなかった。上の礼拝堂のところで数人が立って、われわれの苦労を眺めていた。

「マティアスがもうわたしたちを待ってますよ」とギションのおふくろさんが上を指さした。

「そうですね」とわたしは言った。だがわたしは同時に岩石に呪縛された。おりしもわたしは実際に新しいものを発見したのだ。またしても、いままでに一度もほんとうにわたしの目についたことのないものを。それはひとつの水平な膨らみ、およそ二メートルか三メートルの厚みをもつ膨らみであり、あまり高くはないところで、岩壁の端から端まで伸びていた。その形はあるいは一匹の蛇にたとえられたかもしれない。実際にわたしは、それが一箇所で下のほうにまがり、三角形をなして終わっているのを見つけた。この三角の岩は蛇の頭に似ていた。なるほどそれで《蛇頭《へびがしら》》と呼ばれているのだ。そしてそれはその先端でもって、小人坑の口をぴったり指していた。どうやら、それはオパール光の中でいつもより鮮やかにきわ立っているようだった。それればかりでない。先端から出ている二本の錆茶色の条《すじ》が、まるでちょろちょろと動きだしたかのようにさえ思われた。たぶん行列を歓迎して。もちろんそれは愚にもつかぬことである。ほとんど空想とさえ言えない。ましてや幻覚ではない。そして先を行く子供たちでさえ、もちろん魔物なぞを信じてはいなかった。しかしながら、あらゆるお伽話《とぎばなし》的なものは、われわれの魂の中で《だがことによると》という思いに行き当たるのだ。それはほとんど恐れへの意志、ひややかに意識された意志、それ自体としては無意味な支配へ服さんとする意志なのだ――これが大昔のものについての、心の知識なのだろうか。しかし、わたしがこのちょろちょろと舌を吐く石についてさらに考えふけるまもなく、子供たちは小さな家畜の群れのように礼拝堂のテラスを占領し、そしてたいそうにぎやかに侍童を、十字架をつかんでテラスのへりからひっぱり上げた。「それっ、司祭さま」とズックは司祭をひきずりながら叫んだ、「もうすこしで、もうほんのすこしで着きますぞ！」そして実際にやがて「それっ、司祭さま」の一声とともに、彼はついに司祭をテラスのへりからひっぱり上げた。

こうしてわれわれは到着した。そして大部分の人たちは、今日は格別にきつい登りだったと言った。小さな司祭はというと、重い祭礼服につつまれ、微笑を浮かべて荒い息をつきながら、柴で飾られ開いた礼拝堂の戸口によりかかって、山登りの勤めを果たしたことを誇らしく思っている様子だった。

「ゆっくり歩く者は疲れます」とギションのおふくろさんは言った、「それでは疲れた祝福になってしまう」

「あなたの頭の中にはアルレート司祭のことしかないのですか、おふくろさん」

彼女は着物をはたいてしわを伸ばしながら、そのとおりとうなずいた。それから彼女は息子のほうを向いて言った。

「おまえも来たんだね、マティアス……」

やせて、ひょろ長くて、赤髭《ひげ》を生やして、筋骨たくましく、肩の上に水平に渡した猟銃の双筒に片手をかけて、彼はこれまたけっして小さくない母親を見おろした。彼の姿から見るに、彼は母親のために猟区めぐりの足をここまで伸ばして来たようだった。

「ああ」と、彼はのんびりと言った、「そうだよ……」

ズックが彼の胸をつついて、着飾った娘たちの群れを指さした。彼女たちは上気した顔から汗をぬぐい、お山の花嫁のまわりに集まって談笑しながら、狩人マティアスの気味の悪い姿をちらちらと眺めやっていた。

「あの娘たちを相手にするにゃもう年を取りすぎたな、マティアス」

「そんなに年を取っちゃいませんよ、マティアスは」とギションのおふくろさんが気を悪くして言った。

「だけど、もしも彼がうら若い娘といっしょにやって来たら、お気に召さないでしょうが、おふくろさん」とわたしは言った。

「マティアスはわたしの望みをちゃんと知ってます」と彼女は答えた。

「そのうちにどうにかなるよ」と息子が彼女を慰めた、「結婚するには、わしはどのみちまだ若すぎる。それにわしは嫁さがしに来たんじゃない」

その間にグロネは彼の旗を、そのために扉の柱に取りつけた鉄環にさしこんだ。そしてレパンはひどく疲れてはいたが、不謹慎に笑う花嫁の付添いの処女たちを追い立てながら、「さあ進んだ、進んだ、なんでここでたむろしてるのだ……始めるぞ……」と叫んでいた。

「もうしばらく休んでからにしましょう、司祭さま、」ズックは司祭に向かって叫んだ、「石は逃げて行きやしませんよ」しかし司祭は首を横に振っただけだった。そしてすぐさま司祭と役僧は礼拝堂の中に消えた。それゆえ一同は、イルムガルトとギションのおふくろさん、それに花嫁の付添いの処女たちを先頭にして、あとにつづかなくてはならなかった。その際、もちろん大部分の者たちは、収容力に限りがあったので、戸口の前で我慢しなくてはならなかった。わたしも表から人々の頭越しに聖なる内陣をのぞきこむことしかできなかった。

祭壇の上では、強引なアルレート司祭の命令によって置かれた石膏の市販マドンナ像の安っぽい微笑に見おろされて、数本のろうそくが流れこむ午前の光の中で蒼白《あお》く燃え、右の側壁に追いやられたこの聖堂の守護神聖ゲオルゲの、黄金彩色の木彫をほのかに照らしていた。そして聖ゲオルゲはとうに折れた槍を振りかざし、負けず劣らず金色をしたバロック風の竜をいまや突き刺さんとしている。前キリスト教時代の、どうやら古ケルト時代の、ずんぐりした青銅の斧にも恐れひるまされることなく。その斧は生贄《いけにえ》の道具でないにしても、おそらく昔の鉱山の道具だろう、使い古され滑らかになった反り柄をもって、左の窓の並びに掛けられていた。そしてこれらすべてを初期ゴシック風の十字架が祭壇の上から見渡していた。まわりの壁にはところどころ小さな奉納画が掛かっていたが、それらは聖ゲオルゲに捧げられたのか、それとも青銅の斧に捧げられたのか、おそらく奉納者自身にもはっきりしなかったことだろう。そしてズックがほとんど畏怖の声でささやいた——「石」と。

いかにも、いくつかの石が子供らのもって来たアルム・ローゼや釣鐘草に囲まれて祭壇の上にのっていた。そして祭全体は石の祝福と呼ばれているものの、それは普通の石ではなくて鉱石、しかも、それは疑いもなくキリスト教の影もなかったはるか昔からお山参りの目標であった。実際に、およそ拳をふたつ重ねたほどの、鉱脈のくねり走るこれらの塊は——そのひとつは黄金色に輝いている——その表面が摩《す》り減ってすべすべになっている。まさに、人間たちの手が無限な時代にわたってひとつの流れのごとくその上を触れて来たことの証拠である。いまのところ本来の祝福はまったく行なわれず、まずごく普通のミサが執り行なわれ、人々の敬虔の念も残らずミサに注がれていた。立ち並ぶ短い祈禱《きとう》台の第一列ではイルムガルトが花嫁の冠をのせた顔を深く垂れてひざまずき、その横にはギションのおふくろさん、そのうしろには女たちがそれぞれ布に包んだ弁当を自分の前の床下に置いてひざまずき、そして侍童が鈴を鳴らす度に一同はますます深く頭を垂れた。それにもかかわらず、わたしには十字架と鉱夫の斧といつなんどきところを換えるやもしれぬような気がした。石がただそこにあるということが、このような奇妙な印象を惹《ひ》き起こしたのだ。そしてわたしはまた岩壁の巨大な石の蛇を、ちょろちょろと舌をはく頭を眺めた。

「何を見てるんだね」とマティアスがたずねた。

「なに、あそこの石の蛇だよ。今日はまるで生きているみたいじゃないか」

「石の中にはどんな動物だって見つかるものさ」とマティアスが当たり前のことのように言った。

わたしの横でひざまずいていたズックが目を上げた。「ノアの洪水の前のようさ」と彼は言った、「ありとあらゆる動物がいる」しかし彼はそれ以上語らなかった。おりしもまた鈴が鳴り、彼は十字を切らなくてはならなかった。そればかりでない、彼は胸を叩きさえした。そしてわたしは彼のつぶやくのを、「女房が元気になりますよう、女房が元気になりますよう」とつぶやくのを、はっきりときいた。もっともそれがすむと、水夫髭《ひげ》に包まれた彼の敬虔さはたちまち一変して、日常的なものへもどってしまった。彼の実際的な気性は、ミサが終わっても

いないのに、より高いもろもろの力にもはやなんの用事もなくなってしまった。そして山の蛇のほうを見やって彼は言った、

「人間は死なねばならん、ところが、ああいう石は永遠に生きる」

「うむ、けっして永遠というわけじゃないが……それにしても、風化しきるまでには長いことかかる……」

「おれにはそれで十分だ……エルネスティーネにとってもさ……」それから彼は何やら面白いことに思いついた様子で言った、「石にむかって祈るべきだ」

「それは偶像崇拝じゃないか、ズック」

「いや、石の中にあって、風化を越えて永らえるものに祈るんだよ」

「つまり永遠にむかって祈るわけだ。それなら石はもういるまい。永遠はすでにあらゆる物の外にあるのだから」

彼はずるい顔になった。

「ところがおれには石がいるんだな。おれたちが汗をかきかきここまで登って来たのも、石のためじゃないか……人間は空《くう》にむかっては祈れないのさ」

「人間の祈りに必要なのは静けさだけさ。だのに君は静かにしていられない」

「ちがうな。何よりも人間に必要なのは象徴《しるし》さ。そこには永遠なものが隠れている。それで人

間は永遠なものにむかって祈れるのさ……それは鏡のようなものだ。人間はおのれを確かめるためにそれをのぞきこむんだ……そのためにこそ人間はお参りに行くんだよ」

「いいかげんに口を閉じてくれよ……ひょっとするとわたしだってお祈りのために登って来たのかもしれないぞ」

「ほんとかね」と彼は片目をつぶった。しかし、わたしが本気で言ったのか、それとも冗談で言ったのか、はっきりわからぬ様子だった。もちろん、わたしだって祈れるものなら祈りたかったのだ。とはいえ、わたしのしていることは、祈りからそれほど遠くは隔たっていなかった。それほどにはっきりと、わたしには祈りの意味が見えてきた。すなわち、いかに祈りの身振りが地上的であっても、人間は祈りによっておのれを象徴的なものにまで高めるのだ、高めることができるのだ。なぜなら、祈りの身振りをしおおせるということは、地上的なものをはるかに越えた能力なのだ。おおくの人がそれを役者的な能力ぐらいに考え、わたしもかつてはそのように考えていたが、それは役者的な能力よりもはるかに高いものなのだ——演技であるとすれば、それは地上的な演技ではなくて、天使の演技であろう。すなわち、かくも単純なこの能力は、人間とともにあの無限性から由来するのだ。人間がおのが目のうちに宿す無限性、それでいて人間がつねに探し求め、そしてそれなしに生きられぬあの無限性から。この祈りの能力においてこそ、おのが無限性へ立ち帰ることができるという保証が、人間に与えられているのだ。それは無限性の保証なのだ。こうして、わたしがいま眺めているもの、明るい白壁の礼拝堂におけるほとんど見すぼらしい礼拝も、夏の午前の光の中で執り行なわれつつ、夏の午前の大いなる静けさをそなえていた。それは夏の午前とおなじく、さながら海の眺望のごとくであった。そして司祭の勤めと祈る人たちの身振りは、さながら音もなく流れる白霧か、あるいは定かならぬ船の帆のごとく、なおも影のごとき無限の上を滑ってゆく。無数の存在の層を通りぬけて、果てしなきものの岸べまで、目に見えぬ天の岸べまで漂い流れてゆく――祈る人の盲目のまなざしにほのかに感じられつつ。いずれにせよ、ズックはしばし口をつぐんでいた。もっとも、長くはつづかなかった。神の用事を片づけてしまって、彼はいまや退屈しはじめたのだ。

「ちっともお祈りしてないな、先生」

「そんなことが君にわかるものか」

「人間はお祈りするときには顔が変わるものさ」

「大きなお世話だ」

「まあ聞いてくれ、先生……おれがほんとうにお祈りしていると、まあめったにないことだが、ほんとうに熱心にお祈りしていると、そしておれが両手を合わせると、すると、そいつがいつものおれのごつい手じゃなくて、なんだか見なれぬもの、おれの知らぬものになっちまうんだよ。それに、おれの顔もちょうどそんなふうになる感じがするんだ。とつぜん顔がいつも襟からにょっきり出てるのと、違ったものになってしまうんだな……お祈りがひとりでに口と耳の中に生まれてくる。何を聞いても、何をしゃべっても、おれはそいつをおれの感覚ではつかめない。それなのにおれの中には……」

「そのとおり」とわたしは言った、「無限なものがあるのさ……」

彼はうなずいた、

「きっとそいつだろう。おれたちみたいな者はめったに信心深くならんから、そういうことは何もわからん。もっとも、おれはエルネスティーネの顔にいつでもそいつを見つけるがね、とくにあいつが病気になってからは……なんといったっけ、無限なるものか、うむ、そいつだ」

わたしはマリウスのことを、仮面じみたものを思わずにいられなかった。それはおなじく無限なるものから、獣的なものと天使的なものからやって来て、しかも人間的なものになりえなかったのだ。そしてわたしは役者的な所作と祈りの所作との間の途方もない相反性をあらためて理解した。儀式は所作を形ある無限にまで高める。それゆえ、この明るい白壁の礼拝堂で行なわれつつあるほとんど粗末な礼拝でさえも、夏の午前のあらゆる悠大さと、その静かな大いなる光をみずからの内におさめ、そして夏の午前とともに果てしないものの岸べまで、目に見えぬ天の岸べまで、無限の海の岸べまで拡がることができるのだ。そして無限の海の上には形あるものが音もなく流れる霧のごとくかかるのだ、祈る人の盲目のまなざしにほのかに感じられ、司祭のお勤めとひとつに融けあって。ズックもそれについて何かを感じたのは、すこしも不思議なことではない。すくなくとも、彼はいまやほんとうに沈黙していた。おなじくお山のマティアスも身動《みじろ》ぎしなかった。しかし、お祈りが最後の《天にましますわれらの父》まで来たとき、彼は合わせていた重い手を解いた。「さてと」と彼は言った、「わしはもう行く、おふくろによろしく言っといてくれ」そして猟銃を肩の上に水平に渡して、山男特有のゆったりした、膝を曲げて弾みをつける歩き方で森の中へ去って行った。人から離れているのを好む独身者として。

ようやく祝福が本式にはじまるまでになった。われわれのご先祖たちがお山の花嫁を生きながらに山の内にとじこめるか、あるいはすくなくとも——おそらく鉱夫の斧で——打ち殺すかして、花嫁を竜に捧げ、そしてその返礼として竜が山に黄金を産ませてくれるようにと願ったということは、確かなことと見なしてよかろう。そしてイルムガルトがそのような憂き目を免れたのも、花嫁御供を無害な花嫁救出の儀式へ変えてしまったキリスト教のおかげである。本来、彼女はこの行列の一員ではなくて、鉱石ともども山に幽閉されているものと見なされており、参詣者の一隊によって山から解放されることになっていた。それゆえ、彼女は急いで先に行って、救済者たちの到来を待ちこがれている必要があった。いずれにせよ、彼女はもうそろそろ石とともに山へ出発しなくてはならなかった。そしてすでにレパンも、石を祭壇のテーブルから花に飾られた担架つきの長持ちへ移すばかりでいた。それはきわめて古い形の担架、大昔の担架である。なぜなら、それは軌道も鉱石運びの犬も知られていなかった時代からくる担架なのだ。やがて二人の若者が担架を輿《こし》のごとく高く担ぎ上げ、そして恒例によってグロネが鉱夫式に《ご無事で》と叫んだあと、お山の花嫁、担架、若者たち、花嫁の付添いの処女たち、そして子供たちが礼拝堂のテラスから出発した。そしてその間にわれわれ年配の者たちはさらに行列をつづけるために隊列を整えはじめた。といってもゆっくりとであった。なぜといって、まずレパンが斧を――それでもってこれからイルムガルトならぬ竜を打ち殺すのだ――壁から取りはずさなくてはならなかったからである。彼はその作業を、さまざまに喘《あえ》ぎうめきながら、急ぎもせずにやった。とくに、グロネが出発をあせるので、なおさらゆっくりとやった。わたしはこの間を利用して、司祭に、もうさっきから必要になっている気つけの飲み物を摂《と》るように頼んだ。ところが、教会の規則からすればもはやなんの差し障りもないというのに、彼はまたもや勇敢に拒絶した、

「わたしがそんなことを始めたら、もう抑えがきかなくなります。そしてわれわれはここからもう一歩も離れられなくなります」

われわれがついに動きはじめたときには、花嫁はもう坑道のところに着いていたはずである。

礼拝堂の裏から森に至るまでにわれわれはもうひとつ小さな斜面を登らなくてはならなかった。だが、そこから道はかなり平坦につづいた。といっても、われわれの歩みが一変して速くなったわけではなかったが、歌うのは楽になった。それゆえ大森林はグロネの歌声に鳴りどよめき、救出を待ちこがれる処女を喜ばせ、悪竜を恐れさせた。こうしてわれわれは勇ましい竜征伐者の一隊となって山にむかって進軍した——われわれの連禱《れんとう》歌はここに登ってくるあいだ歌われていたのとおなじであったが、ただ、いまではどの節もほかの聖者たちをいっさい省いてしまって、もっぱら《山上の聖ゲオルゲに讃《たた》えあれ》と結んでいた——、そして戦士のごとく斧を帯びるレパンを先頭におし立てて、壁で塞がれた坑口までゆるやかに傾き昇る小さな空地にたどりついたとき、坑口の前にはお山の花嫁がとりどりの鉱石をいれた長持ちを足もとにおいて立ち、そしてそのまわりには娘たちが手をつなぎ合って半円をつくり、明らかにおのれの花嫁と鉱石を守らんと構える多頭の竜を表わしていた。もっとも、いまやわれわれにこたえて歌われた歌があまり竜らしくなくて、素朴な教室風の響きがしたことは認めぬわけにいかない。それは《お星さまはいくつあるか知ってる》のメロディーで歌われていた。

誰ひとり近づいてはならぬ、
この巨人の堅城に。

あるいは、処女を巨人に捧げよ、
巨人が汝に害をなさぬよう。

この警告にもかかわらず、われわれは勇敢に進撃をつづけた。次の節が囚《とら》われの処女の嘆きを伝え、われわれの心を動かしたとあれば、なおさらのことであった。

聖ゲオルゲ、聖ゲオルゲ、
山上にましますわれらが護《まも》り神、
処女が竜になぶられて、
恐れおののいております。

昔は、警告の歌はおそらくもっと違ったメロディーだったのだろう。ことにかの大昔には。なにしろそのころにはこれら一切は暗い新月の夜に行なわれ、そして恐ろしげに魔物たちが開いた坑道からうなり立てていたのだから。わたしは岩壁のほうをそっと見上げた。大蛇の浮彫りはここから見えなかったが、しかし二本の錆茶色の溝に、わたしはいまにも襲いかかりそうな爬虫類の頭の、宙にのび上がる舌先を認めた。それゆえ、われわれが連禱をやめなかったのは良いことだった。そしてグロネはいよいよ高まる憤怒をこめて歌った。

主は山上で語りたもうた。
星と月はいざよい。
主は恩寵を播《ま》きたもうた、
露降り、日の昇る前に。
世界の塔に登りたまい、
人生の山上に明るく立ちたもう、
山上の聖ゲオルゲに讃《たた》えあれ。

こう歌いながらわれわれは空地を横切り、そしてわれわれの当然の勝利をすでに確実なものにした。まことに節操のないことに、本来なら竜の利害を護《まも》るべき娘たちの一隊が、たちまちにしてわれわれの勝利をうけあってしまった。

キリストが来たもう、
世界を悪魔の牙から救わんと。

邪《よこしま》な怪物や竜どもはのこらず、
逃げ出さなくてはならない。

かくも完全な屈服を見ては——ほんとうは戦いの指導者のグロネに悪かったのであるが——、われわれはもう何も答えて歌う必要がなかった。敵が逃げ出したのなら、竜の城をあばくまでであり、そして竜が打ちのめされてそこに倒れていれば、さらに止めの一撃のお情けを与えてやらなくてはならない。とにかくそのためにわれわれは武装して来たのだから。司祭はレパンの手から青銅の斧を受け取った。だが、それは彼の腕にはいくらか重すぎる武器であり、これをほんとうに振りまわすのは彼には無理だった——アルレート司祭がこれを振りまわしていったいどんな芸を見せたか、それはほとんどわれわれの想像にあまる——。だが、そういう芸当は彼に要求されてもいなかった。身振りだけでよかったのだ。彼は虚弱者らしくきわめて慎重にこれを執り行なった。そう、お上品な身振りだけでよかったのだ。お上品な身振りで彼は斧の刃を、娘たちのうち二人の娘の組んだ手に当てた。そしてそれだけで結び目はほどけ、鎖はほどけたのだ。お山の花嫁イルムガルトは彼女の長持ちのむこうで、美しい気品を見せてひざまずいた。しかしその前にハンカチを地面にひろげることも忘れなかった。そして司祭は彼女のそばに歩み寄って彼女の頭の上で十字を切り、またおなじことを、負けず劣らず厳《おごそ》かに、壁で塞がれた坑口の前で行ない、そのようにして花嫁の豊饒ばかりでなく、山の腹の豊饒《ほうじょう》を祝福した、見物人一同の《天にましますわれらの父》やアヴェ・マリアに伴われて。そしてそれが終わったとき、ひざまずく花嫁は両手で彼女の花束を差し上げ、司祭のほうへ差し出しながら言った、

「あなたはわたしを救ってくださいました。わたしの花束をお受けください」

司祭の答える番だった。

「あなたの花束をいただこう。そのかわりにあなたはこの祝福されたものを受け取り、抱き、そして救われるがいい」

そう言って彼の指は鉱石の入っている長持ちをさした。そしてイルムガルトは命令に従って、あらかじめいちばん上に置かれていた金鉱石をつかみ、それをもって立ち上がり、真剣でそして嬉しそうな顔で鉱石を一同に見せた。もちろん、われわれはもはや黙っていられなかった。もう一度――それはグロネにとって最後の機会だった――、われわれはいまや歓呼の声となって歌い出した。

主は山上で語りたもうた。
星と月はいざよい、
主は恩寵を播《ま》きたもうた、
露降り、日の昇る前に。
世界の塔に登りたまい、
人生の山上に明るく立ちたもう、
山上の聖ゲオルゲに讃《たた》えあれ。

その間にイルムガルトは鉱石を、差し出されたリンネルにくるんだ。そして鉱石は彼女の腕に抱かれて赤児のように見えた。こうして彼女がわれわれの半円を横切って行くと、女たちは自分も祝福のおすそわけに与《あずか》らんものと、赤児を、花嫁の冠からひらひらと重ねるリボンを、通りすぎる花嫁の衣裳をそっと指でなぜた。レパンは渋い顔をしてこの女々しい振舞いを見守っていたが、しかし彼も長いこと腹を立ててる必要はなかった。またグロネも彼の群衆を自分で追い立てて行く必要はなかった。なぜなら一同は腹ぺこだったからである。われわれはすぐさま帰りはじめた。先頭に侍童と子供たち、そのあとから石のひとつを腕に抱くイルムガルト——その他の石は長持ちに入れられて彼女のあとから運ばれてきた——、それにつづいて花束をもつ司祭、つづいてレパン、依然として旗を掲げてはいるが口をつぐんでしまったグロネ、さらにつづいて参詣者の一行、グロネが気を悪くしてもはや彼らを構いつけなかったので、彼らはかなり入り乱れていた。娘らと子供らがまだ歌っている。

キリストが来たもう、
世界を悪魔の口から救わんと。
邪《よこしま》な怪物や竜どもはのこらず、
逃げ出さなくてはならない。
聖ゲオルゲ、聖ゲオルゲ、
山上にましますわれらが護《まも》り神、
美しい処女は癒されました、
そこに流れる竜の血から。

「やれ、これでよし」とギションのおふくろさんが言ったが、あまり厳《おごそ》かな調子ではなかった。しかし、いずれにせよいましがた大変なことが起こったはずなのだ。考えてみるがいい、山が、あるいはすくなくとも自分の孫娘が、悪竜のとぐろの中から救い出されたのだ。そしてイルムガルトが鉱石の塊の形をした赤児を抱いているのだ。そのためにわれわれは大いに苦労して登って来たのである。それを《やれ、これでよし》の一言で片づけるのは、わたしには不満に思えた。

あなたの槍が打ち勝ち、
異教徒は倒された、
処女は赤児を揺すり、
キリストがこの世を治めたもう。
聖ゲオルゲ、聖ゲオルゲ、
山上にましますわれらが護《まも》り神、
あらゆる天使があなたを飛びめぐり、
聖キリストは至るところにおわします。

そしてわたしは言った、
「あなたは石の祝福に心から満足していませんね、おふくろさん」
彼女は一瞬考えた。

「あなたもおわかりのように、先生、ミサまでは何もかも結構でした……でもその他のこととなると、やっぱりアルレート司祭じゃなくてはいけません、彼がいなくては意味がない……」

それはどうやら正しいようだった。ミサが終わるまでは、われらの小さなルムボルト司祭はたしかに司祭であった。それまでは、彼の司祭としての権威は儀式によって完全に保証されていた。ところがミサが終わると、彼は内気な一園芸家の地位に、そのつぎの当たった縞のズボンの忘れがたい一園芸家の地位にまでふたたび成り下がってしまった。そしてまったく同様に、悪霊呼びの儀式全体が——もとよりこのことで彼を責めることはできなかったが——園芸家的なものへと矮小化してしまった。玩具ならともかく、もはやいかなる真の象徴の存在をも許さぬ無害さへと変わってしまったのだ。大いなる儀式のもはや支配しないところでは、無限なるものはおのが内におけるまとまりを失ってしまい、無限なるものの知識は失われてしまう。そして過去と現在と未来の間にもはやいかなる接触もなくなったごとく、魂は時と時の間に、まるでどこにもつづかぬ道の上にあるがごとくたたずみ、口には出せぬ心の知識を探し求める。だが存在するものは黙して語らず、根源も黙して語らず、無限なるものも黙して語らない。そして壁でふさがれた山もわれわれに対して黙して語らなかった。イルムガルトがわれわれの前を行く。彼女は石を人形のごとく腕に抱き、子供を抱く乳母のごとく注意ぶかく体を揺すっていた。「そう」とわたしは彼女を指して言った、「これらすべてはお人形遊びです、しかも女の子たちのためばかりでなく、わたしたちのための……それにまた、あの鉱石の塊は山の生んだ子供であって、もうとう彼女の子供じゃない……」

「その両方です」とギションのおふくろさんは言った、「あの子はどのみち今じゃ子供をほしがっている。子供があの子の中で目覚めたのです」

子供らが歌っている、

…………

美しい処女は癒された、

そこに流れる竜の血から……

その瞬間、太陽が今朝の明るい面紗《ヴェール》を破った。白い和毛《にこげ》の生えた木々の幹は茶のかかった金色に変わり、針葉の積もった地面は金色がかった黒に変わった。そして枝とおなじく、地面も日光と影の斑点を一面に播《ま》きちらされた。

「両方ですって」とわたしは言った、「それはめちゃくちゃですよ。とくに、山と竜が同一のものではないともわからないのですから。だって、もしも同一のものだとしたら、山であり竜である者は石の赤児の父親であるばかりか、母親でもありうることになるじゃありませんか……こうなると、お山の花嫁になるふしだらな女は誰の子を生んだことになるのでしょう、山ですか、竜ですか、それとも司祭ですか。これは何もかもでたらめです」そしてわたしは山と竜に関するわたしの神学に固執した、「筋を通して言うなら、山は男で、谷が女なのです。あるいはもっと厳密に言えば、海が女なのです。なぜってあらゆる川は海に注ぐのですから……これなら拠《よ》りどころはわかります……」

彼女はわたしを横目でじろりと見た、

「強いものは、はらますことも、はらむこともできるものです。あらゆるものが彼に子をつくる力を与え、そしてあらゆるものによって彼ははらむのです……わたしたちがいまだに男だの女だのと言っているのも、わたしたちが貧弱な人間だからなのです。ところが、ただもう偉大さのあまり、言葉でいいあらわすことのできなくなる境では、生ませることと生むことの間にはなんの区別もないのです……」

わたしには彼女の言うことがわかった。

「一方は他方のこだま、なのですね……」

「やれ、これでよしと」と彼女はまたもや言った。だが、今度はわたしが理解したので満足した言葉だった。「それだから」と彼女は親指でうしろをさした、「クプロンの蛇は海の中にもいるし、またあなたの中にもいる……」

それを聞いてわたしは腹のあたりが奇妙にも気味悪くなってきた。

「人間は自分の内臓だけでもうたくさんなんですよ、おふくろさん。わたしだってこのうえあなたの蛇まで腹の中に置いとく必要はありません……何であれ、魔法を使ってわたしの腹の中にいれるのはお断わりですよ。ましてや石ときては、腹にもたれますからね」

「お腹《なか》の中に蛇がいなければ、あなたはクプロンの蛇のことも、海の蛇のことも、何も知らずにいるでしょうよ……」そして彼女は歌にあわせて口ずさんだ。

……………

悪魔の牙から救わんと。

邪《よこしま》な怪物や竜どもはのこらず、

逃げ出さなくてはならない……

「しかし、わたしはクプロンの蛇のことも、海の蛇のことも知ってはいません。だから、わたしの腹の中から石をまた取り出してください」

すると彼女は真剣な顔で言った。

「蛇だろうと、蛇でなかろうと、誰もそんなものをほんとうに信じちゃいません。しかし、かって存在したもの、そしていまはもう名前をもたぬもの、それは誰しも信じないわけにいきません。それはわたしたちの知識なのです。なぜなら、わたしたちは自分の中に時のあることを知っているのですから……時はわたしたちを通り抜けて流れる、しかもそれはわたしたちの中に横たわってるのです、その始めと終わり、終わりと始めとともに……これは蛇じゃありませんか。わたしたちは実際にそう呼んでます。そしてわたしたちがそう呼んでるとすれば、またそれだけの根拠があるのです、たとえわたしたちがそれを認識できなくても……どのこだまの中にも、最初の叫び声の何がしかがひそんでいるものです」

「おふくろさん、どこからあなたはこういうことがわかるのですか」

「耳を傾け、そして眺めることから……」そして彼女は手をぐるりとまわして森を指した。森は午前の光を浴びて燃えさかりつつわれわれのまわりに広がり、そして子供らと娘らの歌声を赤みがかった金色で伴奏していた。

「そう」と彼女は言った、「何かが外界を流れる、そしてわたしたちの中を流れる。それは時なのです……ところが、それはひとつの時だけではない、たくさんの時が相並んでいるのです。そう、時がまるまるひと束になって世界を通り抜け、あなたを通り抜けて流れて行くのです……」

わたしは彼女が本気であることを知っていた。だがおそらくそれがゆえに、わたしは言った、

「おふくろさん、年を取ってゆくには、わたしにはたったひとつの時で十分です。このひとつの時だけでわたしにはもう多すぎる……」

「慣れなくてはいけません」と彼女は言った、「あなたの中の男の時に、そしてあなたの中の女の時に……それとも、あなたはこのふたつについても何も知らないのですか」

「いいや、知ってますよ。それは互いにからみあっている……」そしてほとんど本意に反してわたしはつけ加えた、「二匹の蛇みたいに……」

「男の人か女の人か、誰かを心から愛したことがありますね、先生。そしてその人はやがてあなたのもとからあの世に行ってしまいましたね」

遠く哀《かな》しく何かが湧き上がってきた。

「そんな体験のない者がいましょうか、おふくろさん……そんな体験のない者が」

「それで、その人は故人となってあなたのもとをほんとうに去ってしまいました」

「ええ」とわたしは言った。

「いいえ、その人は片時もあなたのもとを去ったことがありません。その人はくりかえしあなたのもとにやって来ます。そして、その人がやって来るとき、あなたはけっして《これはあの人の霊だ》とか、《これは幽霊だ》とか言えない。たとえその人があなたと話をかわすとしても、そんなふうには言えない……そう、あなたが愛情をもってその人を心の中に抱いているかぎり、その人はあるがままのその人、あるいはあったがままのその人、つまり、その人自身のこだまなのです。……そしてまったく同じことが、かつて存在したあらゆるものについて言えるのです。この場合にも《これは竜である》とか、《これは妖精である》とか、《これは巨人である》とか言えない。それは名前にすぎない。そう、生きている何物か、あなたが心に抱いている何物か、現にあるのだけどそもそも名前をもたぬ何物か、それを呼びあらわす名前にすぎません……そしてそれは、わたしたちが世界を愛するとき、存在するのです……お医者さんなら、それを知ってなくてはいけません……それをあなたの心の中で育てなさい……」

「そうするとあなたも二、三頭の竜を心から愛したことがあるわけですね」

　わたしは怖い目でにらまれた。だが、彼女は笑い出した。

「誰にでもむかし愛した竜がいるものです。しかし、だからといってわざとそんな聞きわけのないことを言わなくてもよろしい、先生……あなたにことさら言わなくてはならないのですかね、耳を傾けそしてうち眺めることから得られるのはいつでもこだまだけだと。時と時は互いにからみ合っているのです。そしてどの時もおのれの形象を、次々に生まれるこだまとして、先へ先へと送るのです。だから、わたしたちは究極の形象をけっして得られない。だがそれで満足しなくてはならない。なぜといって、こだまですら、ほんのかすかなこだまですら、世界は与えてくれないのです、もしもあなたが世界に愛を抱いていなければ、耳を傾けそしてうち眺めることにおいて、いや、聞きそして見はじめる前から……」

こだまで満足して、しかもこだまの豊かな富を求める、これがギションのおふくろさんの知恵であり、彼女の心の知識であった。あらゆる記憶の以前に横たわり、それゆえに、時を知らぬ超・記憶の不変性と永遠性にまで展開する過去、その思い出が彼女の現在であった。それゆえ巨人や竜や妖精や小人は、なるほど彼女にとって架空の生き物にすぎなかったが、なおかつ彼女にとって生きた現実となりえた。そうなのだ、彼女が秘密を感じ取りつつ森や野を歩むとき、岩間に薬草を探すとき、山荘で彼女の窓辺のしだれ石竹の上に顔を近づけるとき、そして存在するものの中にあのように確固たる足で立ちつつ、存在するものに絶えざる愛をもって全身全魂で耳を傾けるとき、架空の生き物は彼女にとって生きた現実となりうるのだ。それゆえわたしは言った、

「二、三百年前なら、あなたは地下的なものと交わったかどで、あっさり火炙《あぶ》りにされてしまったでしょうね」

頭をぐるりとまわして、彼女は参詣者の群れのほうを指して言った、

「あの人たちはいまだってわたしを火炙りにすることができるでしょうよ……昔あったことは、いつでもあるのです」

「もちろんです、おふくろさん。ことに、あなたのように世界と時間の奥深くまで愛情を及ぼ

すことのできる人物の場合には……それができるのは魔女しかいませんからな……ほんとうならあなたは心から喜ばなくてはいけないのです、すべてがこのように無害になり、われわれがあのように無害な園芸家司祭をいただいていることを……」

「とんでもない、アルレート司祭にしてからが魔法使いだったものですよ……」

短い森の道は終わりになり、雨風に風化された礼拝堂の裏側が見えてきた。われわれは見晴らしのきく場所に出た。ひろびろと陽《ひ》を浴びて谷の全景がわれわれの前に横たわっていた。ズックは司祭をひっぱって、草地へつづく小さな石がちの急斜面を降りた。そして子供たちが最後の一節を歌った、

あらゆる天使があなたを飛びめぐり、
聖キリストは至るところにましします。

こうしてわれわれは実際に無事到着した。日光が開いた礼拝堂の戸口から斜めにさしこみ、光のプリズムがくっきりと立ち、それに比べて堂の内側はほとんど闇のように見えた。だが、われわれはもはや中に入らなかった。

すなわち、あとは戸口の前で最後の儀式が行なわれるだけであった。グロネとレパンを両脇

に従えて、司祭は戸口の前に立った。そしてイルムガルトは彼女の石の赤児からリンネルの産《うぶ》着《ぎ》をていねいに脱がし、赤児を礼拝堂の前の地面にじかに置いた。同時にほかの三つの鉱石もおなじくそこにおろされた。それからお山の花嫁はまたも司祭の前にひざまずき、彼女の鉱石ともどもにもう一度祝福を受けた。それが終わると司祭は祭壇に進み、携えて来た花束を捧げた。そして彼は《こがね》と叫んだ。するとお山の花嫁がそれに従って金鉱石を彼のもとにもって行った。それから彼は《しろがね》と叫んだ。すると彼女は銀鉱石をもって行った。それから彼はさらに《あかがね》と《なまり》の名を叫び、彼女は銅と鉛の鉱石をもって行った。それは一種の命名のようなものだったが、同時にまた普通の在庫調べのようなものでもあった。つまり、それによって石はまたまるまる一年保管されるべく、それぞれ昔から定まった場所にもどされるわけである。そして最後の祈りが戸外の一同によって唱えられている間に、レパンが鉱夫の斧を奉納画の間のもとの場所に納め、それで何もかももとの場所に納められた。それからお灯明が消され、司祭たちも外へ出た。そして司祭がもう一度入口で十字を切ったあと、扉は閉じられ、鍵の係りのグロネが鍵をまわして抜き取った。そして花だけが、翌年にはぼろぼろに枯れて掃き出される定めにあるが、いまのところはまだみずみずしく、祭壇のテーブルの上に残された。それは記念のためでもあり、また、閉じた礼拝堂の中をものぞきこめる神が、花にしばしこころ楽しますようにと願ってのことだった。

グロネは鍵をフロックコートの下の深淵に放りこみ、今日の行事に最終的な注釈をほどこした。

「そして彼らがヨルダンからもち来たる十二個の石をば、ヨズアはギルガルの地に積み上げた」

「ふむ」とズックが何やら考えこみながらつぶやき、聖書のお祭から逃げ出して、昼飯へ飛んで行った。

実際に、昼飯はあちこちですでにたけなわだった。もはや単にものの順序のために行なわれる最後の儀式は、人々の注目をほとんど惹《ひ》いていなかった。弁当の包みがすでに開かれ、飲み物の壜《びん》もすでに栓を抜かれ、そしてまだ礼拝堂のとざされぬうちから、礼拝堂の前ではご馳走がひろげられ、礼拝堂の裏ではその清浄なる壁をけがさんとする者が一人また一人とやって来た。しかし、なるほど空腹や渇きや、そのほか肉体の命ずるもろもろが、人間の行動のもっとも重要な原動力であるとしても、ここでは多少ちがった観があった。つまり、胃袋の命令にせよ、そのほかの器官の命令にせよ、肉体の欲求がここでは——とかくそうであるように——居心地の悪い状況をできるだけ早く片づけるための、もっとも安楽で手っ取りばやい方法として利用されているようなのである。わたしのことはまったく論外にするとして、どうやらここにいる大部分の人たちが、無害で多分に子供っぽい扮装にもかかわらず何やら実に不気味なものが演じられていたことを、感じ取った様子だった。そしてこの何やら不気味なものが、昼飯に殺到する彼らの性急さを完全に是認したのだ。それにひきかえ、われらの小さな司祭さまは明らかにその類の不気味な感じから免れていた。彼はもっとひどいものを相手に戦わなくてはならなかったのだ。彼のあわれな心臓はあまりに重い労働を行なわなくてはならなかったのだ。精根尽き果てて彼はわたしと並んで陽《ひ》当たりのよい石段の上に坐っていた——このうえ森の日陰まで歩いて行くのはまず無理だった——、そしてさまざま差し出される固い食物を食べることさえできぬほどに弱っていたので、彼はただときおり、われわれの前につっ立って待っているグロネの罎《びん》から冷たいコーヒーを飲むばかりだった。やがて司祭は静かに礼を言ってグロネに罎をかえした。

「さよう」とグロネは言って、自分もひと口ごくりと飲み、そして食事をしている参詣者の群れを指さしてまた言った、「彼らが神の御櫃《おひつ》をもち帰りしとき、ダビデはイスラエルの善男善女、あらゆる民に一塊のパン、一片の肉、半杯のブドウ酒を分け与えた」そしてこの不可欠にして楽しい確認を終えると、彼はいばった足どりで立ち去った。

彼が立ち去ったあと、わたしが言った。

「来年は代理の人に山に登ってもらうことになりますね、司祭さま、わたしはそれを主張します……」

「ええ、先生……たぶんそうなるでしょう」と彼はすまなそうに言った、「しかし代理人はねえ……それだけのお金があれば花たちのためにまた何かしらやってやれますから……そうでしょう……」

たしかに、彼はミサに費やすわずかな金のことさえ考えなくてはならぬほど貧乏だった。しかし、彼が自分の貧乏をことさらに言い立てたのは、おそらくわたしのことをどうせ金銭上の動機しか理解できぬ異教徒だろうと疑っているせいでもあった。ところがギションのおふくろさんのことは、彼はけっしてそんなふうに思わなかった。ましてや魔女なぞと思いもしなかった。そして彼女がおりしもわたしたちのそばを通りかかり、彼女特有の自然な厳《おごそ》かさで、「良いミサをしていただいてほんとうにありがとうございました」と言ったとき、彼はかしいだ頭をまたいくらかかしげ、両手をすこしばかり開いて、自分はただただ神とこの小さなキリスト者の会衆に対するおのれのささやかな、あまり楽だったとはいえないがささやかな義務を果したにすぎない、という心を表わした。それから彼はきわめて純真な、心のこもった表情で、「ほんとうに嬉しゅうございました、ギションの奥さま」と言った。一般にこういう儀礼は大なり小なりなんの心もこもらぬ形式にすぎぬものであるが——だいたい、お百姓の交際はこの類の儀礼がさまざまにひしめきあっているものだ——、しかしギションのおふくろさんにとっても、この小さな司祭にとっても、それは心からの儀礼であり、二人の本質の核心から、ひとつの存在からまっすぐに出て来たものであった。そしてこの存在は、彼女にあっては大きくてまろやかで、彼にあってはいくらか細くて貧弱であったが、しかしいずれの場合も実に愛すべき素朴さをそなえていた。このような素朴さからして、ギションのおふくろさんは彼の手を握ってはなさず、ほかの誰にも真似のできぬあの逆らいがたい調子で断平として命令を下した。「今となってはもう言いのがれはありませんよ、司祭さま、祭礼服をすぐにお脱ぎなさい。さもないと、わたしがはぎ取ってしまいますよ」親身なおどかしに縮み上がって、彼はすぐさま命令に従った。あまり急いだので、レパンが教会規則に対するかくのごとき違反に仰天して手を貸しにかけ寄るまもなく、彼は聖なる衣に体をもつれさせてしまった。そのおかげで、おりしも祖母のお手本に習って、二重の祝福を受けた感謝を表わさんと膝をかがめたイルムガルトは、レパンのほうから「もういい、イルムガルト」という邪慳《じゃけん》な返事しかもらえなかった。司祭はちょっとうなずくにもほとんど首が思うようにまわらぬありさまだったのだ。しかし、イルムガルトにとってそれはどのみち表面的な儀礼にすぎなかった。彼女は自分がひねり出さなくてはならなかった言葉に、なんの関心ももってなかった。そしてもしかすると彼女はそのときマリウスのことを考えていたのかもしれない。

下の教会の塔から十一時の鐘が響いてきた。今朝の漂う海はすでに谷から引いていた。お百姓たちの畑が平坦な谷底に緑色にひろがっていた。だがたくさんの渓流が互いに合流点を目指しながら畑を横切って流れるところでは、緑はいっそう濃かった。そしてもっとも濃いのは、下の村の果樹園の上にひろがる緑だった。それにひきかえ、谷の向こうの森林におおわれた山腹では、緑はほとんど黒っぽい色に変わらんとしていた。そしてそれだけにいよいよ白く、岩の峰々がそびえ立っている。それは昔の竜の腰掛けであり、その雪面を冬の日のごとく照らす陽光とおなじく、時のうつろいを越えていた。それゆえ、あたかもそれは時そのものであり、時そのものがこの透明な光の中で歩みを止め、やがてこのような静止から流れ出て、あらたな静止を目指して、谷々と人の魂の中を流れんとしているかのように思われた——源の永劫《えいごう》のはるけさ、河口の永劫のはるけさ。

点々と散る農家から、そしてあちこちの高山放牧場から、牝牛の鈴の音が響いてくる。そして谷底では人間が生きそして働いている。彼らは時に追い立てられながらも彼ら自身の時を、彼ら自身のつかのまの時を創り出す。彼らはそれを男と女のからみあいから受け、それをまさにおなじようなからみあいの中でさらにつづけてゆく。それは人間の時なのだ。しかしこれとても、そのそもそもの始めと、そのそもそもの終わりは人間に対して隠されたままなのだ、たとえ心の知識がそこまで迫ろうとも。最初の祖先と、最後の子孫、それはともに人間にとっていつまでも想像のつかぬ存在なのだ。人間は彼らをもはやおのれの同類としてとらえない。彼らは人間にとって永遠の存在であり、女でも男でもなく、神でも石でもなく、おそらく同時にすべてなのだ。なぜといって、彼らは始めと終わりのひとつに融けあうあの太古にあり、一体となった、一体へと立ち帰った時によって取り囲まれているのだ。そしていかなる言葉もこの想像のつかぬ境に到達しえない。なぜなら、人間の言葉は決まり文句や儀式に対してなすすべも知らず、くりかえし硬直に堕し、想像できるものさえ、十分に表現できないのだ。にもかかわらず、あの太古はときおり歌のごとくこの世におのれを告げ知らせる——地上的な時の彼方《かなた》にある神々と言葉を歌い、最初にして最後の人間の言葉を歌って。おりしも不動の空が永遠の紺碧《こんぺき》の中へ円蓋を広げ、耳にはきこえぬ歌をかなでている。そしておりしも一台のオートバイがクプロン峠を越えて行き、その騒音を空の静けさの中へ送っていた。あるいはまた、それは山脈を越える飛行機だったかもしれない。しかしいずれにせよ、その音は懐中時計の音とほとんど変わりがなかった。

「さて、」わたしを眺めていたギションのおふくろさんが言った、「どうですか、先生、いま谷は女かね、それとも男かね」

「魔女の釜というところですね。あなたなら箒《ほうき》の柄であの中を掻きまわせるわけだ。それはそうと、もう下りにかかって、ここよりもむしろ森の中で休まれたほうがいいと思いますよ……ここは暑すぎる」

「それであなたは」

「わたしはどうせここまで来たついでに、峠のむこうまで行ってきます。もう長いことマティス爺さんのところに行ってませんから……」

「そう、マティス爺さんのところへ行くのかね、」彼女の微笑の中に何やら暗いものがさした。それはしばしば見うけられることだった。「マティス爺さんのところへ……わたしも近いうちにまた薬草のお茶を届けてやらなくては……」

「よいことです、おふくろさん、届けてやってください……あの二人はいったいどうしていることやら……」

「あの人はまだ寿命をもちこたえます」と彼女はわたしを安心させようとした。

「そうですかね、爺さんは黄疸、婆さんは水腫……それもあの年ですよ！」

「ああいう古手の密猟者はおおくの人たちよりも長生きするものです」そしてその言葉にはほとんど真剣な響きがあった。

「あなたが予言をまだ忘れてなかったのは、結構なことです」

彼女の灰色の目がわたしをじっと見つめた、そして彼女は言った、

「予言とは思い出すことなのです」

だが、予言という言葉はさいわいにわたしにエルネスティーネのことを思い出させた。そしてわたしはイルムガルトに、かならず彼女を訪れて花嫁衣裳を見せてやってくれるよう頼んだ。

するとイルムガルトはまるでこれからまだ長い下り道があるのを忘れてしまったかのように、すぐさまリボンを整え、前垂れのしわを伸ばしはじめた。そしてシャツ姿になっていまやまさに活動的な印象を与える司祭もそれに同意して言った、

「それではわたしも喜んでお伴しましょう。気の毒なご病人が石の祝福をそっくりそのまま目の前にご覧になれるようにな」

ズックが感激して涙をふいた。それゆえわたしは彼に、司祭にして実直な園芸家たるお人を谷まで案内する役目をまかして、みんなから別れて放牧道を取った。それは古い鉱夫道のつづきであり、この高さをたどって、《山ののぞき》と呼ばれる峠下の部落までつづいていた。そこにマティスは住んでいる。

五　素朴

夏はゆっくりやってきた。すでに数日来雨が降りつづいていた。物柔らかな、暖かい六月の雨、しばしばほんとうの夏の到来に先立つ雨だった。それは時につれいよいよゆるやかに、のどかになり、そしてある夕方、たそがれの降りる前にやんだ。空は相変わらず雲におおわれていた、だが空気には夏がみなぎっていた。

その夕方のこと、ウェチーがわたしのところに駈けこんできた。

「マクス坊が熱を出しました」

「子供はとかく熱を出すものだよ、ウェチー君……ほかにどこか悪いところはないかね、首が赤くなったとか、消化不良を起こしたとか」

ところが彼は気が転倒しているあまり何ひとつ話すことができない。そこでわたしはいちばん手っ取りばやく、すぐに彼と出かけることにした。わたしの家から彼の家まで行く短い道の間、穏やかに雫《しずく》を垂らす樹々の下を通り抜けながら、彼は何やらとりとめもなくしゃべってぃた。ささやかな暮らしを立てるだけでもういいかげんに大変なのに、あちこちから災難や面白くないことが起こるのだからかないませんとか。商売が、すくなくとも商売といえるだけの商売がひとつとしてまとまらないのに、子供たちを養わなくてはならないとか。いま村に馬鹿者が一人いて、ラジオを追放しろって村の人たちをけしかけているのです、それも第一級品のラジオなんですよ、とか。

「ほお、そうかね」

「ウェンツェルとかいう男ですよ」

その男が近ごろ表通りで彼を追いかけてきて、つづけざまに《無線屋》とののしったのだぞうだ。ちょうど若い者や男の子たちがそこにいて、太股《もも》を叩いて愉快がったという。面目まるつぶれですよ、と彼はいう。そして憤懣《ふんまん》やるかたなさそうに結んだ、

「そのくせあの男はこのわたしよりまだ背が低いんですよ」

まさしくそれはウェンツェルである。わたしは笑い出さずにいられなかった。

「そうなのか、あのおどけ者まで君のラジオを毛嫌いするのかね……」

彼は気を悪くした。

「こういう商売は苦心して築いても、だめになるときは早いものなんです、先生……おまけに

ラクスさんがねえ……あの人はわたしの商売がたきの保険外交員を連れてきて、そちらと取り引きするように村じゅうのみんなにすすめているのです……どうせ手数料をもらってるのでしょう。しかし何よりも、わたしが彼のことを知りすぎているということがいけないのです……それがほんとの理由なのです……そのくせ、彼はただわたしをからかいたいばっかりに、友情と商売は別だなどと言って、会えばもう無理やり酒を飲ませるのです……」

しかしわれわれはもう彼の家の前に着いていた。それはわたしの家とそっくりおなじだった。おなじ大きさ、おなじ間取り、そしておなじく水道がなかった。ただし、わたしは何年もの間にさまざまな付属品を自分で取りつけたが、彼の家には水道ばかりかそういった付属品もいっさいなかった。日除けさえなかった。そして病人の部屋は窓の前に一枚のテーブル・クロースを吊るして暗くしてあった。ベッドのそばに坐っていた弱々しいウェチー夫人が立ち上がった。

そしてわたしがまず最初に見たのは、両手を差し上げる、物悲しい優しい動作だった。これに似た動作を、わたしは何度か暗い教会の中でひざまずく女たちのもとで見たことがある。

「今晩は、ウェチーの奥さん……すこし光を入れてはどうだろう……」

「ええ……さっそく……でも子供がまぶしがるもので……」と言いながらも彼女はすなおに窓のところへ行った。

この家族におけるすべてが何かしら不安の響きをもっていた。ローザの抜け目のない生意気さもその例外ではなかった。お互いに身を寄せあって、かすかな、あまり長持ちしない温《ぬく》みをつくりあっているこの人たちの愛情には、不安が隅々まで滲《し》みこんでいた。そして小さな父親ウェチーが彼の家族に命令を下すとき、その家長的な保護者の口調にも、不安が滲みこんでいた。彼はわたしのまわりをひょこひょこと走りまわって、わたしの行く先々をじゃました。

「重病でしょうか、先生」

「わたしがまず子供を見るのが得策じゃないかな……君もそう思わないかね。それでは、スプーンをひとつもって来てくれたまえ」

「スプーンを」と彼は妻に命令した。

子供は冷たいスプーンを舌の上に置かれるままおとなしくしていた。高い熱だった。はしかだろうか。このあたり一帯にははしかは出ていなかった。しかし不安は病気を招き寄せるものだ。このうえもなく清浄な空気の中からさえ不安は細菌をもらって来るものだ。「たぶんはしかになりかかっているところだろう」とわたしは言った。

「はしか……なんということでしょう」

「しかし奥さん、わたしたちの中ではしかをやらなかった者がいるだろうか……早ければ早いほど結構」

彼女はわたしの言うことを信じていなかったが、わたしに異議を唱える勇気がなかった。そればかりか、彼女はすこしほほえみさえした。あのいくらかなれなれしい甘ったるい微笑、彼女と彼女の夫に見かけられる、わたしの大嫌いな微笑である。そして彼女はまたベッドのそばに腰をおろしながら、疲れた小さな老人のようにふたたび枕の中へ沈んでしまった子供の手を自分の手に取って、嬉しそうな顔をしようと努めた。

台所でわたしは手を洗った。まるでわたしの手の洗い方に子供の生命と健康がかかっているかのように、ウェチーはわたしを熱心に見守っていた。開いた窓のそばでは小さなローザが子供机に坐って、おとなしく色紙をこまかく切っていた。表では夕暮れが明るい灰色となって溶けはじめ、滴りながら生ぬるい柔和さへと崩れてゆく。ときおり一羽の鳥のさえずる声が一本の細い、色とりどりなリボンのように、暖かく湿ったたそがれの中をくねくねと流れた。そしてときおり遅れて来た雨が屋根の樋《とい》の中をちょろちょろと流れた。

「わかるだろうが、ウェチー、病気のあいだローザをよそにやっておくのは、けっして悪いことじゃなかろうよ……感染するといけないから」とわたしは言った。

彼は呆然としてわたしを見つめた。彼にはそのような考えに耐える力がなかった。

しかしながら、わたしもその間にとくと考えた。娘はもう感染してるかもしれない。それにウェチーの運の悪さからすると、かりにわれわれがあずけ先を見つけたところで、そこで思いもよらぬ災難が起こるかもしれない。そこでわたしは別の案を出した、「それよりいいのは、隔離期間中彼女をわたしのところにあずけることだ……カロリーネはどうせそんなに忙しくない……それでも娘に病気が現われたら、娘を君にかえそう」

彼は妻のところへ飛んで行きそうな身振りをした。だが、それから彼は思いなおした。あるいは、脚がいうことをきかなくなったのかもしれない。いきなり汗が溢れ出るのを、彼はどうすることもできなかった。いくら拭っても、禿《は》げ頭や上唇の縁にまばらに生えている毛はほとんど乾く暇もなかった。ことによると、この静かな忍従者がおのれに割り当てられた生活の意味を守っているその小心さの中には、お百姓たちがあからさまに見せる人生への態度の中よりも、よりおおくの人間運命への洞察がひそんでいるのかもしれない——お百姓たちの生活態度は都会の人間の生き方からおよそ隔たっており、彼らとしては都会人の生き方に対して肩をすくめ嘲るよりほかにないのだが——。それにもかかわらず、わたしは彼の憐れな態度に腹を立てた。そしてわたしはローザに向かって言った、

「さて、君はどうかな、わたしの家に泊まりたくないかね、トラップの家に」

彼女は実にずるがしこそうな顔をして、きわめてつらい災難に脅かされているかのように今ではほんとうに両手を揉んでいる父親の姿を目から放さずに、頭を横に振った。

腹を立てずにいるのはむつかしかった。そこでわたしは話題を変えるためにたずねた、「君がそこで作ってるきれいなものは何だね」斜面机の上には光沢のある色紙の細長い切れで作っ

た編み細工がのっていた。ところが、わたしがそれをよく見ようとして——色と形はすでに夕暮れの灰色の中にぼうっと滲《にじ》んでいた——机に近づき、ウェチーが台所の床にひそむ風邪の危険から子供を守るために机の下に敷いた板の上にのっかったとき、わたしの重みで板がひょこんと持ち上がり、そのためローザは気持のよい震動を感じた。

「もう一度して」と彼女は喜んで叫んだ。

ウェチーも無邪気に笑った。娘の大喜びに感染して彼ははしかとわたしの提案のことを忘れてしまった様子だった。手を揉んで苦しんでいた彼は、いまでは手を嬉しそうにこすり合わせていた。「ああ、もう一度子供を喜ばせてやってください、先生」と彼は頼んだ。

よろしい、わたしは突然上出来の戯れとなった動作をくりかえし、もう一度板の上にのっかった。またもや大成功で娘と父親を喜ばせた。とはいえ、この遊びをいつまでもつづける気はなかった。

「ウェチー君、奥さんのところへ行って相談してきたまえ」

「もう一度して」と子供はせがんだ。ところが、父親が——わたしの命令にがっかりして——去るやいなや、彼女は、この小さな女は、わたしと別の協定を結ぼうと試みた、「あたしがあなたのところへ行ったら、あたしとこれをして遊んでくれる」

「もちろんだとも、わたしたちがこのベンチをむこうまでもっていけたらね」

「ズックの男の子たちがあたしのところに遊びに来なくちゃいやよ」これが第二条件だった。

わたしはあえて真実を言うことに決心した。

「マクス坊やが病気のあいだは、どの子も中へ入ってはいけないのだよ、君たちの家にも、わたしの家にも……わかったかね」

彼女はそれを理解して話を転じ、紙細工の下からもうひとつ火のように赤い紙細工を取り出した。赤の美しさが青で縁取られた中央の緑の十字でひき立っていた。

「これはヴァレンティンが作ったのよ」

「とてもすてきだね」

「そしてこれはあたしが作ったの」

ヴァレンティンの好みとはっきり異なって、彼女は黒をところどころに混ぜて、明るい色調を好んで使っていた。

ここは上手にやらなくてはならなかった。なぜなら、彼女は明らかにわたしの判定をじっと待っていたからである。そこでわたしはたずねた。

「いったい君はどっちが好きなんだね」

わたしはそれをごく何げなく言ったのに、彼女は策略に気づいた。そしてこの策略をどうさばいたらよいのかわからないので、彼女はにやりと笑った。そしてとうとう彼女は決定を下した。

「あたしのほうがきれいよ」

「そのとおり、ほんとうに君のほうがきれいだよ」

これで引っ越しすることのほうに決まった。ただ さらに形式的に彼女はたずねた、

「トラップはあたしに噛《か》みつかない」

「トラップがそんなことしたことがあるかね。あの犬は子供が好きなんだよ」

そのときすでにウェチーと彼の妻も入ってきた。彼は落ち着いていた。もう汗をかいていないし、手も静かにおさめていた。

「さて、どうするかね」

「先生」と彼はいくらか感動に震えてしゃべり始めた、「神さまが試練をお下しになるときには、誰でもそれを受け止めなくてはなりません。神さまがさらにまた愛と善意を教えてくださるときには、誰でもそれを拒む資格はないのです、誰でもへり下って、感謝の心をもって……」

「上出来だ、ウェチー、これぐらいのことでわれわれは神さまにご苦労をかけるには及ばない。それじゃローザはわたしといっしょに来るわけだね……」そして目当ての了解を目前にしたのでわたしはあえて危険を冒すことにした、「もっとも、奥さんが自分からそれを望むとしての

ことだがね……」

はたしてウェチー夫人は、事が真剣になってくると、ふたたび迷い始めた。彼女はこの迷いをしつけのよい遠慮の裏に隠して言った、

「なんのかの言っても、やっぱりそんな厚かましいことはできませんわ、先生にそんなご迷惑をおかけするなんて……」

わたしはじれったくなった。

「かってにしなさい、ローザに病気がうつってもわたしは知らない……」

彼女は涙ぐんだ、

「違います……違います、先生」

「まあまあ、そんなに悲しいことじゃあるまいし、ウェチーの奥さん……こうと決まったからには、涙なぞ流さないでさっそく実行しなくては……」

彼女は微笑《ほほえ》みを浮かべようと試みたが、うまくいかなかった。それに彼女はあまりにも取り乱していた。「ええ……でもこの着物じゃ……」そういって彼女はどうやら人の家を訪問するのにふさわしい服装をさせるつもりで、子供のところに歩み寄った。

「近づいてはいけない……病人の部屋から出た者は、もうその子にさわってはいけない……ほかにいるものがあったら、カロリーネがときどき取りに来ればいい」

「ローザのそばから離れろ」とウェチーがわたしに同調して、妻を厳しくにらんだ。ところが、そう言った口先から彼はわたしに嘆願した、「でもわたしは、先生、わたしは危険じゃありませんでしょう。わたしはのべつ家から出てるんですから……わたしはいっしょに行っていいですね」

「来ないほうがいい。中途はんぱな処置はしないほうがいい」

彼はこの打撃をもこらえた。そうしてわたしたちは何やかやとローザに言い聞かせる両親の声を聞きながら——ローザはなれなれしくわたしに目配せしながらそれをおとなしく聞いていた——、やがて出発するばっかりになった。ローザは片手に彼女の人形を抱き、もう一方の手にお針道具の入ったボール箱を抱いた。そしてわたしたちは出かけた。両親は玄関までわたしたちについて来た。そしてわたしたちが庭の垣根のところまで来たとき、彼らは遠くへ行く旅人を見送るように手を振った。

しとしとと降りながら、夕暮れの薄明かりは夜の暗さに変わり、濃い灰色に、ねずみ色になった。まるで世界はいまだに生暖《あまどい》かくて湿っぽい、暗い母胎の中にあるかのようだった。しばらくの間はウェチーの家の雨樋の、かすかにぴちゃぴちゃという音が聞こえたが、やがてわたしの家の雨樋の音が聞こえはじめた。木々の枝で雫《しずく》が暗く輝いていた。そして森の中に転がる岩はもう見えなかった。いったいなぜわたしはローザがはしかをもらうままに黙って放っておかなかったのだろう。早ければ早いほど結構――そうわたしは自分でうけあったではないか。なぜわたしはローザをひき取ったのだろうか。おそらく両親がばかげたことに手を振って見送っていたせいであろう、まるで養子にもらって行くように見えたものだ。しかもそれはわたしを喜ばせさえした。ところが本心をいうと、わたしはこの子が全然好きでなかった、すくなくともほかの子供たちのほうがはるかに好きだった。彼女の名前さえわたしには気に入らなかった。わたしにはこの名が醜くそして大人くさく聞こえた。わたしの家の扉のところまで来て、わたしは振り返って不幸の家を見た。そこではまだ小柄な細君がたびたびの洗濯で色あせた水色の服を着て立っていた。その姿はもうほとんど見分けのつかぬ暗がりの中で、おぼろに合図を送る、おぼろに明るい一点のしみ、湿っぽい暗い暖かさの中に漂い、厚く雲におおわれた星のない闇につつまれた一点のしみにすぎなかった。わたしはあてずっぽうに合図を送り返しながら、ローザにも手を振るようすすめた。ところが無駄だった。彼女は人形をしっかり腕に抱き、人形に話しかけ、そして振り返らなかった。

＊

降り溜まった水分が一部は日に当たって蒸発し、一部は地に滲《し》みこみ、そうしてすべて消え失せるまでには、さらに二週間以上もかかっただろうか。まず最初に南向きの牧草地や山腹が乾いた。それにつづいてやっと森が乾き、その梢が以前よりも堅くてもろい音をたて始めた。といっても地面はたいして湿気を失いはしなかった。湿気は自然のあらゆる物陰に残り、そして相変わらず水かさ豊かに、あちこちの沢が谷々を目指して流れ下っていた。しかし雲ひとつない空がその上にかかっていた、何処までもうち続く大気の広がりが。そして草刈りが始まった。いまやいたる処で鎚《つち》で鎌を打つ音が聞こえた。そしてある夜のこと、南風が起こった。朝早く、南風に運ばれて断続的に窓から吹きこむ大いなる香りが、わたしを飛び起こさせんばかりに驚かせた。わたしは盛夏の到来を知った。そして思わず窓辺に走り寄った。

　わたしの腕の下の窓敷居はもう暖まっていた。しかし庭はまだ露に濡れ、まわりの唐檜《とうひ》の木々のために陰っていた。砂利の上で一羽の黒つぐみが何やらしていたが、突然ものに驚いて飛び去った。いましがたまで犬小屋の中で前肢を組み、その上にのせた黒い鼻づらを静かに外へのぞかせていたトラップが、わたしの姿を見つけるや急いで小屋から這《は》い出してきて、口をあけ腰をそらして大きな伸びをしたあと、吠えながら、尻尾をふりながら、窓の前で踊りはじめた。

　それからわたしは台所におりて行って、わたしの水浴びの、というよりは洗面の湯をわかすという厄介な仕事に取りかかった。毎日毎日、わたしはこの仕事をしながら思い出す。わたしの家の、インフレーションの落とし子であるきれいなタイル張りの風呂場が、そのほうろうの浴槽やニッケル・メッキの蛇口ともども、十年以来水なしのままになっていることを。村当局はわたしには工面のつきそうにもない水道設備の費用を——泉の枠囲い、水道管、貯水タンク、モーター・ポンプなどの費用を——どうしても肩がわりしてくれないのだ。わたしがその代償としてわたしの家の中に病室を二室つくり、入院患者の世話をすることを申し出たにもかかわらずである。そもそもクプロン村のごとく辺鄙《へんぴ》な土地には、たとえ不十分なものであれ、とにかくこのような看護施設が早急に必要である。だから水をめぐるわたしの闘争はお百姓たちの衛生無視に対する闘争へと変質した。わたしは負けはしまい、そしてやかんを下げて二階の浴室まで運んで行く。そしていつものように、わたしが洗面の手続きを踏んでいる間、階下ではいつのまにか起き出したカロリーネが、洗面のあとでわたしが彼女と共にただテーブルに坐ればよいようにと、コーヒー挽《ひ》きと朝食の準備に取りかかっている物音が聞こえた。ただいつもと違うのはこの夏の朝だった。台所の窓はあけひろげになっており、まだ陰に包まれている庭がその涼しい息吹きを部屋の中に送りこみ、そして庭の息吹きは甘く鼻をつく挽きコーヒーの香りを吸いこんだ。だが同時に表では、南風に揺れてごくかすかに、ほとんどもの優しくきしむ唐檜の木々が、すでに梢のあたりで平らかな日光によって金粉をまぶされているのが、それと感じられた。あるいは、あらゆる鳥たちの鳴き声がさながら小さな光の種粒のようにその中に混じっていたので、そう思えたのかもしれない。

しかしながら、世界の美しさを楽しんでばかりいるのは人間に似つかわしくない。むしろ人間は世界の不正および不和を底の底まで飲みほさなくてはならない。これがカロリーネの生活信条のひとつであった。そしてこういう生活信条はどうやら朝食のときから実行されなくてはならぬものらしい。おまけにウェチーの娘の存在が、待ちのぞんでいた新たなきっかけを与えたとなれば、なおさらのことであった。かくして彼女はおよそ週に一度はくりかえされる話を、彼女の孤独な老年の話をまたぞろくりかえした、あたしの老年もこんなに淋しくならなかったでしょうよ、もしもあの男が、わたしに子を生ませたあの男が、アメリカに逃げ出さないでいたらねえ。扶養費の支払いから逃げ出すためもあったけれど、あちらでとてつもない財産をつくるつもりもあったんですよ、あの欲張りが、と彼女はいう。子供のほうはたしかに生存していた。もう五十近くになっており、都会で奉公している。それにひきかえ、アメリカへ移住したという若者の姿のほうは、ますます怪しくなってゆく。あるいは、老人の肉体の奇跡を信じるとすれば、その男が実はいまクプロンの墓地に眠っており、その名をアルレートという、ということもありえないことではないようにわたしには思えた。しかしいずれにせよ、話はいつものように苦々しい言葉で終わった、

「奉公人の子はやっぱり奉公人になるものですよ」

「あんたはそんなに不幸なのかね、カロリーネ」

「よその子供たちを育てて、自分の子供はよそにやってしまうんですからね」

そのよその子供が階段をばたばたとおりて来て、汚れた、ぼさぼさの顔を扉のすきまから突き出した。

「カロリン、あたしの髪をとかしてちょうだい」

「いますぐに行きますよ」とカロリーネは答えた。

「君はもう自分で自分の髪をとかせないのかね」

「カロリンがいつもやってくれるんですもの」

「そうなのか。でも《おはよう》ぐらいはもう一人で言えるだろう……」

「ええ、できるわ……ほんとにできるのよ」と彼女はずるそうに打ち明けた。

「それじゃ、言ってごらん、汚い顔のお嬢さん」

わたしは昨日から書き出した一通の手紙を、患者をひとり送りこむために郡立病院にあてた手紙を書き終えてしまうために、二階へ上がっていった。そしてわたしがもう二階に着いたころ、わたしのうしろから《おはよう》が聞こえてきた。嬉しそうな声だった。

手紙を書き終えて封筒に入れ、下の村の郵便局に持って行くばかりになった。七時だった。わたしはお昼の暑さの来ぬうちにわたしの往診を片づけて帰って来るつもりだった。台所ではおりしもトラップが、長い薄バラ色の舌をありったけの早さで、お行儀の悪いがつがつした早さで動かして、彼の朝のミルクを口の中へ送りこんでいた。そしてカロリーネが朝食の食器を片づけていたが、わたしはその中に蜂蜜の壜《びん》があるのに気づいた。

「こいつは驚いた、蜂蜜があるじゃないか……なぜわたしはこういうものに一度もありつけないのかね、カロリン」

「子供たちには蜂蜜がいるんですよ」と邪慳《じゃけん》な答えがかえって来た。

この答えでわたしは満足しなくてはならない。わたしは杖とカバンを取った。犬が勢いよくわたしの前を走った。そしてわれわれは森を抜けて下の村へ至る道にかかった。

まず道はウェチーの家を通り過ぎて――はしかのマクス坊やの往診は今晩に延ばすことにした――、それから向こう側の森の空地へ渡った。この空地からは未完成のケーブルが出発し、北を向いた工事標識とともにプロムベントの谷を目指している、もっとも、そこまで達してはいないのだが。ここからひらける見晴らしはあのつづら折り道からの見晴らしとまったく異なっていた。なるほどここから眺めても、右手にはクプロン山の岩壁がそびえ立ち、向こうの峠までつらなっていた。またおなじく鞍部《あんぶ》の向こうには、雪をいただくラウエ・フェンテン山脈から空を突く高い峰々がのぞき、そろって朝の陽光の黄金を浴びてやさしくちらちらと輝いていた。そして他方、緑色にきらめく高山放牧場の東側の縁には、まだくろぐろと、長い木々の影が落ちていた。しかし真正面を眺めると、中央の山々がすっかり見渡せる。クプロン谷とプロムベント谷がさかのぼってひとつに出会うところ、そればかりでなく、そこかしこでたくさんの谷が、小さな谷や溝が生まれるところまで見える。山々の連なりの間に消え失せてしまうものの、やがては人目に触れぬところで、あくまでも人目に触れぬところでひとつの世界をつくりなす小さな谷や溝。それらはいまのところまだ冷ややかな光に満たされていたが、それでもすでに盛夏を待ちうけている。かすかな南風にのって、ひと靄《もや》ずつ運ばれて来る盛夏を。北側と東側のより低い山々の上では、農家がその木立ちの群れや、その垣根や泉の水槽もろとも、ひとつひとつくっきりと見分けられた。家と家畜小屋の間の懐かしい生活が眺められた。手に届かぬ遠くにありながらしかも近々と、人間の生活が、お百姓の労働が。そしてときおり人の叫び声が、ときおり一羽の鶏の鳴き声が、こちらまで聞こえてきた。

夏はまだ宙に漂っていた。それはまだ太陽の輝きの中でうごめく彼岸にすぎず、あたかも天上の領域と地上の領域がまだ完全にひとつに結びついていないかのようだった。宇宙の大気はまだあの夏の輝きへと溶けていなかった。だが、輝きは例年のごとくまもなく降りて来て、あたりの森を満たすことだろう。木々の幹を隙間なく包みこみ、そして地の中へ滲《し》みこむことだろう。水晶のごとき冬が行なったように、あのように夢のごとく、ただしそれよりも地上的に、それよりも不透明に、そして雷雨を好んで。冬がくりかえし大地を宇宙の中へ編みこむとすれば、夏は宇宙を大地に連れてくる。宇宙を森の枝々のごとくきしきしと鳴る夢の中へ連れもどす。そうなのだ、この夢はわれわれ人間の寝息に揺り動かされている。とはいえ、彼岸から来るかずかずの小川もその夢の中を流れる。それゆえ、夢はわれわれ自身の中をひとつの息吹きのごとく流れ、しかもわれわれも依然として夢の中を歩みつづける、あたかも樹冠も根も区別のつかぬ森の中にあるごとく。こうして、人間と夢は互いに滲透《しんとう》しあい、来る夜も来る夜も、来る日も来る日も、地上的なものの内にある彼岸の中で、互いに隅々まで満たし満たされあっている。夏はわれわれから、われわれがふだん存在にむかって呈するたくさんの問いを取り去る。たしかに、夏はわれわれの問いに答えない。しかし、夏はわれわれを問いから解きはなつ。そしてわれわれは軽快な気持になる。

ケーブルのためにつけられた切り通しは下の村へつづく森の径《みち》へのもっとも近い抜け道だったが、年ごとに通り抜けにくくなってゆく。なぜなら、それは山の水けのおおい側にあたり、あらゆる生物の成長に好都合な場所だったからである。わたしは林道の陰側をたどって歩く。そちら側なら、羊歯《しだ》や簇《むら》葉植物がどんなに高くとげとげしく茂っていても、まだしもなんとか通り抜けられる。それにひきかえ陽《ひ》の当たる側に生垣のごとく生い茂っている草むらは、えぞいちごや木いちごや、そのほかわたしがその名を知ることもあるまいあらゆる植物から成り、完全に道をとざしている。ただケーブルのコンクリートの脚台だけが一面の緑から裸出しており、ところどころで一本の細い茎が、ところどころで一本のいちょう羊歯が見ばえのしない小さな星状花をつけて、巨大な灰色の立方体の、砂利のすきまに根をおろしている。だがそのほかには、脚台はコンクリート打ちの枠組みの、きめの粗い水平の跡を見せるばかりだった。頭上では運搬用のゴンドラが南風に吹かれてぶらぶらと揺れ、うつろなきしみ声を立てて風に答えていた。

コンクリートの脚台をふたつ過ぎたのち、ケーブル林道はいきなり森林裂谷の中へ沈みこむ。裂谷は左手、つまり冷た石のほうからやって来て林道を斜めに横切り、そして向こう岸は頭上のケーブルにかなり接近している。小人沢と呼ばれ、その名とともに小人坑の近くから発する沢が谷の底を流れており、その上には一枚の丸木橋がさし渡されている。だが、わたしはこの橋をたまにしか利用せず、たいていは——そして今日もまた——沢とともに右に折れて森の中に入り、岸にそってクプロンの谷へ降りて行く。それはわたしの家からさらにクプロンの岩壁までつづく唐檜《とうひ》の森とひと続きの森であり、その急な傾きは、ほとんど一直線に落ちてゆく渓谷を見おろすと、ことにはっきりとわかる。唐檜の木々が、光と影をまだらにつけたかたい針葉の枝々を幹の高くに張りひろげて、無数の帆柱のごとくところせまく立ち並び、こうして森はあの日、さながら無数の幹をもつひとつの夢のように、漂うがごとくでしかもじっと動かず、真夏の空と、そして南風にほのかに運ばれてくる夢のごとき黄金の光とに、谷側から照らされていた。だが山側を見上げると、赤茶けた地面が登るにつれていよいよ暗い陰の中へ消え失せてゆく。そして谷の深みを見おろすと、負けずに暗く枝々が入り乱れ、そしてその中へ、まるで洞穴の中へ落ちこんでゆくがごとく、渓流がはるか谷底を轟々《ごうごう》と、まさに轟々と落ちてゆく。なにしろ渓流はまだまだ水豊かだったのだ。ふくよかな苔にくるまれた河床のいかつい岩々は影も形も見えなかった。岩の中ではるかむかし枯死して今はみずから石と化した木の根も、まだ生きていて長々とくねり走り、まるで毛を生やした地中の枝のごとき根も、いやそればかりか、砕石と木と草との渾然《こんぜん》と凝り固まりあった大岩さえ、乾期にはまさにひと雫《しずく》のしたたりも、ほとんどひと声のせせらぎもきこえぬというのに、いまは影も形も見えなかった。ただ、砂を含んで濁った暗褐色の奔流の中に惹《ひ》き起こされる逆巻きから、水がざわめきながらその上を矢のごとく越えてゆくさまから、岩の存在はおしはかられた。激しい流れのために水路はけずり坦《な》らされて段をなし、そして荒石が自然の堰をなしているところでは、かならず小さな本物の滝がかかり、その足もとには猛烈に渦巻く滝壺があった。

これらのほとんど切り立った場所にさしかかると、岸づたいの道は途切れる。しかしわたしは迂回せずに岩をつたっておりる。すると、鋲《びょう》を打ちつけたわたしの山靴は、足をすくわんと狙う、夢のごとく陰険な地面に、黒いぬらぬらした掻き傷をつくり、針葉の下にひそんでいた水気をさらけ出す。それでも、やがて傾斜はゆるやかになり、堰もすくなくなった。あるいは、しばらく行くごとに奔流が堰を呑《の》みこんでいるところを見ると、堰はすくなすぎたのかもしれない。あまりひどくないところなら、わたしたちは岸づたいの下りを中断しまいと、水の中をかまわずざぶざぶと突っきった。そしてトラップはどうやら冷たい灰色の水に春めいた気持をそそられるらしく、沢の水を呑んだりした。川床がより深くけずられているところでは、唐檜《とうひ》の根が岸から黒い髭《ひげ》のごとく垂れ、雫をあるいはきらきらと、あるいはぼおっと輝かせて川床を縁取り、そして川床がより浅くなるところでは、羊歯《しだ》や草が水辺に倒れふして、その葉を川波の中へ流していた。そしてときおり一株の草が根につけた土塊ともども流れにさらわれ、かすかに向きを変えると、奔流の中へ引きこまれて消えていった。

日光があたりに水玉を播《ま》き散らしていた。針葉の絨毯《じゅうたん》の上に、朽木の上に、まばらな草の上に、いたるところで樹木のまわりに密生しているシクラメンの灰色の葉の上に――その緑と黒の紋様は奇怪でしかも他愛がなく、爬虫類の肌を思わせた――。地面は非情に夢見ていた。木々の幹も樹脂を滴らせて、まもなく白い条《すじ》へと凝固する定めとはいえしばらくは日光の明るさをおのが内に宿す樹脂を滴らせて、非情に夢見ていた。黒くからみあう高い樹冠も淡青の永遠の非情さを背負って、非情に夢見ていた。そして非情に夢見る昆虫たちのざわめきはさまざまに入り混じって、夏という透明な雲のなかに浸り、夢が夢のなかに、昼が昼のなかに浸り、明るく輝きつつ、さながら魂のなかの魂だった。人間と動物と植物は互いに夢見ながら、おなじ夢のなかに編みこまれている。しかし、トラップが近くの獣のことを夢見るとき、狩りに巻きこまれる危険は遠くない。それゆえ彼を綱につないでおくのが賢明と思われた。こうして一本の綱につながれ、夢見そして夢見られるわれわれ二人、彼がわたしをやや引っぱり気味に歩み、こうしてわれわれは黄金をまぶされてじっと動かぬ森のなかを、急傾斜なす唐檜の夢のなかを、南風にむかって、真夏にむかってさらに歩みつづけた。

しかしそれから夢は変わった。しだいに傾斜はゆるまり、森はほとんど平らかになった。沢はいよいよ幅広く遅くなり、岸は背の高い草や灌木《かんぼく》の藪《やぶ》におおわれた。そして突然沢は明るい橅《ぶな》やとねりこに取り囲まれて森の庭へ、小さな草地へ流れこんだ。するとかすかに傾く草地にはせせらぎの音が明るく満ち渡った。まるで夢がほっと息をついたようだった。まるで寝がえりを打ってより穏やかな夢の中へ、より楽になった存在の中へ入ってゆくようだった、緑に輝く黄金の光に囲まれて、木の葉の柔らかなさやぎに囲まれて。草は豊かに露けく生い茂っていた。そして鋭い葉をした森の草の中には、すでにすずめのかたびらやいぶきぬかぼのなよやかな穂が混じっている。それをすべて合わせたよりも数にまさるのが釣鐘草やりゅうきんか、それらはまだ森の草花に属し、その森の青、その森の黄をきらびやかに咲き誇っていたが、その中にさえすでにさまざまな他の草花が混じっている。ふたみな草がバラ色と菫《すみれ》色の花を咲かせていた。旺盛に葉をひろげ、すでに春の緑を失いかけた毒ぜりが白い花を咲かせていた。そして今年はじめて、わたしは背の高いりんどうの、濃い、言いようもなく純粋な青を見た。色彩の世界、目の音楽、すでに此岸と彼岸の境目に立つ地上的な幸福のきわみ、おかげでわたしは草地のところどころで溢れ出た水を忘れて、数度その中にはまりこんだが、しかしそれで幸福はそこなわれなかった。

明るい林の梢の背後に壁のごとくそそり立つ唐檜《とうひ》の森をふりかえると、それは実際よりもはるかに暗く、はるかに険しく見えた。沢ひだもほとんどそれとはわからぬほどだった。実際にはきわめて楽な下り道であったことが、ほとんど信じられなかった。もっとも、それから先はさらに楽になる。ちっぽけな藪の群島の間を抜けて、沢は褐色にせせらぎながら橅《ぶな》の森の中へ流れこみ、そしてわたしも橅の森に迎えられた。森はクローバーとまいづる草と、かさかさ音を立てて朽ちてゆく落葉でいっぱいだった。露けく陰る涼しさの中へ深く入りこんでゆくほどに、わたしのまわりは豊かになってゆく。わたしは郭公《かっこう》の叫びを、やまがらの声を聞き、つぐみやひわの声を聞きわけ、あらゆる鳴き声を聞く。それらは喉から喉へと鳴きつがれ、森全体に生きいきとこだまし、さらに森を越えてすでに耳には聞こえぬものの中へこだましてゆく。だがそこからそれらの鳴き声はふたたびもどって来る、あたかもそれら自身が何物かのこだまであるかのように、生けるものの世界における、おのが境界のこだまであるかのように。

しかしこだまはわたしの心を訝《いぶか》りで満たした。しかもそれは結局存在の豊かさよりも、むしろわたし自身に、ここに置かれたわたし自身にむけられた誑《いぶか》りだった。わたし、あらゆる他の生き物とひとつにからみあう生き物、脚と呼ばれるからくりによって前へ運ばれる生き物、このからくりを使って露の中を、昼の中を歩む生き物、おのが解剖学に従って人間と呼ばれてはいるが、あらゆる他の夢とおなじひとつの夢にすぎぬ生き物、しかもあらゆる夢をおのが内に抱く生き物。ひとりの人間、昨日は雨の中の旅へ、今日は日光の中の旅へ出かけ、そしていよいよ深くおのが忘却の中へ入りこんでゆく人間、彼自身一滴の露、やがて蒸発してしまう一滴の露にすぎず、郭公《かっこう》の叫び、黒つぐみの囀《さえず》りにすぎず、遠方から遠方へ運び継がれてついには理解しうるものの果てまで至り、わたしの自我のさい果てまで至り、そしてわたしの誑りのこだまに乗って声もなくもどってくる。沢はなおもわたしの左手を流れていたが、いまでは石のすくなくなった地の中に、まさに小さな峡谷をつくりなすほどに深く川床をきざみこんでいた。そしてその峡谷は緑一色だった。岸の斜面に生える木賊《とくさ》の緑、水辺に生えるふきたんぽぽの緑、そしてこれらの地下室を思わせる陰気な緑の中から、しもつけ草の白い花がいっそう陰気に咲き出ている。日光の水玉が緑の上で戯れ、おなじく褐色の川波の上でも踊っているというのに、まるで一条《ひとすじ》の光すら谷にさしたことがないかのように、それほどに暗くてかび臭い、それほどに土臭くてひんやりとした息吹きが立ち昇ってくる。それは影の中の影、忘却の忘却――あらゆる記憶の届かぬ山の深みに埋もれ、流れる深みに呑《の》みこまれて在る大昔だった。そのときわたしはわたしの訝りから目覚め、そして夢にしっかりと閂《かんぬき》をさすために、パイプを取り出し、煙草をつめて火をつけた。口の中が甘くて暖かい、鎮静的でしかも鋭い煙に満たされてゆくのを、わたしは感じた。そして歯の間にパイプを、それが下あごにしっかりおさまっているのを感じた。そしてより静かに、より確かに、より整然と、世界がまたもわたしのまわりに集まってくる。年ふる森、その木々のたくましい幹、ひび入り節くれ立ったその樹皮、そしてそれらの上をおおう明るく暖かい夏の影のさやぎ。一匹の蜂が谷からやってきて、ぶんぶんと飛びすぎた。一羽の鳥がわたしたちの近づいたのに気づいて声をひそめた。そしてほかの鳥が鳴きはじめた。

トラップが突然遅いこわばった足どりになり、聞き耳をたて、そしてついに立ち止まった。彼はスタートについた競走選手のようにじっとうずくまり、おまけに強い敵意に全身を震わせた。彼の喉から、ほとんど聞きとれぬ、だが威嚇的な唸りが洩《も》れた。彼の許しを得ずに、誰かもうひとり森の中にいるのだ。

その人間はやがて幹の間から姿をあらわし、そして実にみすぼらしいなりをしていた。片手に赤い布の包みをもち、もう一方の手にひと束の野いちごの株をもっている。やせこけ、髪は白く、口髭《ひげ》とも頬髯《ひげ》ともはっきりせぬ髭を生やし、年頃もはっきりせず——それは靴屋のドミニク、いちご採りやきのこ採りを副業とする自然の素朴な通暁者ドミニクだった。わたしたちは挨拶をかわした。それからわたしは彼に何を見つけてきたのかとたずねた。なぜなら、彼はそれが自慢なのである。

「くるまば草さ」

「そりゃすてきだ」とわたしは言った、「だが、それではブドウ酒がほしいね」

彼は首を横に振った。

「いいや、これはサベストにもって行ってやるんだよ」

「それでかわりに何をもらうんだね」

彼は白い髭《ひげ》にかこまれた唇をなめた。

「ソーセイジを一本くれるはずだ」

「彼がそれを忘れていなければね」

ドミニクは疑わしそうな、しかも同時に人を疑わぬ顔でほほえんだ。この男もこれほどに貧乏することはなかったのだ。ところが、持ち前の人のよさと気前のよさのおかげで、彼は他人にいいようにされている。村の連中にとって、彼をさんざん利用することは、痛快なる慰みなのだ。ラクスなぞは彼にまだ一文も払ったことがない。

「そしてこれはマリウスにやるんだ」と彼は野いちごの大束をわたしの鼻さきにさし出した。根の香と太陽の香がいちどきににおった。よく熟したでっかい薄紅色の実が、やわらかい刻みのついた葉から湿れて光った。

「そう、それはマリウスのか……またなんで彼はそれをもらうんだね」

彼は野いちごの束をまたひっこめた。明らかに、わたしがマリウスのいちごをひと粒とりやしないかと心配になったのだ。「この次はおまえさんにも何かあげるよ……」と彼は約束した。

「おそらくわたしはいちごをもらうほどのことをあんたにしてなかろうよ。あの男は君にどんな良いことをしてくれたんだね」

「たぶん……」と間を置いて彼は言った、「これから、してくれるだろう」

「いったい何を」

「彼はわしらを救ってくれる」

こんな答えが返って来るだろうとは予期していたが、それでもわたしはやはりびっくりした。

「彼は君のところで靴を修繕したことがあるのかね」

「あるよ、彼と、もうひとり来た」

「ああ、ウェンツェルだな……あの男もいい人間かね」

「二人ともいい人間だよ」

彼とトラップと、その間にわたしと、三人並んで数歩あるいたあと、彼はまたくりかえした、

「そしてマリウスはわしらを救ってくれる」

森はいまではいっそう静かになり、そして傾斜はいっそうゆるやかになった。径《みち》はあるときはいまだに沢谷のへりを、あるときはすでに沢谷からもっと離れたところを走っていたが、最後にはまた沢谷に近づき、太い丸木橋を渡ってくる車みちと合流した。さらに車みちは右に折れて森の出口へ、そして村へとつづいている。

わたしは立ち止まった。

「彼らは君に靴の代金を払ったかね」

「うん」と答えるかわりに彼は幸福そうにほほえんだ。

「それが救済なのかね、ドミニク」

「笑うとわしは森の中へもどってしまうから」と彼はおどかして、ほんとうにそうしかけた。

「来たまえ」とわたしは言った。

晴れやかに、いよいよ晴れやかに夏は森の湿気の中に入り込んできた。夏、若さにみなぎる世界の真昼時、それは太古このかたくりかえし夜を散らしてきた。しかしそれは木の葉のかすかなさやぎにすぎない。われわれ素朴な者たちにとっては、木の葉がさやぎ、いちごの実が熟れ、永遠が息をつぐ、それがすべてなのだ。われわれ素朴な者たち、そうなのだ、われわれは素朴なままでいなくてはならぬ。なぜなら、さもないとこのような不変なめぐりを前にして不安がわれわれをおしひしいでしまう。とはいえ、それは喜びである。そしてわたしは通り過ぎがてに若い橅《ぶな》の木の、ざらざらしていてしかも滑らかな幹をつかみ、生きいきとした材質を感じ取った。それは確固と大地から生いいで、それ自身は大地ではなかったが、しかもなお大地と素朴に結びつき、大地に根ざしていた。そしてわれわれが愛する人の手をにぎり、他人の自我のつかみがたいものを、われわれのつかむ手の中に感じ取るときも、それと変わりがない。われわれはそのとき見しらぬものが生い育っているのを、見しらぬものが生きているのを感じ取る。それは暗いおよそ未知の土壌から来たごとく、およそ遠いおよそ未知の空から、遠い未知の夢の夏から来たごとく、われわれのもとに流れてくる、われわれ自身の夢を救済し静めながら。しかしどうだろう！　わたしの手はなんと空っぽになってしまったことだろう！

わたしはたずねた、

「マリウスはいったい何から君を救済してくれるというのだね、ドミニク」

この問いは彼にとってむずかしすぎた。そしてわたしたちは黙ってひんやりと湿った土の上を歩きつづけた。轍《わだち》がくっきりと掘りこまれており、まだ雨で軟いその縁は踏みつけるとたちまち崩れた。そして轍の底には車に轢《ひ》かれて平たくなった石があった。ところどころで道は浅い溝をなし、砂と粘土の混じったその壁からは水がちょろちょろと流れ、それゆえわたしたちは一列になって轍の間を歩かなくてはならなかった。しかし、森の出口に近づくほどに、道はいよいよ平坦になってゆき、ついには森のへりにそってゆるやかに長々とつづいた。森のへりに茂るたった数本の木々と橅《ぶな》の若木の藪《やぶ》によって隔てられて、牧草地が谷にむかって延び広がり、森の陰の届かぬところで色とりどりの花を咲かせ、しばしばとうに枯れた水仙の茎の屍《しかばね》に、毒々しい土色をして、ぽっきり折れて陰険らしい屍にびっしりおおわれていた。すでに草地にはさまれていたるところに見られる草刈り場では、刈り取られた草がながい縞の波をなしてはるかにつづき、色あせて乾草になりかかっていた。森の地面はしだいに乾いてきた。そしてわたしたちはふたたび肩を並べて黙って歩いていた。

しかし靴屋のドミニクの心にはわたしの問いがつきまとって離れなかった。突然彼は飛躍した、

「彼は貧しい。だから貧しい者たちに彼は与える」

「それは立派なことだ……彼は君にそれを約束したのかね」

彼は考えこんだ、

「そうじゃないけど……だけど彼はそう言った」

「よろしい」とわたしは言った、「そうなると彼は金持ちから奪わなくてはならない。それには文句はない、なぜって彼らは君に靴の代金をまだ払ってないからね……彼は安心して彼らから奪ってもよいわけだ……」

「ちがう、彼はそんなことしない。彼は誰からも奪わないんだ」

「いいかね、それは曲芸のようなものだ」とわたしは言った。もちろん、このような一方的な施しという経済学上の曲芸の曲芸たるゆえんがどの点にあるのか、ドミニクにわかるわけはなかった。

次に斜面がひだをなしているところを通り過ぎたとき、すでに村が姿を現わした。わたしはトラップを綱からほどいた。

ドミニクは結論に走った。

「彼にくるまば草もやろう」

「そんなものもらったって彼はどうしようもないよ、ドミニク、彼は酒を飲まないんだから……それよりそれでもってソーセイジをもらってきたまえ」

「わしはソーセイジなんかほしくない」という声には幻滅のひびきがあった。そして彼は歩みをゆるめた。

「さて、どうなんだね」とわたしは村のほうを指さしてたずねた、「君は帰らないのかね」

「帰らない、彼のために野いちごをもっと取ってくる……」

彼の気前のよい振舞いをやめさせるのはわたしの役目ではない。それにやったところでうまくゆきそうにもない。それゆえわたしは彼をかってに行かせ、牧草地を横切り近道をして村にたどりつくため、森のへりの藪《やぶ》を分けて入った。トラップは綱のない身を楽しみながらわたしの先を走っていった。

村はいまやひろびろとわたしの前に横たわり、暗い泉のごとく湧く庭々の緑の中に沈んでいた。その上空たかく燕《つばめ》たちが風に運ばれ、クローバーの畑と生乾きの乾草の香りに満ちた一陣の風に乗って飛んでゆく。そしてわたしは、いたるところ苔におおわれ、一枚の弾力ある敷物をひろびろとしきのべ、杖をつくとその先が深くつきささる牧草地の地面を、ここちよく弾みながら運ばれてゆく。わたしは少年のように、近道をさえぎる家畜柵を攀《よ》じこえた。そして自分と世界がまた安定し、夢から解きはなたれて単純になったかのように妄想して、わたしはそれらの障害物のひとつの上に坐り、足をぶらぶらさせ、たてにひび割れた灰色の柵木を両手で握りしめて、心楽しくも若々しい休息をとった。あたりの畑は近づく実りについてささやいていた。黄ばんだ緑の小麦畑、それにひきかえもっと粘っこい色のからす麦、ほとんど黒っぽいクローバー、あたり一面がかすかな夏の風を受けてやさしく揺れている。おお、なんとたくさんの朝を、あたり一面はいまだに宿していることだろう。なんとたくさんの夢を、森たちはいまだに宿していることだろう。森は区分けされた畑の奥から起こり、丘に運ばれ、山に運ばれていよいよひろがってゆき、あたり一帯を取り囲んでいる。そしてそれは暗いふくよかな波のごとく重なりあい、暗緑色に凝り固った。にもかかわらず、それは山々の岸辺にうち寄せる生きた波、世界の波、夢の波、そしてはるか上のほう、森が裸出した岩々をなめているあたりでは、木々が森のへりから点々と飛び出して根づき、まるで夢の最後の飛沫のようだった。たったひとつの夢のつくりなす大陸と大洋。その中をわたしは通ってきた、そしていまも通ってゆく。世界のあらゆる形象をおのが内にたくわえ、おのが内で生み出しつつ、しかもみずから形象の中にたくわえられ、形象に生み出されつつ。そうなのだ、わたし自身が夢なのだ。たとえときおり青春の揺るぎない単純さへ立ちかえったと妄想しようと、わたしは森の夢、森の夢見る存在の夢なのだ。そしていつになくはっきりとわたしにはわかってきた。そうなのだ、われわれをいつでも迎え入れる人生、われわれのまわりにひろがる人生、その中へわれわれが育ってゆく人生、しかもそれ自身われわれの中でしか育たぬ人生、この人生がおのが夢を越えて育ち、夢から救済されて現実となるのは、ただひとつ、われわれが他人の、疎遠にして親密な人の生の流れをわれわれの手の下に感じるとき――愛においてなのだ。彼方《かなた》で生け垣のごとく茂る橅《ぶな》の木々のそばに、わたしは靴屋のドミニクの姿を見つけた。茂みになかば身を隠して彼はわたしをそっと見守っていた。明らかにわたしの振舞いに、なぜわたしがここに坐っており、そして何をするつもりなのかということに好奇心を感じている様子だった。わたしが手を振って見せると、彼は思いきって全身をあらわし、赤い野いちごの束を持ち上げて挨拶し、彼特有の深いお辞儀をした。人々はこのお辞儀のことで彼をからかうものである。だがお辞儀をするとすぐさま彼はふたたび姿を消した。臆病が彼に、茂みからのぞくだけにしろと命じたせいかもしれない。あるいはまた彼は締めくくりの礼儀を果たしたあと、いまや大急ぎで野いちごを採りに出かけたのかもしれない、救済者への贈り物を完璧にするために——救済されていない者の、奇妙な果物の捧げ物を。なぜなら、予感しつつ救済者を求める人間は、自分がその救済者から愛されているかどうかをほとんど問わぬものなのだ。彼は救済者によって夢から救い出され、あの愛へと、人間性と現実がそこに宿るあの愛へと目覚めさせられることを欲しているのだ。そして、みずから目覚めておらず、みずから愛をもたぬ者には、このような救済の業はできぬとしても、人間の妄想にとっては、そしてつかのまにとっては、彼をしてすすんでいちご採りに出かけさせる誰かがやってくるというだけで十分なのである。そして靴屋のドミニクは二度と森の中から現われなかった。しかしわたしはわたしの柵木から滑りおりて学校を目指して出かけた。学校は墓地の塀のはずれ、すでになかば畑の中に建てられ、黄色い殺風景な姿で立ち、教会小路の入口を表わしている。

このような牧草地の斜面の上では寸分たがわず方向を保つことはできぬものである。それゆえわたしは農家の庭々の裏手に着陸した。この前わたしがここでアガーテと並んで坐っていたとき、庭の木々はおりから薄バラ色の花咲き頃の甘い悲しみに浸っていたものであるが、あれから木々は成長し、彼らの悲しみは散り落ちてしまっていた。そして彼らの肩や腕には鬱蒼《うっそう》と葉がまつわりつき、この前よりもにぎやかな鳥の声が葉に包まれた頭にかかっていた。草もあの当時よりも鬱蒼《うっそう》と生い茂り、いまはひとり置き去りにされている庭のベンチの、腰掛けの高さのなかばまで届いていた。当てずっぽうにわたしはふたたび《アガーテ》と庭の中へ叫んだ。ただし今度は、わたしはすぐさまおやじのラウレンツを見つけた。彼は中庭側の野菜畑で働いていたが、わたしの呼び声を耳にすると彼の手押し車をとめた。学校の開いた窓から農村の子供らしい調子で詩の斉読が流れてきた。

ラウレンツは庭の境までやってきた。

「うん」と彼は言って、身なりを整えるために、青い前掛けを小さな腹にまわしたひもの下へ巻き上げた、「うん、わしら元気だよ、アガーテもわしも」

「もちろんさ、ラウレンツはいつだって元気だからね」

彼は笑った。

「お爺《じじ》になるときてはいよいよ元気だよ」

こいつは初耳だった。

「こりゃ驚いた、ラウレンツ……わたしはいまはじめて知ったよ」

彼の顔は輝いた。

「きっと男の子だね」

「そんなことならわたしはとにかく庭に入らせてもらわなくては」

道と垣根の間の溝にはまだ水が溜《た》まっていた。溝の両壁は黒くてどろどろだった。そして溝の縁にはいらくさや、白い花を咲かすくさのおうが生えていた。垣根ぞいにはかきどおしが見すぼらしく生えていた。そして、他のあらゆる材木製品と同様に雨風にさらされてぐらぐらになり苔むした垣根の木戸の側には、二枚の板が溝の上に渡されており、それらは腐りかけていたけれど、わたしの重みには耐えた。

こうしてわたしは向こう岸につき、未来のお爺と握手した。

「予定はいつだね」

「いま三月《みつき》ですよ」

「ギルバートの子だね」

「もちろん」

「だけど結婚するには二人ともまだ若すぎるな」

「それに、アガーテも彼をもう好いてはいないんだよ」

「ほんとうかね……でもあとになればやっぱり……まあ考えてごらん、あの娘は生活の心配がなくなるだろうし、それにあの娘はきっとホテルのおかみにむくと思うよ……」

「あそこの家は小作人の娘じゃいやなんだよ、もっとお大尽の娘を望んでるんだ」

「そんなことあるものかね、そのことならどうにでもなる」

「いいや」と彼は言って、巻き上げた前掛けの下に女のように手を入れた、「今じゃ結婚を望まないのはわしらのほうだよ」

雨期は表通りのどぶの水をこの庭の中にまで流し込んだものである。垣根の近くでは、濡れて光る地面の上に草がいまだに平たくはりついている。そして水溜《たま》りもまだいくつか残っている。しかし南風があと一日でも吹きつづけば、このあたりの草の敷物は庭の中央よりも厚く豊かになり、たんぽぽや茎の長い、ベールのように綿毛を生やしたおおばこでいっぱいになる。するとここでも草刈りが行なわれるのだ。

「おまけに」とラウレンツはつづけた、「ギルバートは気が狂っちまった」

「それは放っておけ、ラウレンツ……マリウス騒ぎもいまに過ぎ去る、そしてギルバートはまた分別のあるいい子になる」

「わしらにはギルバートなぞいらない」

「そりゃおかしい、どこの娘だって夫が必要さ……それに彼が生まれる子の父親だとすれば、彼がいるほうがいいにきまっている」

ラウレンツは考えこんだ。そしてわたしは太陽の舞台を見渡した。ここには、厚い緑の天井と敷物にはさまれ、木の葉の天井と草の敷物にはさまれて、またもや涼しい空気があった。天井と敷物のあいだにとじこめられて、温順な森が、温順な涼しさがあった。しかしながら垣根のむこうでは、太陽の舞台のごとき畑の上を、夏が、真夏があくまでも透きとおった、あくまでも軽やかな着物をきて渡ってゆく。

ラウレンツは黙々と考えこんでいたが、出発点にもどってしまった。

「いいや、わしらには亭主はいらない」

「君にはいらないさ、ラウレンツ……そりゃ君のいうとおりだろうよ」

赤みのまさったバラ色をした彼の顔の左右に、両方の耳のあたりから、口髭《ひげ》の先が二本の灰白色の、綿毛のような翼となって飛び出していた。まるで小さな天使の背中からひっこ抜いてここに植えたようだった。「アガーテも亭主なぞいらない」と彼はきっぱり言った。そうしてわれわれは家のほうへ歩いていった。

わたしたちはかまどのところでアガーテに出会った。

「初耳だったよ、アガーテ……またはやくしたもんだね」

彼女はわたしの言う意味がわからなかったし、またわかろうと骨折ることもしなかった。いくらかぼんやりとほほえんで彼女はただ「ええ」と答えただけだった。

ところが、ラウレンツは嬉しがった。

「そうだとも、この娘はすばやいんだよ」

奇妙なことだった。彼は娘の亭主なぞ必要もないし、ほしくもないと思っているくせに、まず始めにあったことは、是認するのだ、それに文句はないのだ。この丸みをおびた子供らしい腹が甘美な力に負けてギルバートを迎え入れたことに、彼は文句はなかった。二人が目に見えぬ手に打ち倒され、その手によっておのが存在のへりからさらわれ、目をとざされて、愛という大いなる、悲しい、優しい必然に屈服したことに、彼は文句はなかった。これらすべてをラウレンツは受け容れた。ただしその際、ギルバートがともかくにも事に係わりあっているということを、彼はほとんど忘れている。そしてその点において小作人ラウレンツは女と同じだった。ただ未来の世代と子供たちの幸福のことしか考えない祖母と同じだった。そしていまやこの子の中に、このかまどのかたわらに立つこの子の中に新しい子が形造られてゆくことを考えると、この肉体の中に新しい肉体が、このふくよかならざる骨盤の中に新しい肋骨が形造られてゆくことを考えると、さなきだにバラ色の肌をしてまるく腹の突き出たラウレンツではあったが、それは彼にとって混じりけのない存在の喜びであった。

「いまにおちびが生まれたら、アガーテ、おちび相手にまず何をするね」

アガーテのまるい童顔は、いわば幼少年期の、厚いほとんど動かぬ層におおわれているかのようであり、しかも父親の顔に似ていた。彼の顔もいわばたったひとつの層しかもたない。そうなのだ、彼の顔はまるでこのひとつの層の内に停滞してしまい、ただただこの層の中からのぞいているかのようである、いくらか厚くて赤い唇、しゃべるよりは食べるのにむいた唇をして。窓からのぞくがごとき顔。まじりけのない善良さにふっくらとふくらむ顔。しかしいかに似てるとはいえ、アガーテの顔はまた違っている。彼女にあってはまだ何ひとつ停滞してない。つまり、彼女の表情に動きがないように見えても、それはあくまでも見かけにすぎない。たくさんのものがその背後で動いている。もちろんそんなに速い動きではないが、それは滑るがごとく走る静けさというべきものであり、内側からくまなく照らされ暖められている。そしてもしも存在の可能性の無数の層を歩みぬきそして生きぬき、それによって可能性を一層また一層と解きはなち、おのが内へと救済されてたち帰るようつとめることが、人間の魂と目に課せられた任務であるとすれば、アガーテの《窓からのぞく顔》の中には、すでにこのような任務への、このような出発への用意が、ほのかな予感の光として含まれている。そして彼女がわたしの問いに答えたときにも、この光はほのかに輝き出た。

「あたし、庭の木の下で赤ちゃんといっしょにすわります」

「そう」とわたしは言った、「君はそうするだろう、きっとそうするだろう。今だってもうそうしてるじゃないか」

そしてわたしには思えた、アガーテが針仕事をしながら庭のベンチに坐っていると、まだ生まれ出ぬ子がいまからもう木々のさやぎや風の音を聞いているかもしれぬと。またわたしには思えた、その子が一生のあいだこのような生まれ出る前の傾聴を、思い出のない永遠の郷愁として抱いて歩むのではなかろうかと。

「だけど、あたしがお床につくのは十一月になってからでしょう」

「そうだよ」とわたしは答えた、「だから、庭のことは春まで延ばさなくては。そして当分のあいだ君は部屋の中で子供のおしめを替えるより仕方がない」

ラウレンツが嬉しそうな顔をして口を出した、

「こいつは面白くなるぞ」

だが娘は言った、

「あたしたちは部屋を暖かくします。そしてあたしはランプを夜おそくまで燃やしておきたい。それであたしのベッドの横の影のなかに揺籠を置くの……」

そして彼女はつけ足した、

「もしかするとあたしもときどき泣くかもしれないわ」

「揺籠ね」とわたしは言った。そしてわたしの心にはまたもや夏の風が、そして引いては満ちる海の波が浮かんだ。

するとラウレンツが言った、

「うちにはアガーテを寝かせた揺籠がまだあるだよ」

「それならなお結構、新しいのを作らなくてもすむからね」しかしわたしはもうそのことについて何も耳にしたくないほどの気持だった。わたしは突然自分に子供のないことを思って、またもや激しい苦しみを感じたのだ。わたしは自分の年齢を感じたのだ。それでわたしは話題を転じた、「今日は何を料理してるんだね、アガーテ」

「ヌーデルだよ」とラウレンツが答えて、食いしん坊らしい顔をした。

しかし腹の中に人間の種子を抱くアガーテは、揺籠から話をそらさなかった、

「あたしがその上にかがみこむと、赤ちゃんはあたしの乳房を求めるわ、そしてあたしはあたしのシャツを開いてやる……そしてお乳を飲みおわると、赤ちゃんはちっちゃなこぶしを握ってまた寝入ってしまう」

そして彼女がしゃべっている間、彼女の全身はかすかな揺れ動きになりきっていた。

ラウレンツはうっとりとして聞いていた。開いた台所の扉から夏のさざめきが、家畜小屋のにおいが入ってきた。そしてどこかで誰かがハーモニカを吹いていた。まるで日曜日のように。

アガーテの澄んだ青い目がわたしのそばをかすめて、どうやら庭のほうを、来年には子供が葉群らを見上げられるよう揺籠がその下に置かれるはずの木々のほうを、眺めているようだった。だがあるいは、彼女の目はもっと遠い風景を眺めていたのかもしれない。もっと遠い風景といっても、やはりこの庭にすぎなかったが、しかしその中には彼女の子供ばかりでなくて、孫も曽孫《ひまご》も休らいそして遊んでいる。それは無限から受けて無限へと送り継がれる生命の流れ

が通る揺籠、庭、そして床。そうなのだ、理性にまして、目は人間がたえず求めそして渇えている比喩をつかみ取る力をもつのだ。そして一介のお百姓の庭の中にも比喩は宿っている、空間と時間とそれらの空虚とを満たす比喩が。

そしてこの想像は確かめられた。なぜならアガーテはいまや両手をくぼめて鉢をつくった、まるでまだ出ぬ乳を乳房から受け止めようとするかのように、あるいはまるでそのほかの何か大切な意味深いものを差し出そうとするかのように。想像は確かめられた。なぜなら彼女は言った、

「小さいころ、あたしは曽祖母《ひいおばあ》さんを知っていた。そして今度は、あたしはいつかあたしの曽孫も知ることでしょう」

七代である。たいへんなことだ。だが十六歳で母親になれば、それも可能である。

日曜日のような気分を起こさせるハーモニカはさらに歌いつづけている。わたしはギルバートのことを思い出した。彼がこういう耳ざわりで薄っぺらな音楽でわたしの診察時間に伴奏を入れようという気を起こすたびに、わたしは彼を呪ったものである。ところがアガーテには、この音はなんの思い出も呼び覚まさぬようだった。

わたしは彼女のあごに手をかけて上を向かせた。

「わたしたちがきっといいようにするよ、アガーテ」

わたしがラウレンツといっしょにふたたび中庭へ出たとき、午前の最後のなごりは空気の中から消えてしまっていた。空はより柔らかくより厚くなった。空の牧場はミルクからできた円蓋のようであり、それが色濃い牧場の上に、この世の生活の牧場の上にすっかりかぶされているようだった。そしてミルクの中に浸って、太陽が高く昇ってゆく。

「ラウレンツ」とわたしは言った、「サベストはこのことを知っているのか」

「彼もそのうちにきっと知るだろう……」

「彼らにこのことを知らせなくてはいけない……たとえ結婚しないとしても、子供には自分が誰の子か知らさなくてはいけない、世間にもそれを知らさなくてはいけない……そうすれば結局はそれだけ結婚が早くなるからね……」

彼は彼のまるい頭を掻いた。

「そりゃそうだが……しかし……」

「わかってる、君はギルバートなぞ必要ないというのだろう、もうさっき聞いたよ……しかし君のところは養育費もいらないほど金持ちじゃあるまい。アガーテと子供のためにも養育費を要求しなくてはなるまい」

「先生、わしはそれをしたくないんだよ……」

「それはまたなぜ」

ラウレンツはしばしためらった、

「キルバートはどのみちこの事を知っている……」

「それで」

「ええ、それで近頃わしはウェンツェルに出会った……」

「なんであの男がこれに関係があるのかね」

「もしかするとまた彼のいつもの冗談にすぎないのかもしれない……彼は言うんだ、今後養育費を要求する娘がいたら、その家の窓を叩き割ってやるって……」

「そんなつまらぬことを君は自分でも信じていないのだろうに」

「うん……しかし……若い連中は彼が笛を吹くままに踊っている……彼らはみんな気が狂っちまった……」

「彼はいったい連中に何をさせるつもりだろう」

ラウレンツは世間のことに頭を煩わす人間じゃない。彼の家畜小屋にはいま二頭の牡牛と二頭の牝牛がおり、おまけに仔牛までいる。また彼には数ヨッホの畑と、それから庭がある。これだけあれば生活は十分だ。だからウェンツェルなぞどうでもかまいやしない。おまけに、昼食にはヌーデルまであるのだから、なおさらだ。おそらくこんなふうに彼は思いをめぐらしていたのだろう。彼は空《くう》にむかってほほえみ、またヌーデルのことを思い、やがて言った、

「いったい何をさせるつもりなんだろうね……どうせ連中は気が狂ってるんだよ……仕事がおわると連中は鍛冶屋のところに集まっている……」

「なんだって」とわたしは思わず叫んだ、「まさか鍛冶屋まで気が狂ったわけじゃあるまい。あの男は正気だよ……連中は彼のところでいったい何してるんだ……」

ラウレンツは前掛けの紐をいじりながら、ほんとうだよというように二重《ふたえ》あごを胸に押しつけた、

「仕事がおわると連中は鍛冶屋の店先に集まってウェンツェルの話を聞くんだよ。わしはいつでもギルバートの姿をその中に見かける……」

「なるほどね……そこで連中は例の養育費がどうのというおどかしをひねり出したのだ……ひとつウェンツェル氏をこっぴどく締めあげてやるか……」

「それにはまだ暇があるよ、先生」とラウレンツはのどかに笑った、「まるまる六か月ある……それにあれはどうせウェンツェルの冗談さ……」

「そのウェンツェル式の冗談がわたしにはまったく気にいらないな」とわたしは言って立ち去った。

診察時間の前にまわるべき所をまわっておくつもりなら、もう出かけなくてはならぬ頃合い

だった。そこでわたしはまず教会小路のはずれにある村役場に行くことにした。ひとつには校医として、おりしも終わろうとしている今学年に関する報告を記録してくるためであり、もうひとつにはわたしの手紙を郵便係のロイデル嬢にあずけてくるためだった。このロイデル嬢は郵便係のほかにも村役場の秘書の役目をも兼ねているのだが、たいていは退屈している。なぜといって、村の公務は規模が小さいし、村の郵便業務にしてもそれとたいして変わりがない。週に三度、プロムベントから郵便車が登ってくるが、わずかな間に片づいてしまう。そしてまたサベストのところの電話――これにはわたしの家も子電話として加わっているのだが――麓の本庁と直接につながっており、おまけに電報まで受けてくれる。したがってロイデル嬢の仕事はけっして過重ではないのだ。

せまい玄関の壁にはさまざまな公報が貼り出されており、たまにしか取り換えられぬ気象通報の隣にはペルナムブコとの電話開通の報《しら》せも見られる。その玄関を抜けるとすぐに会議室につづく。天井の低い大きな部屋で、三つの窓が表通りへ、二つの窓が教会小路へ面している。そしてその一番目の窓のそばにロイデル嬢の退屈を紛らわす諸道具がある、村の会計簿をのせた書き机や、郵便スタンプや、郵便秤や、料金表ノートが。そしてこの黄塗りの書き机に彼女は坐って、退屈を破ってくれるものを待ちうけている。おりしも彼女はそこに坐っており、思いがけぬ来客を迎えてにっこり笑った。診察したことがあってわたしには一本ずつ見覚えのある長い乱杭歯を見せて。

わたしは手紙を渡した。そして彼女が手紙に切手を貼ってスタンプを押すその間、わたしは彼女の小さな黒い束髪を、ヘアピンで留めた束髪を上から眺めていた。襟首はやせて黄ばんでおり、頸椎の両側には薄黒いうぶ毛が生えている。

「さてと」と彼女は言った、「普通郵便ですか……書留にはしないのですか、速達にはしないのですか」

「普通で結構、ロイデルさん、わたしは上得意じゃないな……」そう言ってわたしは部屋の中央にある大きな緑のラック塗りの会議用テーブルに腰をおろして、わたしの報告を整理しはじめた。

しばらくの間わたしはそのままひとりで機械的に働きつづけたが、わたしも退屈だった。わたしはこういうお役人的な仕事は好きじゃないのだ。そしてロイデル嬢があくびをした。そこでわたしは例によって例のごとく、なかば機械的に、退屈に苦しむ女事務員の返事など聞きたいとも思わずにたずねた。

「いそがしいですか、ロイデルさん」

ところが、いつものしかつめらしいため息まじりの《そうなんですよ》ではなくて、まったく変わった答えが返ってきた、

「いまにもっと忙しくなります……ことによるともうひとり人手が必要にさえなるかもしれませんわ……」

「へえ、ほんとですか……」

「いまに鉱山が始まるので……」

それでは、あの件はいまだに人々の頭の中を幽霊のごとくさまよってるのだ。わたしは話をきき出すのに絶好な人間を相手にしていた。そこでわたしは言ってみた、

「ああ、それはただの噂ですよ、ロイデルさん」

はたして、彼女はわたしよりも事に通じていると思って得意になった、

「ところが違うんです、先生、あたしのためにここにほんとうの郵便局をこしらえるために、村役場を学校へ移すことさえ考えられているのですよ」

もちろんラクスから聞いた話である。彼女はこの首席村会議員との友好関係を隠しだてしない。むしろ——おそらく人目をくらまそうという魂胆だろうか、というのは、人々が主張するところによれば、この関係はもっと情けこまやかな性質のものであり、だからこそラクスは学校の教師を押しのけて、彼女に秘書のポストをまわしたのだそうだ——、むしろ彼女はあけすけに、見るから得意そうに、この関係をひけらかす。それゆえわたしはこうたずねて彼女を嬉しがらせてやった、

「ラクスさんがそう言ったのかね」

彼女はまたにっこり笑ってうなずいた。そして彼女の声には嬉しい秘め事が震えていた。

「まだひとに言ってはいけないのでしょうけど、でも先生になら、お話しできますわ……ラクスさんがおっしゃるには、あの人たちはいまに黄金を見つけるでしょうって、そしてそうなるとクプロン村はとても変わるでしょうって……」

「そんなこともあるかもしれんな」

「いいえ、きっとですよ。プロムベントの森もいまにあたしたちのものになります、そしてケーブルも……ええ、いまにそうなりますわ……そうなったらどうでしょう、先生、どんなにすごい人の往来がはじまることやら。よその人たちが大勢……」

「うむ、そうなった日にはあなたひとりじゃほんとにもうさばききれなくなるな」

「そうなんですよ、あたしひとりじゃほんとにもう」

ラクスが彼の内密な話をでかい声でふれまわらせるために、正しい道を選んだことは、明らかである。しかし彼が黄金とプロムベントの森をただ選挙の宣伝に利用してるのか、それともそれで私腹を肥やすつもりでいるのか、そこのところはそれほどはっきりしなかった。彼の鈍重な手はとかく複雑な結び目をこしらえたがるものだ。

「だが村には鉱山事業を始める金が全然なかろう」

「いいえ、クリムスさんがいます、あのかたはお金持ちです」

「それでマリウスに黄金を探させるわけだね」

彼女はわたしのほうになかばねじ向けていた椅子を、プイと机のほうへもどしてしまった。この秘密は彼女の縄張りなのだ。そしてわたしはマリウスについてもちろん予感すら抱いてはならなかったのだ。そんなわけで彼女はしぶしぶとしか答えてくれなかった。

「わたしは知りません……たぶんあの人か、それともクリムスさんのところで働いているあの小さな人……でも、ラクスさんは技師に来てもらおうと考えてるかもしれませんよ……」

「とても面白い話でした、ロイデルさん」

「いいえ、どうせ先生はもう何もかもご自分でご存じなんです」と気を悪くした声が返ってきた、「そのうちに毎日郵便自動車が連絡するようにもなるんです」

「そいつはちっとも知らなかった。ありがとう、ほんとうによく教えてくれました」

「ほんとうにご存じなかったのですか」

「ほんとうですよ、ロイデルさん……あなたのところにはまさに村全体の運命が横たわっているる」

「いやですわ」と彼女は叫んだが、大いに喜んでるのか、腹を立ててるのかはわからなかった。

ともあれ、喜んでるような立腹してるようなその人は、いとも親切にわたしの学校報告書を受け取り、それをさらに整えて送る仕事にかかった。そして出て行くわたしのうしろから、「近いうちにまたお越しください、先生」という声がきこえた。

通りのむこうの鍛冶屋の店の中に、ドナート親方と徒弟のルードウィヒが炉端で働いているのが見えた。彼はわたしが長年見てきたのと変わらぬ様子で、寸分のくるいもない腕の確かさと、わたしの好きなあの男らしい仕事の喜びとをもって働いていた。見たところこのように落ち着いた、このように均合いのとれた男の中に何かしら変化が生じたとは、しかも彼をしてウエンツェルの家来にならしめるごとき変化が生じたとは、どこからもうかがわれなかった。だが隣人のうちに生じた心の変化を知ることは、けっしてやさしいことではない。それに、わたしはこれ以上マリウスの件にかかり合っている暇も気もなかった。それゆえわたしはこのことで親方の真意を打診してみたいという気にもならず、彼のところには立ち寄らずに、鍛冶屋の店を通りすぎた。トラップもわたしのとった態度に賛成した。

*

しかしわずか数日後、わたしは思いがけなく鍛冶屋のところに立ち寄ることになった。

診察のあいだに重い雷雲が空にあらわれた。ふくよかな雲の力の、鉛色の美しさのありたけを見せ、雲のしわを寄せつつ、雲のひだをたたみつつ、雷雲は空いっぱいにわだかまり、四方の地平から黒い怒りを詰めもののごとく吸いこんで、それを拡げんとし、そして世界はその脅威のもとに横たわっていた。患者たちが雨に降られぬうちに家に帰れるよう、わたしは彼らの手当てをできるだけ早く片づけていた。そして手当てのあいまにときおり窓の下の通りに目をやって、おりしもお百姓の馬車が夕暮れのように野良から帰って来るのを眺めていた。午後はまだ早いのに、もうたそがれよりも暗かった。しかしながら、その中には奇妙にうつろな明るさがすみずみまで行き渡っていた。そればかりか、不気味な夕立ちの気配はすべてこの白っぽい灰色のうつろさから来ていた。そしてそれは雲におおわれた日光と風と影のつくりなすうつろさにすぎなかったが、それでもさながらひとつの柔らかな声なき響きのごとく、静けさのあまりわれとわが内から鳴り響き、馬車のきしみ声さえ和らげ、おのが内に吸いこんだ。

通りはいよいよ人けなくなってゆく。わたしに送り出された最後の患者たちがそこを走って横切ってゆく。そしてわたしはひらいた窓のそばに立って、近づいて来るものを待ちながら――いまさら上の村にむかって出発するのは愚かだった――、彼らを見送った。わたしは埃をいっぱいに含んで吹く突風を見た。そして突風にのって夕立ちが、みずから世界へ墜《お》ちくだるその前に、まず世界をすみずみまで占領せんと、うつろな明るさの中を渡ってゆくのを見た。そしてわたしは見た、脅かす力がおのれと格闘し、おのれと分裂し、あるいはいまにも爆発せんとする陰険な白さへとあかるみ、あるいは時を待つ暗さへとかげるのを。すでに雷が空に鳴り渡り、重みなく、重みないだけにかえって威嚇的にとどろき、あたかも遠くで影のなだれが咆哮しているかのようだった。破壊しつつ世界の深淵へどよめき墜ちてゆく影のなだれが、恐るべき影の重圧が。やがて脅威はつのり、いやが上にもつのり、そしてその力を不可避の行為へと集中して、雷がひらめいた。制しがたい力にみなぎり、狂暴にも声限りのおたけびを鈍くとどろかせて、雷はクプロン谷の釜の真上で次々にひらめき、おのれの中身を地上にぶちまけんものと、互いに稲妻の角を立ててひき裂きあった。それはいわば大いなる苦しみの中で行なわれた――稲妻にひき裂かれ、救済の中に、救済の中にのみ内在する絶望の力をありたけふりしぼって。というのは、いかなる自然の現象にもまして、この雷雨という巨大な戦いにおいては、奔放と安らぎが、地下的なものの爆発と永遠の人間性への回帰が、無への救済と生の均衡への救済が、密に隣りあっているのだ。そして自然が吠えるがごとく泣きはじめ、空に存在するあらゆる絶望が涙のない嗚咽《おえつ》をはじめるのが、夕立ちの始まりとすれば、やがて夕立ちはひと降りごとに、ひと嗚咽ごとに、天と地の豊かな潤いの中で、いよいよまろやかに、いよいよやさしくなってゆく。それはいよいよ安らかに、安らかになってゆく。そして稲妻のひらめくたびに落ちてくる大粒の雨は、同時にまた、自然のすみずみまで震え走る安堵のため息。それは安らぎと帰郷のため息、信頼できる優しさと最後の三和音を準備する先駆け――やがて狂瀾は三和音におわり、その響きの中で人間の心臓もその落ち着きを、その鼓動の平衡を取りもどしてゆく。

こうしてわたしは窓辺に立ち、魂のめまいにとらえられていた。それは解き放たれた力とその力動をまのあたりにするときかならず生じるめまいだった。岩の断崖の底をのぞくときだろうと、人間の狂気の深淵をのぞくときだろうと、疾駆する機械を眺めるときだろうと、執念にとりつかれた個人を眺めるときだろうと、おなじことである。わたしは雷雨のへりに立ち、その深淵の前に立ち、そしてその荒々しい力が分解し、おのれをずたずたにひき裂き、おのれを破壊するさまに心をとらえられていた。自己破壊、それはもろもろの地上的あるいは超地上的な力の、もっとも強烈な力動なのだ。それはまた人間にとってもっとも強い誘惑であり、人間をして、そのあとを追って自己破壊へ、分解へ、自己粉砕へ、虚無へ、死へ至らんと欲せしめる。しかしながら、わたしはそのことに劣らず、やがてこの狂瀾に幸福な終末の訪れることを知っていた。そしてそれはごく当たり前の夕立ちだったし、それに雨が部屋の中へ吹きこんできたので、わたしは雫《しずく》のしたたる窓をしめた。そして階下のサベストの女将《おかみ》のところでコーヒーを一杯もらって雨の和らぐのを待とうと思って、わたしは診察室を出た。ところが表の廊下でわたしはまた立ち止まった、というよりも、何かがわたしの足をひき止めた。たくさんの小さな流れに洗われて、中庭がわたしの足もとに横たわっていた。四方の壁は雨に打たれて黒く濡れていた。だが中庭のまん中にはマロニエの木が高くそびえ立ち、その遅ればせな春の華やぎにつつまれていた。というのは、この木はこの土地のどの木よりも遅れて花咲くのである。おりしもそれは夕立ちの暗さの中へ高くそびえ立っていた。そしてその大きなしなやかな体は大きな葉をいっぱいにつけ、バラ色のろうそくのごとき花に密につつまれ、その花びらと花柱を雨に叩かれて、ほのかに黒光りする地面の上に落としながら、そのすみずみまで濡れて光っていた。そのときわたしは気づいた。あの都会のマロニエの木々もこんなふうに咲いていたものだった。そして毎年、最初の夏の雨に遭ってこんなふうに花を散らしたものだった。いまわたしの前で、山の夏のまっただ中でくりひろげられているのは、都会の春の一片だった。そしてそれは或る過ぎ去った体験への懐かしさを発散し、雨の香にのせてわたしのもとへ送ってくる。それはかつてわたしが思い倦《うん》じた体験、いまでもなお思うもいやな体験、わたしはとうにそれを忘れ去り、しかもいままた忘れんと欲している。そしておりしもそれは稲妻のひらめくごとに輝きいで、あたかもこれこそ雷雨の脅威であったかのように思われた。だが、雷雨は奇妙に安らかになった。マロニエの大木の全体がぱらぱらと叩く雨音の中でただひとつのさやぎとなった。稲妻にも、狂瀾にも、過去の体験にも乱されず、在るがままのものを静かにさやぎつつ告げる優しさとなった。

この光景を心に抱いてわたしは階段を降りていった。

アーケードでわたしはこの家の住人たちに出会った。いち早くここに雨宿りしたよその人間たちも二、三人いた。サベスト夫人もギルバートとともにそこにいた。彼らはみな平然としてこういう天気が商売にもたらす損得について話していた――ミンナ・サベストはアーケードにあってもやはりこの家の女主人であり、爽やかな声で一同の話を導いていた――、しかし、彼らの気持もわたしと変わりはなかった。心の中でめまいにとらえられ、雨風の自己破壊に惹《ひ》きつけられ、やがて訪れる和らぎの甘美さに惹きつけられ、彼らは知らずしらず夕立ちのへりまで進み出ていた。彼らはそろって表通り側の門口まで出て、あけはなたれた大きな両開き扉のあいだに立ち、露けく吹きよせる雨霧に顔をさし出していた。そして雨あし繁き表通りから、雫《しずく》が彼らの靴の上にまではねかかった。金髪の女将《おかみ》はギルバートの肩に手をかけていた。彼女の顔はまるで吹きよせる爽やかさに接吻してもらいたげに、実際に接吻してもらうかのように、かすかに唇を開いて官能的な表情で待っていた。そして雷がまたもや空を破り、すぐ近くに落ちたかと思われるほどに激しくとどろいたとき、彼女はかすかに残念がる身振りで、ぐっしょり濡れた髪を子供のように思いに沈む白い額からかき上げ、そしていま一度荒れ狂う空を見上げながら、自分の心をかくも甘美に、かくも不安に解き放つ何物かに、適切な言葉を見つけた。「ああすごい、こういう雷は気持がいいわ……ただ残念なことに、いつでもあっと言うまにすぎてしまうんですもの……ねえ、先生……」もちろん、彼女がこの言葉で実は何やらきわどいことをほのめかしたのかどうか、それはどちらとも断言できなかった。しかしどちらかといえば、わたしはこの見解のほうに傾く。いずれにせよ、彼女は《そうでしょう》と同意を求めるほほえみを浮かべ、そしてギルバートの腕をいま一度なぜたのち、――ギルバートは不愛想にともいえないが、それでも素早く彼女の愛撫からのがれた――、わたしのコーヒーを入れるために、アーケードから酒場へ通じる茶色のかたかたを鳴らして立ち去った。二段の階段を昇るとき、彼女はしゃなりしゃなりと腰を揺すっていた。

わたしはガラス戸の並びに打ちつけられたわたしの医者の看板を眺めた。そしてそのときわたしはふと思いついて言った。

「ギルバート……」

彼は振り向いた。母親に似て肌の白い、父親に似て目の黒い、彼のかわいい童顔は、そっけない慇懃《いんぎん》さに変わった。そして父親と同じように彼はいくらか厚すぎる下唇をつき出した。

「ちょっとわたしの部屋に上がってきたまえ」とわたしは言った。一度彼の心を徹底的につかんでみようと思っていたが、この機会はのがすには惜しい好機だった。

彼はわたしについて診察室に入って来た。部屋の中でわたしは患者に対してするように、わたしの机のそばに腰掛けるよう彼に命じた。前準備は彼にとって明らかにあまり気持のいいものじゃなかったようだ。しかし、彼は長いこともじもじとしていなくてもすんだ。なぜならわたしはすぐさまたずねた。

「アガーテがどんなか君は知ってるだろうね」

知っていると答えるのも、知らぬと答えるのも、彼にはつらかった。彼はかたくなな顔つきになった。

「まあまあ、ギルバート、父親になるのはむずかしいことではない……」

答えはなかった。

「さあギルバート、男と男の話でゆこう。わたしは君を苦しめるためにここにいるのじゃなくて、お互いにこの問題をざっくばらんに話しあいたいのだよ……そのうえで君を助けることができるものなら、わたしは喜んで助けよう……」

かたくなな表情がすこしほぐれ、嬉しそうな期待の光がその中にうかがわれた。だがまた、期待に満ちた策略もうかがわれた。

「おっと待った。わたしが君のために子供を堕《お》ろすなぞと、まさか思ってはいまいね。そんなことは論外だよ……まあ、道にかなった解決策を見つけようじゃないか。そこでわたしが思うには、君はさしあたってこの村から出て行くのがいいんじゃないだろうか。都会か、あるいは君が何かしっかりしたことを習えるところへ。そして君がまたもどって来たら、そう、二年もしたら、それで君らがまだ愛しあっているとしたら……」

するると彼はようやく口をきいた。ただしくは、彼は口をきかず、ただ頭を振った。それから「いやです」と言った。

「いったいなぜだね。君は何も習いたくないとでもいうのかね。何を習うかは君が選べばいい。まあ、どこか大きなホテルに見習いとして入るのが、いちばんいいと思うがね……」

ふたたび、沈痛だが、気のない「いやです」が聞こえた。

彼はすこし蒼《あお》ざめていた。まさに、かわいらしい、ほとんど女の子のような少年だった。もっとも、抑えつけられながらも爆発を待ちかまえる父親ゆずりの情の激しさが目の中にあった。わたしは気長に待った。彼をやっつけてしまいたくはなかったのである。

表の雷鳴はすでにかなり遠くなっていた。しかしそれはなおも急激な雨の沸き立ちに伴われていた。そして雨がざわざわと叩いて過ぎるたびに、雨水が窓ガラスをつたってあわただしく流れ落ちた。

とはいえ、わたしたちはいつまでもこうして黙々と向きあっているわけにはいかなかった。それゆえわたしはまたしゃべりはじめた、

「わたしはアガーテのことを話してるのじゃない、わたしはいま君のことを話してるのだよ……わたしは君がばかげたことをしでかさないようにしたいのだ……時と場合によっては結婚もひとつの大きな愚行だろうが、男にとっても女にとっても……」

「そうです」と彼はやっと楽になって言った。

「よかろう、そいつは今にはっきりわかるだろう……君が自分の事柄を一人前の男にふさわしいやり方で考えてくれれば、わたしはいつでも君のお役に立てるだろう。しかしわたしには、君が今のところ物事を自分で考えないで、かわりに他人に考えてもらっているように思えるのだが……」

「ぼくはばかげたことなんかしません」

「おそらく君は気づいてないだろうが、ほかの者たちが君のかわりにばかげたことをやってるんだよ……」

彼は抗議の身振りをした。しかし彼がそれに添えて口に出そうとした言葉は、形を取らぬまま喉もとに留まった。

「君のような若い者は、自分で行動しているつもりでも、実際には他人の命令で動きまわっていることがよくあるものだ」

「ぼくは誰の命令も受けやしない……ぼくは命令なんかさせやしない……」

「まあ、ギルバート、そう熱くならないで。命令のもとに身を置くことは、ときにはとても良いことなのだ……ただし、それが良い命令であるから君がすすんでそれに従う、としてのはなしだよ」

「ええ」何かしら圧迫が彼の心から取りのけられた。

「それで、良い命令なのかね」

彼はうなずいた。

「だから君は都会へ出たくないのかね」

いよいよ大事な総休止にかかった。わたしはふたたび待った。そして今度は待った甲斐《かい》があった。彼は途切れがちのかすれ声で、突然そっと言った、

「ぼくは逃げ出すわけにゆきません……」

「そいつは君が決めることとさ。それについてわたしがどうこう言うことはできない」とわたしはできるだけ冷淡に言って、わたしの日誌に目を通した。

「ぼくにはできない……」

「となると、わたしも助言しがたいな。君は自分で判断を下さなくてはいけない……」

「ぼくはもう二度と村に帰ってこれなくなってしまうでしょう……」

「そんなこと……」

「もう二度と」と彼は沈んだ声でくりかえした。

彼の沈んだ様子がわたしをほっとさせた。

「誓いを破ることになるからだね」とわたしは言った。

彼はびっくりして目を上げた。それからわたしは「ええ」と、いまわしい答えを聞いた。

「ふむ、それじゃ君はこれ以上しゃべってもいけないわけだ。なぜって、君はきっと沈黙の義務を負わされているのだろうから」

これはいくらか大げさだった。そしてわたしは一心に日誌をめくりながらも、彼が不信のまなざしでわたしをじろじろ眺めているのを感じた。

「といっても、強制された誓いにはなんの拘束力もない」とわたしはしばらくして言った。

「強制されたんじゃありません」と即座に答えが返ってきた。

「それじゃ自由意志なんだね」

「ええ、自由意志です」

わたしは目を上げた。

「とすると、この誓いを反古《ほご》にできるのはもちろんマリウスだけだ」

「どうして……」と彼はびっくりしてたずねた。

「いいかね、マリウスのほかにいったい誰にできるだろうか、まさかウェンツェルにはできまい」

「ええ、ウェンツェルにはできません」

そう言ってしまって彼は真赤になった。わたしは彼を安心させてやらなくてはならなかった。

「心配することはない、君は何も言いやしなかった……それに、君の年老いたお医者を信用したまえ……わたしはもっとほかの秘密だっていろいろ知ってるんだから……」

「ぼくは何も言いやしなかった」

「そのとおり、君は秘密を守った。このことならわたしのほうも喜んで誓おう……しかしひとつ話してくれたまえ。どうして君はこんな誓いをする気になったのだろう。だってウェンツェルという男はやくざ者じゃないか……」

「マリウスさんは……」と彼はいきり立ちかけたが、ふたたび口をつぐんで、またもやぼんやりと前を見つめた。

「そのことなら安心して言いたまえ……君の誓いにひっかかりはしないよ……でも言わなくてもかまわない。わたしは知りたいとも思ってないから」

「マリウスさんは高潔な人です」

たいそうにきこえたが、それは本心だった。

「なるほど、なるほど、高潔な……そいつは純潔のせいでかね、それともラジオのせいでかね」

「先生！」憤慨した、深く侮辱された叫びだった。

「そうどなりなさるな、ギルバート……純潔のはなしなら、わたしはもうあの運転手たちから聞いたよ」

「それなんだ、」彼の興奮はいよいよつのってきた、「あの連中は豚なんだ……」

「ギルバート、この点においては世界は変えられないのではないかと、わたしは大いに恐れるね。君のマリウスだってこれをやり遂げることはできまい」

暗い悲壮な調子で彼は唱え出した。そしてわたしはその裏にマリウスの口調を感じた。

「われわれ若者がそれをやり遂げるのです……あらゆる豚どもと戦って……」

「つまりわれわれ年寄りはみんな豚というわけだ、大きにありがとう、ギルバート」

こんな応酬は彼も予想してなかった。そして彼は口ごもった。

「あなたのことを言ってるんじゃありませんよ、先生」

わたしは彼が何を言おうとしているのかわかっていた。それにもかかわらずわたしは言ってやった。

「わたしが君の三倍も年を取っていることを、まさか否定するつもりじゃあるまいね」

すると彼は思いがけない逃げ道を見つけた。

「でも、先生は結婚していません！」

「君らは夫婦というものを槍玉にあげるつもりなのか」

彼はもう泣き出しそうだった。

「結婚生活の全部が全部そうだとはかぎりません……」

サベスト夫婦は例外であることを、わたしは彼によく説明できなかった。しかし、彼を正気にもどらせるつもりなら、ここで手をゆるめてはならない。

「そこで君らはあらゆるラジオを、あらゆるダブルベッドを焼き払うつもりなんだ……結構なことになるかもしれんなあ……」

彼はつらそうに顔の筋をひきつらせた。

「先生、あなたはぼくを相手に冗談ばかりいっている」

「冗談じゃあない、ギルバート、わたしにこんな話を真に受けろとでもいうのかね。君はしっかりしたいい子だ。ものの道理もちゃんと心得ている。洋々たる人生が君の前に開けているんだ。それなのに君は苦しさに身もだえしている、まるで君が自分で子供を生むみたいに……ただしく事に当たれば、君はアガーテとの間違いを切り抜けられるだろう、そして彼女もいずれ切り抜けるだろう……それなのに、まだ何をくよくよしているのだね」

わたしの言葉を、彼は明らかにあまり聞いてなかった。しかしその口調が、彼が以前からわたしに抱いていた信頼の念を呼びさましたのかもしれない。わりと静かに彼は言った。

「そうじゃないんです、先生」

「それじゃ、いったいどうなんだね」

「アガーテのことは……あれは……あれはぼくが、女の子さえいれば、それにああいうことさえすれば、今まであったことを、何もかも忘れられると思ったからなんです。ぼくは思ったんです、そうなればもうほかのことは何も考えなくなるだろう、どんな不正も、自分が恥じていることも、もう考えなくなるだろうって……それでぼくはあんなことをする気になったんです……でも何にもなりゃしなかった……ええ、しばらくは良かったけれど……そうなってみても、以前と同じままだったんです……」

「君の心はもう家から離れてしまっている」

彼は興奮して言った。

「なぜ両親はぼくを旅に出してくれなかったのだろう、まだ時期を失ってなかったうちに……ところがだめなんだ、ぼくに屠殺を習わせるつもりだったんだ……」

わたしは彼が何度かおやじに殴られたことを思い出した。

「しかし君はもう自分で口をきけるだけの年になってる……それに君はけっして臆病じゃない」

怒って、おやじそっくりに怒って、彼は叫んだ。

「そうだとも、ぼくは臆病じゃない……」

「それで……」

「あの二人なんか」と彼は軽蔑的に床を指した。その下には酒場があるのだ。「あの二人なんかぼくにはもう問題じゃない……ぼくはあの二人からもう何もしてもらいたくない……」

「それで君はアガーテのところへ……」

「そうです、でも何にもならなかった……彼女は何もわかっていない……彼女はぼくを腕に抱いた、そしてそれがすべてだと思っている……」

「実際にまた、それがすべてなのだろうよ……ただ、若いとそのことがわからないのだよ」

それはひとつの告白だった。年老いてゆく男のひとりの告白だった。そしてほんとうはこんなことを口に出すべきではなかった。なぜなら若い者はそれを冗談か、あるいは思わぬ道化と見なすからである。すくなくとも、彼はそれを聞いて笑い出した。それは腹立たしい低い笑いになった。毒々しい甲高い上べの響きにもかかわらず、実に奇妙にも母親の色っぽい含み笑いを思わせる笑いに。

「そのほかに何もこの世にないとしたら、それがすべてだというのなら……」

「時と場合によっては、それはたいしたものになりうるのだよ、ギルバート、そうなれば大きな幸運とさえいえる……もちろん、このことが君とアガーテの場合にもあてはまるかどうか、それは決めずにおこう……」

笑いのうしろにひそんでいた怒りが、ふたたび迸《ほとばし》り出た。ふつふつと沸き立ち、毒々しく憎さげに。

「たとえそうだとしても、ぼくはいやだ、ぼくはいやだ、いやだ……ぼくはもう知ってるんだ、それがどういうことか……」

明らかに、彼は階下にいる両親のことを思っていた。彼は思わず知らず、またもや階下を指さした。

「よかろう」とわたしは彼に同意した、「君はそれを欲しない。わたしにはよくわかる。若い者は女のことを考えるばかりが能じゃない。それどころか、世界は彼のためにもっとほかの任務をさまざま用意している。そして恋のことしか頭にないものは、女みたいになって、世界に対して盲目になりかねない……」

「そうでしょう、ねっ」わたしがやはり頼りになることが、彼にはうすうすわかってきた、

「それに似たことを、マリウスさんも言ってます……」

「そりゃすてきだ、この点じゃわれわれは例外的に意見が一致したようだ……それで君はマリウスから何を期待しているんだね」

するると彼は自信満々わたしのほうを眺めた。

「ぼくら若者が団結しさえすれば、世界はぼくらによって動かされることになります……そうなれば、ぼくらはもう何ひとつ恵んでもらう必要はない、ぼくらは命令を下すのだ……そして

ぼくらは不正がなくなるよう力を尽くすでしょう……」

淫蕩から生じたという不正について、もはやさんざんに吹きまくられたこの教説を、わたしはもううんざりするほど知っていた。とはいうものの、この奇怪な教説が若い男の頭の中にどんな混乱を惹《ひ》き起こしているか、わたしには興味があった。たしかに、これらすべてはひとつの不分明に入り混じったまとまりをなしていた。「君たちが取りかかった任務、それはもちろんすばらしい任務だ……しかしそのために純潔まで必要なのだろうか」

「マリウスさんは友情のほうが愛情より大事だと言ってます……」

「わたしもそれには異議はない、もっとも、一方が他方と絶対に相容れぬとは思わないが……」

「そうです、しかし人間たちが友情の何たるかをふたたび学んだとき、そのときはじめて愛情もふたたび清くなるのです……そして世界全体が清くなるのです、そうです、世界は清くなるのです。なぜなら、友と友とが助けあい、その結果もはやいかなる不正もありえなくなるのですから。そして彼らは自分たちの中からもっともすぐれた人を選び出すでしょう、その人に服従できるように……」彼はいよいよ情熱的になってきた、「……そうです、それは坊主の純潔とは違った純潔となるでしょう、それは坊主が説教する救済とは違った救済なのです……」

「それからまだあるかね、ギルバート」

彼は飛び上がった。

「もちろん……先生、もちろんです、もちろん、もちろんまだたくさんあります。世界を救済する道はただ正義と純潔、友情と団結だけなのです、それだけなのです……」

「これは驚いた、高邁な目標だな……それじゃ君もさぞかし大いに変わっただろうね……」

彼は勢いこんでうなずいた。

「とても変わりました……今じゃあれを忘れることだってできます……」

「何を……ははん、君をふさぎこませていたいろんな不愉快な事どもをだね……」

「そのとおりです……団結していると、ほかのことは何もかも忘れられます……自分一人では何ものでもないみたいに、いままでの自分自身の考えや心配事がなかったことみたいに、思えてくるのです。皆いっしょになったときだけ、ぼくらは考えをもつのです。ところが自分一人に関することは、忘れてしまいます。これがほんとの団結なんです。……恋愛もそうにちがいないと、ぼくは想像してました……でも二人だけじゃ、とても足りないのです、忘れるためには、皆、皆いっしょにならなくてはいけません……すべての不幸を団結の中で忘れ去るのです」

このどうでもこうでも忘れ去ろうという意志は、ほとんどこちらの気を重くするほどだった。わたしはこの青年の身に不安を抱きかけた。そして言葉ではどうすることもできないと知ってはいたが、わたしは異議をさしはさんだ。

「よかろう、ギルバート……人間は忘れたがっている。人間はどうやら忘れずにはいられないらしい。そうでもしなければほとんど生きてゆけないらしい。というのは、実を言うと、彼らは死を忘れたがっているのだよ、彼らは皆、死を恐れているのだよ……しかし、あんまり死のことをごまかして生きるのは、よくないことだ、死のほうだって忘れられたままではいないからね……」

「ぼくらには、死はありません」

「なんだって」

「みんないっしょになれば、死ぬということはありません。誰でもほかの全員の中に留まるのです……誰でも一人では生きられません、みんないっしょになってはじめて生きられるのです。だからまた、誰でも一人で死ぬことはできないのです……みんないっしょになって生きているかぎり、誰も一人で死ぬことはありません。ほかの誰かが彼に取って代わるのです……これが不滅というものです……」

「マリウスが言ったのかね」

「ええ、彼がそう言いました」

「いいかね、ギルバート、不滅というものはなかなかむずかしいものなんだよ……そのことでは、教会で行なわれるいくつかのことがきわめて顧慮に値すると、わたしは思うね」

「とんでもない、それとは大違いです……ぼくらのところには空虚な言葉はありません。ぼくらはあの世を必要としません。ぼくらのところではお説教などしないのです。ぼくらはあの世を手っ取りばやくつくり出してしまうのです、この世の中につくり出してしまうのです」

「そして山の中にね」とわたしは補った。

「そのとおりです。あらゆる団結は共通の仕事を必要とします、共通の作業を必要とします……このこともぼくらは教えられたのです……」

「やはりマリウスからかね」

「ええ」

「おかしいじゃないか……だってマリウスは、わたしの知ってるかぎりじゃ、黄金に反対なんだから」

「山といっても黄金とはかぎりません……」彼はいまや熱狂に燃えていた、「……それにマリウスさんはただ争いを好まないだけなのです。彼は高邁な人だからです……だからまた彼は黄金騒ぎをまだ掻き立てたくないのです……しかし、皆が黄金に賛成したら、皆ひとつになって賛成したら、彼も賛成するでしょう、そのときには彼は先頭にさえ立つことでしょう……そしてそれを実現するためにぼくらは集まっているのです、ぼくらが、ぼくらが上の村の人たちを説得するつもりです……」

「力ずくでかね」

彼はつまった。

「ただ……いいえ、暴力は必要ないでしょう……ただ正義だけが必要なのです……上の村の人たちも、入会の仲間に加われば、それがわかるでしょう」

「わたしはそれほどにそのことに確信をもってないな、ギルバート」

「いや、大丈夫です」

「まあそう考えるさ。わたしはそうは思わない」

火のようになって彼はわたしの前に立ちつくした。

「そんなことありません、先生、先生だっていまにそれがわかります、先生だってわれわれをいまにきっと手伝ってくれます」

わたしはいささか心を動かされた。

「それじゃ、その節にはわたしは鉱夫か、ことによると鉱夫頭に任命されるわけかな……」

「ああ、先生」彼は驚いて口を閉ざしたが、胸の中で押し殺されたものが助けを求めてふたたび彼の顔に昇ってきた、「先生、先生はあの連中とは、村の連中とはちがうんです……下の酒場にいるあの連中とは……店にいるあの連中とはちがうんです、先生だって不正は望んでない……だから、先生はどうしても仲間からはずれるわけにはいきません、きっとそんなことならないでしょう」

そのとき、わたしの心に一瞬悟りが生まれた。あまり深い悟りではなかったが、それでも突然鮮やかに生まれ出て、その鮮やかさと突然さによってわたしにとっていくらか悲しみともなり、いくらか安らぎともなる、そんな悟りだった。わたしは若者の信頼を感じ取った。それはわたしにとって快かった。しかし、わたしはなおかつ悟ったのだ。年齢の溝を埋め、そして若い者に影響力をもつためには、このような信頼では事足りぬのだ。否応《いやおう》なしに説き伏せ、導き、心を奪い去る力は、実は人間的な信頼を必要としない、人間的な信頼とはほとんど関わりがない、それは信頼によっては得られないのだ。それはむしろ、おのれを理念へと祭り上げる人間のものである。おのれを理念へと祭り上げ、おのがうちに理念の抽象性を体現し、そしてその結果どうしても理念を地上的なものの中へ引きずりこんで地上的にゆがめてしまうことになるのもかまわぬ、人間のものなのだ。そしてこのようなことをなしうるのは、誰よりもまず愚か者であり、いつの世にも愚か者であろう。なぜなら、誰にもまして愚か者は年齢を超越しており、したがってすでに生きているうちから時を超越しているからだ。愚か者だけが、文字どおり愚かしい内的な確信の力をあの独断的な要求にまで昂じさせることができる。すなわち、彼はおのれの考え方とおのれの地上的な論理が絶対的かつ永遠に正しいと認められることを要求するまでになるのだ。そしてまさにこのような精神の揺るぎなさ、不法に奪い取った永遠性、時間と年齢からの脱却こそ、あらゆる年齢層の人間たちを呪縛し服従させるために、なくてならぬものなのだ。それにひきかえ、われわれのような者は若い者にただ好意を抱くだけで満足しなくてはならない——この悟りが同時にわたしの心に生まれたということが、あのほとんど幸福感に近い満足の原因だったかもしれぬ——、たとえ彼の若さのためだけにせよ、老いてゆく者をつねに惹《ひ》きつける若さのためだけにせよ。

表では雷がすでに暴れ疲れて遠くなりゆきつつ、おりしも広く激しく降りくだる雨に圧倒されてかすかにきこえた。ギルバートはふたたび行儀よくわたしの前に坐り、若い者によくあるように、思いわずらい心細い気持ながらなお自信たっぷり、わたしが助力の約束をあたえるのを待っていた。そしてわたしには思われた、単純に好意を抱くということはきわめて好ましい何かを含んでいるのではなかろうかと。ギルバートにとっても、わたしにとっても、あらゆる感化や意識的な指導よりもはるかに大切な何かを。そればかりか、このように単純に好意を抱くということの中には、人生の本来の基礎の何がしかが、すなわち心の清純さと呼ばれるささやかな基礎が、含まれているのではなかろうか。そして世界は、もしも存続しようとするならば、くりかえしここへたち帰らなくてはならぬのではあるまいか。たしかに単純な真実であり、心ならばそれを十分に体得できる。ところが、真実をその仮装の姿においてしかとらえられぬ精神にとっては、単純すぎるのだ。このような精神はおのれの地上的な論理の、愚かしく錯綜した鈍重さのゆえに、さまざまな回り道をとって前進することよりできないのだ。それでいて、心の真実こそそれが憧れ求める目標であり、その単純さのまわりを、それはたえずめぐっているのだ。ギルバートの語る団結のたわ言の中にさえ、この心の郷愁のほのかな照りかえしがあった。結局、すべてはこの郷愁のゆえなのだ。そう考えて、わたしは話しあいに締めくくりをつけるために言った。

「わかった、ギルバート、わたしたちは互いに助けあおう……だが、君がつらくなってもう一歩も進めなくなったとき、どこへ行けばわたしが見つかるか、忘れないでおきたまえよ」

彼はそそくさと別れを告げた。その様子を見ると、どうやら彼はすこぶる愉快というわけではなさそうだった。

しばらくしてわたしは台所のサベスト夫人のもとでお目当てのコーヒーにどうやらありつけた。雨はもう上がりかけ、窓はふたたび開かれた。地下室の窓もどうやら開いているらしくて、そちらから亭主のしゃがれた歌声が陰にこもってきこえてきた。雨が完全に上がって、もう雨だれも落ちなくなってから、わたしは出かけた。

まだ雨に濡れている通りの、家々にそってなかば乾いたところをたどって歩いていると、むこうからヨハニが一頭の馬の手綱を引いてもっさりとやってきた。ちょうど鍛冶屋の軒のところでわたしたちは出会った。

「馬がどうかしたのかね、ヨハニ」とわたしはたずねた。

牡牛を思わせる鈍重なまなざしの奥でまず考えをまとめて、それからようやく彼は答えた。

「せきが出るんだよ」

鍛冶屋のドナートが表に出てきた。ヨハニは馬を仕事場の入口へ引いていった。だが、馬には目もくれず鍛冶屋は言った。

「この馬はどこも悪くないよ」

「せきが出るんだよ」とヨハニは頑張った。

わたしは立ち並ぶお百姓の荷車の一台に腰をおろした。いつでもかなりの数の車がこの軒の下で、輪鉄や軸頸を取りかえられるのを待っているのだった。鍛冶屋もわたしの隣に腰をおろした。

「おまえら二人のどっちかが病気だとしたら、そりゃおまえのほうだよ、ヨハニ」と彼は言って自分の額を叩いた、

「ちょうど先生がここにおられるから、先生におたずねしろ……だが馬は元気だよ」

脚を広げ、頭を垂れてヨハニは馬の横に立ちつくした。そして彼の髭《ひげ》だらけの赤ら顔はむっつり黙りこんだ。

「二週間前におまえの牡牛は死んだかい」と彼はさらにからかった。そして彼の笑いは力強く善良そうに響き、まるでぴかぴかに磨かれた材木を思わせた、「それとも何かい、牝牛はもう乳を出さんのかい」

それから彼はわたしのほうを向いて説明した、

「二週間前にこの男は牡牛を一頭連れてきたんだよ、それに三週間前には牝牛が……」

「この馬は病気だよ」

「やれやれ、見せてみな」と鍛冶屋はため息をついた。

彼は立ち上がり、馬のところに行き、馬の頭を持ち上げ、馬の首を注意深くなぜ、二本の柔らかな腱を軽くこすった。ヨハニのむっつりした顔が心配そうになってきた。

「なんでもないさ」これが診察の結果だった。

仕事場の暗がりの中で火がゆらゆらと炎《も》えており、徒弟のルードウィヒが鉄敷《かなしき》の上で鎌の刃を叩いていた。軒の下の壁には新しい鎌が二、三丁かかっており、さらにまた鋤《すき》が、使ったことのあるのや、まだ使ってないのが置かれ、その鋼鉄が青っぽく光っていた。ぼんやりと、ヨハニの目が鈍く落ち着きなくあたりを見まわした。まるで物々から、人間が与えてくれぬ助けを求めているかのようだった。

やがて彼は断言した。

「この馬は病気なんだよ、馬に粉薬をやってくれよ」

鍛冶屋は頭を振った。

「そいつはどこも悪かない……だが、どうしても望むなら……」

ヨハニは額をこすった。

「こいつは魔法にかけられているんだ」

「やめたまえ」とわたしは言った、

「ほんとうなんだよ」

大きな図体に茶色の髭《ひげ》を生やし、前掛けを真鍮の鎖でもって背中で結んだ鍛冶屋が、笑いながらこちらを振りむいた。

「魔法のことは、こいつにいくら言って聞かせてもだめだよ、先生」

「だいぶ魔法をかけられていることは確かだ……ただしわたしが思うに、マリウスは家畜よりもむしろ人間たちのほうに魔法をかけてるようだな」

するとヨハニが口を出した。

「ウェチーが魔法をかけたんだよ」

「誰が」

のんびりと彼はそのわけを言った。

「ウェチーだよ……あの男がやったんだ……あの男が家畜小屋の前に立っていたんだ、そしておまじないをしたんだよ」

わたしはふと思い当たる節があった。きっとウェチーはヨハニの家屋敷を保険の対象として認めたにちがいない。そこでわたしはたずねてみた。

「あの男が君の家屋敷に魔法をかけたなんて、いったい誰が言ったんだ」

「おれだよ……」

「そりゃ君さ、しかしそのほかには」

「ウェンツェルだ」

「なるほど」

「ラクスさんがほかの保険屋と契約したもんで、彼は仕返しに家屋敷に魔法をかけたんだ」

さっきから馬の端綱を抑えている鍛冶屋がどなった。

「何度言ったらわかるんだ、そいつは根も葉もない噂だ」

「馬が死んじまう……粉薬をやっておくれよ」

「馬を抑えてろ」そう鍛冶屋はぶっきらぼうに言って、端綱を彼に放り投げ、粉薬を取りに行った。

馬のことに暗くもなかったので、わたしも《患者》を診察した。何も変わったところは見当たらなかった。

「それじゃ君はウェチーが君の馬に魔法をかけたと、ほんとうに思ってるんだね……しかし馬は元気だよ……」

「ウェチーに仕返ししてやる」

「しようのない阿呆だな、馬は元気だって言ってるじゃないか……」

彼の顔には不安がわだかまっていた。

「家畜小屋に魔法がかかっている……」

彼を説き伏せようとしても、無駄なことだった。むしろ、彼の言い分につきあわなくてはならない。

「だって、君は家畜小屋の扉に十字架を三つ描いておいたじゃないか……」

彼は重い頭を揺すった。

「あの魔法を払う魔法はないんだよ……」

「もうひとつ十字架を加えてみたまえ……」

「マリウスさんがそのうちに魔法よけの魔法をやってくれる……」

「そうかい、マリウスがね……」

「うん、ウェチーの指を一本、家畜小屋の扉の下に埋めなくちゃならないんだよ……」

「しかし、彼は指なんか切らせまい」

「彼が死ねば……そうすりゃ、家畜小屋は魔法から救われるんだ」

鍛冶屋がもどってきて言った。

「わしが思うにゃ、馬じゃなくておまえの口に粉薬を吹きこんでやらにゃならんな、わしがおまえから解放されるように」

「いやだよ、馬のほうに粉薬をやっておくれよ」とヨハニは愚鈍らしく断わった。

「かってにしやがれ」そう言って鍛冶屋は肩をすくめた。それから馬の鼻づらをつかんで、彼は霧吹きで粉薬を、苦しそうに笑う馬の口の中へ吹きこんだ。彼はそれを素早くやった。そしてそれをすますと、彼は《患者》の首を叩きながら言った。

「おまえはこんなことされる必要はなかったのだぞ……そこにいる男にお礼を言っておきな」

あてこすられた当のヨハニは笑いもしなければ怒りもせず、同意もしなければ否定もせず、馬の端綱を取って立ち去っていった。鍛冶屋とわたしはふたたび車の上に腰をおろし、パイプに火をつけ、彼を見送った。彼は牡牛を思わせる鈍重な足どりで馬と並んで歩いてゆく。彼も馬もいかにも家畜小屋臭く奇妙に似通っており、歩調も同じだった。そして、いまにもヨハニが馬と同じく尻尾を振って——残念ながら彼の体にはこれに相応する部分がなかったけれど——太股《もも》から蝿を払いのけそうにさえ思えた。

「やれやれ、」鍛治屋が言った、「ひどくとりつかれたものだ」

「そうだ」とわたしは答えた、「しかし、行きすぎはやっぱり行きすぎだ……ウェンツェルをすこしこらしめてやらなくてはなるまい……彼がウェチーに対してやってることなんかは、もう名誉毀損すれすれだよ。それに危険な結果が生じるかもしれない」

「ウェンツェルは下劣な悪童さ」と彼は答えのかわりに決めつけた。

わたしは彼の目をのぞきこんだ。それは彼の笑いと同じく暖かかった。

「それでは、なぜあんたは一味をあんたの家で集まらさせたりするのかね」

するとと彼はゆっくり言った、

「若い連中を見てると楽しいんだよ」

「あんたはまだそんな年じゃないよ、親方」とわたしは言った。

「ところが年なんだ……それに若いころにはわしもそういった集まりに加わるのがめっぽう好きだった」

「ウェンツェルみたいのがいっしょでもかね」

「ウェンツェルみたいのがいっしょでもさね……そんなことは問題じゃあない。いずれウェンツェルは首の骨を折るような憂き目に遭うさ……司祭さまといっしょに部屋の中ですわってるより、ならず者といっしょに何かやらかすほうがいいもんだよ……」

「それじゃ、あんたは明日にでも強盗団の仲間に加わりかねないな」

「いいかね、先生……もう餓鬼のころからわしは山の中へ入りたがったもんだ。わしが掘っくりかえさなかった坑道はひとつもない。わしがいつもいつも生きて出てこられたのは、こりゃ純粋たる奇跡というものさ……わしがどれだけ拳固をくらったか、あんたにも想像がつくだろう……」

「それじゃ、あんたも黄金を探したことがあるんだね」

「さあどうだか……たぶん鉄を探してたんだろうな。なんせわしは鍛冶屋の小僧だったからね」そう言って彼はでっかい足の上に目を落とした。それにまた彼の脚はとても長くて、わたしたちのすわっていた車がかなり高かったにもかかわらず、ほとんど地面まで届いていた、

「……そう、黄金もだよ……まちがいない、黄金のこともわしは考えていた……誰だって黄金のことを考えるものさ、子供だってな……しかし実を言うと、わしはただ山の中へ入りたかったんだよ、もっともっと深く……」

「ふむ……それで、竜のところまで行くつもりだったのかな」

わたしたちの前方のクプロン山には、暗い灰色の雲が山頂をおおい隠して、ふくよかにのどかにかかっていた。

鍛冶屋にとってたやすくは答えられぬ問いだったらしい。やがて彼はほとんど吐き出すよう

に言った、

「竜なんてのはつまらぬ作りごとさ、そんなもの、わしは信じたことがない……竜じゃない……わしは火のところへ行こうとしてたようだ……」

「どこへだって」

彼はくすりと笑った。

「火のところだよ……山の中で燃えている火のところだよ……」

「あんたはクプロン山を火山だとでも思ってたのかね」

「そんなことにわしは頭を悩まさなかったよ、わしみたいな鍛冶屋の小僧はあんまりものを考えぬものさ……しかし、山の奥の奥に、黄金のはるか奥に、黄金より深いところに、火が燃えてるんだよ……人間はいつでもそこに行きたがる……今だって若い連中は火を求めている……ただ、彼らはそのことがわからない、そして、黄金が目当てのように思いこんでいるのだよ……」

「彼らの目当てはもともと黄金だよ」

頑固に彼はくりかえした。

「いいや、彼らは鍛冶屋の小僧じゃないけれど、彼らを駆り立てているのは鉄なのだ。男たちは誰でも鉄に駆り立てられる。そして火を彼らは求めるのだ……ただ、彼らは黄金が目当てだと思っている……」

「そしてわたしが思うには、あんたはいまだにあのころの小僧なんだ、いまじゃ雲つく大男になってはいるけれど」

大男は四十年配の重い手をわたしの膝の上に置いて言った。

「あんたもそうじゃないかな、先生……正直に言おうじゃないか、一生涯わしらは小さな子供のまんまだって」

「そのとおりだ」とわたしは言った。

彼は手をわたしの膝の上にあずけた。そしてわたしたちはしばらくそのまま黙ってすわっていた。空気はしだいに蒸し暑くなり、ミルク色の半宝石の輝きをしていたが、それもいわばわれとわが靄《もや》の中に溶けこんでしまう半宝石だった。雲はいまだに密に集まりあい、ほとんど動かなかった。灰色の中につけられた白い点が、雲の中の太陽のありかを示していた。

しばらくして鍛冶屋が言った。

「ときどき世界は愚かしくなって、若いころやりそこなったいっさいを取り返そうとする……だが、そうしてはじめて世界はそれらのことをやりとげて、ときには何がしか前進することができるのだよ」

そのとき、おそらく彼の手の感触のせいだろうか、わたしは突然この男の人生がわたしの眼前にあからさまに横たわっているのを見た。それはどっしりとたくましく過ごされてゆく人生であり、恐れを知らず、手仕事を喜び、しかもいまだに解放されていなかった。それはままあるように、不意に何もかもひっくり返してしまいかねない人生、盲目的に荒れ狂ってわれとわが身を戦争の中へ、冒険の中へ、作男の身分へと放り出しかねない人生のひとつだった——まるで鉄槌によってわれとわが身を解放し、鉄槌をふるって俗世を打ち破ることができるかのように思いこんで。現世的な、確固とした茶色の目が額の下にあった。頬とあごをおおう短い茶色の髭《ひげ》はまん中で分けられていた。そしてこの目と髭がまた彼の容貌と人柄に、しっかりと根づいた思慮深さの外見を与えていた。この思慮深さなくしては鍛冶屋のドナートなる人物は考えられない。しかしながら、これらすべてはいわば鳴りをひそめる情熱によって、隅々まで灼熱していた。それはせきとめられた情熱でなく、手綱をかけられた情熱でもなく、むしろ人間の体のあらゆる部分やまなざしの中でくすぶっている情熱であり、彼の内奥で生きていていつでも爆発せんと待ちかまえている。そうなのだ、あらゆる真の情熱は無限なものから来るのだ。そしてわたしは理解した、この男は、彼の青春の招きがきこえてくれば、おそらく妻も子も故郷も仕事場もうち捨ててたち去ることができるにちがいない。そうなのだ、彼は青春の招きを待ちうけ、むかし耳にした声を懐かしんで耳をそば立てるのを、一度としてやめたことはなかったのだ。そしてその声は若いころにはおぼろげな期待にすぎなかったが、年老いてゆくにつれ、むかし耳にし、かすかに感じ取った救済の声へと変わってゆくのだ。そしてまたわたしは、彼がマリウスの声に耳を傾けたことをも理解した。

「そんな世界はたまらんな」とわたしは言った、「マリウスみたいのが来なくては前進しない世界なんてのは……それにいったい何がそうたいそうに前進するというんだね……」

彼は嘲笑的な顔になった。

「若い連中が獲得してくるのがプロムベントの森だけだとしてもだ……それだけでも、すくなくとも村はまたにぎやかになるさ……年寄り連は眠って夢見ている、村は眠っている……眠っている者は、生きていないんだ」

「何がにぎあいそして前進するか、あんたは知ってるかな。そいつは世界じゃなくて、ラクスの商売さ」

「いずれにせよそういうことになるだろうな、先生」

「ほら、見ろ……森のことや黄金のことで彼がやっていることは、結局彼の商売か、せいぜい村長選挙にしか役立たないのさ」

「クリムスが村長になるだろうね」と彼は平然として言った。

「そしてあの愚か者のマリウスを、彼はそのために利用してるんだ」

わたしはパイプに火をつけた。煙草が湿りすぎていて、苦くて陰気な、いやな味がした。

やがて鍛冶屋が言った。

「マリウスのことはまた別なんだよ。彼は村長選挙とはなんの関係もない……」

「それじゃなんだというんだね、あんたまでが彼にまるめこまれているということは言わずとして……」

「彼は口が達者だ」

「ああ、よくしゃべる」

彼はわたしにむかってほほえみながら目ばたきし、がっしりした手をもち上げ、それをわたしの目の前に差し出して、関節の太い指を動かしてみせた。

「この手をご覧、先生……」

「何だね、そのでっかい手でどうするつもりだね」

「わからないかな、こういう手をもっているやつはしゃべれないんだ、思ってることを言い表わせないんだ……いったい何を彼は言い表わすのだね」

「いったい何を彼は言い表わすのだね」

「火だよ」

「仕事場へ入りたまえ」そう言ってわたしは鍛冶場の中を指さした。そこでは炉の上で火が燃えていた。「あそこにあんたの鉄とあんたの火がある」

「よかろう」そう言って彼は静かに頭を振った、「しかし人間は山のようなもんだ……彼の中にも内面の火が燃えている、だから人間は山の中にも火を求めずにいられない……それに、マリウスの場合のように深いところから燃え上がってくると……」

言葉を結ばずに彼は立ち上がり、車輪に立てかけておいたハンマーを取り上げ、ハンマーに素振りをくれた。そして彼特有の好意ある笑みを浮かべて――それはいまや自分自身をいくらかからかっているように見えた――彼は言った、

「山は火でもって語るんだよ……」

「火は危険だよ、親方」

彼はうなずいた。

「そのとおり、だがそれはまた……火は危険だ、そして…」と言いかけて彼は言葉につまった。

「そして……」

「わからん……」と彼は言った、「火はどうやら美しい」

わたしは酒場におけるマリウスを、ウェンターの家における彼の振舞いを思い出した。わたしは彼の声を、愚か者の論理のもつ誘惑的な力を耳にした。その論理は地面に触れんばかりに低く漂い、そしてその絢爛《けんらん》さでもって人の心を誘い、実在の世界にこの論理を押しつけたいという気持をそそる。そしてわたしはほとんどこう思いかけた――鍛冶屋が言う美は、いや、こ

の世のありとあらゆる美は、この世が崩壊して目に見えぬ透明な灰になりおおせたとき、はじめて現われ出るのではないか、と。にもかかわらずわたしは言った、

「ひとつ確かなことがある――ウェチーは家畜に魔法をかけたりなんぞしない。あんたたちがみんなそろってマリウスと彼の救済の魔法にたぶらかされているだけの話だ……」

徒弟のルードウィヒが出来上がった鎌を手にして出て来て、親方の笑いに同調した。

「マリウスさんは誰もたぶらかしゃしませんよ、本人に聞いてごらんなさい、先生」

「そうすればさぞかし正しい答えが得られるだろうよ、ルードウィヒ」

「誰もたぶらかしゃしませんよ。廣法がどうのこうのいう人たちは、われわれがいまに山から運んでくる黄金を恐れているだけですよ」

「まあそうしとくさ、ルードウィヒ」とわたしは言った。

「そうなんですよ、そしてわれわれはここで黄金を秤《はかり》にかけるんです」そう言って徒弟のルードウィヒは頑丈な秤を指さした。重い鉄の秤皿が三本のわりと細い鎖と一本の太い鎖とによって軒から吊るされている。それは麦打ちのあとで小麦袋をはかるのに使われるのだ。

「なるほど、世界救済というのはそういうものなのか……マリウスも君らにそう約束したのかね。毎日二、三百ポンドの黄金を掘り出せるって」

煤《すす》まみれの、汗まみれの顔をして、煤だらけの二の腕をして、大柄の青年はわたしの前に陽

気に立っていた。長そでのシャツのかわりに彼は切りこみの深いそでなしを着て、たくましい肩を見せていた。そして胸の上には、濃いブロンドに光るちぢれ毛が生えていた。彼は考えこんだ。ブロンドの髭《ひげ》がうっすら生えている口が真剣になった。そして彼の青い目が決然とした表情になった。

「いいえ、マリウスさんはそんなこと約束しませんでした……ええ」

「よろしい」とわたしは言った、「それでは、それは救世主ご自身の口から出たものじゃなくて、おどけ者のウェンツェルの口から出たわけだ……」

彼の表情はまた楽しそうになった。

「ウェンツェルさんは本気にやるでしょう……」

上機嫌な声で親方がどなった。

「自分の仕事にもどらんか、仕事を本気にやれ……鉄は厳粛なんだぞ……ほかの人間は何を厳粛だというか知らんが、おまえにとっては鉄が厳粛じゃなくてはならんのだ……」

ルードウィヒが仕事場にもどったとき、わたしはもう腰を上げるばかりになって、パイプを荷台で叩いて灰をあけながら言った。

「わたしにはあんたたちの話はもうたくさんだ、もう行くよ……あんたたちはみんなそろってたぶらかされてしまっている。どいつもこいつもみんなそうだ。だがそれぞれたぶらかされ方が違っている……それとも何かね、まさかあんたももう徹底的に感染されてしまったのではあるまいね、親方」

「そうだとしたら、わしをまた健康にしてくれるのが、先生、あんたの役目だよ……あんたは人間のお医者だ、ところがわしは家畜のことしかわからないからね……」

「世界を救済してくださるおかたが来てしまっては、お医者も無力だよ」

鍛治屋の目はまるで来たるべき世界救済への信頼に満ちみちているかのようにほほえんだ。しかし親しげに、そして淡々と、彼は彼のでっかい手の重みをわたしの腕にのせて言った、

「そう、無力だな、きっとそうなるだろう……しかしヨハニみたいなやつは救済など信じていない、そんなところまで思いが及ばない、彼はただ魔法を信じているだけなのさ……」

「もちろんそうだ」とわたしは言った、「ただし、あんたもいんちき魔法を信じている」

そう言ってわたしは歩き出した。わたしは彼の夢から遠ざかって、わたしの夢の中へ入っていった。しかしながら、わたしは立ち去りがたかった。何かしらがわたしをひき留める。何かしらがわたしの心に、マリウスがやってきて若者たちの前で演説を始めるまで待っていたいという願いを起こさせる。わたしの中の何かしらがマリウスの声を聞きたいと願っていた。どっしりと立つクプロン山の周囲の雲がかすかに割れて層を成しはじめた。燃えるような黄金色と、真珠貝を思わせる象牙色をした雲のふちがあらわれ、しだいに広がってきらきらと輝く帯にな

ってゆく。そしてこのようなきらびやかな空に照らされて、ひとりの男の子がすり歩きをしながら、通りを、水溜《たま》りという水溜りを横切ってゆく。そして彼はおまけに悪戯《いたずら》っぽい顔をした。まるでこの悪作によって誰かを徹底的にたぶらかすことができるかのように。彼の足はぐしゃつぐしゃっと水をはね上げた。

*

夏は夕立ちの衣をまとってやって来た。穏やかにそして壮大に、衣はその肩から垂れ下がった。そしてしばらく夏はそのまま歩みを進めた。朝方はたいていすばらしく澄み上がり、黄金に輝く青を豊かにたたえて、まるで時が歩みを止めたかと思われるほどであったが、いつでも午後の傾きとともに、おとらぬ静けさで空の顔が不動の高みから降りてきて、軽やかな灰色の柔和さに、雄大な追憶の柔和さに、一重また一重とつつまれていった。それは雷雲のひだの中へ埋もれていった。そして雷雲はしだいに滑らかになり、しだいに穏やかになり、そしてついには彼岸から、わきかえる静けさにつつまれ、おぼろに解けて柔らかにさわめく雷鳴にすぎなくなった。

おお、そのとき！　ほのかにさして来る雲の眠りとともに、雨を待つ大地の安らかな息に運ばれて、漂い寄って来るものがあった。雲の息吹きとともに、放牧場や森や岩が霧につつまれ柔らかに融けあう山々からの息吹きとともに、漂い寄ってくるものがあった。得も言われぬものが漂ってきた。それは何だろうか、それはわたしの生であったもの、わたしの生であるもの、だろうか。それは雲におおわれ雨に濡れるたそがれだった。しかしその中にはわたしがかつて目にしたおよそさまざまな色彩があった。わたしがすでにかいだ無数の香りがあった。わたしが耳にし口にした無数の言葉があった。かつてわたしの中を滑り抜けていった、わたしによって生きられた、かずかずの瞬間に満ちみちていた。幼い日々があった。最初の記憶が幼年時代のあらゆる動物たちによって運ばれてきて、かずかずたくわえられた日々だった。まさに動物たちに似て物言わず、きれぎれで、だしぬけな記憶。蛇たちが這《は》いまわり、獅子たちがうなり、犬たちが吠え、このような動物たちのひしめきに取り囲まれた、あらゆる遠方の記憶。学校のにおいにつつまれた幼い日々、厳格な始業時間がチクタクと迫るにおい、すばしっこい嘘のにおい、にがい絶望のにおい、教室に掛けられた外套の長い列を軽くなぜて過ぎる感触、そのボタンやボタン・ホールをいまでもわたしは覚えている。家畜の群れのように鈴を鳴らして市街電車が往きかっている。ある都会をわたしは、まだ大人になりきらぬ年頃、歩きまわっていた。毎日わたしは待ち暮らした、一日、二日、やがて恍惚《こうこつ》を花と咲かせる日を。たくさんの街路が交差しあい、たくさんの商会の看板が立ち並び、いっせいに陽《ひ》を浴びて鏡のように光っているのを、わたしはうっとり眺めていた。その陽はとうに消えてしまったものの、いまでもなおわたしの中で照りつづけている。夏の雨に濡れた舗装道路、それはあれ以来何度濡れそして乾いたかしれぬが、あのときの雨の香をわたしはいまでも感じる。わたしが中に入り、そしてたち去ったかずかずの家。口でかわし、心でかわし、耳で聞き、そしてわたしのほかには誰一人として心にとどめなかったかずかずの会話。二度と見る日もない、野戦病院の前に盲人《めしい》のごとく立っていた一本の樹。ひと雫《しずく》ずつわたしの中に落ち、はじめは透明だったが、たまるにつれいよいよ不透明になっていった無数の細事。ある女の頭、赤みがかった、茶色の、ほとんど黒に近い髪。そして海の前の恍惚。あるときは夜の原野のごとく怒りを含んで暗く、またあるときは凪いで緑青に、紺青に、赤みがかった青に広がる海、太陽にきらめく海、そのはるか沖合い、きらめく陽光の帯を、帆を傾けてゆっくり横切ってゆく一艘《そう》の漁船。そしてかずかずの土地、山がちの土地、木におおわれた土地。家におおわれた土地、道に仕切られた土地。ある日わたしの列車がうつろなざわめきをたてて走り抜けた隧道、そしてつかのままばゆく燃え上がった松明《たいまつ》の光の中で工夫たちが修繕していた壁、その壁も二度と見られない。病院の庭で菫《すみれ》色の房をつけて都会に抵抗していたにわとこの木々、実験室の一本の試験管、洗面台の上の一枚のかみそり、そして患者たち、彼らの脈搏をわたしはいまでもなお親指に感じる。野戦病院の負傷兵たち、あるいは肉を裂かれ、あるいは手肢をもがれ、あるいは殺された兵隊たち、いましがた息をひきとった兵隊の顔の上を這《は》う一匹の蝿。そしてくりかえしくりかえし、死にゆく者たちの姿が、わたしに看とられて死んで行ったあらゆる人間たちの姿が、思い浮かぶ。

――おお、忘れられぬ、しかも忘れられた存在。記憶のつくりなすかずかずの陸地。たったひとつの夢に含まれるかずかずの永遠の瞬間。広大な暗黒の岸辺と岸辺の間に横たうひとつの夢の中にただよう夢また夢。それらが雲の追憶のもとで目覚めた。にもかかわらず、それらはわたしの記憶ではなかった。それらはわたしが生きたすべての瞬間ではなく、わたしが耳にしたすべての言葉でもなく、わたしが嗅いだすべてのにおいでもなかった。それらはかつて存在したものの一断片ですらなく、かずかずの形象の一片ですらなかった。それらはあの夢よりも、わたし自身である夢よりも――そうなのだ、わたしは夢であったし、また夢である、形象を存在の中に、存在を形象の中に盲目的に映す夢なのだ――、この夢よりも響きなく、生彩なく、はかない。しかも、この夢よりも声高く、騒がしいのだ。それらはより形に乏しく、しかもより形に富み、そしてあの三次元の空間につなぎとめらる。われわれがたえずその中を歩みゆく三次元の空間。かずかずの形態がいり乱れ、折り重なって存在する三次元の空間。なぜなら、過ぎ去った瞬間と次に来る瞬間を容れるだけでも、もはや三次元ではまにあわないのだ。なぜなら、われわれの思考とわれわれの夢の空間は無限によりおおくの次元をもつのだ。そしてわれわれの記憶は、もしもみずから根源をつかまんとするならば、あらゆる次元を突き抜けて、次元も記憶もない、純粋な心の領分へとたち帰らなくてはならないのだ。わたしは、わたしは、いや、われわれすべては、ウェチーという名だろうと、ドナートという名だろうと、ギルバートという名だろうと、また、鍛冶屋をしてようと、医者をしてようと、黄金を探そうとしてようと、子供をつくろうとしてようと、われわれはわれわれの心の究極の純粋さについて知っている、それがわれわれの夢の底に沈んで予感に耳を傾けているのを。この純粋さにむかって、われわれはわれわれの記憶を押しすすめてゆく。この純粋さを求めて、われわれはわれわれの夢を記憶のない領分へ、そして夢のない領分へ押しすすめてゆく。この純粋さを求めてわれわれは夢見つづける。やがて、到達しえぬもの、永遠の接近のみがあるものの中になおかつ入りこんで、記憶から解きはなたれ、夢から解きはなたれ、おのれを見出だすようにと。おのれから解きはなたれ、そしておのれの中へと救済されるようにと。ああ、われわれが待ち望むものは、静けさなのだ。夕立ちの彼方《かなた》で記憶をはらんで鳴り響きはじめ、ざわめきながら静まり黙してゆくもの、海面に帆がやすらうごとき、滑り走るやすらい、それをわれわれは待ち望んでいる。そしてすでに雨が降りやみ、しかも谷はまだ雲におおわれ、雲の天井がまるで軽い霧の垂れ布で支えられているように山の中ほどにかかり、そして雷雲がそのひだを滑らかにのばすとき、夕べはいとも静かになる。ただときおり木の葉から露がひと雫《しずく》解きはなたれ、忘却の中へ落ちるのみである。

六　不安

定かならぬ永遠の希望にみなぎる日々があるものだ。このような日々には、世界はさながら調度を置かれた部屋、空はさながら快い青に塗られた天井、山々はさながら薄緑の壁掛け、そして人の暮らしの色とりどりな絨毯《じゅうたん》の上ではあらゆる玩具がころがって、たわいのない可憐な音楽をかなでる。このような日々とともに、春はときおり夏の奥深くまで、そればかりか、秋の中まで入り込むものだ。そしてこれらの贈り物の日々、老いの日に甦《よみがえ》って、昔をふりかえる者の心を動かす子供の日々、それはあらゆる子供の戯れの背後に、あらゆる安息の始まるところに存在する、何物かへの思い出なのである。

ローザをズックの家に連れて行ったあの朝、わたしはそんな一日が始まりそうな気がした。春めいた光があけぼのの中から、独特な穏やかさに運ばれ、しかもひややかに、ほとんど質感のある透明さに運ばれ、滑るように立ち昇ってきた。遅ればせの春の日の喜びという喜びがその光の中に宿っていた。しかしながら、その光には始めから何やらなじめぬものが、ほとんど不気味なものがあった。つまり、この春の遅参者には、当然あってもよさそうな軽やかさがなくて、まるで春の一片を貯蔵しておいて、そしていま貯蔵品として世界の上に広げたようであった。わたしはこの不愉快な印象を払いのけようとしたが、やはり払いのけることができなかった。今までに一度としてわたしはこんな空気を見たことも、嗅いだこともなかった。それはいうなれば気体化したガラス、透明な光から織られた目の細かい面紗《ヴェール》であり、透明であるにもかかわらずまさに手答えがあって不活潑《ばっ》で、弾力に欠けてまるで澄んだ水鏡のようだった。そして朝飯の食器でさえいつもとは違った響きを立てた。

「さあ、行こう」とわたしはローザに言った。ローザはおりしもカロリーネといっしょに台所のテーブルにすわって、彼女と何やら身に滲《し》みる話を、おそらく走り使いをしている父なし子の話をしていた。

「さあ、行こう。今日はとてもいいお天気だから、ズックの男の子たちのところに連れて行ってあげる。トラップもいっしょだよ」

なぜなら、もう七月で、ズックの男の子たちは学校が休みになっていたのだ。

わたしがズックのエルネスティーネを訪れるのは、実を言うとわたし自身を喜ばせ、安心させるためであった。彼女にねぶと病をもちこたえさせたのは、たしかにわたしの勝利だった。

それからしばらくして彼女が熱を出したとき、わたしは発熱を予測していなかったが、またいまさらそれに驚きもしなかった。発熱があまり急だったので、わたしは敗血症かとも思った。しかし今ではもう一週間来、熱はじりじりと下がってきて、それにつれてわたしの希望が昇っていった。この訪問は一日の始まりにふさわしかった。そしてわたしは先行きを信じようという気持に満たされて、ローザといっしょに、奇妙に爽やかな、しかも奇妙に爽やかならざる貯蔵品のごとき朝の中を歩んでいった。それは静かに動かぬ空気に満たされて、昼間の青空の中まで伸び広がっていた。

山荘にさしかかったとき、わたしは花の咲いているギションのおふくろさんの窓の前に立ちどまって、《おはようございます》と台所の中へ声をかけた。

ギションのおふくろさんは窓から顔を出してわたしにむかってうなずいた。彼女から流れ出る落ち着きが、このように不安定な朝の隅々まで、ほとんどじかに伝わった。

「エルネスティーネのところに行くのだね」

「ええ、おふくろさん、」そしてわたしは誇らかに知らせた、「彼女は日ましによくなってゆきます」

「そうなれば、いいのだけれど」

「現にそうなんですよ」わたしはいきり立って彼女の言葉を訂正した。まさに彼女の疑いの静かな揺るぎなさが、わたしをいきり立たせたのだ。

「まあ、そうだとしときましょう」そう言って彼女はまた面白そうに笑った、「ただ、今日は病人の体に悪い日だね」

「そうかもしれません、おふくろさん、」わたしはそう答えて、そしてこれ以上エルネスティーネのことを話したくなかった、「そうかもしれません、フェーンが吹くのじゃないかと思われるほどです……これから春になるのでしょうか、それとも秋になるのでしょうかね」

彼女は灰色の目で空を見上げて言った。

「お天気はもつでしょう」

「まあ、もってくれるでしょうね……谷では一昨日《おととい》から秋まきの穀物の刈り入れが始まっているのです……それにしても、今日の天気はいったいどういうことなのでしょう」

「きっと地面の下がすこしばかり騒々しいのだろうね」

「それはどういうことですか、おふくろさん」

「おや、あなたはお天気がもっぱら空でつくられるとでも思っているのかね、ときには大地も口をさしはさむものですよ……」

「あなたがおっしゃるのだから、きっとそのとおりなのでしょう……でも、わたしたちみたいな者にはむずかしくてわかりません……」

「すぐわかることですよ、先生、あなたがお天気によく気をつけていれば……いろいろなことが起こるものです、そしてあなたもじきに気づくでしょう、大地は人が思っているよりもはるかに頻繁に口をさしはさむということに……空で起こることは、地上でも起こるのです、そしてその逆のことも言えます……」

ローザはなんといってもウェチーの小心さを何がしか自分でももっているだけあって、さっきから注意深く、目をきょろきょろと動かして話に耳を傾けていたが、そのとき心配そうにたずねた。

「地面の下で何が起こるの」

「そうねえ」とギションのおふくろさんが言った、「そんなにはっきりはわからないのだよ……だけど、あんたもわかるだろうが、ひどい夕立ちになって、稲光が木に落ちて、そして根っこを通って地面の下にもぐりこむと、そうすると地面の下ですぐには寝床に就けない稲光がひとつかふたつ出てくるのだよ。そういう稲光はまず自分のほんとうの寝床を地面の下で見つけなくてはならない、そこで稲光はしばらくの間あちこち転がりまわるのだよ……」

「どこでころがるの、地獄の中なの」

「地獄でもいいよ、地獄だってかまいやしない」

「ちゃんと教えてくれなきゃいや」そう彼女は言い張って、心配そうでずるがしこそうなしかめ面をした。

「よろしい、それじゃ教えてあげよう……地面の下には稲光の寝床がいくつも並んでいて、稲光はそこに入って眠ることになっている。ところが、そうは簡単にゆかないのだよ。というのは、どの稲光にもおまけにごろごろ玉がくっついていて、それが稲光のあとからごろごろ鳴ってついて来るからなのさ。それで、もしも巨人の子供たちがこういう稲光をひとつつかみ取って、ごろごろ玉をつかんで放り投げたり、ごろごろ玉でボール遊びを始めるようなことになると、そりゃひどいことになるのだよ……」

「そうね。でも、それはどこなの」

「それは地獄じゃなくて広い国、そのまん中には銀色の湖があるのだよ。この湖には黄金《こがね》色の小川がいくつも流れこんでいて、そして湖に立つどの波も、ひとつの歌をうたっているのだよ。そして地面の上で人間が歌をうたうと、この湖の中でも同じ歌をうたう波が、かならずひとつあるのさ。つまり、それはこだまなのだよ。そして湖は海に似ているけれど、海よりもずっと広い、というのも、湖の上の空にたくさんの星たちがおさまるようにするためなのさ。それはダイヤモンドの星ばっかり、そしてどれもこれも太陽より明るいのだよ。星たちがとても明るくて、お互いにとても近く並んでいるものだから、星と星の間には空の青も、空の闇も見えやしない、そして昼が夜みたいで、夜が昼みたいなのだよ。それにまた湖も第二の空みたいで、きらきら輝く波でいっぱい、なぜって、空の輝きという輝きが波に映るからなのさ。どの子供もいつかこの湖で泳ぐことができる。そしてどの子供にも波がひとつあって、どの波にも星がひとつあって、どの星にも第二の星がある。けれども、その第二の星は湖のとても深い底にあって、誰もそこまでもぐって行って、この最後のきらめきを見てくるだけの勇気がないのだよ。そんなことをしてはいけないのだよ。だけど、湖で泳いでいる子供がただしい波の中に入ると、つまり、その子のもので、その子の歌をうたっている波の中に入ると、よおく耳を澄ましていれば、湖の底に沈む星の歌もきこえて来ることがあるのだよ。すると小人の子供はたちまち巨人の子供になる。地面の下はそんな具合なのさ」

ローザは納得した顔を見せた。

「もっと話して」

「またね」

わたしはじっとしていられなくなった。ギションのおふくろさんがエルネスティーネの回復についてさしはさんだ疑いが、わたしを落ち着かぬ気持にしたのだ。

「ローザはもうこのお話をズックの男の子たちに話してやれるね」とわたしは言った。

「カロリンもお話をひとつ知ってるのよ」とローザはそんなことまでギションのおふくろさんに伝えずにおかなかった。

「そうだろうね」とギションのおふくろさんが答えた、「カロリンはいいお話をたくさん知っているからね」

「巨人のお話もあるのよ」

ギションのおふくろさんは笑った。

「そのお話をもうズックのヴァレンティンにしてやったかね」

そばかすだらけで人蔘《にんじん》みたいなローザの顔が、ぱっと明るくなった。

「あの子にも話してやるわ」

「そりゃすてきだ、それじゃ出かけよう……さよなら、ギションのおふくろさん、近いうちにまたお宅の前を通ります」

「今日はもう来ないのかね」

「ええ、上の谷のペリンさんのところに行かなくてはならないのです。それから診察があります」

「まあいいでしょう、でも、おそらく今日じゅうに……」そう言って彼女は窓から顔を引っこめた。

彼女は行ってしまった。そしてわたしは彼女の疑いをまるでわたしに対する攻撃のように感じたので――わたしは自分で認めた以上に深く侮辱され、自尊心を傷つけられていた――、できることなら彼女のうしろから叫んでやりたかった。お願いだからエルネスティーネの病気と回復を魔法でどうこうしないでくれ、と。しかしながら、いまわたしを急がせている恐れ、逆転をくらうのではないかという恐れ、それはそのような迷信とはなんの関係もなかった。あるいは、せいぜいそれによって解きはなたれただけだった。それはまたギションのおふくろさんに負けまいという功名心ともなんの関係もなく、さらにまた、わたしの好きなあわれなズックのために、彼の子供たちの母であり、彼の妻である人を守ってやりたいという願いでさえなかった。わたしを駆り立て、そしてわたしをしてこの人命をこれほどに物狂わしく案じせしめているものは、あらゆる功名心の埒外《らち》に、あらゆる善意の埒外にあった。それは本質的にもっと非個人的なものであり、しかも同時に、本質的にもっと個人的なものだった。それはあの欲求、そのために人が医者となるあの欲求、すなわち、死との格闘において一度、たった一度でよいから最後の勝利者になりたいという、気違いじみた欲求であり、そしてどうやらこの欲求の裏には、自分の死をも克服できるやもしれぬという、さらに気違いじみた期待がひそんでいるのだ。そしてわたしを前へ駆り立てる恐れは、またもや敗北をなめなくてはならぬという絶望だった。われわれはすでに幾千度となく敗北をなめてきた、そしてこれからもつねに敗北をなめさせられなくてはならない。それはこのような動かしえぬ沈黙と必然を前にした恐れだった。このような気持でわたしは村道を急ぎ登っていった。トラップはわたしの足並みに文句はなかったが、ローザのほうはいつかわたしの袖にすがりついていた。そして二、三歩ごとに、彼女は「そんなに速く歩かないでよ！」と叫んだ。

遠くからわたしたちはもうズックの男の子たちの姿を見た。彼らは木造の家のまわりを走りまわって、鬼ごっこをしているらしかった。わたしが口笛を吹くと、彼らはこちらにやって来た。わたしは彼らにむかって、「お母さんの容態はどうだね」と叫んだ。そしてヴァレンティンがひと声「とても元気だよ」と答えたとき、わたしの心から重石《おもし》が落ちた。

もっとも、《とても元気だよ》はすこし言い過ぎだった。ズックの細君はなるほど起き上がっており、あまつさえわたしの命令をきかないで台所であれこれ用を足していたけれど、彼女の様子は深い疲労を物語っていた。そしてひと動作ごとが彼女にとって苦しみであることは目に見えて明らかだった。

「わたしはあんたを寝床の中へまたつっこんでやらにゃならん……体重が四十キロそこそこのくせに、つまらん用事で歩きまわるなんて」

ひどく衰弱した人間がたいていそうであるように、彼女はたちまち涙ぐんだ。彼女は彼女のささやかな労働をやめて、ベンチの上のわたしの脇にすうっと坐りこんだ。

「先生、今日だけなんですよ……空気のせいじゃないかしら、今日はとても変てこな空気ですわ……」

「だからといって、むちゃしていいってことにはならないな」

「あたし大丈夫ですわ、先生……それに仕事が楽しいの……子供がまたあたしのそばに来られるようになって、あたし、ほんとうに仕合せなんです」

「あんたが仕事を楽しんでやってるかどうか、わたしにはどうでもいい……ご主人の姉さんがまだあんたの手伝いをしてくれてるのだろうね」

「ええ、もちろん……お掃除とお料理に来てくれるのです、それにうちの人がとってもよく……」そう言って彼女は三人の男の子の部屋となっている屋根裏部屋のほうを指さした、そこからズックの足音がどすんどすんときこえた、「いま上の部屋を片づけてくれてるのです」

「そんなことは子供たちでも自分でできるじゃないか……彼は子供たちをそんなに甘やかしてはいかん」

彼女はほほえんだ。しかし彼女の黒い目は真剣なままだった。

わたしは鞄《かばん》から体温計を出して彼女の体に当てた。そして彼女がそれを当てている間、わたしは台所の続きの寝間に行って赤ん坊を見た。この子は病気がいちばんひどかった間、ズックの姉の家にあずけられていたのだった。赤ん坊は小さな拳をまるめ小さな頰をふくらまして、ベッドの中で静かに寝ている。それでは、人工母乳が結局体によかったのだ。わたしは嬉しかった。

「あんたの女の子のことじゃわたしたちはもう安心だ」とわたしは台所にもどってきたとき言った、「今度は、あんた自身が負けず劣らずたくましいところを見せてもらいたいな」

さっきと同じ真剣な微笑を浮かべて彼女は体温計をわたしに渡した。

びっくりしたことに三十五度七分だった。もちろん本式の異常低温ではなくて、ひどいやつれと衰弱を見れば説明のつくものだったが、それでも心配なことだった。わたしは今度は正しく時間をはかって体温計を入れてみたが、結果はやはり同じだった。

「寝床に入りなさい」とわたしは言った。

「また悪くなったんですか、先生」と彼女はびっくりしてたずねた。

「いや。しかしあんたがこんなことをつづけていれば、また悪くなるかもしれない」

ズックがわたしたちの声を聞きつけて階段を走りおりてきた。わたしを迎えて陽気に笑う彼の顔が狼狽《ろうばい》に変わった。彼は妻の顔に驚きの表情を見て取ったのだ。

「どうしたんです、先生」

「いやなんでもない、ただ奥さんをこんなふうに動きまわらせておいてはいかんよ」

「言わんこっちゃない」と彼はどなった。

「変てこな空気のせいなのよ、それだけよ……ほんとに今日はとっても変てこな空気ですわ……」と彼女はくりかえして、自分の心をなぐさめた。

自分でもそれを信じたかったこともあり、妻を元気づけるためもあって、ズックはそれに同調した。

「まったく、今日は空気の中に何か妙なもんがある」

「そのとおりだ」とわたしはあいづちを打った、「しかし、だからといって興奮していいという理由にはならん……奥さんを寝かしたまえ……夕方になってからじゃなくていますぐに……そして君は安心して仕事に行けばいい」

彼女はため息をついておとなしく立ち上がった。

彼女が寝床に入ってから、わたしはもう一度彼女を診察した。何も変わったことは確かめられなかった。わたしの心配は晴れなかったが、わたしはとにかく事を天候と過労のせいにしておくことにした。ズックは診察の間そばに立っていたが、わたしを表まで送ってきた。「気をつけてあげたまえ」とわたしは言った、「いつ再発するかもわからないからな……しかし最悪の状態はたぶんもう過ぎてしまっただろう」

表では子供たちが遊んでいた。ローザが砂山の上に両脚を広げて立ち、男の子たちが一人ずつその下をくぐっていた。

「いったい何をやってるのだね」

「あたしはお山よ、そしてみんなが鉱山の中に入ったら、あたしたちは湖に行くの……」そう

言って彼女はうしろを指さした、そこの地面にはひとつの円が砂の中に掘ってあった……、

「それで二人がおなじ歌をうたえば、その二人はいっしょに泳いでいいのよ」

「近ごろじゃ子供たちまでが気違いじみてきやがった」とズックが言った。

ローザは彼の言葉を耳にした。心配そうに、ずるがしこそうに彼女は両脚を閉じた。しかしズックが何もしないのを見ると、彼女は口答えした。

「お利口な遊びですよ」

「この遊びがどんな意味をもってるか、知りたいもんだな」

「これは心配を払いのける遊びよ」と彼女は説明した。そして彼女のそばかすだらけの顔は素早い、淫らで嬉しそうな笑いに輝きわたった。

「だから子供たちは気違いじみてるって、おれは言うんだよ」

わたしはローザをズックの男の子たちといっしょに彼らの気違いじみた遊びをさせておいて出かけた。昼はその奇妙に春めいた感じでいよいよはなやいでいった。そして落ち着いた色どりをなし、まるで咲きにぎわう花の下地のように、谷は横たわっていた。すべてが静かだった。いや、このような静けさの中にあってさえ、すべてはいかにも春らしく動揺していた。そして玩具のようなのどかさを見せて、実直で温順な人の暮らしが、山々の斜面に住いなしていた。しかしながら、普段ならば谷の物音がまるで果てしなき空の、より稀薄な空気に吸い寄せられ

るように、実にのびのびと、実に流動的にたち昇ってくるというのに、今日はその色合いも、速さも異なり、いわばただもうためらいながら、ただもういつもの習いからたち昇ってくるだけだった。何やら奇妙なかたくなさがこのゆるやかなテンポの中に宿っていた。朝方の空の青も果てしない広がりへと開かなかった。それはむしろ一種の閉鎖のようであり、峰から峰へと張り渡された一枚の目の細かいセロファンの膜に似ていた。そして空にむかってたち昇るどの物音も、その突き通しがたい膜をいよいよ張りきらせるかに見えた。わたしは耳を澄ました。どの物音も下から昇ってくる。上からは何ひとつ、鳥のひと声さえ降りてこなかった。

青いセロファンの膜は午前中にも破れなかった。むしろ逆であった。お昼ごろになると、それは青く塗られた鉛から成る固い円天井に変わった。

東のほうに大きくひとつくねって谷底を流れるフェンテン沢に沿って、わたしはペリンの百姓屋敷からやってきて、村を目指して歩いていた。どの畑も実り、そして草もすでに二度目の草刈りの頃合いだった。刈り入れ時が始まりつつあった。それはすでにやってきて、いま春の最後のなごりを吸い込んでいた。わたしは刈り入れ時の到来を全身に感じ取った。というのは、刈り入れ時が始まるやいなや、不思議な力が同時に働き始めるのだ。それは土地に隷属することになったあらゆる男に、麦刈り男の足どりをあたえる。たとえわたしのように医者の鞄《かばん》しか手に持たぬ男であっても、彼の腕はいつでも鎌を振りあげんものと待ちかまえている。そして彼は感じる、あたかも生命の流れが彼の肉体の中で逆方向を取り出したかのように、あたかも彼のあらゆる動作が脚に支配されているかのように、あたかも生命の流れが頭から腕へ、そして脚へと流れるかのように——もはや無限にむかって生い茂らず、無限をふたたびおのがもとに連れおろし、やがて来る冬の休息のためにそれをおのが内に取りこみつつある、ひとつの大地に惹《ひ》き寄せられて。そうなのだ、わたしもそれをまたしても感じ取った。しかもわたしはほとんどそれを思わなかった。なぜなら、刈り入れ時の始まりとともに、人間はもはやほとんど思いをもたなくなる、ものを思わなくなるのだ。彼は麦刈り男特有の、体を揺する大股の足どりで、大地の上を歩んで行く。彼は大勢の刈り入れ労働者の中のひとり、みんな同じことしか考えられぬ大勢の中のひとりなのだ。そして彼らの思うことは、大地の重苦しい吸引力にほかならぬのだ。それゆえわたしも、野良道の崩れやすい土の上をたどりながら、ただ空を見上げて待ちのぞむばかりだった——さらに強く待ちこがれる大地の力に惹き寄せられて、鉛の天蓋が降りてくるのを。朝方が静かであったのにひきかえ、いまではすべてが唖《おし》のように口をとざしている。ただまれに沢から、ぐったりした、もはやほとんど流れてるようにも思われぬ水音がきこえてくるだけだった。そしてときどき誰かが鎌の刃をハンマーで叩いた。陽《ひ》の当たる北側の山腹には草を刈る人たちの姿がいくつか小さく黒く見えた。ときおりそこで誰かの鎌がぴかりと光り、ときおり誰かのシャツの白さが目についた。

道と水辺の藪《やぶ》の間には一条《ひとすじ》の細長い湿原があって、毒ぜりや黄色い草花、バラ色の羽毛を生やした郭公《かっこう》なでしこや大きな沼忘れな草、なよやかな水はっか草や、幅の広い繖形《さんけい》花をつけたかのこ草や背の高いあざみなどが生い茂り、そしてことに湿りけの多いところには、背の高い葦が遠くまで生え広がり、剣のような葉の中から暗褐色の円錐状の穂をつんと立てて、さながら緑色の剣の、先穂の林だった。何ひとつ身動きしなかった。白や、薄バラ色や、空色をした花たちは香りを立てず、葦の茎はじっと立っていた。ところが、今までぐったりと重い足どりでいっしょに歩いていたトラップが落ち着かなくなり、そして緊張しはじめた。それは何か気にくわぬ生き物が彼の嗅覚の届くところにいるというしるしだった。そしてまもなく葦の茂みの中から、ぎしぎしと葦刈る鎌の音と、葦の束がざわざわと倒れる音がきこえてきた。そしてさらに数歩進んだところで、わたしたちは道端にその草刈り男の持ち物を、つぎの当たった青いシャツと蓋つきの籠を見つけた。

葦の茂みから現われたのはウェンツェルだった。

「ご機嫌よう、先生」と彼は叫んだ。

「ご機嫌よう」

彼は鎌を体に並べて立てて、片腕でその柄の上のほうをつかんでぶら下がるように立っていた。それほどに鎌の丈は、彼の小人のような丈にまさっていた。たくましい、猿のように長い両腕は毛深かった。しかしながら、彼の裸の上半身は褐色の肌をし、毛が生えておらず、申し分のない形をしていた。砥石《といし》の入った皮袋が彼の腹の前でぶらぶら揺れていた。

「家畜小屋に敷く葦なんで」と彼は言った、「暑い仕事ですよ」

「そうだろな」

「先生もシャツをお脱ぎになったら」

まるでわたしの出現に大喜びとでもいうように、彼は顔を崩して笑った。そして実になれなれしかった。もちろん、それはいつなんどき敵意に一変するやもしれぬなれなれしさであることは見て取れる。悪戯《いたずら》者で首切り役人の手下、おどけ者でどこから来たとも知れぬ人殺し、およそ何でもやりかねぬ男だった。彼は笑った、そして笑いながら上唇から汗をなめた。

彼がこうやってわたしの道につっ立ったからには、あまりくどくどと前置きさせぬほうがよいと、わたしは考えた。

「いいところで会った……いいかね、わたしはいつか君を名誉毀損《きそん》のかどで警察にひき渡してやる」

「あたしをですかい。でも、先生」

「いかにも、君をだ……またなんだって君はヨハニに、ウェチーが彼の家畜に魔法をかけるなぞと吹きこんだんだ」

「こりゃ驚いた。でも、先生、ヨハニのやつはとんまですぜ」

「どうせ彼はとんまだよ……しかしわたしは君が彼のとんまさ加減を君の汚い魂胆のために利用して、あわれなウェチーの信用を失わせようとしているのを、黙って見ていられない」

一瞬、二十日鼠を思わせる彼のすばしっこい目が、憎々しげにきらりと光ったが、もちろん、たちまち底ぬけの陽気さがそれに取って代わった。大きな口のまわりのしわというしわが動き始めた。しかし彼はどっと笑い出しはせずに、正直そうに胸を手に当てた。

「神さまもお言葉をそえてくださいまし、あたしはそんなことしてやいません」

「わたしをばかにするんじゃない、ウェンツェル、わたしはヨハニ本人から聞いたんだ」

「ほんとうのことを話してさしあげましょうか」

「結構だ、聞きたくない」

「でも聞いてください……あたしが彼に出会う、彼いわく《マリウスがおれの家畜に魔法をかけた》《そうだとも》とあたしは言う、彼いわく《彼は黄金にも魔法をかけるんだからね》《黄金は家畜と違うぜ》とあたしは言う、彼いわく《それじゃウェチーがやったんだ》《そうだとも――でもなぜだね》とあたしは言う、彼いわく《なぜって、彼は紙を一枚もって中庭を歩きまわってたんだよ》《そうだとも、それじゃ彼がやったんだ》とあたしは言う、彼いわく《家畜は紙を食えない、だからあの紙には魔法がかかってたんだ》《そうだとも》とあたしは言う、彼いわく《だからマリウスが魔法よけの魔法をやってくれなきゃいけない》《そいつは驚いた、なぜだね》とわたしは言う、彼いわく《彼は黄金に魔法をかけられるんだもの》……いやほんとうに、先生、あたしが逃げ出さなければ、今日まで蜒々《えんえん》とつづいたでしょうよ……今日もあたしたちはまだあそこに立っていたことでしょうよ」

「それで、この話を信じろっていうのかね」

しわというしわがおかしさのためにまた動き出した。

「ええ、いったいなぜ信じられないのです、先生」

「君はおりさえあればウェチーを侮辱する——まさかそうじゃないとは言うまいね。言いたまえ、そもそもあの男になんのうらみがあるんだ」

何も答えずに、彼はただ悲しげにため息をついて、乾いて白っぽい目の粗い砂の山に変わってしまった土竜《もぐら》の盛り土の中に靴の踵《かかと》をめりこませた。

「さあ、君は彼になんのうらみがあるのかね」

「ねえ、あんな男を相手にいったい何をするっていうんです、先生」と彼はなかばつくった、なかば本心からの絶望をこめて叫んだ。

彼の狙いは当たった。わたしも思わず笑い出してしまった。

「おまけに彼は今じゃ先生の親戚にまでなったわけです」

「……？」

「いやさ、先生は彼の娘をおもらいになったじゃありませんか」

「余計なお世話だ、ウェンツェル」

「そうですとも……それでもう一人の子供ははしかですってね」

「そうだよ」

「悲しいことです」と彼は気の毒そうに言った。

「だからこそ、あの男をそっとしておいてやらなくちゃいかんのだよ」

「こういうものはどうしても蔓延《まんえん》しますからね……」

「どこにでもあることさ」

「そういったものが世の中に全然現われなければ、もっといいんですよ」

「あの男を悩ましたところで、君はそれをなくすことはできまい……なんだかんだいっても、君が彼を悩ましてもいいという理由にはならないな……」

うらめしそうにふくれっ面をして、彼はわたしを眺めた。

「でも彼だって保険だとか、ラジオだとかで、みんなを悩ますんですよ……」

「それが君になんの関わりがあるのだ、ウェンツェル」

「あたしにですか……なんの関わりもありません……」

「しかし、君は自分に関わりのないことに、実にあれこれ口ばしを突っこむな……」

彼は自嘲的な身振りをした。

「先生、あたしなんざものの数にも入らん人間です、蚤《のみ》なんです、零なんですよ……ウェチーを嫌ってるのは、ほかならぬ村の人たちなんですよ……」

「わかってる、しかし今まではウェチーも静かに暮らせたんだ。君さえ来なければ……」

今度こそ彼はほんとうの驚きの叫びを上げた。

「あたしが、あたしがですか！……よしてくださいよ、先生」

「じゃあ、いったいほかに誰がいるんだ、マリウスかね」

マリウスの名は彼に独特な効果を与えた。彼の顔は物思わしくなり、小さな黒い目は考えこんだ。

「どうなんだね」

彼は頭を掻いた。

「マリウスのことはむずかしい……」

「そう」とわたしは言った、「そいつはほんとうにむずかしい問題だ、何しろ君がマリウスの命令によって若い者たちを煽《あお》り立てているんだからね……」

「なんですって、マリウスがですって、」まさに軽蔑的にこの言葉は飛び出した、「マリウスがですって、彼は何ひとつ命令してません、彼はそんなこと……」

「それもよいとするさ……しかし、いったい彼は何をやってるんだね」

ふたたび頭を掻きながら、彼は真剣に考えこんだ。それから彼は言った。

「マリウスはただほかの連中が思っていることを口に表わすだけなんですよ」

これは鍛冶屋が語った言葉と同じではないか。鍛冶屋にとっては、マリウスの演説から響き出てくるのは火であった。ところが今やウェチーに対する憎悪にこそ、マリウスの弁舌は添えられたようだ。わたしは本心腹が立ってきた。

「なんということだ。そりゃわたしも知ってるよ、村の連中は以前から黄金のことよりほかに頭になかった。しかし、この豪勢な考えを連中の頭から引っぱり出すには、まず君ら二人がやって来なくてはならなかったんだ。今になってようやく彼らは自分の欲するところを知ったわけだ」

彼は喜んであいづちを打った。

「そうなんですよ、いつでも彼らは黄金のことを考えてたんですよ。そしていまや彼らは実際にまた彼らの黄金を手に入れることになるでしょう……一日に二、三百ポンド……いやはや、すくなくてもですよ……」

とがった鼻と、二十日鼠を思わせる目に、大きな口をして、体の隅々まで大はしゃぎに揺られ、だがまた気違いじみた自虐にも揺られ、彼はわたしにむかって、馴れなれしくにたにたと笑いかけた。そしてその馴れなれしさはほとんど《気さくな》とでも言えそうだった、もしもその中にまぎれもなく、情け容赦のない危険な一徹さが多分に混じっていなかったならば。

「すばらしいことです、先生……そうでしょう」

「まったくだ、ただし君は自分でそれを信じてないな」

「なんですって、あたしがそれを信じてないですって」そう言って彼はいきなりくるりと体をまわし、そして鎌を高く差し上げて、脅迫するようにクプロンの山のほうを指した、「あそこからわれわれは掘り出してくる……こんな具合に！」

にたにたと笑う野卑な脅迫、まさにそんな姿で彼はそのまま動かなかった。まるで戯画、自然を征服して自然の宝を奪い去ろうとする人間の戯画であった。そのように大それたまねをしながら、あらゆる倫理的な意志が欠けているばかりに、彼は戯画に成り下がってしまったのだ。自然を征服する人間の何が、彼のもとに残っただろうか——彼のにやにや笑いとクプロン山の厳粛さとの間のグロテスクな不釣合い、それ以外の何物でもない。人間の下品さと、彼方《かなた》で山の姿をとって身動《みじろ》ぎもせず荘厳にそびえ立つ自然との間の不釣合い、それ以外の何物でもない。山はいまや鉛のごとき沈黙にむかってそびえ立ち、あたかも沈黙する重い青空を支えているかのようだった。それは空恐ろしいほどにはなはだしい不釣合いだった。というのも、それは軽薄というものの本来の姿をあらわに見せるからである。そしてもっとも悪いことは、この黄金掘りの小人がそのことを知っているということだった。

たぶんこの戯画は滑稽だったのだろう。実際に、戯画が自分で自分を笑っていたほどである。それなのに、わたしはもはや笑う気持になれなかった。たぶんほかの日ならばもっと違っていたことだろう、たぶんほかの日ならこの軽薄の恐ろしさはこれほどまでにわたしの意識に昇らなかったことだろう。しかしこのおし黙る真昼とその光の、金属のごとく硬い重みの中では、頭上の鉛のごとき天蓋の沈黙と、足下の身動《みじろ》ぎもせぬ自然の沈黙との中では、個々の物を互いに結びつけてくれるものが、もはや何ひとつなかった。森や藪《やぶ》や草むらから成り、幾百もの幹をもつひとつの巨大な生命に取り囲まれて、山々がつらなりそびえていたが、山々は彼らの岩の故郷を取り囲むこの生命に対して、老人のごとくよそよそしかった。わたしはクプロン山の嘲笑的な威嚇を見た。山は音もなくこの生命の薄衣《うすごろも》を脱いで、不快げにふるい落とした。老いたる山は両腕を上げて突然恐ろしげにおのが裸体を守り固めた。ほかの日ならばもっと違っていたことだろう。そしてわたしはクプロン山をただ一個の山岳として眺めたことだろう、その斜面にかずかずのほかの住居と並んでわたしの家が立っている一個の山岳として。わたしは目の前に一人のちっぽけな悪戯小僧《いたずら》を見たことだろう、彼の悪戯と黄金探しとを結びつけたいばかりに、山の中をすこしばかり掘りまわしたがっている悪戯小僧を。しかしこの真昼時の沈黙の中で、いや、重苦しい死の静けさの中で、わたしは理解した、奇妙にもわが身でつかみ取った――いかなる物狂わしい欲求に鞭打たれて人間たちは山々を屈服させんとはやるかを。それはほとんど思いではなく、むしろ恐れだった。そしてわたしは理解した、登れぬ山になおかつ足跡を印そうとしてあらゆる危険を冒す人間の、物狂わしい欲望を、山の腹の中に入りこみたいという、彼の抑えがたい願望を。わたしは理解した、山に対する彼の憎しみと愛を、この世界の大古老から祝福を受けるか、さもなければ彼を亡ぼしてしまいたいという、人間の切望を。そしてわたしにむかってにやにやと笑いかけるおどけ者の小人の、下劣さと軽薄さのすべてを通して、わたしはマリウスの痴愚を理解した。そればかりか、わたしもどうやらその痴愚を彼と分かちあっていた。なぜなら、わたしは大地の吸引力に圧倒され、空気という空気の死の静けさに呪縛されて、クプロンの山をじっと見上げた、そして期待した、ほとんど希望した――そのかたくなな姿が空の重荷のもとでくずおれ、そして空がものすべてを吸いこむ大地の息づきの中へ還《かえ》るように、と。

　どれほどの間わたしたちがそうやって立っていたか、どれほどの間それがつづいたか、わたしは知らない。あるいは数秒が流れただけだったかもしれない。やがてわたしはウェンツェルがしゃべるのをふたたび耳にした。

「彼らがひそかに思ってきたことを、彼らがひそかに欲していることを、彼がすべて彼らに語ってやるのです……そしてあたしが、あたしがそれを実現へと運ぶ……」

わたしを襲ったものは疲れではなかった。それどころか、わたしはウェンツェルから鎌を取り上げてやろうと思いかねぬところだった。いや、実際にそうしたくてたまらなかった。確かにそれは何よりもまず、彼がしきりに鎌を振りまわすのをやめさせるためではあったが、しかしまた確かに、自分も草刈り男の足どりで草刈りながら野良を越えて行ったらどうだろうという想像に、心をそそられたせいでもあった。それにひきかえ、しゃべるのは不可能に感じられた。そしてまったく同様にして、わたしにはウェンツェルの声があたりの沈黙の中でまるで奇妙に響きのない金切り声のように感じられた。それはそれ自身のうちにこもってすこしも響かず、まるで何物とも融けあわず、わたしのところまで届きかねているかのようだった。わたしは口をとざしていた。

彼はいよいよ声高に、いよいよ陽気になった。

「こんな具合に豪勢にやってみせますよ、先生……こんな具合にね！」

鎌が鉄の光を放った。そしてまたもわたしは鍛治屋をふと思い浮かべた。しかし鉛のような空気はわたしの肺の中で熱い息となって淀んだ。そして人体の仕組みを忘れてしまったわけではなかったが、わたしには体内の息がいかにも暗く測りがたく感じられ、それがなおかつ突然言葉を成したときでさえ、どうしてそうなったものやら、わたしには説明がつかなかった。わたしは突然こう言ったのである。

「そう、そんな具合に世界は前進しなくてはならん……」

「そうですよ」と彼は叫んだ、「こんなふうに世界は前進するのです、こんなふうにしてはじめて前進するんです……話が通じましたね、先生」

山を目の前に置き、鍛冶屋のことを思いながら、わたしは言った。

「そう」

それを同意と取ったのか、それが実際に彼を有頂天にさせたのか、それともただ有頂天の真似をしてたのかは知らぬが、彼はそれを聞くと、物狂わしくはしゃぎだした。彼はいわばわたしとクプロン山の間で、踊りまわりだした。

「そうなんですよ、こんなふうにして前進するんですよ、そしてこんなふうにしてわれわれは面白おかしくやるんですよ……とびきり面白おかしくね……」

そこでわたしは言った。

「それでは、それが君らの言う救済なのか……」

彼は踊りをやめてわたしのほうに一歩近づいた。

「救済、救済ですって、先生……先生はあの男の大ぶろしきにいくらかでも重きを置いてるんですか、先生、とんでもない、あたしゃ違うね！」

それには返す言葉もなかった。唾をはき出しこそしなかったが、げびた軽蔑的な身振りを混じえて、彼はしゃべりつづけた。

「あんな大ぶろしきあたしゃ一文の値打ちも置いてないね、あんなものにあたしたちは二人とも一文の値打ちも置いてやしない、ええ、先生だって……面白くなくちゃねえ、面白くなくちゃいけませんよ。先生だってこいつを種に楽しめますよ……いいようになりまさあね……」

彼の馴れなれしさがわたしの思いを正しい道にもどした。

「いいかね、ウェンツェル」とわたしは言った、もちろんまだいくらか緊張が必要だった、「わたしはさっきウェチーのことで君に警告した。今度は君のその他もろもろの戯れのことで君に警告しておこう……マリウスは村の連中が近頃ひそかに思っていることを、かってに口に出すがいい……」

「近頃だけじゃありません」と彼は口をさしはさんだ。

「最後までしゃべらせたまえ……それじゃ、彼らがいつでも考えていたこと、としておこう……しかし、君が面白半分にそいつを実行へ移したとたんに、君はそこから実に不愉快な紛争を惹《ひ》き起こすことになりかねない……たいていの犯罪者は自分がひそかに思っていることを、はばからず実行に移すものだ……わたしの言うことがわかるかね」

「警察ですかい」

「そのとおり」

彼の声は嘆願的になった。

「マリウスは何も悪いことはしてませんよ、先生」

「彼か君か、そいつはそのうちにわかるだろう」

「彼じゃないことは確かです……そしてあたしは……ああ、先生、その話はもうやめましょう……あたしのせいじゃありません……」そう言って彼はまたもや笑い出した。そしてまたもや馴れなれしくなった顔の中から、陽気にまばたきする二十日鼠の目が、わたしのまなざしを素早くつかみ取ろうとしていた。

「君のせいかどうか、そいつは君の問題だよ」

「そうかといって、世界が前進しなくなれば、先生だって嬉しくはないでしょう」

「たぶんわたしの意見は別だろうよ」

「そんなことありません」彼は気を悪くして言った。それから「お待ちになって、先生、お見せしたいものがありますから」と言って飛び退いた。

彼は道端の籠のところに行ってその蓋をあけた。草や木の葉が詰めこまれたその中で、十数匹の暗緑色をしたざりがにがうごめき、ゆっくりとはさみを動かしていた。

「そこの沢で捕ったんです」と彼は説明した、「クリムスさんにあげるんです。あの人はこいつを喜んでむしゃむしゃ食うんですよ。ご本人がざりがにみたいなくせして」

舌を垂らして暑い地面の上に横たわり、ときおりまるで地面の下に敵がいるかのように低く唸っていたトラップが、そのときゆっくりと立ち上がって籠のにおいを嗅いだ。

ウェンツェルはざりがにの一匹を取り出し、それを高くさし上げ――異様に黒ずんだ色をして、ほとんど不機嫌そうに、はさみが開いたり閉じたり、尻尾が伸びたりまるまったりした――、それから彼はそれをトラップの鼻づらにつきつけながら言った。

「こいつは寝ぼけ魚っていうんですよ」

「どうして君はそう呼ぶんだね」

ざりがにを籠の中に放りかえして、彼はにやりと笑った。

「こやつの中じゃ、世界がうしろ向きに走るんでね、先生」

「まあ」とわたしは言った、「君は君の寝ぼけ魚でも捕っていたほうがいい、黄金をとりになぞ行かないで。そのほうが利口だよ」

「こりゃまいった、先生、ごもっともです、両方とも岩の下や泥の中からほじくり出さなくちゃなりませんからね……ただ、黄金のざりがにもいればいいんですがねえ……」

「そうだな」とわたしは言った、「だがそのかわり、ざりがに捕りのほうが無害だし、君はそれでもって誰に害を与えることもない……また会おう、わたしの言ったことに気をつけたまえよ。なんだったら、それをマリウスに伝えてもいいよ」
そしてわたしは立ち去った。

「かしこまりました、先生」と彼はわたしのうしろから叫んだ。そして振り向いて見ると、彼は歩哨のように立って鎌を捧げもっていた。そして鎌はそのまばゆい反りかえった刃とともに、空の青にたいして、細長すぎる白い月のごとく輝いていた。

そして硬くて青い、硬くて重苦しい袋のような空は動かなかった。たくましいままに硬直して、愛らしいままに硬直して、世界は壁のあいだに閉じこめられているかのようだった。そして望みなく息をひそめていた。まるでいかなる昨日もなかったかのように。まるでいかなる明日もなかったかのように。まるで孤立した今だけがあり、動かぬ大地にかたく縛りつけられ、かたく根をおろし、いつか恐ろしい危機と震撼《しんかん》に遭って大地からつき放されなくては、おのれをおのれ自身へ、おのれ独特の運動へ解きはなすこともできぬかのように。不思議な、恐ろしい絶望がその中に宿っていた。危機への望みなき望みが。今よりもいっそう恐ろしいことにしかなりえぬことを知りながらの期待が。比喩をはらんだ重い恐怖がその中に宿っていた。そうなのだ、自然が人間にむかって鮮やかに示すものは、すべて人間の生の比喩なのだ。それは息をひそめる人生なかばの比喩だった。輝かしい青春の空が突然硬直するあの恐ろしい瞬間の比喩だった。突然おのれの青春がわからなくなり、おのれがいままでに欲し、願い、なしとげたすべてがよそよそしく脆《もろ》くなり、しかも新たな目標も見つけられぬ、そんな人間の比喩だった。ほとんどどの人生にもこういう瞬間が生じるものだ。すると人間は内も外もまだ若くありながら、それゆえいわばまだ青春のさなかにありながら、いきなり年老いる、しかも老人というにはまだとうてい若すぎるのだ。それは人生の曲線の苦しい頂点、つらい隠忍とふかい硬直の点であり、この点からはかつてあったことへの結合も、これから来ることへの結合もなく、以前および以後の秩序へのつながりもなく、人はひたすらこの現在にたてこもり、硬直を解いてくれる危機を待ち望むよりほかにすべもない。そしてわたしはあのころのことを思い出した。あのころ、わたしはこのような徴候のもとにあり、そしてこのような孤立した絶望のありたけがわたしに襲いかかったものだった。あれはわたしが四十の坂にかかり、いわゆる決定的な成功を仕事においておさめ、わたしの名が学問的に鳴りひびきはじめたころだった。進むことも退くこともならぬ恐怖がほとんど外的な原因なしにわたしに襲いかかり、人間を完膚なきまでに焼きつくしてあとにはもはや来たるべき危機についての意識しか残さぬ、あの非情で盲目的な輝きでもってわたしを打ったのだ。そう、これがわたしの人生の頂点であり、回帰点だった。そして危機はすぐにではなかったが、これとつながって、都会からの遁走という形をとって現われた。わたしはけっしてあのころのことを忘れないだろう。そしてわたしには思われた、わたしはこの日のことをも二度と忘れられないのではあるまいかと。遅ればせながらあのころのことの比喩となったこの日を。不安と声なき紺碧《こんぺき》とに、刻々硬くなりまさる光をたたえた紺碧とに、はちきれんばかりに満たされたこの日を。

このようにますます響きと香りの失せてゆく空気の中には、すでに限界が来たような、圧迫ももはや耐えきれぬところまで来たような、そんな印象があった。あとわずかなものが加わりさえすれば、草刈りの人たちさえ動かなくなり、彼らの手から鎌が落ち、そして鎌さえも何かを待ち望む熱い乾いた大地の上へ倒れることだろう。ところがこのわずかなものがすぐそこまで来ながらまだ到着せず、人々は依然として野良で働きつづけていた。そして村からほど遠からぬところで、わたしはマリウスの姿を見た。道の右手、道からたっぷり畑ひとつ離れたところ、ゆるやかな斜面をなして谷の東岸まで広がるウェンターと下男のウィンツェンツもいっしょだった。彼は草刈りをしていた。もちろん彼一人ではなく、主人のウェンターと下男のウィンツェンツもいっしょだった。彼ら三人して、おなじ間隔をおいて斜め一列に並んでこちらにむかって歩みながら、おなじ調子で鎌を振りおろしている。そしてそのあとからは、より小さな、より不規則な動作で長い熊手を使いながら、イルムガルトとカールが刈り取った草を広げていた——ウェンターの細君も畑の上手の縁にいるのを、わたしは見つけた。こうして遠くから、しかもおなじリズムで働いている姿を見てると、マリウスと主人のウェンターはほとんどとり違えるばかりだった。しかも奇妙なことに、見れば見るほど、二つの姿はいよいよ似てくるのだ。イルムガルトがわたしを見つけて熊手を振って見せたが、彼女がわたしにむかって何か叫んだかどうか、わたしには聞き取れなかった。音が淀んだ空気に全然運ばれず、地面に滲《し》みこんで、地面に吸いつくされてしまったとしても、わたしは驚かなかったろう。それゆえわたしはただ合図をかえして、両側にあざみが硬く茂る埃っぽい道を先へ進んだ。こんなに活気のない空気の中でも蜂だとか甲虫《かぶとむし》がときおり飛びすぎたり、香りのない花のひとつに止まるのを見るたびに、わたしは驚き怪しんだ。やがて、白壁とともに村が見えてきた。そして果樹の緑は日蝕のもとにあるかのように色あせていた。

村は死に絶えたようだった。といっても、人間が立ち去って文字どおり人けがなくなり、いわば動きの止まった機械のようになった街ほどのことはない。村が死に絶えたようだといっても、そこには依然として、生命がちっぽけな残余を保って宿りうごめくすきまが、かずかず隠されている。そしてそのことはそれ自体ですでに心をなぐさめる何かをもっていた。仕事場の窓の向こうで、レパンが閉じた扉のそばにすわりこんでいた。わたしを見ると、彼は赤い血管の浮かんだ鼻から鉄枠の眼鏡をはずして表に出てきた。

「途中は地獄のような暑さだったでしょうが、先生……」

「今日は世界がおし黙っている……そうじゃないか、レパン君」

「そう、地獄はそんなふうに沈黙で語るんだよ」

「わたしはまた、地獄には地獄の叫喚があるものと思ってた」

「地獄はおし黙ってるんだ、先生、おし黙っていてそして熱いんだよ」満足そうに彼はまるい腹をやせた体から突き出した。

「それもよかろう」とわたしは言った、「今日はわたしはなんでもいいんだ……しかしそれはいったいどういうことなんだ、悪魔がときどきしゃべるじゃないか」

「悪魔もしゃべることはしゃべる。しかしそれは借物の言葉、盗んだ言葉だ。悪魔はせいぜいぶつぶつ言うことしかできない……世間もまったく同じで、世界も殴ったり、つついたり、無理じいしたりしなきゃお互いに話が通じないんだよ……世間が悪魔のものであるかぎりはね……」

「きっと君の言うとおりだろう、レパン君」とわたしは言って、通りの向こうのホテルへ行った。

門の脇の細長い壁陰の中でプルートーが、ちょうどさっきトラップが地面の上でやってたように、前肢の間に顔を深く埋めて寝ていた。まるで彼も地に向かって唸っているかのように見えた。彼はわたしに悲しげな一瞥《いちべつ》を送ったが、立ち上がりはしなかった、トラップに挨拶しようとさえしなかった。彼らはお互いに今日は何も言うことがないのだ。なぜなら、彼らがたぶんお互いに言いたいことは、まだあまりにも深く地中に隠されていたからである。そして彼は地の中へ唸るだけで満足しなくてはならなかった。わたしが酒場の中に入ったとき、そこにサベストのミンナがすわっており、彼女もやはり言うことがなかった。金髪とふくよかな体をして、彼女は顔を両腕の間に支えてテーブルにすわり、ゆるやかでふくよかな倦怠《けんたい》の中からぼんやり前を見つめていた。わたしは彼女の横に腰をおろした。

結局、わたしが二人のねむたい沈黙を破った。「階段さえなければ、二階へ昇って行ってソファーの上に横になるんだがなあ……だが、もう階段を昇りきる力もない……」

彼女は彼女のむっちりした拳ごしによそを向いてほほえんだ。

「先生はどのみち診察室まで昇っていらっしゃらなくてはなりませんわ」

「こんな暑さだから誰も来まい……わたしはここでビール屋の車の来るのを待ってるだけなんだよ。今日は車の来る日だったのはさいわいだった。こんな日に歩いて家に帰らなくてはならないなんてのはいやだからね……」

「ええ」と彼女は考えこむように言った、「今日は火曜日……車の来る日ですわ……」そしてまるでそれを確かめるためにあまりに労を払いすぎたかのように、彼女はまた彼女の無言のまどろみにもどった。

前よりも深く彼女の頭は腕の間に沈んだ。彼女の金髪の頭のてっぺんとむっちりしたうなじがほのかに見えた。そしてこの姿勢のまま彼女はしばらくたって言った。

「とっても不安な気持になることがありますのよ」

「何をおっしゃる。またなぜですね、若いあなたが」

「ええ、そこなんですよ。若い女が……若い女が突然お祖母さんになると……」

「ああ、それでか……そうなったからといって、もう若い女じゃないとはいえない……」

「いいえ、そうなったらもうおしまいよ」

「それなら確かな治療法がある……自分でも子供をつくりなさい、そうすれば、まだおしまいじゃないことがわかるだろう」

「あら、そうね」そう言って彼女は顔を上げた。そして――牝牛がほほえめば、こんなふうにほほえむにちがいない――彼女の柔らかなバラ色をした唇のまわりで、微笑が動いた。しかしながら、その微笑はまたぼんやりしたものおじの中に沈んでしまった、そして顔も沈んでしまった。

「それで」

しばしの間が生じた。そして表の沈黙が滴り入ってくるのが感じられた――硬く、重く、和らげられずに。しかしながらここでは、それは母親、祖母、そして永遠の息吹きの中で和らげられた。

それからこの金髪の、子供をいつでも生みたがっている女は言った。そしてそれはすでに苦痛ではなくて、夜の恋人のしおらしさだった。

「だめですわ……うちの人はギルバートが生まれてから、もう子供がほしくなくなったんです、それに今ではますます子供がほしくなくなってますの……」

「そうなのか。でも、なぜだね。あんたたちは金の心配をしてるのかね」

「いいえ違います……違います……商売はうまくいっていて、うちの人も喜んでますわ……」

「それじゃ、ほかにどんな事情があるんだね」

彼女はまるで誰かに背中をなぜられたように、すこしぴくりと体を縮めた。

「うちの人は恐れてますの……」

「サベストが。彼は怖いものなしだよ」

「いいえ、そういうふうにじゃあないんです……あの人はそれを楽しみにしてるんですよ、そのくせまたそれを恐れてるんです……戦争の前もそんなふうでしたわ。ことによるとあの人はまた戦争が来ると思ってるのかもしれないわ……」

「男というものは子供がほしくないときには、逃げ口上に困らないものだよ……彼は孫のことをいったいなんと言ってるのかね」そうわたしは言って扉に向かった。わたしは患者たちが診察室へ上がっていったのを耳にしたのだ。二階の廊下から彼らのじれったそうな靴の音が響いてきた。

それからしばらくして――わたしの仕事はすぐに片づき、わたしはソファーの上で横になっていた――、わたしは重い、夢にしびれた、石のような眠りから、待ちかねていたビール会社の車の警笛に叩き起こされた。わたしは車の到着を確かめるために、まだ目がさめずにいくらかふらつく足で窓辺に出た。車はおりしも村の入口に姿を現わしたところだった。そのあたりで急な傾斜をなす街道の上にいくらか傾きぎみにのっかって、それは見るみる近づいてくる。荒い息をつき、かたかたと音をたて、はなやかにきらめく機械が。どこのビール会社もやるようにはなやかに装備された車が。ヘッド・ライトと方向指示器、窓ガラスと先端の飾り、そして車全体がぴかぴかに塗装され、おまけに二本の小旗が立っていた。車はその人工の活力にのっておそろしく生きいきととどろきながらやってきた。硬直した空間と硬直した世界の中を、それらよりも生きいきとやってきて、その轟音によって、あたりの目に見えるものというものを、万華鏡のごとくにぎやかに、こなごなに掻き混ぜた。あまりのにぎやかさに、これこそ自然の上にのしかかる呪縛を破るあの危機の序奏かと、思うばかりだった。街道に沿って目を走らせていた数秒間、すくなくともわたしにはそう思われた。わたしは街道ぞいに眺めながら、自分も騒々しく身を揺られているような印象にとらえられ、そして自然がまさにこの車の到来を切望したのではないか、自然がこの機械を、この不自然なるものを呼び寄せたのではないか、という想像を払いのけることができなかった。なぜなら、自然はみずから麻痺に陥って、もはやあまりに深くなった硬直から、おのれを解きはなすことができなくなっていたのだ。自然のいかなる力も、もはや呪縛の輪を破ることができなくなっていた。そして人間の製品からのみ、あらゆる生命ある自然物よりも、いや、生みの親の人間よりも強い人間の製品からのみ、あの不可欠な助けは、外側からの助けは期待できた。たしかに一台の車の眺めなどというのは、たとえそれがたくさんの機械醸造のビールを生きた人間の腹へと運んでゆく車であっても、このような考察を始める動機としては、あまり高尚な動機ではなかった。それにまたこんなに寝ぼけていなかったなら、わたしはまずこんなことに思いつかなかったことだろう。ところが、なおも眠りにとらえられ、騒音に全身を震わされつつ、わたしはこの見ばえのせぬ動機をこえて、人間の製品の、偉大にして愚劣な威力を悟った。眠りをむさぼる人間の怠惰な性《さが》から、かたく縛りつけられてまどろむ人間のたわいなさから、不可思議にも、不可解にも現われ出てくる製品の、その恐るべき威力を。わたしはしばし悟った、人間の諸制度と、その中に据えられた論理の愚劣な威力を。頭脳から生まれて頭脳より強く、人間の心臓よりも、魂よりも、神経組織よりも強く、それらすべてに打ち勝ち、さらに自然の根源力とそのいぎたない硬直よりも強い論理を。たとえ騒々しく近づいてくるこの車が、その図体の大きさにもかかわらず、これらすべてのささやかな一例にすぎぬとしても、なおかつそれはその上に操り人形のごとく坐っている二人の男よりは生きいきと見えた。この二人もやはり硬直して眠たげな様子で、車がもうわたしの窓の下に止まったのに、まだ坐りついていた。それから彼らはまずのっそりと腰を上げ、ようやく車から降りた。だがそのときわたしはサベストの、湿っていながらしわがれた声を耳にした。そして樽が門の中へ転がし入れられた。これはわたしにとって支度をしろとの合図だった。ビール配達の男たちは長いことここにいられないのだ。そこでわたしは診察室を締めて下に降りてゆき、二人の運転手に挨拶した。彼らは二人とももうわたしと顔なじみになっていた。一人はおよそわたしの年頃で、髪はブロンド、そして長年の疲れの見える髭《ひげ》だらけのたるんだ頬をしている。もう一人はもっとやせていて、もっと若かったが、それでももう白いものが見え始めている。彼らが空樽を車に積みこんでいるあいだ、わたしは彼らと今日の暑さについて、数すくないが親しい言葉をかわした。空樽が積み終わると、わたしたちはこの怪物に乗りこんだ。わたしはトラップを呼び寄せた。そしてわたしたちは出発し、おし黙る白い村道を震わせて村をあとにした――人間三人して一台の人間の製品の上に積みこまれて。車の人工の活力はわたしたち三人の自然の活力よりも、不可解にも強力であり、わたしたちの尻の下ではちきれそうにがたがたと揺れている。体の隅々にまで汗の粘りつく人間三人、こうしてわたしたちは油の汗をかく機械に運ばれていった。ベンジンとビールとゴムの香りがどの草木の香りよりも強くわたしたちをつつんだ。にぎやかな音を立てながら、車はじっと動かぬ午後の中を走っていった。左右には野良が広がり、草刈りのときを告げ、静かな暑い空気をゆっくり吸いこんでいた。ごくゆっくりそしてかすかに。それゆえその上には見渡すかぎり、透明な輝きのなごりが、広い層をなして依然としてこまかく震えていた。だがわたしたちのうしろでは空の樽が踊り、かけられた鎖をじゃらじゃらと揺すっていた。

三番目の礼拝堂を過ぎたところで、わたしは車からおろしてもらった。トラップはわたしにつづいてゆっくり、ほとんど鈍重に飛び降りた。そしてわたしは野原の中の近道を取って森に向かった。あの震える光はずっと上のほうまで届いていた。いや、クプロン山でさえその光に包まれ、重荷を負って立ちながら苦しさを見て取られまいとする者のように震えていた。そして森の中も違いはなかった。空気が唐檜《とうひ》の幹の間で震え、そしてほとんど動くともなく、蚊柱が幹に立っていた。

そして晩になって、カロリーネとローザと三人して夕食のテーブルについているときだった。

「あのお話をしてちょうだい」と子供が言った。

「なんのお話」

「あの巨人たちのお話よ」

そしてカロリーネが語りはじめた。

「何百年も昔のこと、天は大地に横たわっていたの……」

「どうして」と子供はたずねた。もっとも、これはたしか毎度くりかえされる質問だった。

「それは……」とカロリーネが答えた、「そうだったから、そうだったのよ……」

「うん、でもどうして」

「それが天国だったからさ」とわたしが言った、「天が大地の上に横たわっていると、それはいつでも天国なんだ。それで人間たちは天の中を散歩できるのさ」

「違います」とカロリーネは言った、「あのころはまだ人間がいなかったのです……まず最初に巨人たちが地の中から這《は》い出てきたの」

「天が地面にあったからなの」と子供はたずねた。

「たぶんね」とカロリーネは答えて考えこんだ。どうやら、こうやって生まれた巨人の子供たちはことによると世界で最初の女中じゃなかったかしら、と考えているようだった。

「先を話して」

「ええ、それで巨人たちは天が大地の上に横たわってることに我慢がならなかったの。巨人たちは意地悪でやきもちやきで、大地を自分のものにしたがったの。完全に一人占めにしたがったの……」

「湖も」

「どの湖のこと」

「まん中の……大地のまん中にある湖よ」

「あたしは知らないわ」とカロリーネが言った。

「それからどうしたの」

「それで巨人たちは大地を一人占めにしたいものだから集まってきたの。そして石を集めて高く積んだの。そのあげく天は押し上げられてしまったの。大地から遠く、ずうっと高いところまで押し上げられてしまったの」

「ええ……それじゃ天はもう大地にのっかってないのね」

「もうのっかっていないのよ」

「天は悲しんだの」

カロリーネはこの質問が気にくわなかった。

「たぶん……ええ、たぶん天は悲しんだでしょうね……それで、ほかでもないこの巨人たちが、集めた石からクプロンのお山をつくったのよ」

「そしてほかの山々もつくったんだよ」わたしは補った。

「それで、今じゃ天はもう下に降りてこれないのね」

「ええ、もう降りてこれないの。天は高いところにいなきゃならないのよ」

子供は考えかんがえ言った。

「でも、もしかすると天は夜中に、誰も見てないときに降りてくるかもしれないわ」

「降りてきません」カロリーネは素早く鋭く言った。なぜなら、彼女は誰でももどってきたがらないことを知っていたのだ。アメリカからでさえもどってこないのに、高い空からもどってくるわけがなかった。

しかしローザはがんばった。

「天はきっと星たちといっしょに降りてくるの、星たちを湖の中へ浸《つ》けることができるように」

「そんなことはありません」とカロリーネは自分の物語の完全無欠を厳しく心して、きっぱりと言った。

「それはまたどうしてだね」とわたしは言った、「ときにはそんなこともきっと起こるだろう……あまりしばしばじゃないが、ときには……」

カロリーネは不服そうにわたしを見つめた。

「ときどきね」と子供はまるでいつか降りてくる空を見たことがあるかのような顔で言って、思い出をたどった。

食事のあと、わたしはむさ苦しい硬い薄暮の空気の中を抜けてウェチーの家へ行った。それはほとんど毎晩の往診に、一日の仕事の締めくくりになっていた。わたしには男の子のことがどうも気になるのだ。はしかは無事に切り抜けられた。ところが、腎臓炎が出てきたのである。

そしてもう一週間以来、一進一退をくりかえしている。滞在性の陰険な病気である。それに今日は、ギションのおふくろさんの言うとおり、病人にとって悪日だった。

わたしが中に入ったとき、ウェチーがおりしも病人の枕辺で夕べの祈りを行なっているところだった。ウェチー夫妻が並んで立っていた。二人とも小さかった、二人ともどこか色あせた感じだった。ことに色のさめた木綿の着物を着てるとその感じが強かった。もちろんこの色のさめた着物も彼らの本質のひとつの表われだった。そして二人とも小づくりな顔をしていた、彫りの浅い、弱々しい、貧相な顔をしていた。だが、それにもかかわらず彼らは信頼に満ちた熱烈な祈りに耽《ふけ》っている。その熱烈さたるや、彼らの小さな肉体よりも、彼らの小さな魂よりも大きかった。それは喜ばしい希望に満ちた熱烈さである。そしてそれは彼らの皮膚の薄い額の上に美しく偽りなく表われ、しかも彼らの目から流れ出て、寝床の中の子供の上に落ちていた。ウェチーは栗色の装幀をした、すりきれた祈禱《きとう》書を手にして、その中から神への祈りを読みあげた。すると祈りは彼の心を強い確信で満たした。彼の声は不愉快な声だった。代理販売人式の声にハンガリア風の抑揚がついた声だった。しかし彼の声がどんなに貧弱で浅薄にきこえようと、それはあらゆる人間の声と同様、ほとんどきこえず隠れひそんではいるがより基礎的な他の声を、第二の声域をもっている。そしてこの声域にとっては、いうなれば、第一の耳にきこえる声域は単に鏡であり、こだまにすぎない。そしてこの第二の声は隠れひそんでいるとはいえきわめて純粋に響き出ることができるのだ。そしてその清らかさたるや、祈りが向けられる天の青ささえ、すでにその中におのずから宿っているほどなのだ。そしてそれに耳を傾ける者は誰しも手を合わさずにいられなくなる。このようなわけでわたしも手を合わせて、彼が祈りを読みおえるのを扉のところで待った。

彼らはわたしに気づかず、わたしが挨拶すると、びっくりした。

「心配しないで」とわたしは言った、「わたしは押込み強盗じゃないから」

すると彼らは二人して例の力ない小心な微笑を浮かべた。しきりにあやまる微笑だった。しかしちょっぴりそんなことを超越してもいた。そしてウェチーはわたしがいまの光景を呑《の》みこめずにいるかのように説明した、

「わたしたちは晩のお祈りをしてたんですよ」

「それに、先生」と細君が言ってまたまたほほえんだ、「今日はこんな日でございましょう……何かというとすぐびっくりしてしまうんです」

「坊やの容態はよくなったかね……あんたたちは満足そうな顔してるね」

「わたしたちはお祈りしてたのです」とウェチーが言った、「お祈りしているときに子供の顔を見るのは、いいものです」

「誰にとっていいのかね、子供かね、あんたたちにかね」

「両方ともです。先生……天に祈るのはどういうことか、わたしは子供をもってはじめて知りました……」

わたしはベッドのそばに腰かけた。子供はいつもの手続さをもう心得ていて、自分からシャツをまくり上げた。わたしたちは今では仲良しになっていた。そしてお尻から体温を測るのも毎日くりかえされる遊びになっていた。体温そのものは心配するほどのことはなく、微熱でさえあったが、それが毎晩ぶりかえすのが、わたしにとって気がかりだった。

「今日は庭に出たかな」

「ええ、先生、お昼すぎにわたしたち日陰におりました……そしてこの子は、マクス坊はちゃんと暖かくしてました……どうかしましたか」

「どうして、マクス坊はとってもいい子だよ。彼がこのままずうっとおとなしくしててくれれば、わたしたちはじきに庭で走りまわれるようになるよ……」

「あちょぶの」とまだ舌のまわらぬマクス坊やが言った。

「そうだとも、遊べるようになるよ」とわたしはあいづちを打った、「ローザやほかの子供たちといっしょに」

「そうなりますよう」とウェチーが言った。

「そうなるとも」とわたしは彼を安心させた、「……お小水を用意しておいてくれましたかな、奥さん」

　彼女はちゃんとそれを用意しておいた。そしてわたしにその罎《びん》を渡した。

「ぼくがちたの」とマクス坊が得意そうに打ち明けて、罎の中に入っている彼の手柄を指さした、

「上出来だ、君はお利口さんだ」

　ウェチーといっしょに階段を降りてくるとき、彼がそっとまた愚痴の水門を開いた。

「先生、わたしは出て行かなくてはならないのでしょうか」

　この問いが今ではいよいよ繁く彼の心に浮かぶのだ。いつでも誰かしらが彼をおどかすのである。家畜に魔法をかけるやつらは、火炙《あぶ》りや袋だたきにされたくなければ、村を出て行け、と。

「そんなたわ言を気にかけるな、ウェチー君」

　彼は階段の埃だらけの手摺《す》りを、まるでもうそれに別れを告げなくてはならぬかのようになでた。

「今になってわたしはこの土地が好きだったことがわかりました……子供たちはここで生まれたのです……ほかの土地でもきっとやってゆけるでしょうが、ただ子供がそれまでに元気にならないことには……」

「ばかなことを言っちゃいけない……コンゴの黒人の間で暮らしてるわけじゃあるまいし……魔法がどうのこうのなんていうおしゃべりはただもう愚かしいばかりだ」

「今日はなんだか不吉な感じのする日ですね、先生……でも、神さまがなにゆえに試練をお下しになるのか、それは誰にもわかりません……またお得意を一人つくるまで、長いことかかることでしょう」

「まあまあ、迷信深くならないで……今日はたしかに空気がおかしかった、だからわたしはそれがおちびの体に障りやしないかと心配していたところだったんだよ……ところが、それごらん、あの子はなんともなかっただろう……そんなふうに君の心配もそのうちにあとかたもなくなるさ」

「そう思いますか、先生」と彼は希望に輝く顔でわたしを見た。

わたしたちは玄関口に着いた。たそがれがやってきたが、いつもの夕風は吹いてこなかった。たそがれは硬い灰色だった。空から降りてきたようには感じられぬ蒸し暑さが、細かくひかれた粉のように立ちこめていた。慄《ふる》えていた午後の光が、まるで慄えを止め、変色したかのようだった。

「さて、それじゃ壜をよこしたまえ」

「いいえ、先生、こいつはわたしがお宅までお持ちします……でもほんとうなんです、先生、新しいお得意というのは……それにそもそも新しい土地でまた自分を売りこむのは……」

「いいかげんにやめたまえ……いったい誰が君をここから追放するというんだ！」

「新しい村会議員が選ばれた日には……。彼らはいま言ってるのです、わたしが納めた新式の脱穀機械は一文の値打ちもないって……」

「それは君の誤解にすぎない……マリウスはまた手で麦を打つべきだと言い張っているが、そんなこと誰も聞き入れやしない……まったく狂った世界だ」

彼は立ち止まって、水色の目をあげた。

「困ったことです、彼らはみんな罪を犯している……」

「それはいちがいにきめつけられないことだよ、ウェチー君、罪ならわたしたちみんなが犯している、お互いに残念がりあっても仕方のないことさ……」

「ええ、でもあの人たちは信仰をもたずに罪を犯してます、それは悪いことです……」

「それじゃ君は」

「わたしは毎日信仰を求めて祈っております」

わたしたちはおよそ道の半分まで来た。一瞬、台所の灯《あかり》が点《とも》って、それからまた消えた。明らかにカロリーネが休もうとしているところだった。そしてわたしがもう一度そちらを眺めたとき、ひとつの人影が軽やかな摺《す》り足で庭の中をあちこち歩きまわっていた。

「ごらん、マリウスだよ」とわたしは言った、「いますぐあの男に、麦打ちのことはどうなってるかきいてやろう」

根が生えたようにウェチーは立ちつくした。

「いいえ、先生……それはやめてください……むしろ彼には何もおっしゃらないでおいてください、わたしは彼を怒らせたくないんです……」

「君の好きなようにしよう、ウェチー君……それで君はどうする」

「たぶん……」

日々の恐慌がふたたび彼に取りついた、そして恐れていた災いが、さらにまたかずかずの他の不安が。

「姿を消したほうがいいというのだろう、ウェチー君、どうなんだね」

「ええ」彼は素早く答え、踵《くびす》をかえして歩きかけた。

「待ちたまえ、その壜《びん》ぐらいは置いて行きたまえ」

「お赦《ゆる》しください、先生、お赦しください」

そう言って彼はわたしに壜を渡した。そして彼は立ち去った。

マリウスはわたしの声をききつけ、わたしの来るのを庭の生垣で待っていた。

「マリウス、君かね」

彼はうなずいた。

「誰か加減が悪いのかね」

「いいえ、先生」

「それじゃわたしに用事なんだね」

「ええ、あなたにも、先生……あなたは今日ウェンツェルとお話しなさいましたね」

「ああ、そのために」

だが、彼はわたしに敬意を表しようとしなかった。

「そのためばかりじゃありません」と彼は鄭重《ていちょう》に言った、「わたしはまた山に登るつもりなのです……山が呼んだのです」

「山が何をしたって」

「いいえ、まだ何もしておりません、先生……しかし山はわたしを惹《ひ》き寄せました」

「山が君を惹き寄せたのかね、でも、たぶん山はわたしたちが腰をおろすのまでは禁じなかっただろう……すわりたまえ」

「ありがとう、先生」

わたしは二つある庭のベンチのひとつに腰をおろした。それからようやく彼はもうひとつのベンチに腰をおろした。だが腰をおろすや、彼はすぐさま低い鄭重な非難から始めた、

「あなたはウェンツェルに、わたしが悪いことをたくらんでいるとおっしゃいましたね」

「君自身が何を企てているか、わたしは知らない。しかしウェンツェルが君の実行の手足になっているとしたら、あまりいい気持はしないな」

「ウェンツェルは」と彼は考えながら言った、「あの男はときどきおどけ者になる……」

彼は黙った。そしてわたしはパイプに煙草を詰めながら、彼の話の続きをじっと待った。しかしひとまず、彼の話は尽きたようだった。彼はわたしがテーブルの上に置いた小水の罎《びん》に手を伸ばし、心得顔にそれを薄明かりにかざし、そしてありありと嫌悪を浮かべながら、「悪い血だ」と言った。

「そうかもしれん……しかし、君がわたしに話したいと思っていたことは、もっと別のことじゃないかね……」

「あなたはわたしを憎んでいる、先生」と彼はだしぬけに言った。

それはすでにはじめの夜にウェンター家の台所でわたしの目についた、あのあわれっぽい、求愛ならぬ憎悪の求めであった。わたしはかなり無愛想に答えた、

「わたしは君のことなぞほとんどなんとも思っていない。だから憎しみを抱くいわれも、愛情を抱くいわれも、あんまりないのだよ」

「あなたはわたしを憎んでいる」と彼はごまかされまいとする男の度しがたい強情さをもって

言った。

「それに、かりにわたしが君を憎んでいるとしても、実際にはそんなことはないけれど、かりにそうだとしたところで、それが君にとってどうだというんだね」

「わたしはあなたに一度も悪いことをしてないのに」

自分にとって都合の悪い質問を一見率直そうなものの言い方ではぐらかす、彼のかけひきの巧みさはみごとだった。わたしはただこう答えただけだった、

「そんなこと、わたしは一度として言ったことがない、思ったことさえない」

「ギションのおふくろさんにも、わたしは何も悪いことをしていない」

妙な風向きになった。

「どういうつもりなんだ……なぜギションのおふくろさんを引きあいに出すのだね」

「あなたは彼女の言うことばかり聞いている」

わたしは笑わずにいられなかった。

「いずれにせよ君の言うことよりはね、マリウス」

「あの人もわたしを憎んでいる」

それはまさに自分が世界の中心に置かれていると感じる阿呆の関係妄想だった。そこでわたしは言った、

「ねえ、君は世間の人々が君を愛するか憎むか、それよりほかにすることがないと、ほんとうに思っているのかね」

彼は一瞬考えこんだが、それからあからさまに、「ええ、そう思ってます」と答えた。

それではなんとも仕方がなかった。そこでわたしはたずねた、

「それでギションのおふくろさんをどうするつもりなんだね」

彼の目が言いようもなくうつろにわたしの上にとまった。それから、

「男たちはこれ以上女たちに従ってはいけない」言葉が口からゆっくり考えかんがえ出てきた。

そしていわばこの目に劣らずうつろなのが、たそがれであった。うつろで、ひからび、身動《みじろ》ぎもせず、脅かすがごとく静かな蒸し暑さだった。そしてその中には木々の枝や草木の先端がくっきりと浸り、そして突き刺さっていた、さながらミイラ化したように、生あるものと生なきものの境目のように。あたりの灰色の中で、テーブルの上の壜《びん》がオレンジ色に光っていた。

愚か者にこんなことを言ってもあまり意味はなかったが、それでもわたしは言った。

「それでもしもギションのおふくろさんが君の望みどおりに君をやとってくれたらどうする」

「いまや新しい時代が来つつあります」と彼は答えのかわりに言った。そして彼の声の中にはわたしの知っているあの放浪説教師の調子がふたたび現われた。

「そりゃそうだ」とわたしは認めた、「世界が救済されれば、かならず新しい時代がはじまる」

「そうなのです」と言って彼は立ち上がり、いつもの癖で行きつもどりつを始めた。それから彼は歩みを止め、おし黙る光に灰色に包まれて立ち、そして言った。

「このことを彼女は悟らなくてはならなかったのです……それなのに彼女はわたしを突き放した……彼女はわたしの言葉を聞こうとしなかった……だからいま山がそれを彼女に告げるでしょう……」

「つまり、君に言わせれば君を憎んでるわれわれみんなに、山はそれを告げるわけだ……」

「そうです」

あたりの沈黙の中でこおろぎのすだく声が遠くからきこえた。機械的な、生気のない鳴き声だった。そして灰色の沈黙の中にただひとつ、マリウスの声があった。それはその断乎たる調子によって奇妙にわたしに迫った。どこにどう触れるかわからなかったが、それは奇妙にわたしに触れた。そしてわたしがこう提案したとき、それはことによると山のお告げに対する不安のせいだったかもしれぬ、

「あるいは、山を煩わす前に君が自分でそれをわたしに教えてくれるほうが、手っ取りばやいのじゃないかな……」

彼はいきなりわたしのほうを振り向いた。

「わたしはすでにそれをあなたに話した……」

「機械のことかな、姦淫のことかな」

「それに正義……すべてはひとつに関連しあっているのです……あらゆる男は正義を欲しなくてはなりません……」

「だが罪もないのに苦しめられている者がたった一人でもいれば、それはすべてに関わる、君のくだらぬ正義がすべて帳消しになるのだ……どんなにたくさんの男たちが手を取り合うのもよい……君が正義を吹聴するのも結構だ、しかし君はこういうことも心得ておかなくてはならない、つまり、正義は個々の人間よりも偉大であるばかりでなく、君が集めようとしているどんな徒党よりも偉大なのだ……わたしは君の正義の話なぞもう聞きたくもない、真の正義というのは人間から来るのではないのだ、それは無限なものから来るのだ……」

それは火に油をそそぐことになった。無我夢中になって、彼は火を吹きはじめた。そして彼の声は静かに育ってゆく夕闇を切った。

「おお、だからこそあなたはわたしの言葉を聞かなくてはいけない……それとも大地は無限ではないだろうか、いや、大地からこそ正義はやってくるのだ……そう、大地の上を歩みそして耳を傾ける者は、手に占い笞《むち》をもつのだ、そして彼は黄金の声を聞き、地底の水の声を聞く、彼は無限なるものと正義を地底に聞くのだ……」

彼はまだ叫んではいなかった。しかしほとんど逆らいがたい熱烈さで、彼はわたしに迫った。

「あなたはそれを聞かなくてはいけない……それは同じものなのだ、あなたはわれわれの共同体の一員なのだ……」

おそらくこの言葉がわたしの怒りを掻き立て防禦《ぼうぎょ》に向かわせたのだろう。わたしは言った、

「そんな正義などくそくらえだ……わたしより偉大なものを、わたしは心で聞く。それには占い答などいりはしない。心の中にこそ正義についての知識が宿るのだ……」

稲妻のように素早く――それは、愚者があらゆるものを自分のシステムの中に取りこんでしまうあの素早さだった――彼は答えた、

「ええ、ええ、そのとおりですとも、心臓も大地の中で脈搏《う》っているのです。われわれの心臓の鼓動は大地から来るのです。そして鼓動と共にあらゆるわれわれの知識が来るのです……あなたの心臓も地の底へ耳を澄ましています。そしてあらゆる人間たちがいっしょになって地の中へ耳を澄ますとき、正義は昇ってきて、そして正義に従うあらゆる心臓の中へ入るのです……ところが、ウェチーのごとく仲間をはずれて、そして地の中へ耳を澄ますことを知らぬ者たちは、正義の罰を受けるのです……しかし先生、あなたは仲間をはずれるわけにゆきません、あなたは正義に従う人です……」

「やれやれ、ウェチーが仲間でないと、君はいったいどこからわかるのだね……そしてわたしが仲間だと」

「あの男……」と彼はウェチーの家を指さしたが、言うに言われぬ嫌悪の身振りが、深まってゆく闇にもかかわらず見えた。そして「それにわたしの知識はここから来るのです」と言って彼は靴の先のほうで砂利を数度踏みつけた、「……ここから知識が来るのです、この下に真実があるのです」

「それでは聞くが、マリウス、ウェチーばかりじゃなくて……おそらく女たちもすべてそこから締め出されているのだろうね」

「女たち……」彼の腕はいまだにウェチーの家に向かって伸びていた。そしてまるでわたしの言ったことがわからなかったかのように、彼の問いは呆然と響いた。

「もちろんです。地の底に耳を傾けることができるのはわれわれ男たちだけです……」

彼はじっと動かずに立っていた。不気味な姿でじっと動かず、じっと集まって動かぬ闇の中に立っていた。もはや風がそよとも渡らなくなった世界のごとく不気味に。およそ人間が人間としてとりうるかぎりの不気味な姿で。そうなのだ、人間たちの姿は目に見えていようといまいと、たえずこのように不気味なのだ。二本の脚の上に組み立てられ、その上には胸郭があって二つに割れ、さらに二本の腕を分枝させている。闇に満ち、しかも闇の中を指し示す幽霊、日々出没する幽霊、夜々出没する幽霊。そしていちばん上の部分には割れ目があり、そこから正義の演説が流れ出す。——かたくなに、盲目的に、萎えて動かず、幽霊のごとく無限から脱け出てきて、彼は立っていた。わたしの前に、不快にも、だが追い払いがたく立ちつくしていた。なぜなら、わたしの怒りさえ萎えて動かず、そして今日の昼間のごとく、暮れ方の闇のごとく無力だった。そしてマリウスが変わらぬポーズをとって、ふたたび彼の演説をはじめたとき、まるで言葉は萎えた幽霊の口から出て来るようだった。まるでそれは大地から足の裏を通して入り、闇に満ちた全身を抜けて昇り、そして上のほうからほとんどひとりでに溢れ出てくるようだった。

「女たちは地の底に耳を澄ましてはならない」と彼は言った、「女たちは地の底に耳を澄ますことはできない、彼女たちは地の中にいるからだ」

彼は口をつぐんだ、そして両手でものを差し上げる身振りをした。あたかも闇を大地から解き放して、それを高く押し上げようとするかのように。しばし彼はそのまま掌《たなごころ》を上に向けて立っていた。それから彼はそれをやめ、両腕がだらりと垂れ下がった。そして彼は語りつづけた。

「真実は大地の中へ深くふかく沈んでゆく、知識も深くふかく沈んでゆく。しかしすぐにそれは消え失せてしまうのだ。なぜなら女たちが地の底にいてそれを呑《の》みこんでしまうからだ、おのが内へ呑みこんでしまって、二度と返してよこさないからだ……そうなのだ、女たちはそれよりほかのことをしない、女たちはひたすらに呑みこむ、女たちは次々に呑みこみ吸いこんでしまう。そして女たちが返してよこすものといっては赤児のほかにない。ところが知識は、女たちはこれを握って放さないのだ。真実も女たちが握って放さないのだ。そしておまえたち男が地の底に耳を澄ましてもいよいよ空しくなるばかりなのだ。そう、事実はそうなのだ、そして今後も変わらぬだろう……しかしわたしが、わたしがやってきた。女たちから知識を奪い返すために。そうなのだ、わたしが、わたしが、わたしが知識を女たちから奪い返すだろう……おお、わたしは女たちを餓えさせてやる。知識をふたたび返してよこさぬうちは、女たちは、その土でできたふくよかな肉体に吸いこむものといって、呑《の》みこむものといって、何ひとつ得られないだろう、それまでは二度と子供をはらむこともできないだろう……そう、わたしはそうなるように配慮するだろう。わたしは真実をふたたび解放するだろう。そしておまえたち男はもはや、すべてを吸いこんでしまう暗黒の中へ空しく耳を澄ます必要もなくなるだろう……なぜなら子供を生む者たちの支配は終わったのだ。彼女たちの力は尽き、彼女たちの時代は終わった。父親がふたたび甦《よみがえ》った、そして彼女たちは彼女たちの知識をふたたび彼に譲り渡さなくてはならない……女たちはそれをみずからすすんでやらなかった、いまやわたしが力ずくで彼女たちにそれをやらせる。なぜなら大地みずから救済者を求めて呼んでいるのだ。そして大地みずから正義をその胎内からふたたび地表へ投げかえすことだろう。すでに父が呼んでいる、大地をふたたび解放せよと……」

「マリウス！」とわたしは叫んだ。

彼は口をつぐんだ。

しかしわたしはそもそも叫んだのだろうか。わたしはごくかすかにつぶやいただけではあるまいか。というのは、わたしにはおりしも大地がわたしたちの足もとで沈下したような気がした。あたかも大地はいよいよ深く沈んでゆくようだった。大地はいよいよ静かな身動《みじろ》ぎもせぬ領分の中で、この名状しがたい領分とともに海の中へ沈んでゆくようだった。そしてその海はすでに無限であり、夜の波々がゆっくりと音もなく山のごとくそそり立つ。どうしてわたしはそんなときに叫ぶことができよう。そしてこれらすべては黒いガラスのように硬くて静かで、しかも軟らかだった。だが頭上では、黒く澄みきった天蓋に、最初の星々がぼおっと現われ出た。

「山が呼んでいる」とマリウスが言った。

それから彼はいきなり姿を消した。

彼は爪先歩きで立ち去ったか、あるいは靴を脱いで行ったにちがいない。それほどに音もなく彼は消えた。もっとも、しばらくするとわたしは彼の足音がまた近づいてくるのを耳にして、それをはっきり聞きわけた。それはわたしのまわりを占める名状しがたい静けさの中で動く唯一の物音だった。しかし、彼がいったいどこを歩きまわっているのか、確かめることはできなかった。どうやら切り落としのあたりにいるらしく、ときおり岩が転がりだし、そして岩屑がざわめき落ちるのがきこえた。だがこの音も奇妙に和らげられ、まるで黒いクッションの中へ鈍く落ちるがごとく、暗闇に受け止められた。そしてこの暗闇も、おなじく山から生まれるらしかった。山の中からまるで声なくざわめく銀黒色の髭《ひげ》のごとく生い出る夜の闇、それはいかにも濃密な闇であり、それゆえ星々は、見るみる数をましてゆくものの、きらめきのないどんよりした点となってしまう。冷た石のそばの森の空地がふとわたしの心に浮かんだ。ケーブル林道が、異教徒沢の流れる急な森林谷が心に浮かんだ。それからわたしはマリウスを忘れた。

わたしは彼を忘れ、そして他にもさまざまなことを忘れた。家の壁のすぐ近くに坐っていながら、わたしは家さえ忘れ、家でまだ片づけなくてはならぬ用事も忘れた。わたしはただそこに坐って、いわばわたし自身よりも大きな期待に満たされていた。期待は外の世界からわたしの中へひしひしと流れこんできた。しかしまた、それは同様にわたしの中から外の世界へ流れ出ていった。それはひとつの媒体であり、まずわたしの中から生まれて、それから外の世界にあまねく浸透し、そして外の世界とわたしを結びつけた。世界とわたしはひとつに融けあう期待そのものだった。わたしは疲れこそ感じなかったが、それでも自分が今までひどく緊張していたことを知っていた。わたしは安堵《あんど》こそ感じなかったが、それでも自分が今しがた言うに言われぬ危険を払い退けたことを知っていた。そして、今しがたまでの一連のことどもは突然こちよく生じた穏やかさの中に掻き消され、マリウスも、サベストも、ウェンツェルも掻き消されそして闇に沈み、石のように重苦しかった昼間のまばゆさも、もはや閉じた瞼《まぶた》の裏の燐光しか残らなかったが、しかし突然あざやかに、この燐光に代わって、はるか過去のことどもが記憶の奥底から現われ出てきた。そしてそれは奇妙にも、いま在ることどもと結びついた。記憶はきれぎれにやってきた、あるいは靄《もや》のように下から立ち昇り、あるいは布切れのように上から垂れ下がってきた。塹壕《ざんごう》の中で連続砲火を浴びて過ごした数時間のことが浮かんできた。活動を停止せざるをえなくなった野戦病院、砲火のとだえるとき、そして気が狂ってしまったのではあるまいかという執拗な自問。少年時代のサーカス見物のことが浮かんできた。空中ブランコの綱が切れ、曲芸師が鈍いすさまじい音とともに埃をぱっとたてて円型演技場に墜落したという事件によって忘れられなくなった思い出。時計が時を刻む幽霊じみた音が浮かんできた。陰気な部屋のまん中、父の机の引出しの中でそれは鳴っていた。雪をつけた窓からは十一月の午後の光がしたたり入り、それも声を立てずに不気味に時を刻んでいる。ときおり暖炉の火がぱちぱちとはじけてその音を破るだけだった。ある青年との会話が浮かんできた。二月の午前の陽《ひ》ざしの中だった。風が雪を融かしながら、しかも新しい雪の訪れを告げながら、陽ざしの中を渡っていた、そして重い憂鬱症を病む青年は精神病院の庭の濡れた道を数時間行きつもどりつ、自殺のやむをえぬことをわたしに証明したものだった。死の床に横たわる父のかたわらの通夜が浮かんできた。おなじその床で彼の生命はかつてわたしの生命を生み出したのだった。そしていまやその床から深いきよらかな静けさがわたしのほうへ、わたしの中へひしひしと流れこんできた。そしてこの静けさはその深さ、そのきよらかさのゆえに、それ以来まるで神聖な失われえぬ秘密の財産のごとくわたしと亡き父との共有物になっている。しかしまた、暮れ行く秋の公園の並木道で黙々と人を待っていた思い出が浮かんできた。やがて木の葉がさやぎ、その間でつややかなマロニエの実がからからと鳴るその中から、足音がきこえてきた、わたしの愛した、わたしを愛した他人の足音が。しかしまた、別の女の床の中での不気味な虚脱、欲望を掻き立てぬ女への惰性的な欲望、愛してもいない女への恐怖に満ちた愛、自我と自我の間に生じた実に不気味な物言わぬ隔絶。——これらすべてが、沈黙して待ち暮らした日々が、物も言わずに運ばれていった日々が、浮かび上がってきた。これらこそ人間の生涯をつくり成すもの、ひとつの流れのさまざまな波、ひとつの流れのさまざまな飛沫《しぶき》、そして流れはくりかえし狂気の岸辺を洗う。痛ましく、しかもすばらしき流れ。なぜなら、それはとりもなおさず人生なのだ。永遠におのが内で生まれ、おのが内で黙し、おのが内で歌う存在なのだ。そして奇妙にもこれらの記憶はいまここに在るものと、混じりあった。この夜のかたくなな沈黙と、とろとろと燃える期待と、そして夜の中へ香りもなく枝々を張りひろげてそびえ立つ唐檜《とうひ》や樅《もみ》の木々と混じりあった。そして木々のまわりには闇が黒い蜘蛛《くも》の巣のようにすきまなく張りめぐらされ、夜の生き物たちが、大蜘蛛や大ざりがにが黙々と這《は》いまわり、測り知れぬ深海のひとでや蟹が泳ぎまわっている。息絶えた自然の中に棲息するものといって、架空の生き物、甲殻をつけた生き物しかない。そうなのだ、これらすべてと、記憶は混じりあいそして結びついたのだ。それは振り上げられた草刈り鎌のごとくじっと梢の上にかかる細長いどんよりした三日月にまつわりついた。それはじっと動かぬ石のごとき暗闇のつぶやきにまつわりついた。それは暗さのあまりつぶやきながら、わたしの心に甦《よみがえ》ってきた。それはもはや記憶でなくて現在、もはや現在でなくてわたしの自我だった。それはわたし自身の凝視と傾聴となった。解放を求めて叫ぶという父の声への傾聴となり、無限の竪坑《たてあな》の中への凝視となった。だがいまや、上へ目を凝らしているのか、あるいは下へ目を凝らしているのか、みずから動きのなくなったわたしにはもはやわからない。なぜなら究極の深みは上も下も知らないのだ。それはどこにおいても動きなく方向なく揺るぎない。それは女性でも男性でもなく、耳でとらえることも目でとらえることもできない。それはかろうじてひとつの知、あらゆる存在の最後の公約数としてどの人間の知にも生まれついてありながら、しかもこの知によってはもはやつかみえぬものなのである。

　こうしてわたしは動きの失せた夜の中に、動きの失せた時の流れの中にすわっていた。時は夜深くなり、あらゆる空間的なものから切り放され、その中で移ろうものはもはや星々ばかりだった。三日月はさらに移ろい、もうとうに梢の影のうしろに姿を消していた。そのときだった。まるで昼間の緊張に耐えきれなかったかのように、日暮れからずっと小屋にひきこもっていたトラップが、独特な調子で鼻をならしはじめた。はじめわたしはそれを気にもかけなかった。なぜなら、犬というものはいつでもそんなふうに、夢の中へ流れこんできた悲しみを訴えるものだ。それにまた、わたし自身あまりにおのれの夢の中にとらえられていて、犬の泣き声に注意を向けるゆとりもなかったのだ。ところが彼はなおも嘆きをやめず、しかもその声にきわめて独特な響きがあったので、わたしはようやく腰をもち上げ、つらい気持でのろのろともち上げ、まるで日がな草刈りをしてきた者のように硬い脚で立ち上がり、そして犬の様子を見にゆこうとした。そのとき、轟《とどろ》きが起こった。それは遠い奇妙に和らかな轟き、むしろわたしの夢にしっくりあう轟きであり、クプロン山の方角からやってきた。わたしの頭上の空には雲ひとつなく、星が鈍くまたたいていた。最初の印象からすると、夕立ちがどうやらクプロンの向こうで起こっているようだった。しかしそれにすぐつづく第二の印象からすると、轟きの起こったのはクプロンの向こうではなくて、クプロンの中だった。そして再度の轟きがそのことをはっきり知らせた。胸を締めつけるような、不気味にこもったざわめきが柔らかに起こり、荒々しく満ち上げ、そして突然とぎれ——それは山の中から轟き出てきた。そしてすぐそれにひきつづいて、瓦がわたしの家の屋根からざっざと落ちてきた。めりめりと裂ける音がため息のように森全体を走った。まるで森の最後を思わせる鋭い音だった。そしてそのときになってようやく、わたしは足もとで地面がどどっと揺れるのを感じた。そのときになってようやく、恐怖に満ちた無力感がわたしに襲いかかってきた。いかなる自然の猛威を前にしたときにもまさる無力感が。地震を前にした無力感が。

わたしはカロリーネの部屋から子供を連れ出すために家の中へとびこんだ。電灯のスイッチをひねって、子供をベッドから抱き上げながら、わたしはまだ眠っているカロリーネにむかって叫んだ。「地震だ、カロリーネ、庭へとび出せ」そして電灯がまだ激しく左右に揺れ動き、板切れが天井から落ちつづけている間に、わたしは子供を抱いてふたたび廊下に出た。だがわたしが玄関口にたどりつかぬうちに、新たな一撃が襲った。家の梁《はり》がぎしぎし音を立て、部屋の扉が一枚さっと開いた。暖炉の中がざわざわと音を立てた。そして庭からはふたたび屋根瓦がばらばらと落ちて砕けるのがきこえた。玄関の扉は圧しつけられて動かなかった、わたしは全力をあげてやっと扉を押し開くことができた。そしてほっとため息をついて表へ出たとき、わたしは瓦の雨のなごりの中へ飛びこんでしまった。しかしそれが最後であり、それ以上は何事も起こらなかった。

ローザは出しぬけに起こされてわたしの腕の中でしくしく泣き出した。そしてわたしはこれからどうしたものやらと思案した。とにかくまだ揺り返しがあるものと考えなくてはならない。カロリーネがわたしのあとに従《つ》いて出て来てくれればありがたかったのに——、ところが彼女は明らかに地震に敬意を表するために晴れのお化粧をしているらしく、姿をあらわさなかった。そしてまだ危険が去っていないことを考えると、泣いてる子を一人で庭に残しておくのも、子供を連れて家の中へもどるのも考えものだったので、わたしはカロリーネの部屋の窓辺に立って彼女を呼んでみるだけでやめておいた。しかし返事はなかった。

すべてが静まりかえっていた。そしてわたしは安堵《あんど》の気持がわたしの中に広がってくるのを感じはしたが、窓のむこうから声がないのはたいそう気がかりだった。

そこへウェチーがかけてきた。

「いまのはなんですか、先生」彼は全身で震えていた。

「地震だろうな……君のところはなんともなかったかね」

「ええ、ありがたいことに、なんともありませんでした、でもひどい地震でしたね」と彼は答えた、それから屋根がこわれてどうのこうの、びっくりしてしまってどうのこうのと語ったあと、彼はたずねた、「先生はケーブルの恐ろしい音をお聞きになりましたか」

いまになってやっと、わたしは何やら鋭くひゅうひゅうぎしぎしと鳴る音が、森のめりめりと裂ける音に混じってきこえたのを思い出した。しかしなぜそれがわたしの意識から締め出されていたのか、いまとなってはわからなかった。とにかく事実はそうだった。

「それで、ウェチー君、子供も外へ連れ出しただろうね」

「はい、家内がいま子供といっしょに家の前にすわってます」

「暖かくしてるだろうね」

「とても暖かくしております……もう家の中へもどってもいいでしょうか」

「何をいうんだね、ウェチー君、わたしは予言者じゃない……まだ外に留まっているほうが無難だね。今夜は暖かいから坊やの体に障ることはあるまい……」

「大丈夫ですか」

「まあ大丈夫だろう……それはいいとして、ローザをちょっと見ててくれないか……すぐにカロリーネのことを心配してやらなくては」

わたしは子供を庭のベンチにすわらせた。ウェチーがその横にすわった。そしてわたしは家の中に入った。おそらくカロリーネ婆やはただもう驚きのあまり腰を抜かしているのだろう。ところがそうではなかった。彼女は寝床で平然として眠っていた。眠る前に用心のために電灯を消すのも忘れていた。どうやら彼女はいましがた起こったことを全然知らないでいるようだった。そしてこれこそ疑いもなくこういった場合に取りうるもっとも賢明な態度である。とはいうものの、わたしはローザをまだ家の中へ入れる度胸はなかった。それよりもわたしは彼女の着物と靴を探すことにした。そしてそれをかかえてわたしは表で待っているウェチーのところにもどってきた。

家から外に出たとたんに、夜の内側に生じた根本的な変化がわたしの目についた。静けさはすでに今までの静けさではなかった。それは解放された静けさとなっていた。そして森の中ではいまだにめりめりぎしぎしいう音がきこえたものの、森はさながら世界の麻痺《まひ》が、悪夢がいまや打ち破られんとしているのを予感して、しびれた手足を存分に伸ばしているように見えた。そして遠くからそよ風の気配が伝わってきた。

「ローザを君のところに連れて行ってくれたまえ」とわたしは言った、「感染のことはいまじゃもう心配することはない。といってもローザとマクスが接吻するのはあまり感心しないよ……わたしはその間に一度村を偵察してくる。それからまた君のところに寄ってローザを連れてゆく……わかったかね」

「はい、先生」と彼は熱のない返事をした。

元気なのびのびした足どりでトラップが走り寄ってきて、お呼びじゃなかったかなとたずねた。そう、おまえの言うとおり、これから村へ行く、おまえもいっしょに行くのだ。いますぐに、と彼はたずねた。そう、いますぐにだ。そしてわたしたちは出かけた。

村の中はいくらかにぎわっていた。たいていの家は灯《あかり》を点《とも》しており、そして数人の人たちが大なり小なり不十分な出で立ちで路地に集まっていた。彼らはとくに興奮してもいなかった。ああ、ときどきこんなことがあるんだよ、と彼らは言う、ただ今日はいつもよりすこしばかりひどかった、だがもしかするとそう思えただけかもしれん、なにせ夜の地震は昼の地震より気味が悪いからな、昼間だったらほとんど気がつかないぐらいさね、まあ四年前の秋のことを思い出してごらんなさい。そういえば、わたしも思い出した。あのころわたしはもちろんこの村に来たばかりだった、そしてほとんど何も気づかなかったものだった。山の通例からするとさらに揺り返しが来るだろうか、とわたしはたずねた。いいや、と彼らは答えた、そいつは考えられない、もちろん山は自分の好きなようにするだけだが、それでもなんとなくそんな感じがするのさ。

わたしもそんな感じがした。風はいまでは軽やかに暖かく谷から吹き上げてきた。空はきらめく夏の星々でいっぱいだった。まさに美しい穏やかな夜だった。

さらに山の上のほう、山荘にも灯《あかり》の点《とも》った窓々があった。わたしはギションのおふくろさんの様子をもすぐにたずねたかった。ところが、わたしは彼女の家の扉の前でマリウスに出くわしてすくなからず驚いた。彼は無理にも中へ入ろうといった喧嘩腰で、戸口にでかでかと突っ立つお山のマティアスと激しい口論をかわしていた。いつもとはうって変わって彼はすっかり激昂《げっこう》して両腕を振りまわしていた。それにひきかえマティアスのほうはときおり悠然と赤髭《ひげ》をなでるだけだった。

「お山のマティアス」と彼はおりしも叫んだ、「あの人に知らせなくてはならない、山が口をきいた、そして時が熟したと」

「よかろう」とお山のマティアスは答えた、「たしかに山は口をきいた、だが、山はおおかたおまえに、うるさくするなといいたかったのだろうよ」

マリウスは巻き毛を掻き上げた。まさに絶望の所作をするイタリアの役者というところだった。もっとも彼の場合それは所作ではなかった。彼は実際にひどく激昂《げっこう》していたのである。そして彼は言った、

「ケーブルが切れた……ケーブルが切れたのだぞ……これでもおまえにとっては十分なしるしではないか」

「そうか、ケーブルが切れたのか」そう言ってわたしは近づいた、「それで君はその場に居合わせたのかね、マリウス」

「わたしの目の前でそれは切れたのだ、わたしの目の前でゴンドラは振り落とされたのだ！」

彼の目は物狂わしく輝いていた――狂ったうつろな目だった。

それでは彼はやっぱり冷た石の近くを、そしてケーブルの近くをほっつきまわっていたのか。いまになってわたしには思えてきた、あのときわたしはあそこにいる彼の姿を思い浮かべていたようだった。だからわたしはケーブルの墜落の音を聞こうとしなかったのだ。しかしながらそれはあとからの想像にすぎない、実際にはわたしはそのことを何も知らないでいたのである。

「ケーブルは切れた、いまや新しい時代がやって来る」彼はもう一度勝ち誇った歌うような調子で告げた、「山がそれを振り落としたのだ……」

わたしはもうすこしで彼の言葉を信じて、このケーブルの切断が何か意味ぶかいものを表わすように思うところだった。

「よかろう」とお山のマティマスが言った、「ただし用心するんだな、いつかお前自身が振り落とされぬように……おまえだとか、ウェンツェルだとか、おまえたち一味全体が……」

彼は腹立たしい苦笑を浮かべて白い歯を見せた。

「わたしに従うものは、大地を踏まえて立っている……」

「まあ、それもよかろう……大地はいろいろなことを大目に見てくれるからな……」

「ちがう」とマリウスは相手の当てつけも耳に入れずに叫んだ、「大地はこれ以上何ひとつ大目に見ない……大地はケーブルを引きちぎった！」

夜の虫たちが灯《あかり》のついた窓の前でぶんぶんと飛びかい、空気は生ぬるかった。マティアスは胸のあいたシャツ一枚でここちよげに涼みながら、大きな犬のように体を掻いていた。そして彼は言った、

「おれが思うには、おまえの体の中でも綱が一本切れたようだな……それ、そこんところだよ……」そして彼はマリウスの額を指さした。

マリウスが低く構えてあとずさりしたときには、もしや彼は大木のごとき狩人《かりうど》に飛びかかるつもりではないかと思われた。しかし、そんなことにはならなかった。彼はふたたび体を起こした。そして嘲笑的な憎さげな顔つきになった。

「気をつけたまえ、マティアス……君は危険な道を歩んでいる、それで山は君に警告したのだ……山は君たちみんなに警告している、狩人のマティアス！」

「心配するなよ、マリウス、おれのことで気をもむことはない……たぶん山は誰に警告したわけでもあるまい、そんなことのために山は力を振ったりしない……もしも山が退屈しのぎにやったとすりゃ、どうせおまえが目当てだったのだろうよ……」

マリウスはいきり立った、

「山はおまえに警告したのだ……それから部屋の中にいるあの人にも山は警告したのだ、いや、誰よりも彼女にだ、だから彼女に知らせなくてはならない……彼女を呼んでくれ……わたしを中に入れてくれ……」

「それより家に帰れ」とマティアスが親切に提案した、「家に帰ってよく眠ることだ。おれも眠るとしよう……」

「わたしを中に入れてくれ……」

とそのとき花の窓の奥から声がした、

「わたしに何を言いたいのだね、マリウス」

ギションのおふくろさんが四角い窓明かりの中に立った。彼女はわたしたちのほうへ斜めに体を向けた。そして彼女の灰色の目は穏やかな夜の中へほほえんでいた。

たちまちマリウスは静かになった。それはほとんど厳《おごそ》かな静けさと言うべきものだった。そんな静けさが彼の上に降りてきた。そしてそのまましばらくして、彼は一言一言、負けずに厳かな調子で語りはじめた、

「おふくろさん、あなたの時代は終わりました」

「それはそうでしょう、マリウス、わたしは年老いた女ですから」

「いいえ、たとえあなたがまだどんなに若くても、女の時代は終わりました、男の時代が始まったのです」

「眠る時間が始まったのさね」とマティアスがやけくそな調子で言って、階段に腰をおろし、尻尾を振って寄ってきたトラップと戯れはじめた。

マリウスは彼を非難の目つきでじろりと見た。まるで無作法なまぜっかえしを叱りつけてやらなくてはならぬとでもいう目つきだった。それから彼は厳かにくりかえした。

「今日、男の時代は始まったのです」

「それをわたしに告げてもなんにもなりません」と今度は窓辺の女が答えた、「わたしは男の

時代も女の時代も知りません……人間たちがここで歩きまわっているかぎりは、男たちと女たちはいつでも同時にその時代をもつのです。そして彼らはこれからもそうやってゆくことでしょう。それは彼らにとってとても都合がよいのです」

「あなたは山がみずから語ったという事実を耳に入れようとしない……山はみずから語ったのです、ギションのおふくろさん！」

「そんなことなら山はこれまでに何度もやってきました」

「ケーブルが切れたのです……！」

「錆ついた鉄は切れやすいものです、マリウス」

「ちがう！」反論されて激昂《げっこう》し、彼は絶叫しはじめた、「ちがう！　大地みずからが機械を破壊し、機械を振り落としたのだ……それがあらゆる機械の結末なのです、あらゆる機械の……男たちは機械を必要としない、彼らは機械を欲しない、彼らは機械を軽蔑する、彼らはおのれの腕をもっている……そして大地は彼らの言い分を正しいとするのだ、大地は解放されんと欲しているのだ、ふたたびおのが祝福を実らせることができるようにと！」

「そんなこともあるかもしれません、マリウス、しかしたとえそうであっても、わたしはそのために何かをすることも、それに反対して何かをすることもできません」

しばらく言葉がとぎれた。それからより静かな声で、マリウスが言った。

「ええ……あなたはおそらく屈服しなくてはならぬことでしょう」

「わたしはやって来るものに逆らったことは一度もありません、マリウス」

「あなたはおそらく自分から屈服しなくてはならぬことでしょう」

「わたしはそのほかの態度を取ったことは一度もありません」

「一度もですか」彼は獲物を待ち伏せるごとくたずねた。

「一度も」

「では、あなたはいつかわたしを撥《は》ねつけましたが、あれも例外ではないのですね」

ギションのおふくろさんはかすかに笑った。

「あなたはいまでもわたしのところに来たいのかね、マリウス」

この転換にはマリウスも不意をつかれた。彼は黙って、口の隅に垂れた髭《ひげ》をなぜた。だが例によって、彼は一般的なものの中へ逃げた。

「あなたはわたしに知識を与えまいとしてるようだ……」

「なんの、なんの知識かね、マリウス。まさか山の知識じゃないだろうね……あなたはわたしよりも山に通じていると得意にしてたじゃないか。そして自分の知識がやはり正しかったと信じるからこそ、それをわたしに示したいと思うからこそ、わたしのところへやって来たのじゃないか」

「そのとおりです」とマリウスは言った、「山が語ったのです。真実は今後もはや女のものではなくなるのです……」

「マリウス」と年老いた女は言った、「真実は物ではないのだよ。それはお金でも黄金でもない。真実はあるときはこの人の手に、あるときはあの人の手にあるといった断片じゃないし、あるときは男たちのもの、あるときは女たちのものといった断片でもない……真実をある人から奪って別の人に与えることはできません。誰しも自分の知識を自分で所有するのです。そしてまたそれはみんなのものでもあるのです……」

とり憑《つ》かれた者の頑固さで彼は持論に固執した。

「ちがう、あなたは知識をひとに渡さぬつもりなのだ、あなたの知識とあなたの真実を……ただし、それはもうあなたの役に立たないでしょう……」

「こちらにおいで、マリウス、教えてあげよう、女の真実とは何かを、そして女の知識とは何かを……」そう言って彼女は四角い窓明かりからすこし身を乗り出し、そして暖かくて涼しい闇が彼女の白いつややかな頭をなぜた、「……ええ、だからこちらに来てよくききなさい……女たちはときおり知るのです、この世のあらゆる見せかけやまやかしの中に何かがあるということを、いつでもあったということを、たぶんこれからもいつでもあるだろうということを、とても単純な何かが……」

彼女は思い耽《ふけ》りつつ言葉をとぎった。そしてマリウスは小声でたずねた。

「それは何ですか」

「そう」と彼女は依然として思い耽りつつやはり小声で言ったが、すでに快活さがひそかに萌《きざ》していた、「それはもうとても単純なものなのだよ。あまり単純なので、わたしたちはただそれを肌で感じ取るばかりで、それが何であるかを知るまでに長いことかかる……それは現実的なもの、それ以外の何物でも、ほんとうに何物でもなくて、ただ現実にそこにあるものにすぎない……。それはたぶんまた、人間は生きるためには幸福《しあわせ》でなくてはならない、ということなんでしょう、でも、それはおなじこと、おなじように単純で現実的なことなのです……これが女の知識のすべてなのだよ、マリウス、わかったかね」

彼は黙っていた。彼の顔は上を向き、濃い影をつけて明るい窓を見上げていたが、すでにいつもの辛辣な優越の表情はなかった。彼はいままでにない、何かを求めて張りつめたほとんど子供のような表情で、一心に耳を傾けていた。そしてまるで傾聴のあまり口があきっ放しになるのをふせぐように、あごに手を当てていた。

「わかったかね」と彼女はくりかえして、彼の顔を眺めた、「幸福《しあわせ》……たしかに単純にきこえます、そして実際に単純なのです……しかし純粋な単純さの前ではどんなまやかしもありません……幸福というものは、木が木であり、大地が大地であり、人間が人間であるところにだけあるのです。そう、マリウス、すべてがありのままに単純で現実的なところ、そこで幸福は見つかるのです、そしてそのほかには幸福をつかみ取ることはできない……ところが現実的なものを、男たちは学ぼうとしない、それは彼らにとって単純すぎる、それで彼らはそれを学べない……」

顔に現われていた子供らしい、そう、いくらか愚鈍な表情を失うことなく、彼は横から口をさしはさんだ、

「なぜですか……わたしに教えてくれれば、わたしはそれを学びます……」

窓からひそやかな笑いがきこえてきた。

「マリウス、さっきはわたしから女の知識のことをききたがった。今度はおまけに、あなたたち男が女の知識を学びたがらぬわけまで話させるのかね……」

「現実的なものとは何なのか、わたしに教えてくれなくてはいけません」

またもやひそやかな笑いがきこえてきた。だが、ギションのおふくろさんがまたすこし窓から身を乗り出して彼に語りかけたとき、その声は真剣だった。

「現実的なものかね……マリウス、おそらく誰もあなたにそれを教えられないでしょうよ……しかし誰でもそれを感じ取ってはいるのです、男でさえそれを感じ取っているのです。ただ、女にくらべて男にはむずかしい、現実的なものを学ぶのが……」そしてそのときいっそう真剣

になった声が、まるで自分自身に語りかけているようだった、「……男はどうやらそれを感じ取りたがらない、なぜなら、男はそれを自分で築きたがる、自分で築かずにいられない……まやかしを彼は築く、そして見せかけを彼は築く、それによって世界から現実的なものを取り出すために、ひとかけらずつ、根気よく探し求めて……それが男の知識であり、男の幸福なのです。男は容易じゃない。彼は現実の中ではじめて成長するのです、ところが、彼はなかなか落ち着きを得られない……」

マリウスのいつものやり方からすれば、彼は聞いたことをすぐさまおのれの体系の中に組みこんで、そして切りかえしに利用せずにおかぬところだった。実際に、彼があごから手を放して指を立てたとき、わたしはてっきり彼がそんな切りかえしに出ようとしていると思った。ところが、まるで枝垂れなでしこの鈍色《にび》の葉群らの中に――それはぼおっと赤い花をつつんで夜の滝のごとく闇の中へ垂れていた――、まるでその中に拠《よ》りどころを求めるように、彼の手はぐったりと垂れ下がり、おなじようにぐったりと彼の問いがまたきこえた。

「おふくろさん……現実的なものはどこにあるのですか……」

「まずわたしの花から手を放しなさい、花が折れてしまうじゃないか」

「はい、おふくろさん！」と彼はすなおに従った。

「おききなさい、マリウス」彼女の明るい真剣な声はまたひときわひそやかになった、「……

わたしたち女のつましい知識、それは小さなこともあれば、大きなこともあり、しばしば自分の現実の中で美しくそして幸福《しあわせ》になることもあります、ところが、それには成長というものがない……わたしたちはそれをふやすことができない、わたしたちはそれを失わぬよう保つことしかできない、わたしたちはそれを保たなくてはいけない、つまり、女の知識には静止というものがあるのです……そうなのです、女の知識は静止していられる、そしてそれが静止して幸福でいられるのは現実的なものの中なのです、そしてそこにはまたわたしたちの愛もある……ところが、あなたたちの愛はちがう、それは男の愛、そしてそれには静止というものがない、それは何かを探し求め、何かを知ろうとするところにあるのです。それは男の知識とおなじく落ち着きを知らず、さまざまな見せかけやまやかしに苦しんでいる、というのも、それはちょうど木の根が岩をつきぬけるように、見せかけやまやかしをつきぬけて行かなくてはならないからです……これが男の現実なのです、これが男の愛なのです、つまり、果てしない成長なのです……」

そしてそのときかすかな笑いがふたたび彼女の喉から昇ってくる。

「……そしておそらくわたしたちはそれだからこそあなたたちを愛するのでしょうね、わたしたち愚かな女は……しかし、あなたは女たちから学ぶことはできない、マリウス、どんな女からだろうと、学ぶことはできない、そんな女はいやしません……」

そして彼女はしばし愉快そうに間をおいてまばたきした。

「せいぜいのところ、どこかの女から自分で体験することができるだけです……それは仕方のないことです、それでいいのです……」

失望してかなしげに頭を振りながら、彼はつぶやいた。

「それは現実的なものじゃない、おふくろさん……あなたはそれを明かそうとしない……」

「いいかね、マリウス、そんなつもりなら、どうしてわたしは愛のことを話すでしょう」

それは窓辺の愛の語らいに似ていた。そして二人が互いに告げあうひそかな思いは、言葉のとどかぬところにあった。なぜなら、それは放蕩息子の別れなのだ。放蕩息子が別れを告げに、しかも永遠の別れを告げにやってきたのだ。だが、彼は身を振り放してたち去ることができずにいる。そして彼がひと言も答えず、ただ彼女を見つめて待っていると、彼女は窓のへりに手をついて体をすこしもち上げ、まるで話にきりをつけるように、いやそれよりも彼に餞別を与えてたち去らせるかのように、彼に言った。

「まだ察しないのかね、マリウス。それではわかるように言ってあげましょう。よく聞きなさい……この世でいちばん現実的なのは心なのです。その中にはあらゆる木が、あらゆる花が宿ってます。だからわたしは愛のことを話したのです……女の知識と男の知識、それはともに現実へと流れてゆきます、二本の沢のように現実へと流れてゆくのです。そして現実的なものとは人間なのです。そしてその人間の中では、心がもっとも現実的なものなのです……そうなのだよ、マリウス、それには占い筮《むち》も黄金探しも必要ないのだよ。それはあなたの知識であり、あなたの内側に宿っている。そしてあなたはそれを育てて、それを見出さなくてはいけないのだよ……ところが女というものは、自分自身の知識を超えて出ようとすると、愛を失って憎しみのとりことなる、そして女の知識を要求する男も、やはり憎しみのとりこになるのだよ……よく聞きなさい、マリウス……もしも自分自身の知識を、育ってゆく知識をもはや求めず、それをひとつひとつふやそうとしない人がいれば、そのような人は憎しみのとりこになっているのだよ……そして憎しみのとりこになると、彼はもうけっして見つけ出すことができない、現実的なものを、そしてまた真実をも……」

わたしたちの周囲では、穏やかに眠る夜の魂が、いよいよ穏やかに、いよいよ大きくなった。それは静かにそびえ立つ星暗い山々の上に安らい、さながらおのが現実の中に安らう愛のようだった。そしてマリウスは、あたかも彼の判決が下されつつあるかのように緊張して、窓辺の女の話に耳を傾けていた。

彼女は語りつづけた。

「わたしはあなたに忠告しました、マリウス、あなたは自分の知識を捨ててはいけない、ほかならぬあなたのものである知識を。わたしはあなたが自分の知識を忘れないようにと思って忠告したのです……それなのにあなたはそれを忘れようとしている……そして憎しみに走ろうとしている……」

それから彼女はつけ加えた、

「……まるで男じゃないみたい……」

おそらくこの非難のせいだったろうか、彼は一歩あとずさり、滑り落ちてしまったあの矜持《きょうじ》をふたたびおのが姿勢の中に探し求めた。あるいはまた、もしもここでおのれを押し通すことができなかったら、たちどころに敗北の認識が彼の心の中にどっと押し入ってこずにはいないと感じたせいだったかもしれぬ。ともあれこの一歩は、このたった一歩はすでに逃走だった。そして彼の目もふたたび逃走となった。空虚なものへの、非現実的なものへの、名状しがたいものへの逃走となった。しかしながら、悲しみがいまだに彼の美しい不敵な顔の中にあった。そして彼は黙りこくっていた。

彼女はさらに言った。

「自分の知識を失うと、マリウス、二度とそこにたち帰ることはありません。どんなに遠くまでさまよい出ようと同じことです……二度と現実的なものへと救われることはありません……世界が憎しみによって救われたためしはありません……」

そのとき、いましがたの彼の一歩は百歩にも、千歩にも、何百万歩にもなった。絆《きずな》は絶たれた。放蕩息子は逃走した。彼は入り乱れつつ無限にくりひろげられるおのが夢の構築の中へ逃げもどった。そして夢のはるけさの中から、いまやマリウスはゆっくりしゃべりはじめた。まずしゃべりながら言葉と想念を整えそして組み合わせつつ。

「おふくろさん」と彼はささやいた、そして芝居をしているわけではなかったが、彼の顔つきは悲しみの所作をする役者の顔のように悲痛だった、「ギションのおふくろさん、あなたはわたしを欺こうとしている、わたしを罠《わな》にかけようとしている、そうして現実的なものをひた隠しにしようとしている……だがあなたはわたしがそれを知っているということを、実はご存じなのだ……あなたがこのことを認めれば、あなたが現実的なものの名を言えば、それでよかったのだ、わたしはあなたのもとに留まれたのだ……ところが、あなたはその名を出し惜しみした、しかもあなたはわたしがその名をいつでも言えるということをご存じなのだ……そう、わたしはいつでも言える、ここで言ってあげよう、そう、現実的なものとは大地なのだ……」

「きいたかい、トラップ」と階段の上でマティアスがつぶやいた、「大地か……こりゃおまえにとって大事な話だぞ……」

マリウスは彼に目もくれなかった。どうやら彼はそもそも狩人《かりうど》の存在をもはや忘れてしまっていたようだった。彼は演説のきり出しをつけておいて厳《おごそ》かに言葉をとぎった。そしてそのまじっと動かず、やがていっそう神秘的な調子でふたたび語り始めた。

「そしてあなたは男の真実はまやかしと見せかけにすぎないと言われるが、おふくろさん、そのとおりです、なぜなら、もはや大地から来ない真実はまやかしだからです。そしてあなたは女の真実は知識ではなくて感知にすぎないと言われるが、やはりそのとおりです、なぜなら、女にはほんとうに地中へ耳を澄ます能力が与えられたためしがないからです……あなたの言われる男の知識は知識ではない、おふくろさん、あなたの言われる女の知識も知識じゃない、だからその両方が出会うところには現実的なものは生まれず、淫蕩が生まれるのです、聖なる大地の憎む淫蕩が……」

彼のささやきはいよいよ人の心に滲《し》み入る響きを得た、というよりも、いよいよ人の心に取り入る響きを得た。そしてそれは彼の雄弁の大爆発の前奏のように思われた。ところが不意にそれは痛々しい単調なつぶやきに変わり、奇妙な歌い語りとなって強まり弱まりした。

「あなたは自分で言われたじゃありませんか、女の知識は分を超えると憎しみに変わると。たしかにあなたはそう言われた、あなたはそのことを認めないわけにいかなかった、それというのも、あなたは大地に対して不正が行なわれたことを知っているからだ……いまでは男が大地をつかさどらないで、機械と女たちが大地の世話をしている、そして大地の祝福は耕されずに空しく横たわっている、大地の真実も耕されずに空しく横たわっている、そして大地は正義を求めて叫んでいる……わたしが憎しみに走るのじゃない、憎しみが大地から立ち昇ってくるのだ、正義の憎しみが、行なわれた不正に対する憎しみが、そしてそれは大地がふたたび宥められぬうちは口をつぐまないだろう……すでに大地は怒りを伝えた、あなたはそれを聞いたはずだ、それなのにあなたは愛のことなぞ語っている、それというのもあなたはこの怒りの声を聞きたくないからなのだ。あなたは新しく来るものを恐れているのだ、すでに始まった新しい時代を、それをあなたは恐れている……」

挑むような嘆き悲しむような奇妙な歌い語りはいよいよ声高になっていった。

「新しい時代がやってきた、不正は復讐にたおれるだろう、男たちの怒りと憎しみの中で復讐はなされるだろう、彼らの怒りによって世界は癒えるだろう……それは大地の復讐なのだ、そしておふくろさん、あなたはそれを恐れている……」

窓辺の女は体を起こした。彼女はいまやまっすぐ前を見つめていた。そして彼女の顔は陰のほうに向き、それゆえ顔立ちもはっきり見分けられなかった。しかし、マリウスは口をつぐんだ。それから――まるで同時に別れを告げるように――彼女はもう一度マリウスのほうに身を乗り出して、静かな親しげな言葉でいった。

「マリウス、恐れで心がいっぱいなのはあなたのほうじゃないかね」

びっくりして見開いたうつろな目で、彼は彼女のほうを見上げた。

それから頭を垂れ、彼は挨拶もせずに背を向けて歩きだした。ためらいながら、そう、重い足をひきずりながら、彼はまず二、三歩足をはこんだ。だが彼の歩みはしだいにおそくなり、そしてとうとう彼は立ち止まった、まるでここで最後にもう一度思案しなくてはならぬというように。もっとも、それはつかのまのことだった。やがて彼の思案はおわり、遠くからはっきりわかるほどに胸を張って、彼はふたたび歩きだした。今度はいつもの意気揚々たる摺《す》り歩きだったが、それでもやはりずいぶん奇妙な感じだった。というのは、彼はそのうえおかしな歌をうたいだしたのである。

ケーブルは断たれた、
いまぞ新しき時代の訪れ……

まだ通りに残っていた人たちがあきれて彼を見送った。

「酔っぱらっているみたいだが」とマティアスが言った、「あれは酔っぱらっているなんてものじゃない」

「それよりずっとひどいものなのだよ」とおふくろさんがうなずいた、「彼は憎んでいるのだよ」

「ギションのおふくろさん」とわたしは名乗りでた、「マリウスだけじゃなくて、わたしもここにいますよ」

マリウスと彼の悲劇にあまり深い印象を受けたふうもなく、彼女はあくまでも快活にわたしに向かってうなずいた。

「あなたも来てたのだね、先生……よく来てくれました……でも、わたしは腰を抜かしたりしませんでしたよ、地震のために……」

そのときになってようやくわたしは今朝がた彼女がわたしがもう一度やってくることを予言したのに思い当たった。

「いまいましいことだ、おふくろさん、あなたの言うことはどうやらいつでも正しいらしい……」

「いつもとはかぎりません……今度はマリウスの言うことが正しい」

「なるほど……いったいどういう点で彼が正しいというのです」

村道から闇に紛れて歌声がきこえてきた、
ケーブルは断たれた、
いまぞ新しき時代の訪れ……

マティアスが立ち上がった、そして「愚か者さ」と口髭《ひげ》の奥でののしった、なかば笑いながら、なかば愚か者に対して健康な人間が抱く倫理的な憤りをこめて。しかしいずれにしても、彼はなんとはなく満悦そうだった。そして彼は言い添えた。

「もっとも、愚か者なしというわけにもゆかないがね……」

「そうだとも、」ギションのおふくろさんが言った、「おまえもなにだからね……」

「おれも愚か者さ……愚か者がいないと波風が立たない、ただあの男は悪い波風だな……」

「悪い波風だろうとなかろうと」と彼女は変わらぬ快活さで答えた、「彼の言うとおりだよ……いまや新しい時代がやってくる……まったくそのとおりだよ」

「おふくろさん」とわたしは叫んだ、「お願いですからもうそんな話やめてください……ほんとに髪が逆立つようだ……わたしたちが残らず彼の影響に染まって、そのうえあなたまで染まってしまったら、もう何も言わなくても万事うまくいって、彼の時代がはじまるにきまってます……あなたがただその気になってくれさえすれば、救済の幽霊なぞ、黄金だとかそのほかのばかげたこともろとも、いっぺんに吹き飛んでしまうのに……結局は村の連中もあなたの言うことには耳を傾けるのですから」

「そうだとも」と息子が得意げに言った、「うちのおふくろは村の連中にたいした力をもっているからなあ」

「そんなことしても何もなりません」と彼女はそっけなく言って、顔をふたつの拳の間に入れてゆったりと頬づえをついた、「まったく何もならない……憎しみを抱いて、憎しみを煽《あお》り立てる者のほうが、いつでも強いのですよ……憎しみは好んで憎しみに誘惑され、そして不安は不安に誘惑されます……おまけに憎しみも不安も、誰でもその何がしかを心の地下室に宿してるものです……」

「よろしい、おふくろさん、あなたは誘惑とおっしゃる。しかしわたしは、たとえば鍛冶屋のように実直な人間まで一味に加わっていることを考えると、誘惑というより魔術と言いたいですね……あの男に関してはもはや憎しみの誘惑なんてことは言えやしません、まして不安なんてことは……こう考えると、あれはもう正真正銘の魔術ですよ……」

ギションのおふくろさんは笑った。

「鍛冶屋の親方にとってはただ世の中が平穏すぎるだけのことですよ……マティアスとそっくり同じでね」

「たしかにそうだ」と息子は安じて認めた、「だが鍛冶屋は長いこと一味に加わってはいまい、あの男のことはわしがよく知っている……安心していてもいいよ、先生……」

「それはそうだが……あなたが誘惑と呼ぼうと魔術と呼ぼうと同じこと、いずれにせよあなたのほうがあのマリウスより強いのです、どの女でも男よりは誘惑や魔術にたくみだということはまったく言わずにおくとしてもです……おまけにあなたは人も知るように魔女じゃありませんか、一度ぐらいその魔法を使ってくださいよ」

愉快そうに彼女は頭を横に振った。

「それはまた別の魔法なんだよ、この魔法はわたしも習ったことがない……それともあなたはまさかわたしを旅に送り出すつもりじゃないだろうね」

「なぜあなたはそのうえ旅に出なくてはならないのです、ここにおとなしく留まっていればいい」

彼女はゆったりと説明しはじめた。

「自分の知識をもう育てることのできない人の中には不安が宿ります、そして不安とともに憎しみが宿ります……すると彼はさすらいに出て、歩きまわることによってこの不安と憎しみを肉体から、そして魂から追い出さなくてはならない……そして憎しみにとらえられ愛を失った人は他人を誘惑せずにはいられない……そして誘惑には魔法がいる……事は循環しているのだよ……ええ、そうなんですよ、先生」

「ジプシーの魔法というやつだな」とマティアスが言った、「あのふといぺてん師どもはみんな旅をして歩いてるんだ、連中はどこにやってきても魔法を使って誘惑しやがる……そのために連中は生きているんだ、大騒ぎを惹《ひ》き起こすためにな……」

「なんのことはない、それは年の市の香具師《やし》たちの魔法じゃないか。こういう魔法なら、おふくろさん、あなたにとって楽な相手です」

「ちがいます、それは鏡の魔法なのです」

「どういう魔法なんですか」

「人間が鏡の中をのぞきこむと、たちまち魔法にかかるのです」

「それがあのこととなんの関係があるのですか」

「マリウスは村の人たちにとって鏡のようなものじゃないか。彼は彼らにむかって、おまえたちは実に美しいと教えているじゃないか！　彼は彼らにむかって、おまえたちの憎しみはまさに愛なのだと教えてるじゃないか！……なにしろ愛がないと彼らは生きられない、そしてあの鏡は彼らの欲求にどうやらぴったりの鏡なんだよ、それは彼らの口にあうのだよ……」

「おっしゃるとおりです、おふくろさん、マリウスは彼らにとっておのれの無知を映す鏡なのです、それ以外の何物も映し出しません。実際に彼は自分で言ってます、自分は彼らの考えていることを口に出して言うだけだと……しかし、彼らはどのみち怪しからん連中だとしても、それにしても、あなたは連中を実際より悪く考えている、おふくろさん、なぜって、結局は彼らも知識を追いかけているのです。彼らがマリウスを追いかけているのも、マリウスは知識をもっている、そしていつか知識を自分たちに与えてくれるだろう、と信じればこそなのです……あなたが彼らに真の知識を得られるようにしてやれば、それですべてはよくなることでしょう……この点ではマリウスだって彼らと同じです、結局彼だってあなたに知識を乞いに来たのですから」

「その点で思い違いをしてはいけません、先生……彼が求めてるのは知識ではないのです、たとえ彼はそう思いこんでいても。ほんとうなら、彼はたしかに知識をふやさなくては、自分で創り出して育てなくては、ならぬはずなのです……ところがそうじゃない、黄金をこそ彼は笞《むち》でもって見つけようとしている、薬草をこそ手に入れようとしている、それというのも、それでもって人々を驚かすためなのです。そして肩だとかどこかが痛むと、彼はそこに何かの気配を感じ取ろうとするのです。これが彼のいう知識です、ところが実際にはそれは魔法、愛のない知識、憎しみに憑《つ》かれた知識なのです……そしてほかの人たちも同じこと、彼らも知識について同じように考えてます、そしてこの点でも彼は鏡……いえ、まさにこの点でこそ鏡なのです」

「そうだとしても、それはただの怪しげな魔法にすぎません、おまけに危険です」わたしは頑張った、「そしてあなたにはいつでもこんなものを吹き飛ばすことができる、ただその気になりさえすれば……」

マティアスが階段を戸口まで昇ってきて、そこででかでかとつっ立った。

「危険か、そうだ、うちのおふくろを敵にしているからな」

「だからこそ、わたしから力を奪うのだよ」と彼女はつけ足した。

「これは驚いた、おふくろさん、あなたを敵にするとは……あなたを敵にするとは、これはもうでたらめというものだ……」いかに彼女の言葉に信を置くとしても、わたしには、彼女がいざ実際に彼と対する段になるとたちまち優越を失ってしまうとは、想像もつかなかった。「ええ、ほんとうはあなたでなくて、ウェチーが敵なのです。わたしの見るところでは、ウェチーはひどい目に遭うことになるでしょう……」

「おそらくね」と彼女も認めた、「憎しみはいつでも悪魔を必要とするのです、鬱憤をはらす相手として……そのためにウェチーはいま貧乏くじを引かなくてはならないのです」

「ええ、彼はあわれな悪魔です、でもほんとの悪魔じゃない……ウェンツェルのほうがはるかに悪魔ですよ！」

すると、すでに扉の把手《とって》に手をかけていたマティアスが思いがけぬことを言った。

「マリウスとウェチーは同類だよ……だからマリウスはあの男を誘惑できないんだ、それで彼を憎んでいるんだよ」

「いいかい、マティアス、ばかなことを言うんじゃない……ウェチーに対する中傷が右から来るか左から来るか、わたしにはどっちでも同じことだ。君がそんなことを言うのは、ほかの連中に負けず劣らずウェチーを中傷することなのだよ。君まであの気違い騒ぎに感染してしまったと、思いたくなるじゃないか……」

わたしの啞然とした様子が明らかに彼を喜ばした。彼は狩人《かりうど》らしい目でわたしにむかって目配せして、赤髭《ひげ》の中からにやりと笑った。

「わたしを怒らせないでくれ、マティアス」

「怒らせるつもりはない……しかしウェチーが愚痴を言うのも、マリウスがいきり立つのも、同じことじゃないか。やっぱり同じことさね。それに二人ともうちのおふくろが嫌いだし……」

「それはまたどういう意味なんだ……ウェチーはまじめな男じゃないか。彼のことなら保証してもよい。もうたくさんだ」

「たしかに彼はまじめな男だよ。だが、ある男においてはたまらぬ性質となって現われたものが、ほかの男においてはまじめさとなって現われることもあるさね……」

「それにあの男は誰のことでもよく我慢する、彼はただそっと平穏に暮らさせてもらいたいのだよ」

「だがね、先生、まあ聞いてくれ、誰のことでも我慢するというのがまたおれには気に入らないんだな」きわめて穏やかに語っているにもかかわらず、その声にはいくらか——もちろん人の善い調子だったが——嫌悪の情がこもっていた、「……誰のことも我慢するというのと、誰のことも我慢しないというのは、やっぱり同じことだよ」

彼がいったい何を言おうとしているのか、わたしにはよくわからなかった。そして相変わらず啞然とした気持で、わたしはギションのおふくろさんのほうを見上げて、彼女の説明を待った。

彼女はわたしのまなざしの中に問いがあるのを見た、そしてしわを深めて愉快そうに笑い、それから説明した、

「そう、マリウスにもウェチーにも、やっぱり不安が宿ってます、二人ともやっぱりわたしに不安を抱いてます……しかしウェチーの中ではそれはまだよい不安になるかもしれません……ウェチーは、彼はきっとそのうちに自分の知識と自分の心を見つけることでしょう……ことによると……彼はもうそれを見つけ出してさえいるかもしれません……」

「そのとおりです」とわたしはほっとして言った、「彼はたしかに心をもってます、そしてまた不安をもってます、しかもすくなからず……そのどちらがまさっているか、それはもちろんそうたやすく言いきることはできません……しかしさしあたり、彼は子供たちといっしょに庭で震えてます……彼を家の中へもどらせてもいいでしょうか」

「もちろんです、安心してあの人たちを寝床の中に入れてやりなさい、今日はもう何も起こり

ません」

「ありがとう、おふくろさん、ただそのことをわたしは知りたかったのです」

そしてわたしは立ち去った。わたしは静かになった村の通りを抜け、軽くなった夜を抜け、静けさと生気を取りもどした森を抜けて行った。森の中では一羽の鳥が奇妙な、感激のない声で、魔法を解かれてかえって魔法に魅せられたごとくうっとりと広がる闇にむかって鳴いていた。そしてウェチーの家にたどりついたとき、わたしは彼と細君がとろんと眠たそうな顔に興奮を浮かべてわたしの指図を待っているのを見た。ところが、家の中へまた入ってもよいという許しを聞くと、彼らの全身には新たに不安がさっと差してきた。不信げな不安げな様子で彼らはもじもじした。そしてわたしはほとんど無理矢理細君の腕の中に、二重にも三重にもくるまれた男の子を押しつけて、子供を部屋につれて行かせなくてはならなかった。それがようやく片づくと、ローザとわたしは立ち去った。ローザはわたしの手をつかみ、いろいろな出来事のためにすっかり元気づいてしまって、ひっきりなしにしゃべっていた。家についてわたしたちはまずトラップが彼の小屋にもぐりこむのを見届けなくてはならなかった。それからわたしはトラップのお手本を何度も引きあいに出して、いやがるローザをようやく寝床に入れることに成功した。自分の部屋の灯《あかり》を消したとき、もう午前の二時だった。

しかし次第に眠りこんでゆきながら、わたしには或ることが夢のように鮮やかに見えてきた、あるいはそれはすでに夢の中だったかもしれない——すなわち、わたしたちが探し求め、そしてマリウスがすでに求めることをやめて今後はそこから締め出されることになったあの神秘な知識、神秘で到達しえぬ知識、マリウスにとってばかりでなくわれわれの大多数にとって到達しえぬ知識、それはどれも人間の心に関する単純で感激のない知識にほかならないのだ。そしてこのような知識の中には、過ぎ去ったもののすべて、現にあるもののすべて、これから来るもののすべてが、つねに変わることなく含まれている。なぜなら、いま起こりつつあるもの、かつて起こったもの、いつか起こるもの、それらすべては人間の心を映す鏡であり、そして心のことを知る者は、はるか昔のことをも、ごく最近のことをも知るのである。彼は魔法使いではなくて認識者、見者であり、そして彼の言葉は、彼の単純な日常的な言葉は、いつでも全自然へ、全世界へと展開することのできる力強さをもつのだ。そしてしだいに眠りに落ちてゆきながら、わたしはひとりの老女の顔と、その善良で愉快そうなしわ深い微笑をわたしの目の前に、わたしの夢の中に描いた。それから夢は失せ、漂うがごとくに、安らかになった。そして地震も夜中に二度と起こらなかった。

しかしカロリーネは朝になってローザとわたしに昨夜の騒ぎを聞かされて、たいそう驚き怪しんだ。彼女はひと言も信じようとしなかった。落ちた屋根瓦を目の前にしても、彼女はまだ得心しなかった。そしてわたしは彼女のそのような気持さえ察することができた。なぜといって、実に美しい朝だった。不気味な、暗い、生命なきものがすべて想像のつかぬ領分へ堕《お》ちこんでしまって、まるで何ひとつ存在しなかったかと思われるほどだった。風が北側からさわやかに起こった。澄んだ暖かな天気がしばらくつづくことは請け合いだった。豊作が予想された。

本書は一九八七年五月発行筑摩世界文學体系『ムージル　ブロッホ』(初版第八刷)を底本に、収録されていた『誘惑者』を復刻したものです。あきらかに誤りと思われる箇所、一部の表記の統一を除き、底本に忠実に製作しております。現在では不適切と思われる語句を含んでおりますが、作品発表当時の時代背景を鑑み、また訳者が故人であり、改変は困難なため、底本のまま掲載しております。

原題　Der Versucher（Rhein Verlag 版より翻訳）

著者紹介

ヘルマン・ブロッホ Hermann Broch

1886年ウィーンでユダヤ系の裕福な紡績業者の長男として生まれ、実業家としての道を歩むも一転、1927年に工場を売却し、その後ウィーン大学で聴講生として数学、哲学、心理学を学ぶ。1931年から1932年に長編小説『夢遊の人々』を発表。1938年にナチスに逮捕拘禁されるも、拘束中に『ウェルギリウスの死』の執筆を続ける。ジェイムズ・ジョイスなど外国作家たちの尽力で解放後イギリスを経て、アメリカへ渡る。1945年に『ウェルギリウスの死』、1950年に『罪なき人々』を発表。プリンストン大学で群衆心理学を研究し、論文を発表。ノーベル文学賞候補となるも、1951年死去。『誘惑者』は生前には発表されず、遺稿を整理する形で1953年に全集に収められる。

訳者紹介

古井由吉（ふるいよしきち）

小説家、ドイツ文学者。1937年生まれ。東京大学大学院独語独文学専攻修士課程を終了後に、金沢大学、立教大学で教鞭を執る。1968年に最初の小説『木曜日に』を発表。1971年に『杳子』で芥川賞受賞。主な作品に『栖』『槿』『仮往生伝試文』など。ムージル『愛の完成』『静かなヴェロニカの誘惑』を翻訳。2020年に死去。

誘惑者　上
2024年12月5日　初版第1刷発行

著　者　ヘルマン・ブロッホ
訳　者　古井由吉
発行者　竹内 正明
発行所　合同会社あいんしゅりっと
〒270-1152 千葉県我孫子市寿2丁目17番28号
電話 04-7183-8159
https://einschritt.com

装　幀　仁井谷伴子
印刷製本　モリモト印刷株式会社

ISBN 978-4-911290-02-6 C0097